C. C. Bergius

Endstation TIBET

Roman

Originalausgabe

Wilhelm Goldmann Verlag

An der Entstehung dieses Romans nahmen
Professor Dr. Ing. Dr. h. c. E. Pestel, TH Hannover,
und Professor Dr. Ing. W. Ständer, TH Karlsruhe,
regen Anteil. Für die mir gewährte Beratung
bin ich ihnen großen Dank schuldig.

1. Auflage 1.–10. Tsd. November 1984
2. Auflage 11.–16. Tsd. Januar 1985

Made in Germany

Umschlagentwurf: Design Team, München
Umschlagfoto: Foto Schmatz, München
Satz: Fotosatz Glücker, Würzburg
Druck: Mohndruck Graphische Betriebe GmbH, Gütersloh
Verlagsnummer: 30042
Herstellung: Sebastian Strohmaier
ISBN 3-442-30042-8

Es sind immer die Utopisten gewesen,
die die Menschheit vorangebracht haben.

STEFAN HEYM

I

Die ›Hundstage‹, so genannt nach Sirius, dem hellsten der Hundssterne, machten den Parisern wieder einmal mächtig zu schaffen. Unerträglich brütete die Hitze über der Stadt. Wer sich nicht an die See oder in die Berge hatte zurückziehen können, sehnte die Stunde herbei, die es ihm gestatten würde, sich vor einem Bistro im Korbstuhl mit einem kühlen Getränk zu erfrischen. Dem penetranten Geruch des aufgeweichten Asphalts war man damit zwar ebensowenig entflohen wie dem Abgasgestank ungezählter Autos. Aber man brauchte wenigstens nicht mehr zu arbeiten, konnte das Hemd bis zum Bauchnabel aufknöpfen und alle viere von sich strecken.

In diesen Tagen trafen sich die Brüder Jean-Paul und Pierre Massol des öfteren im Quartier Latin in einem kleinen Lokal am Boulevard Saint Michel. Obwohl von sehr verschiedener Wesensart, hielten sie doch zusammen wie die Kletten. Gegenteilige Ansichten führten nie zu einer anhaltenden Kontroverse.

Jean-Paul, der Ältere, war Offizier der Force de frappe. Nicht zuletzt dank seines ausgeglichenen und zurückhaltenden Charakters hatte er den Dienstgrad des Lieutenant-Colonel, des Oberstleutnants, bereits mit dreißig Jahren erhalten. Ein schmales Menjou-Bärtchen zierte seine Oberlippe. Ohne es zu beabsichtigen, verdrehte er manch jungem Mädchen den Kopf. Er mied jedoch flüchtige Amouren und wollte auch von Heirat nichts wissen. Ihn erfüllte die Aufgabe, die er sich gestellt hatte.

Sein Bruder Pierre war, wie gesagt, von anderer Art. Er besaß ein kaum zu bändigendes Temperament, wollte immer gleich mit dem Kopf durch die Wand und konnte nichts ausreifen lassen.

Stets drängte er einem imaginären Ziel entgegen, und in der festen Überzeugung, als Journalist Außergewöhnliches leisten zu können, hatte er diesen Beruf ergriffen. Er träumte davon, einmal einem riesigen Skandal auf die Spur zu kommen, eine Verschwörung aufzudecken oder eine politische Bombe explodieren zu lassen. Von vornherein hatte er darauf verzichtet, für ein Boulevardblatt zu arbeiten. Fast aus dem Stand heraus war es ihm gelungen, Redaktionsmitglied in einer als aggressiv verschrienen Tageszeitung zu werden, die sich in Anlehnung an das Magazin ›Le Petit Parisien‹ großspurig ›Le Grand Pharisien‹ nannte und mit diesem Titel zum Ausdruck brachte, daß es nur eines Buchstabens bedarf, um aus einem Pariser einen Pharisäer zu machen.

Das war nach dem Geschmack des jungen Pierre Massol. Diese Zeitung sollte ihm als Sprungbrett dienen. Er wartete nur auf einen Fall wie ›Watergate‹, um sich sogleich darauf zu stürzen.

Der breitschultrige Pierre hatte das Bistro vor seinem Bruder erreicht und lag zurückgelehnt in einem Sessel. »Salut!« grüßte er, ohne sich aufzurichten.

Jean-Paul setzte sich zu ihm und wischte sich über die Stirn. »Verdammte Hitze!« Er wandte sich dem Kellner zu. »Bitte ein Mineralwasser und eine Zitrone.«

Pierre grinste. »Da wird sich der Wirt aber freuen!«

»Mir egal.«

Der Journalist wies auf seinen Longdrink. »Sehr erfrischend. Kalte Milch mit Whisky.«

Jean-Paul schnitt eine Grimasse. »Nichts für mich.«

In diesem Augenblick trat ein junger Mann an den Nebentisch, an dem bereits zwei Herren saßen. »Gentlemen«, hörten die Brüder ihn sagen, »es sind schon wieder vier Wissenschaftler verschwunden!« Er sprach Englisch mit unverkennbarem französischen Akzent. »An einem Tag zwei Franzosen, ein Engländer und ein Deutscher! Wir erhielten eben die Nachricht, daß die USA, die europäischen Staaten und der Ostblock die ausgesetzte Belohnung auf fünf Millionen Dollar erhöht haben.«

Einer der Herren lachte. »Mir scheint, da hat jemand einen Hitzschlag erlitten. Aber was soll's. Hauptsache, wir sind mit von der Partie.«

»Wir brauchen bloß noch herauszufinden, wer diese Gelehrten geklaut hat«, bemerkte einer der Herren sarkastisch. »In den letzten vier Jahren sind immerhin zweihundertdreiundneunzig namhafte Professoren spurlos verschwunden. Von einer Stecknadel im Heuhaufen kann da wirklich keine Rede mehr sein.«

»Legen Sie Ihren Galgenhumor auf Eis«, riet ihm der junge Mann. »Sie werden ihn brauchen. Monsieur Rastignac wünscht uns unverzüglich zu sprechen.«

»Gibt's etwa schon eine Anzahlung auf die Belohnung?«

Die Männer erhoben sich lachend und verließen das Bistro.

Pierre Massol lag längst nicht mehr zurückgelehnt in seinem Sessel. Er saß nun kerzengerade. Seine Ohren schienen gewachsen zu sein. »Hast du das gehört?« fragte er wie benommen.

»Ich bin ja nicht taub«, antwortete Jean-Paul belustigt.

»Und was sagst du dazu?«

Der Bruder zuckte die Achseln. »Die Aufregung dieser Herren, die einem Sicherheitsdienst anzugehören scheinen, steht, wie auch die hohe Belohnung, in krassem Mißverhältnis zu der Tatsache, daß allein in Frankreich – ich las es gerade vor wenigen Tagen – Jahr für Jahr fast fünfzehntausend Menschen verschwinden; jugendliche Ausreißer nicht mitgerechnet. Nach Angaben eines Ausschusses zur Untersuchung der Hintergründe befinden sich unter den Vermißten jährlich über dreitausend Ermordete.«

»Somit hatte Bert Brecht recht, als er schrieb: ›Wenn der Mensch dem Menschen ein Mensch geworden ist, dann gedenket unser mit Nachsicht.‹«

»Erstaunlich, daß dir dein kurzes germanistisches Studium so viel Weisheit vermittelt hat«, lästerte Jean-Paul.

Pierre überhörte die Bemerkung. Die erwähnte Belohnung von fünf Millionen Dollar ging ihm nicht aus dem Kopf. Er schlug auf den Tisch, daß die Gläser klirrten. »Es ist zu blöd, daß ich damals den Fehler gemacht habe.«

Der Bruder sah ihn verwundert an. »Wovon redest du?«

»Von Monique!«

»Kenn' ich nicht.«

»Erinnerst du dich an den berühmten Physiker Henry Darimont? Vor etwa zwei Jahren verschwand er. Nichts deutete auf ein Verbrechen hin. Von allen Journalisten gelang es mir als einzigem, seine Tochter zu einem Interview zu überreden.«

»Das war Monique?«

»Ja.«

»Und welchen Fehler hast du gemacht?«

Pierre fuhr sich durchs Haar. »Ich war wie besessen von dem

Gedanken, daß Darimonts Tochter genau Bescheid weiß. Ich kann dir nicht sagen, weshalb, aber ich war überzeugt, daß sie den Aufenthaltsort ihres Vaters kennt. Um jeden Preis wollte ich sie ausquetschen. Schließlich war schon in jenen Tagen eine Belohnung von einer Million Dollar ausgesetzt.«

»Die du kassieren wolltest?«

»Was ist dagegen einzuwenden?«

»Nichts. Nach dem Gehörten kombiniere ich jedoch, daß besagte Monique etwas gegen die Art einzuwenden hatte, mit der du sie bearbeitet hast.«

»Stimmt«, bekannte Pierre.

»Und du ärgerst dich über deinen Fehler, weil du noch immer vermutest, daß sie weiß, wo ihr Vater steckt?«

»Ja, in drei Teufels Namen! Stell dir vor: fünf Millionen Dollar! Wäre ich geschickter vorgegangen, könnte dieses Sümmchen unter Umständen bald mir gehören.«

»Du spinnst.«

»Das tut jeder auf seine Weise.«

»Du aber in besonderem Maße. Sonst hättest du Monique nicht auszuquetschen versucht, wie du dich auszudrücken beliebst. Möglicherweise hätte sie dir etwas zu bieten gehabt, das mit Geld nicht aufzuwiegen ist.«

Pierre lachte abfällig. »Typisch für die Denkweise eines korrekten Stabsoffiziers. Würdest du Monique kennen, wärst du anderer Meinung.«

»Ist sie ein häßliches Entlein?«

»Im Gegenteil. Sie ist eine fesche Person. Alles an ihr hat Pfiff. Mit sportlicher Note! Wenn sie lacht, blitzen die Augen – geht die Sonne auf. Leider gibt es solche Momente nur höchst selten bei ihr. Sie studiert Physik, wälzt die verrücktesten Probleme und redet oft so gestelzt, als stünde sie auf dem Katheder. Wahrscheinlich hat sie das von ihrem Vater. Außerdem hat sie es nicht leicht. Seit dem Verschwinden des Herrn Papa muß sie ihre gelähmte, von Depressionen geplagte Mutter immer wieder aufrichten. Übrigens verehrt sie ihren Vater abgöttisch. Er ist Dreh- und Angelpunkt in ihrem Leben.«

Jean-Paul rückte näher an den Bruder heran. »Von gewissen Einschränkungen einmal abgesehen: du schwärmst ja geradezu von ihr!«

»Ich hatte auch Feuer gefangen.«

»Das noch zu brennen scheint!«

Pierre blickte vor sich hin. Im Geiste hörte er noch einmal sein letztes Gespräch mit Monique. Während eines Spaziergangs durch die Straßen von Paris hatte er, nachdem er mit immer neuen Fragen auf sie eingedrungen war, versucht, die gegen ihn aufkommende Aversion mit dem Hinweis einzudämmen: ›Aber wir sind uns doch menschlich sehr nahegekommen.‹

Ungeachtet der Straßenpassanten hatte Monique ihn wütend angefahren: ›Ich pfeif' auf Kontakte und Bindungen, die das ohnehin schon bestehende Chaos in den menschlichen Beziehungen noch zu vergrößern drohen. Gut ist, was das Leben hegt und pflegt. Böse ist, was es hemmt und schädigt. Und was tun Sie, Pierre? Sie spüren nicht einmal, was Sie anrichten. Ihnen mangelt es an Ehrfurcht vor Ihren Mitmenschen. Sie denken nur an sich selbst und Ihre Ziele. Und deshalb trennen sich jetzt unsere Wege!‹

Er war wie erstarrt gewesen. Moniques leidenschaftlicher Ausbruch hatte ihm die Augen geöffnet. Er begriff plötzlich, daß er ihr nähergekommen war, als er geahnt hatte. Sein journalistischer Eifer aber hatte ihn alles verspielen lassen.

Jean-Paul ahnte, was in Pierre vorging. »Komm«, sagte er, »trinken wir trotz der Hitze einen Cognac.«

An diesem Tag trennten sich die Brüder früher als sonst. Pierre hatte es im Bistro nicht mehr ausgehalten. Ihn bedrückte der Fehler, den er vor Jahren gemacht hatte. In diesem Augenblick allerdings nicht wegen der ihm möglicherweise entgangenen Chance, die ausgesetzte Belohnung zu erringen. Ihn beschäftigte sein Verhalten Monique gegenüber. Wie war Jean-Paul bloß auf den Gedanken gekommen, daß sie etwas zu bieten gehabt hätte, das mit Geld nicht aufzuwiegen ist? War er, Pierre, denn mit Blindheit geschlagen gewesen? Hatten ihn Ehrgeiz und Besessenheit an seinem Glück vorbeilaufen lassen?

Einem solchen Eingeständnis wich Pierre Massol energisch aus. Wozu sich das Leben schwermachen? Wohl bedauerte er in dieser Stunde, Monique zumeist nur aus dem Gesichtswinkel des erfolgswütigen Journalisten gesehen zu haben. Aber sollte er deshalb nun Trübsal blasen? Er war doch wer, stand mit beiden Beinen im Leben. Den großen Erfolg würde er schon erringen, daran zweifelte er keine Minute.

Natürlich hoffte er nicht, unsterblich wie Voltaire, Rousseau oder Victor Hugo zu werden, die im Panthéon, an dem er gerade vorüberging, ihre letzte Ruhestätte gefunden hatten. Aber sie erinnerten ihn daran, daß selbst bedeutenden Männern der Erfolg nicht in den Schoß fällt. Er mußte nur, wie sie, an sich glauben, auf dieses und jenes verzichten und unvermeidbare Schwierigkeiten in Kauf nehmen. Voltaire war ein klassisches Beispiel. Dieser große Geist war in jungen Jahren so vermessen gewesen, in einem Gedicht die gepriesensten Schriftsteller seiner Zeit bloßzustellen. Natürlich hatte er mit ihrer Rache rechnen müssen, was dann auch geschah: Der Eintritt in die Académie française wurde ihm verwehrt. Doch es waren Voltaires Gebeine und nicht die seiner Widersacher, die im Panthéon beigesetzt wurden!

Pierre schmunzelte bei diesem Gedanken. Es war typisch für ihn, daß er die schon halbeingestandene Niederlage mit Hilfe einer kühnen Volte in einen Sieg ummünzte.

Vielleicht reagierte er deshalb so erstaunlich nüchtern, als er, in Richtung des Jardin des Plantes weitergehend, am Ende der Straße Monique erblickte, die einen alten Herrn am Arm führte. Sie wohnte ganz in der Nähe des von ihm gemieteten möblierten Zimmers. Auf der Stelle kehrte er um. Auf keinen Fall wollte er mit ihr zusammentreffen. Doch im Bruchteil einer Sekunde hatte er einiges bemerkt, das ihn stutzig machte.

Das Gesicht des Alten war von einem dichten, grauen Vollbart und einer dunklen Brille so sehr verdeckt, daß es nicht erkannt werden konnte. Verwunderlicher noch war seine aufrechte Haltung und die lebhafte Art, mit der er sprach. Beides stand im Widerspruch zu der Notwendigkeit, sich führen zu lassen. Nicht minder seltsam war es, daß Monique angespannt, ja wie bewundernd zu ihm aufblickte.

Da stimmt etwas nicht, schoß es Pierre durch den Kopf. Unauffällig schaute er zurück und sah, daß die beiden in eine Buchhandlung eintraten. Was sollte er tun? Der unvermittelt in ihm aufsteigende Verdacht, der alte Herr könnte Moniques Vater sein, verstärkte sich. Sie hatte ihn als äußerst vital geschildert. Auf den Fotos, die er von ihm kannte, war er allerdings bartlos gewesen. Doch was wollte das schon besagen? Zwei Jahre waren seit seinem Verschwinden vergangen. Vielleicht hatte er sich sogar aus Tarnungsgründen einen Bart wachsen lassen.

Pierre war plötzlich überzeugt, eine sensationelle Entdeckung gemacht zu haben. Ohne weitere Überlegungen anzustellen, eilte er auf ein Haus zu, das sich gegenüber der Buchhandlung befand. Den Kopf abgewandt, als befürchte er gesehen zu werden, verbarg er sich hinter einem Mauervorsprung und machte seine Kamera, die er immer mit sich führte, schußbereit.

Er mußte eine ziemliche Weile warten, bis Monique und ihr Begleiter aus dem Geschäft kamen. Im selben Moment drückte er auf den Auslöser seiner Hasselblad. Bild um Bild bannte er auf den Film, bis beide ihm den Rücken zukehrten und in Richtung Rue Cuvier davongingen.

In gebührendem Abstand folgte er ihnen. Dabei dachte er keine Sekunde an das, was ihn nach dem Gespräch mit seinem Bruder bedrückt hatte. Er war nur noch Reporter, witterte eine Sensation ersten Ranges und wollte seine Chance wahrnehmen. Wenn er sich nicht täuschte und etwas Glück hatte, konnte er über Nacht zum Berichterstatter ›Number One‹ aufsteigen. Er, Pierre Massol, würde das Geheimnis um die verschwundenen Wissenschaftler aufdecken! Sein Name würde in aller Munde sein!

Da er wußte, daß Monique an der Ecke der Rue Cuvier wohnte, und er auch nicht mehr daran zweifelte, daß der Mann an ihrer Seite ihr Vater war, machte er schnell noch einige Aufnahmen, als sie ihren Begleiter auf das ihm wohlbekannte Haus zuführte. Dann eilte er auf schnellstem Wege zu seiner Wohnung in der Rue Lacépède zurück. Und hier wurde, als er den Film entwickelt hatte, nach genauer Betrachtung der Fotos sein Verdacht zur Gewißheit, dem berühmten, seit zwei Jahren vermißten Physiker Henry Darimont begegnet zu sein. Jetzt durfte er nur nicht den Fehler machen, unüberlegt zu handeln. Er mußte dafür sorgen, daß ihm die Trumpfkarte, die der Zufall ihm in die Hand gespielt hatte, nicht genommen werden konnte.

Nachdenklich betrachtete er das vergrößerte Foto des Mannes, den Monique am Arm geführt hatte. Über seinem Kopf prangte im Hintergrund der Name der Buchhandlung, der einen unerwünschten Hinweis darauf gab, daß das Foto in der Nähe der Wohnung des Professors gemacht worden war. Kurz entschlossen ätzte er den Namen und das Schaufenster der Buchhandlung mit einer säurehaltigen Flüssigkeit weg. Und nachdem er, außer einem zweiten, ihm besonders gelungen erscheinenden Foto von Monique alle Aufnahmen in einen Umschlag gesteckt hatte, den er postlagernd an sich selbst adressierte, rief er Charles Paré an, den Chefredakteur der Zeitung, für die er tätig war.

Als dieser sich meldete, sagte er fast beschwörend: »Halten Sie mich nicht für verrückt, Charles! Aber ich glaube einer Sache auf die Spur gekommen zu sein, die es erforderlich macht, noch heute den Leiter der Direction Générale de la Sécurité Extérieure aufzusuchen.«

Der Chefredakteur reagierte zurückhaltend. »So verheißungsvoll das klingt, Sie erwarten hoffentlich nicht von mir, daß ich den hohen Herrn zu so später Stunde anrufe.«

»Genau darum muß ich bitten«, erklärte Pierre mit Nachdruck. »Es geht um die wichtigste Sache, die Sie sich vorstellen können.«

»Wieso sind Sie sich dessen plötzlich so sicher? Eben noch haben Sie gesagt, daß Sie *glauben* ...«

»Richtig!« unterbrach ihn der Journalist. »Aber ich besitze ein Foto, das die Stichhaltigkeit meines Verdachtes bestätigen wird. Den letzten Beweis kann ich nicht liefern, dazu ist nur der Geheimdienst in der Lage. Deshalb muß ich den verantwortlichen Leiter unverzüglich sprechen. Morgen früh könnte es zu spät sein. Dann ist der Mann, den ich glaube erkannt zu haben und heimlich fotografierte, womöglich schon über alle Berge.«

»Ihre Angaben sind zu vage«, bedeutete ihm der Chefredakteur. »Geben Sie mir ein Stichwort, mit dem sich etwas anfangen läßt. *Wen* vermuten Sie erkannt zu haben?«

»Einen der verschwundenen Wissenschaftler«, antwortete Pierre nach kurzem Zögern.

Charles Paré stieß einen Pfiff aus. »Mensch, das wäre ...«

»... die Sensation des Jahres!«

»Und Sie sind sicher, sich nicht zu täuschen?«

»Ich bin versucht zu sagen: absolut sicher!«

»Dann rufe ich Rastignac an. Wo sind Sie zu erreichen?«

»In meiner Wohnung.«

Als Pierre den Hörer auflegte, überlegte er: Rastignac? Den Namen habe ich doch erst kürzlich gehört. Das Gespräch im Bistro fiel ihm ein. Der junge Mann, der an den Nebentisch getreten war, hatte den beiden Typen, die dort saßen, ausgerichtet, daß Monsieur Rastignac sie umgehend zu sprechen wünsche. Jean-Pauls Vermutung, es habe sich um Angehörige des Sicherheitsdienstes gehandelt, schien also zuzutreffen.

Während Pierre auf den Bescheid des Chefredakteurs wartete, versuchte er zusammenzufassen, was ihm über das Verschwinden der Wissenschaftler bekannt geworden war. Begonnen hatte es vor vier Jahren, als kurz hintereinander drei namhafte amerikanische Professoren vermißt wurden. Alles sprach dafür, daß sie weder ihre Familien noch ihre Arbeitsplätze freiwillig verlassen hatten. Es lag nahe, daß der Verdacht auftauchte, sie seien durch Agenten der UdSSR gekidnappt worden; man befand sich ja im kalten Krieg. Dann aber meldete auch Rußland das Verschwinden von bedeutenden Gelehrten. Doch man traute den Sowjets nicht und hielt die Meldung für ein Tarnmanöver, bis nach und nach auch französische, britische, deutsche, italienische, indische, japanische, afghanische, kanadische, brasilianische, dänische und viele berühmte Wissenschaftler anderer Nationen von heute auf morgen spurlos verschwanden. Und keiner von den nun annähernd dreihundert vermißten Gelehrten hatte jemals wieder ein Lebenszeichen von sich gegeben.

Das Warten auf den Rückruf des Chefredakteurs machte Pierre nervös. Um sich abzulenken, begann er mit der Vergrößerung des Fotos von Monique, das ihm besonders gelungen schien. Sie hatte sich gerade ihrem Begleiter zugewandt, den Pierre jetzt kurz entschlossen von der Aufnahme abschnitt. Ihre Augen hatten einen bezaubernd innigen Ausdruck. So kannte er sie nicht.

Wie gebannt betrachtete er das Bild, trocknete es schließlich mit dem Fön und spannte es in einen Wechselrahmen, den er auf seinen Schreibtisch stellte. Erneut erinnerte er sich an seinen Bruder Jean-Paul, der, ohne Monique zu kennen, vermutet hatte, sie habe ihm womöglich etwas zu bieten gehabt, das mit Geld nicht aufgewogen werden kann.

Vielleicht erringe ich beides, sagte sich Pierre. Monique und die Belohnung!

Das Telefon surrte.

Er griff nach dem Hörer.

»Es war eine harte Nuß, die Sie mir zu knacken gegeben haben«, hörte er den Chefredakteur sagen. »Aber es hat geklappt. Monsieur Rastignac erwartet Sie heute abend um zehn Uhr am Quai d'Orsay. Machen Sie mir jetzt um Gottes willen keinen Kummer. Sie fliegen auf die Straße, wenn sich Ihr Verdacht als Spinnerei erweisen sollte.«

»Da können Sie unbesorgt sein. Aber die Hausnummer müssen Sie mir noch nennen.«

Der Chefredakteur entsprach diesem Wunsch und fügte hinzu: »Rufen Sie mich an, sobald sich etwas Konkretes abzeichnet.«

Gleich beim Erreichen des Quai d'Orsay entdeckte Pierre auf der linken Straßenseite einen Briefkasten. Augenblicklich bat er den Fahrer anzuhalten, entlohnte ihn und stieg aus dem Wagen. Dann warf er den Umschlag mit den Filmen, den er postlagernd an sich selbst adressiert hatte, in den Kasten und schlug die Richtung zur Ile de la Cité ein. Er brauchte nun nichts mehr zu befürchten. Wahrscheinlich war seine Vorsicht übertrieben, aber er mußte damit rechnen, daß der Leiter des Sicherheitsdienstes, dem er das vergrößerte Foto von Moniques Begleiter übergeben wollte, zu drastischen Maßnahmen griff, wenn er sich weigerte, den Ort zu nennen, an dem er die Aufnahme gemacht hatte. Die Methoden der Securité waren allzu bekannt. Unter Umständen würden die Herren vom Geheimdienst sich nicht scheuen, seine Wohnung in der Rue Lacépède zu durchsuchen.

Vor einem Haus, dessen Portal von hohen Karyatiden flankiert wurde, erwartete ihn ein buntberockter Concierge, der ihn gravitätisch in eine holzgetäfelte Halle geleitete. Wandleuchter mit schwachen Birnen spendeten trübes Licht. Eine breite, knarrende Treppe, über die in früheren Zeiten die Crème der Gesellschaft in schillernden Roben geschritten sein mochte, führte in die erste Etage und dort geradenwegs zu einer fast bis zur Decke reichenden Tür, vor der ein livrierter Diener stand.

Pierre Massol nannte seinen Namen.

Der Lakai öffnete einen Flügel der Tür und trat mit devoter Verneigung zur Seite.

Anno Tobak, dachte der Journalist. Dennoch blieb das Brimborium nicht ohne Wirkung auf ihn. Er wurde sogar etwas unsicher, als er erkannte, daß er in einen großen, saalartigen Raum einzutreten hatte, in dessen Hintergrund Rastignac in einem Ledersessel mit hoher Rückenlehne an seinem Schreibtisch saß. Bis zu ihm waren wohl fünfzehn Meter zurückzulegen – ein Arrangement, das jeden Besucher einschüchtern mußte. Eine Tischlampe mit grünem Stoffschirm erhellte die Schreibtischplatte. Das Gesicht des Chefs der Sécurité aber lag im Schatten und war kaum zu erkennen.

Rastignac rührte sich nicht. Seine schmalen, von der Tischlampe beleuchteten Hände glichen denen eines Skeletts. Mit einer knappen Bewegung deutete er auf einen vor dem Schreibtisch stehenden Sessel.

Empört dachte der Berichterstatter: Wenn es unter der Würde

dieses Herrn liegt, ein Wort an mich zu richten, dann setze ich mich nicht. »Ich ziehe es vor, stehen zu bleiben«, erklärte er scharf, entnahm einem Umschlag das retouchierte Foto und überreichte es. »Ich bitte zu veranlassen, daß umgehend ermittelt wird, wen diese Aufnahme darstellt.«

Rastignac betrachtete das Bild. »Sie vermuten, daß es sich um einen der vermißten Wissenschaftler handelt?«

»So ist es.«

»Warum sind Teile des Bildes abgedeckt?«

»Um zu verhindern, daß der Hintergrund den Bildauswertern einen Hinweis auf die dargestellte Person gibt. Ihre Fachleute sollen unbeeinflußt zu Werke gehen.«

»Und wen glauben Sie fotografiert zu haben?«

»Den Namen werde ich aus den gleichen Gründen erst später nennen.«

»Ich sehe keinen Sinn darin.«

»Ich schon. Denken Sie an die ausgesetzte Belohnung!«

Rastignac beugte sich vor. Scharfe Gesichtszüge und die Glatze eines Eierkopfes wurden sichtbar. Mit spöttischem Blick maß er sein Gegenüber.

Pierre spürte, daß er auf der Hut sein mußte. »Ich bitte zu verstehen, daß ich die einmalige Chance, die sich mir bietet, nicht ungenutzt lassen kann«, sagte er in nun verbindlicherem Ton und fügte, um eine falsche Fährte zu legen, wahrheitswidrig hinzu: »Deshalb kehrte ich auch auf dem schnellstem Weg nach Paris zurück. Ich bin aber gerne bereit, den Namen des Wissenschaftlers zu notieren und in einem Umschlag, den Sie von mir aus versiegeln können, so lange aufzubewahren, bis Ihre Beamten herausgefunden haben, wer sich hinter der dunklen Brille und dem üppigen Bart versteckt hält!«

»Sie scheinen zu viele Kriminalromane gelesen zu haben.«

»Da möchte ich nicht widersprechen.«

»Und wie soll es weitergehen, falls sich Ihre Vermutung und unsere Ermittlung als deckungsgleich erweisen?«

»Dann werde ich Ihnen den Aufenthaltsort der betreffenden Person nennen.«

»Wie großzügig!«

»Sie können sich ruhig lustig machen. Ohne mich kommen Sie nicht weiter.«

Der Leiter der Sécurité beherrschte sich. »Ich will Ihnen einiges nachsehen.« Und mit einem Lächeln: »Journalisten sind bekanntlich ein seltsames Völkchen.«

Pierre Massol nickte zustimmend. »Da haben Sie recht. Nietzsche hat einmal gesagt: ›Sie kotzen sich aus und nennen es Zeitung.‹«

»Sehr zutreffend.« Rastignac erhob sich. Erst jetzt wurde seine dürre Gestalt erkennbar. Er glich einer Bohnenstange mit aufgesetztem Schädel. Mit einem Arm auf dem Rücken ging er auf seinen Besucher zu. »Vielleicht habe ich Sie falsch eingeschätzt. Was mir Monsieur Paré berichtete, kam mir zu phantastisch vor. Doch in dieser Angelegenheit darf ich keinen Hinweis ungeprüft lassen. Wo kann ich Sie erreichen?«

Pierre nannte seine Adresse und Telefonnummer.

Rastignac beugte sich über den Schreibtisch und notierte beides. Danach reichte er die Hand. »Au revoir, monsieur. Sie werden von mir hören.«

»Gestatten Sie noch ein Wort, Monsieur«, bat Pierre. »Garantieren Sie mir, daß ich, falls sich meine Vermutung als richtig erweist, das Exklusivrecht der Berichterstattung über alle Untersuchungen und Maßnahmen erhalte, die sich aus meiner Meldung ergeben?«

»D'accord!« versicherte Rastignac. »Den Zeitpunkt der Veröffentlichung aber bestimme ich!«

Noch bevor der Morgen graute, surrte bei Pierre Massol das Telefon. Verschlafen griff er nach dem Hörer. Er wurde jedoch hellwach, als er Rastignacs Stimme vernahm. Augenblicklich trieb es ihn aus dem Bett.

»Ihre Vermutung könnte sich mit unseren inzwischen getroffenen Feststellungen decken«, stellte der Chef der Sécurité lakonisch fest. »Ich erwarte Sie sobald wie möglich.«

Bereits eine halbe Stunde später eilte Pierre die knarrende Treppe des Hauses am Quai d'Orsay empor. Der Lakai öffnete gleich die hohe Flügeltür.

Rastignac war nicht allein. Er stand mit dem jungen Mann, der am vergangenen Nachmittag jene Herren aus dem Bistro geholt hatte, vor seinem Schreibtisch und blickte dem Reporter entgegen.

»Kommen Sie«, sagte er mit ausgestrecktem Arm. »Notieren Sie den Namen des Mannes, den Sie glauben fotografiert zu haben. Wegen der hohen Belohnung!« fügte er anzüglich hinzu. »Sie wünschten sich doch abzusichern.«

»Das scheint nun *Ihr* Wunsch zu sein«, entgegnete Pierre gelassen.

»Stimmt!« bekannte Rastignac.

Pierre trat an den Schreibtisch und notierte: ›Professor Dr. Ing. Dr. h. c. Henry Darimont.‹ Dann faltete er das Blatt und wandte sich um. »Und zu welchem Ergebnis sind Ihre Beamten gekommen?«

»Nach dem Wegretouchieren des Bartes und der dunklen Brille ergab eine Recherche in unserem Bildarchiv, daß Sie Professor Darimont fotografiert haben.«

»Monsieur!« triumphierte Pierre und überreichte seine Notiz. »Ich war meiner Sache absolut sicher.«

»Gratuliere!« erwiderte Rastignac anerkennend. »Eine erstaunliche Leistung. Ich frage mich natürlich, wodurch Sie den Wissenschaftler trotz seiner Maskerade erkannt haben.«

»Das ist eine Geschichte, über die ich erst später sprechen möchte.«

»Wie Sie wollen. Es gibt jetzt auch Wichtigeres zu tun. Darf ich übrigens bekannt machen: Monsieur Tatue, mein Sekretär. Doch nun zur Sache. Wo haben Sie das Foto gemacht? Und wo hält sich der seit Jahren Vermißte auf?«

»Ihre erste Frage stelle ich zurück. Professor Darimont befindet sich zur Zeit – jedenfalls befand er sich noch gestern abend dort – in seiner Wohnung in der Rue Cuvier.«

Der Leiter des Sicherheitsdienstes glaubte nicht richtig zu hören. »Aber Sie haben doch gesagt, Sie seien von irgendwo nach Paris zurückgekehrt.«

»Das behauptete ich aus taktischen Gründen. Nur so konnte ich sicherstellen, daß ohne mein Dabeisein nichts unternommen wird.«

Rastignac straffte sich. »Sie scheinen mit allen Wassern gewaschen zu sein.«

»Dann wäre es vielleicht empfehlenswert, mich mit vor den Karren zu spannen. Zumal ich mir schon Gedanken über die nun einzuleitenden Schritte gemacht habe.«

»Im Interesse Ihrer Zeitung?«

»Und im Hinblick auf die ausgesetzte Belohnung, die nach einem Verhör Darimonts wohl kaum fällig werden wird. Er ist nur *einer* der vielen verschwundenen Experten. Wichtig ist jetzt herauszufinden, ob diese überhaupt noch leben und, wenn ja, wo sie sich aufhalten. Erst wenn es gelingt, das alles aufzuklären, wird der Rubel rollen.«

»Können Sie denn nur an die Belohnung denken?«

»Fast nur.«

»Ihre Offenheit in Ehren, aber es würde mich interessieren, was Sie vordringlich in die Wege leiten würden.«

»Als erstes würde ich Darimonts Haus rund um die Uhr bewachen lassen. Und zwar von mehreren Zweierteams in Wagen mit Funksprechgerät. Über jeden Schritt Professor Darimonts sollte eine Zentralstelle unterrichtet werden. Des weiteren würde ich – ebenfalls Tag und Nacht – die Eingänge und Anfahrten aller Pariser Bahnhöfe und Flugplätze mit Posten versehen, die über ein Walkie-talkie verfügen. Und an jedem Bahnhof und Flugplatz müßten sich mindestens zwei für eine längere Reise ausstaffierte Sicherheitsbeamte aufhalten, die dem Professor zu folgen hätten, falls er sich anschicken sollte, Paris zu verlassen. Nur so besteht die Möglichkeit, sein Reiseziel zu ermitteln.«

»Kompliment!« lobte Rastignac. Seine starren Augen bekamen einen warmen Glanz. »Ich sehe, daß Sie wirklich schon vieles durchdacht haben.«

Pierre lachte. »Ich bevorzuge, wie Sie wissen, Kriminalromane!«

Rastignac drückte sein Kreuz durch. »Tatue! Entsenden Sie sofort ein erstes Bewacherduo zur Rue Cuvier. Und bilden Sie unverzüglich einen Sonderstab. In einer halben Stunde sollen sich die Herren bei mir versammeln.«

Pierre erhielt die Genehmigung, an der anberaumten Besprechung teilzunehmen, und er kam aus dem Staunen nicht heraus, als er erlebte, was aus seinem Vorschlag gemacht wurde. Rastignac setzte eine Maschinerie in Gang, in der ein Rad in das andere griff. Aber er sorgte nicht nur dafür, daß es dem Professor unmöglich gemacht wurde, dem Netz zu entfliehen, das sich nun unsichtbar über ihn legte. Mit erstaunlicher geistiger Beweglichkeit erklärte er seinen im Sonderstab zusammengefaßten Beamten abschließend, daß es sich bei Professor Darimont zwar um einen der vermißten berühmten Wissenschaftler handle, doch sei ihm im höchsten Maße zu mißtrauen. Denn ganz offensichtlich akzeptiere er sowohl das eigene Schicksal wie auch das seiner Kollegen.

»Sonst würde er sich nicht getarnt, sondern sofort an eine Behörde gewandt haben«, erklärte Rastignac und fügte mit erhobener Stimme hinzu: »Überlegen Sie, was das heißt, Messieurs! Sein Verhalten läßt nur einen Rückschluß zu: Professor Darimont arbeitet gegen die Interessen seiner, *unserer* Nation! Zwangsläufig ergibt sich die Frage: Handelt er womöglich im Einvernehmen mit den anderen Gelehrten, die als vermißt gemeldet sind? Legen diese ebenfalls keinen Wert darauf, ihr Verschwinden aufzuklären? Tappen wir deshalb seit Jahren im dunkeln? Ich bin besorgt, meine Herren! Sehr besorgt! Und ich sage Ihnen dies, damit Sie sich der verantwortungsvollen Aufgabe bewußt sind, die uns zugefallen ist.«

Ein Keulenschlag hätte Pierre nicht schlimmer treffen können. Es war ihm unbegreiflich, daß er nicht selbst auf den Gedanken gekommen war, den Rastignac entwickelt hatte. Er sah den Leiter der Sécurité plötzlich mit anderen Augen und hielt es nunmehr für dringend geboten, seine Karten aufzudecken und alles zu sagen, was er wußte.

Rastignac war ihm dankbar dafür. Er schaltete ihn jetzt voll in den Überwachungsdienst ein, allerdings so, daß er nicht Gefahr lief, von Monique gesehen zu werden.

Die Folge war, daß Pierre sich in den nächsten Tagen recht schäbig vorkam, wenn er Monique und ihren Vater, die täglich kleine Spaziergänge unternahmen, vom Fenster einer schräg gegenüberliegenden Wohnung heimlich beobachtete und den Funksprechverkehr abhörte, den die mit der Überwachung betrauten Beamten führten. Doch es blieb bei gelegentlichen moralischen Anfechtungen. Zumeist gewann sein unbändiger Ehrgeiz sehr bald wieder die Oberhand.

Den Chefredakteur der Zeitung ›Le Grand Pharisien‹ hatte Pierre unter der Bedingung, daß vorerst nichts publiziert werden dürfe, über alles Wissenswerte informiert, und nun wartete er gespannt darauf, wie es weitergehen würde. Seit vier Tagen schon lösten sich die Überwachungsteams in unregelmäßiger Folge ab, ohne daß etwas Besonderes geschah. Dann aber, am fünften Morgen, hielt ein Taxi vor Darimonts Wohnung, und die dort eingesetzten Beobachter hofften, daß sich endlich etwas Entscheidendes ereignen würde.

Tatsächlich erschien der Professor mit seiner Tochter in der Haustür. Er hatte kein Gepäck bei sich, nicht einmal eine Aktentasche. Monique führte ihn zum Wagen. Sie schien sehr bewegt zu sein, denn sie umarmte ihren Vater wie in einer plötzlichen Aufwallung, half ihm dann beim Einsteigen und schloß die Tür.

Pierre eilte die Treppe hinab. Die letzte Meldung, die er noch hörte, lautete: ›Hervé an Zentrale! Höchste Alarmstufe! Zielperson steigt in ein Taxi!‹

Pierre hielt sich versteckt. Er sah den Wagen abfahren und Monique in das Haus zurückkehren. Kaum war sie außer Sicht, lief er auf einen in der Nähe geparkten schwarzen Citroën zu und sprang hinein. Der Fahrer fuhr augenblicklich los.

Im Lautsprecher des Wagens ertönte die gleiche Stimme wie zuvor. ›Hervé! Sind hinter dem Taxi! Biegen in den Quai Saint Bernard ein!‹

Die Zentrale reagierte prompt. ›Alarm für Gare d'Austerlitz und Gare de Lyon!‹

»Sollte der Professor nach Ivry-sur-Seine oder nach Nancy reisen wollen?« lästerte Pierres Fahrer.

»Sein Ziel dürfte außerhalb des Landes liegen.«

›Tatue! Bin hinter dem Taxi auf dem Boulevard de l'Hôpital!‹ Und gleich darauf: ›Sind jetzt auf dem Boulevard Saint Marcel!‹

Pierres Begleiter feixte: »Das bedeutet für beide Bahnhöfe Fehlanzeige.«

›Gagny! Hab' mit Tatue gewechselt. Durchfahren den Boulevard Saint Marcel und biegen in die Avenue des Gobelins ein!‹

›Alarm für Gare Montparnasse!‹ befahl die Zentrale.

»Aha, der Professor will die Porzellanmanufaktur Sèvres besuchen.«

Pierre blaffte seinen Begleiter an: »Hören Sie auf mit Ihrem Gequatsche! Und setzen Sie sich vor Gagny!«

»Verstanden!« erwiderte der Fahrer und gab Gas.

›Massol! Bin hinter dem Taxi! Passieren Place d'Italie und fahren weiter auf der Avenue d'Italie! Vermutlich geht's zur Autobahn!‹

Er hatte sich nicht getäuscht. Die Zentrale gab für die alarmierten Bahnhöfe Entwarnung und rief den Flughafen Orly.

Die ›A6‹ wurde erreicht. In hohem Tempo ging es nach Süden. Immer wieder wechselten die Verfolger auf der Autoroute du Soleil ihre Position, bis die ›B6‹ erreicht wurde und die Gebäude des Aéroport ins Sichtfeld rückten.

›Wird Orly Sud oder Ouest angesteuert?‹ erkundigte sich die Zentrale.

Pierre, der seinen Begleiter gerade angewiesen hatte, sich erneut hinter das Taxi zu setzen, meldete: ›Massol! Wir sind noch nicht an der entscheidenden Abbiegung. Bis jetzt hat das Taxi keinen Spurwechsel vorgenommen.‹

›Ihre Position?‹

›Noch etwa zweihundert Meter bis zum Hotel Hilton.‹ Seine Stimme klang plötzlich erregt. ›Das Taxi biegt vor der ELF-Tankstelle rechts ein! Dort geht's weder nach Orly Sud noch nach Ouest.‹

›Alle dicht aufschließen‹, kommandierte die Zentrale. ›Verbindungsmann zum Tower!‹

›Hier Ermont! Ich höre!‹

›Ist der Start einer Sondermaschine vorgesehen?‹

›Ich erkundige mich!‹

›Ihre Position, Massol?‹

›Fahren soeben an den großen Concorde- und Caravelle-Modellen vorbei. Tatue, Hervé und Gagny sind unmittelbar hinter mir.‹

›Ermont an Zentrale! Eine kanadische Grumman Gulfstream hat für die nächsten Minuten um Rollgenehmigung zur Startbahn gebeten.‹

›Wo steht die Maschine?‹

›Vor dem Pavillon d'Honneur.‹

›Bitten Sie den Tower, die Rollgenehmigung aus technischen Gründen zu verzögern.‹

›Verstanden!‹

Im nächsten Moment war Rastignacs Stimme zu hören. ›Versucht alle, das Tor zum Sonderabstellplatz zu passieren. Kommando übernimmt derjenige, der dem Verfolgten am nächsten ist; er darf keinesfalls entkommen!‹

Pierres Fahrer bog nach links in eine breite Querstraße ein und hielt unmittelbar darauf an einem Tor auf der rechten Seite.

›Zentrale an die Bereitschaftswagen auf dem Rollfeld! Jagen Sie zum Pavillon für Staatsgäste!‹

›Verstanden!‹ wurde zweimal bestätigt.

›Haben die Zufahrt zum Sonderabstellplatz erreicht!‹ meldete Massol. ›Posten erscheint. Zielperson zeigt Paß. Tor wird geöffnet. Taxi fährt an. Ich folge!‹

Der Reporter hielt seinen Presseausweis nach draußen. »Wir gehören zu dem Bonzen da vor uns.«

Der Wächter grinste. »Neue Tour, daß Diplomaten ein Taxi benutzen?«

»Staatskarossen sind nicht mehr sicher genug«, antwortete Pierre geistesgegenwärtig. »Aber vorsorglich folgen Beamte der Sécurité.«

In der Nähe des Pavillons stand eine silberne zweimotorige Düsenmaschine. Das Leitwerk zeigte ein Ahornblatt, das kanadische Hoheitszeichen.

Das Taxi fuhr vor die Stufen einer kleinen Gangway, die aus dem Bug des Flugzeuges herausgefahren war.

Professor Darimont stieg aus und wollte gerade zum Cockpit hinaufwinken, als er die hinter ihm haltenden Wagen gewahrte. Erschrocken blickte er um sich.

Mit einem Satz war Pierre bei ihm.

Der Wissenschaftler wich unwillkürlich zurück.

Vom Rollfeld jagten zwei Wagen heran.

Tatue, Gagny und Hervé sprangen aus ihren Fahrzeugen.

»Professor Darimont!« erklärte Pierre Massol bestimmt. »Sie dürfen Paris nicht verlassen!«

Der Gelehrte bewahrte Haltung. Ohne Anzeichen einer Erregung führte er, es sah nach einer Verlegenheitsbewegung aus, zwei Finger hinter das Ziertuch seines Jacketts. »Ich werde Ihnen keine Schwierigkeiten bereiten.« Mit einem Blick zum Cockpit zog er eine grün irisierende Tablette aus der Tasche, zeigte sie dem Piloten, der bestürzt aus dem Fenster schaute, und rief mit erhobener Stimme: »Sonderfall ist eingetreten!« Dann steckte er die Tablette in den Mund und grüßte zur Kanzel hinauf.

Noch bevor Pierre begriff, was geschehen war, brach der Wissenschaftler zusammen.

Tatue sprang hinzu, griff ihm unter die Arme und legte ihn behutsam auf den Zementboden. »Geben Sie Ihre Jacke«, forderte er Pierre auf.

Der handelte wie in Trance, zog sein Jackett aus und schob es unter den Kopf des Professors. Im Geiste sah er Monique vor sich. Um Himmels willen, dachte er. Das habe ich nicht gewollt.

Darimont glich einem Toten. Pierre schaute verstört zum Flugzeug hinüber und gewahrte, daß auch der Pilot plötzlich zusammenbrach. »Nein!« schrie er auf und eilte zum Einstieg.

Tatue blickte verständnislos hinter ihm her.

Pierre hastete die Stufen hoch und rief zurück: »Auch im Cockpit der kanadischen Maschine scheint der Teufel los zu sein!«

Rastignacs Sekretär war sekundenlang wie gelähmt. Dann erfaßte er die Gefährlichkeit der Situation. Es mußte unbedingt vermieden werden, daß das Geschehen publik wurde. Ohne sich weiter um den Professor zu kümmern, lief er zu seinem Wagen und ergiff das Mikrophon. ›Tatue an Zentrale! Frequenzwechsel erforderlich!‹

›Verstanden!‹ erwiderte der Leiter des Sicherheitsdienstes. ›Wählen Sie Tabelle siebzehn!‹

Tatue entnahm dem Handschuhfach ein kleines Heft, blätterte darin und wandte sich an die Fahrer der Wagen. »Stellen Sie Ihre Geräte auf Code drei!«

Mit wenigen Handgriffen war die Weisung befolgt.

Der Sekretär wollte eben auf den Bedienungsknopf seines Mikrophons drücken, als Pierre auf den Stufen der Gangway erschien. Er war kreidebleich und rief: »Die Besatzung scheint tot zu sein.«

Tatue war wie erstarrt. Hilflos blickte er von einem zum anderen. Doch dann raffte er sich zusammen und rief ins Mikrophon: ›Zentrale!‹

›Ich höre Sie!‹

›Zielperson und Flugzeugbesatzung haben sich allem Anschein nach das Leben genommen.‹

Rastignac reagierte erst nach einer ganzen Weile. ›Der erbetene Frequenzwechsel ließ mich schon Schlimmes fürchten. Nicht aber eine derart katastrophale Wendung.‹

›Seien wir froh, daß nur die Angehörigen des Sonderstabes voll eingeweiht wurden.‹

›Vergattern Sie die vom Rollfeld hinzugekommenen Wachposten zu absolutem Stillschweigen! Und sperren Sie mit Ihren Männern das Terrain ab! Niemand darf an das Flugzeug heran! Den Taxifahrer verarzte ich selber. Ich fahre sofort los.‹

Während Tatue mit den ihm zur Verfügung stehenden Beamten das Vorfeld zum Pavillon d'Honneur abriegelte und den Fahrer des Taxis beiseite nahm, machte Pierre im Cockpit der Grumman Gulfstream eine Aufnahme nach der anderen. Das Fieber des

Reporters hatte ihn erfaßt. Eine größere Sensation konnte es nicht geben. Monique kam ihm nicht mehr in den Sinn. Er hatte *sein* ›Watergate‹! Das Surren der Schnappschüsse seiner Hasselblad nahm kein Ende. Von oben und unten, von links und rechts fotografierte er die leblose Besatzung. Beide Piloten waren über ihren Steuersegmenten zusammengebrochen.

Pierre Massol begnügte sich nicht damit, das grausige Geschehen im Cockpit festzuhalten. Er machte ebenfalls Aufnahmen von der Passagierkabine, die zu seiner Verwunderung nur vier, allerdings sehr komfortable Liegesessel aufwies. Erstaunlicher war noch, daß sich hinter diesen, getrennt durch eine dünne Wand, ein Raum befand, in dem mehrere Treibstoffbehälter installiert waren. Auch diese fotografierte er, und er glaubte schon, das Wichtigste mit der Kamera eingefangen zu haben, da bemerkte er bei der Rückkehr in die Kabine, daß deren blauer Veloursteppich mit einer feinen, aber dichten und gleichmäßig verteilten Sandschicht bedeckt war, in der sich Fußabdrücke abzeichneten. Er richtete die Hasselblad bereits auf den Boden, als er von draußen aufgeregte Schreie hörte. Sofort eilte er zum Ausstieg und sah, daß mehrere Beamte der Sécurité zusammengelaufen waren und ratlos das Jackett umstanden, das er dem Wissenschaftler unter den Kopf geschoben hatte.

Tatue gebärdete sich verzweifelt. »Darimont ist verschwunden! Das kann nicht mit rechten Dingen zugehen!«

Pierre riß die Kamera hoch und schoß ein Bild von seiner zusammengerollten Jacke und den entgeistert dreinblickenden Männern. Dann trieb ihn eine böse Ahnung in das Cockpit zurück.

Wie gelähmt stand er da, als er gewahrte, daß die vor wenigen Minuten noch über ihren Arbeitsplätzen wie tot zusammengebrochene Besatzung nicht mehr an Bord war. Ihm wurde unheimlich zumute. Das Geschehen raubte ihm den Atem. Was er erlebte, ließ sich nicht erklären, war unfaßbar, unglaubwürdig. Darüber berichten? Lieber nicht!

Doch dann sagte er sich: Ich habe Zeugen! Und Fotos! Sie belegen ...

Tatue eilte die Stufen hoch.

Pierre hörte ihn kommen und wandte sich um. »Zu spät, mein Lieber. Die Herren sind bereits davongeflogen.«

Rastignacs Sekretär lehnte sich wie erschöpft an die Kabinentür. »Das kann nicht wahr sein!«

»Überzeugen Sie sich selbst!«

»Aber es ist doch unmöglich, daß Menschen, dazu noch tote, einfach verschwinden!«

»Vielleicht waren sie gar nicht tot, haben sich nur verstellt und dann unsichtbar gemacht. Erinnern Sie sich an den Film ›Ein Mann geht durch die Wand‹? Da war ...«

»Hören Sie auf! Science-fiction hat nichts mit der Wirklichkeit zu tun.«

»Das habe ich auch nicht behauptet. Mir gehen ganz andere Dinge durch den Kopf.«

Tatue sah ihn fragend an.

Pierre schwieg. Seine Gedanken waren zu Monique gewandert. Wenn er veröffentlichte, was sich zugetragen hatte, stieß er ihr den Dolch in die Brust. Dann hatte er sie für immer verloren. Noch völlig unter dem Schock der Ereignisse überlegte er, wie er das eine mit dem anderen verbinden könnte: Furore machen und Monique gewinnen.

Nachdem der Leiter des Sicherheitsdienstes sich über das mysteriöse Geschehen bis ins kleinste Detail informiert hatte, ging er, ohne erkennen zu lassen, was er von den widersinnigen Ereignissen hielt, sachlich zur Tagesordnung über. Er gab einer zum Flughafen beorderten Truppe die Weisung, das kanadische Flugzeug bis auf weiteres zu bewachen und jeden festzunehmen, der – möglicherweise in der Nacht – den Versuch machen sollte, sich der Maschine zu nähern. Die Angehörigen des Sonderstabes sowie die vom Rollfeld hinzugezogenen Beamten beorderte er zum Quai d'Orsay. Pierre Massol hingegen forderte er auf, sich zu ihm in den Wagen zu setzen.

»Wissen Sie, ich möchte ohne Zuhörer mit Ihnen sprechen«, erläuterte er, als sie im Fond seines Citroën, der vom Fahrer durch eine Scheibe getrennt war, Platz genommen hatten.

»Ich kann mir denken, warum.«

»Um so besser. Was Sie mir über Ihre damaligen Versuche, Darimonts Tochter auszuhorchen, vertraulich erzählt haben ...«

»... brachte Sie auf die Idee, mich auf die gleiche Fährte anzusetzen?«

»Erraten!«

»Und wie soll ich die Verbindung neu knüpfen? Indem ich dem Mädchen die Wahrheit sage?«

»Natürlich nicht. Da keine Zeitung darüber berichten wird ...«

»Wissen Sie das so bestimmt? Wenn ich bedenke, daß über hundert Personen an der heutigen Aktion teilgenommen haben, dann erscheint es mir unwahrscheinlich, daß keiner reden wird.«

»Da können Sie unbesorgt sein«, versicherte Rastignac. »Die an den Bahnhöfen und Flugplätzen eingesetzten Beamten erhielten zwar das Foto des Professors, doch war darauf weder sein Name genannt, noch ein Hinweis gegeben, daß es sich um einen der vermißten Wissenschaftler handelt. Wir waren so frei, ihn als den Boß einer Rauschgiftschmugglerbande zu deklarieren.«

Pierre war verblüfft. »Und vor Tagen haben Sie meinen primitiven Vorschlag gelobt?«

»Warum nicht? In ihm steckten durchaus brauchbare Elemente.«

»Herzlichen Dank! Aber zurück zu meiner Frage, wie ich den Kontakt mit Darimonts Tochter aufnehmen soll.«

»Bei Ihrer Intelligenz wird Ihnen schon was einfallen.«

»Leicht gesagt.«

»Sie hatten sich bekanntlich ein großes Ziel gesetzt. Was ist nun damit? Kein sensationeller Bericht, keine hohe Belohnung! Ein recht mageres Ergebnis, wie ich finde.«

»Das kann sich schnell ändern«, widersprach Pierre. »Über das Kennzeichen des Flugzeuges läßt sich dessen Eigentümer unschwer ermitteln. Und dann sehen wir weiter.«

»Moment«, ereiferte sich Rastignac. »Ihre Überlegung in Ehren. Doch das ist mein Ressort!«

»Und was ist meines?«

»Denken Sie nach, Monsieur! Schon damals haben Sie den richtigen Riecher gehabt. Die Entwicklung hat es bewiesen. Außer Mademoiselle Darimont gibt es niemanden, aus dem etwas herauszuholen wäre!«

»Für mich könnte Ihr Vorschlag aber zum Abstellgleis werden. Dann bin ich weg vom Fenster.«

»Keineswegs! So wie Sie mich auf dem laufenden halten, werde ich Sie über meine Recherchen informieren.«

»Und es bleibt bei unserer Abmachung über das Exklusivrecht der Berichterstattung?«

»Selbstverständlich.«

»Nun gut, ich werde mein möglichstes tun, um mit Mademoiselle Darimont wieder in Verbindung zu treten. Doch das weiß ich schon jetzt: einfach wird's nicht werden. Sie ist ein schwieriger Fall.«

Rastignac spitzte die Lippen. »Vielleicht sollten Sie den Journalisten in ihnen ein wenig zurückstellen und dafür dem Mann mehr Spielraum geben.«

Im weiteren Verlauf der Fahrt wich Rastignac jeder Erörterung über die unerklärlichen Ereignisse aus. Erst als sie sich dem Zentrum von Paris näherten, nahm er das Thema wieder auf und bat darum, ihm von den Fotos je eine Vergrößerung zu liefern.

»An der heutigen Sitzung brauchen Sie ja nicht teilzunehmen«, fügte er beiläufig hinzu. »Herauskommen wird ohnehin kaum etwas. Im Moment können wir nichts anderes tun, als in Kanada Ermittlungen anzustellen. Außerdem müssen wir eruieren, ob vor fünf Tagen, also zu dem Zeitpunkt, da binnen weniger Stunden vier namhafte europäische Wissenschaftler aus unserer Stadt verschwanden, eine Sondermaschine nach Montreal, Quebec, Ottawa oder sonstwohin in dieses weite Land gestartet ist.«

Obgleich es für die Empfehlung, der Besprechung des Sonderstabes fernzubleiben, naheliegende Gründe gab, stieg in Pierre der Verdacht auf, ihm sollten Details vorenthalten werden. Er fühlte sich zurückgesetzt und nahm sich vor, Gleiches mit Gleichem zu vergelten und der Sécurité nur einen Teil seiner Aufnahmen auszuhändigen. Es war durchaus möglich, daß das eine oder andere Foto Dinge vermittelte, die von Bedeutung sein konnten. Da war es gut, nicht das gesamte Material herauszurücken.

Aus diesem Grund faßte Pierre auch den Entschluß, über eine Sache, die er brennend gern zur Sprache gebracht hätte, nicht zu reden. Weder dem Chef des Sicherheitsdienstes noch einem seiner Beamten war bei der Besichtigung des Flugzeuges der staubartige, gleichmäßig auf dem Veloursteppich verteilte Sand aufgefallen. Um zu gegebener Zeit demonstrieren zu können, daß er über eine besonders gute Beobachtungsgabe verfügte, war er auf die Idee gekommen, heimlich eine Probe des Sandes in einem kleinen Plastikbeutel mitzunehmen, den er in einem Schubfach der Pantry der Düsenmaschine gefunden hatte. Jetzt aber schien es ihm geraten, auf diese Selbstdarstellung zu verzichten. Es war eine Trotzreaktion, die Pierre eines Tages willkommene Trumpfkarten in die Hand spielen sollte.

Zunächst verlief jedoch alles ganz normal. Als er am Spätnachmittag die Vergrößerungen ablieferte, bedankte sich Rastignac sehr herzlich und forderte ihn auf, gleich am nächsten Morgen wiederzukommen. Bis dahin könne mit dem Ergebnis der Recherchen gerechnet werden, die via Interpol über den Eigentümer der Grumman Gulfstream eingeleitet worden seien.

In der Nacht aber ereignete sich etwas, das nicht nur den Sicherheitsdienst, sondern auch die Verwaltung des Flughafens Orly in helle Aufregung versetzte. Die zur Bewachung des kanadischen Flugzeuges eingesetzten Posten meldeten, daß die Maschine um 02.36 Uhr unter einem Geräusch, das an starken Regen erinnerte, innerhalb von Sekunden in sich zusammengefallen sei und sich buchstäblich in Nichts aufgelöst habe. Lediglich eine kaum fünf Millimeter hohe Schicht von grauem Metallstaub war zurückgeblieben. Darin befanden sich, wie eine noch zu gleicher Stunde eingesetzte Kommission feststellte, viele winzige gelbe Kügelchen, von denen, ebenso wie von dem grauen Rückstand, sofort mehrere Proben an verschiedene Institute zur Untersuchung gesandt wurden.

»Der Fall Darimont wird teuflisch«, stöhnte Rastignac, als Pierre bei ihm erschien. Erregt preßte er die Hände gegen die Schläfen. »Ich bin am Ende mit meinem Latein!«

Pierre Massol reagierte auf die Schilderung des rätselhaften Geschehens in Orly anders als der Leiter der Sécurité. *Sein* ›Watergate‹ hatte Ausmaße angenommen, wie er sie sich aufregender nicht wünschen konnte. »Warten wir erst einmal ab, was Interpol meldet«, versuchte er zu beschwichtigen. »Der Inhaber des Flugzeuges wird ...«

»... einen Namen haben und von nichts wissen!« schrie Rastignac aufgebracht. »Die Folge werden Verhöre und nochmals Verhöre sein! Meine besten Leute werde ich nach Kanada schicken müssen! Und wem habe ich das zu verdanken? Wenn Sie Darimont nicht fotografiert hätten, wäre mir vieles erspart geblieben. Jetzt aber kommt eine Katastrophe auf mich zu. Oder glauben Sie, daß der mysteriöse Zerfall eines Flugzeuges nicht publiziert wird? Ich habe zwar alle Hebel in Bewegung gesetzt, um das Schlimmste zu verhüten, muß jedoch damit rechnen, daß die Presse schon in Kürze Wind davon bekommt und über den Fall berichtet. Meinen Sie, daß es Ihnen dann noch gelingt, aus Mademoiselle Darimont etwas herauszuholen? Dann ist die einzige Quelle versiegt, die uns noch hätte weiterhelfen können.«

Pierre war sekundenlang unfähig, einen klaren Gedanken zu fassen. Doch dann gewann sein Widerstandsgeist die Oberhand. Sollte er tatenlos zusehen, wie ihm die Felle davonschwammen? Nein und nochmals nein! Er mußte die Initiative ergreifen, mußte dafür sorgen, daß noch vor Erscheinen der von Rastignac befürchteten Pressemitteilung ein erstes Gespräch mit Monique zustandekam. Danach mußte er, selbstverständlich unter anderem Namen, einen Artikel schreiben, der trotz aufregenden Inhaltes nichts Konkretes schilderte und ihm die Möglichkeit bot, Monique zu beruhigen, wenn sie sich nach der Lektüre, wie er zuversichtlich hoffte, Rat suchend an ihn wenden würde. Er schwor sich, wie einst der berühmte Lawrence von Arabien zu handeln, der es als Ehrensache betrachtet hatte, eine Situation, in die er wider Willen geraten war, mit höchster Bravour zu meistern.

Bereits eine Stunde später stand Pierre in der Nähe eines der Eingänge zum Jardin des Plantes und blickte durch ein Gebüsch zur Rue Linné hinüber. Er wußte, daß Monique regelmäßig um diese Zeit von der Sorbonne in ihr Heim zurückkehrte und seit Jahr und Tag nicht mehr den kürzeren Weg durch die Rue Lacépède wählte, in der er wohnte.

Seine Geduld wurde nicht lange auf die Probe gestellt. Schon nach einer Viertelstunde sah er Monique kommen.

Sie machte einen gelösten Eindruck. Anders als sonst eilte sie nicht mit nachdenklich gesenktem Kopf nach Hause. Sie wirkte eher beschwingt, gerade so, als habe sich die fließende Bewegung ihres Chiffonkleides auf sie übertragen. Und dessen weicher, gelber Schimmer bildete einen reizvollen Kontrast zu ihrem schwarzglänzenden Haar, das schräg in die Stirn gekämmt war und sich seitlich an ihre Wangen legte.

Pierre wartete, bis Monique die Ecke zur Rue Cuvier erreichte, verließ dann den Park und ging geradenwegs auf sie zu. Mit einer Miene, als sei er sich nicht schlüssig, ob er sie ansprechen oder an ihr vorbeigehen solle, sagte er recht banal: »Mein Gott, Monique! Wir haben uns ja lange nicht mehr gesehen. Wie geht es Ihnen?«

»Gut«, antwortete sie und reichte ihm die Hand, als hätte es nie eine Differenz zwischen ihnen gegeben.

»Sie sehen blendend aus!«

»Herzlichen Dank für das Kompliment.«

»Und wie geht es Ihrer Frau Mutter?«

Monique seufzte. »Den Verhältnissen entsprechend. Sie erträgt ihr Leiden nun schon seit fünf Jahren. Ich wünsche mir für sie – und ich bin so ehrlich hinzuzufügen: auch für mich –, daß sie bald ihre Ruhe findet. Es ist entsetzlich, nicht helfen zu können.«

Pierre nickte zustimmend. »Ich habe in der Vergangenheit oft versucht, mich in Ihre Lage zu versetzen. In solchen Momenten hat es mir besonders leid getan, daß ich damals ...«

»Vergessen wir unseren Disput«, unterbrach sie ihn. »Wir stehen in der Gegenwart, die den Schnittpunkt zwischen dem Gestern bildet, das in unserer Erinnerung fortlebt, und dem Morgen, dem wir hoffend und bangend entgegensehen.«

Pierre mußte lachen. Monique hatte sich um nichts geändert.

Sie sah ihn verwundert an.

»Keine Sorge!« beeilte er sich zu versichern. »Ich mache mich nicht über Sie lustig, bin vielmehr erleichtert über das, was Sie – wenngleich etwas wissenschaftlich formuliert – zum Ausdruck brachten.«

Monique konnte es nicht unterlassen, seine Einschränkung sofort aufzugreifen. »Wie Sie wissen, habe ich mich der Naturwissenschaft, für die der Mensch ganz oben steht, mit Leib und Seele verschrieben. Ergo muß ich mir stets bewußt sein, daß wir nicht nur Zuschauer, sondern auch Akteure im Schauspiel des Lebens sind.«

Pierre war überzeugt, daß Monique sich bemühte, ihre Empfindungen hinter Worten zu verbergen. Er fragte deshalb: »Können wir uns nicht weniger gelehrt unterhalten?«

»Gewiß«, antwortete sie. »Jeder Mensch kann tun, was er will. Er kann nur nicht wollen, was er will.«

Pierre hob abwehrend die Hände. »Soll ich denn total kampfunfähig gemacht werden? Noch dazu bei dieser Hitze!«

Schalk lag in ihren Augen. »Waren Sie deshalb im Jardin?«

»Ja. Allerdings auch aus Langeweile. Vielleicht können wir uns gelegentlich einmal über diese schreckliche Eintönigkeit des Lebens unterhalten. Die Ursache soll ja vielfach ein gestörtes Verhältnis zwischen Mann und Frau sein.«

Wenn Pierre sich einbildete, auf geschickte Weise ein Thema angeschnitten zu haben, das ihnen helfen würde, über ihr Alleinsein zu sprechen, dann wurde er schnell eines Besseren belehrt. Denn Monique explizierte:

»Da wäre zunächst festzustellen, daß die Verschiebungen in den Fundamenten unseres Daseins so groß geworden sind, daß der Mensch – wie mein Vater sich ausdrückte – in naher Zukunft nur noch sich selbst gegenüberstehen wird.«

Pierre erkannte, daß ihm nichts anderes übrig blieb, als den beflissenen Schüler zu spielen. »Ist Ihr Postulat zu belegen?« erkundigte er sich. »Können Sie mir die Ursache der Verschiebungen nennen?«

»Natürlich«, antwortete Monique, ohne zu zögern. »Die Verschiebungen resultieren aus der unbegrenzten Ausbreitung der Macht, die wir zur Zeit erleben. Das gilt nicht nur für die Staatsmänner unserer Tage. Wir alle sind auf dem besten Wege, in die Lage eines Kapitäns zu geraten, der ein Schiff zu führen hat, welches so übermäßig mit Stahl beladen ist, daß die Nadel des Kompasses nicht mehr zum magnetischen Nordpol, sondern auf die verstauten Eisenmassen zeigt. Und wie jener Kapitän zwangsläufig im Kreis fahren wird, so werden auch wir uns bald nur noch um uns selbst drehen und unser Ziel niemals erreichen.«

»Bald!« fiel Pierre triumphierend ein. »*Bald* haben Sie gesagt! Ihre düstere Prognose hat somit für heute noch keine Gültigkeit. Deshalb hoffe ich, wenigstens das Ziel zu erreichen, das ich mir in diesem Augenblick setze: Ich möchte mich dafür bedanken, daß Sie unsere damaligen Differenzen nicht angesprochen haben. Darf ich Sie zu einem Aperitif einladen?«

»Gerne«, antwortete Monique. »Aber nur für eine halbe Stunde. Länger möchte ich meine Mutter nicht warten lassen.«

Als Pierre sich von Monique verabschiedet hatte, drängte es ihn, das Bistro am Boulevard Saint Michel aufzusuchen, in dem sich mit ziemlicher Gewißheit sein Bruder um diese Zeit aufhielt. Er hatte das Bedürfnis, über Monique zu sprechen. Sie war im weiteren Verlauf des Gespräches nicht wiederzuerkennen gewesen, hatte endlich den Katheder verlassen und einen betörenden Charme entwickelt. Ihre Stimme war weich und einschmeichelnd geworden, ihre Gesten hatten nicht mehr Lehrsätze unterstrichen, sondern jedes ihrer Worte gleichsam schützend auf den Weg gebracht.

Noch unschlüssig, welche Richtung er einschlagen sollte, fragte sich Pierre, ob seine Gegenwart Monique so verändert hatte. Er kam jedoch nach einigen Überlegungen zu dem Schluß, daß ihre

Wandlung etwas mit ihrem Vater zu tun haben müsse. Denn gleichgültig, ob ihr sein Reiseziel bekannt war oder nicht, er hatte sich getarnt und wie ein Greis am Arm führen lassen. Da mußte es sie beruhigen, daß es ihm gelungen war, aus Paris herauszukommen, ohne erkannt worden zu sein. Vermutlich war es diese Gewißheit, die sie verändert und glücklich gemacht hatte.

Unter den gegebenen Umständen hielt Pierre es nicht mehr für angebracht, sich mit Jean-Paul zu treffen. Die Lust, von Monique zu schwärmen, war ihm vergangen. Konnte nicht schon morgen wieder alles ganz anders aussehen? Wie würde sie zum Beispiel den Artikel aufnehmen, den er anonym zu schreiben gedachte? Würde sie sich dann wirklich, wie er hoffte, Hilfe suchend an ihn wenden? Bestand nicht auch die Möglichkeit, daß sie sich abermals zurückziehen würde?

Die Idee mit dem Zeitungsartikel wollte ihm plötzlich nicht mehr gefallen. Was aber sollte er tun? Er entschloß sich, Rastignac aufzusuchen. Der würde staunen, wenn er hörte, daß es ihm so bald schon gelungen war, mit Monique wieder ins Gespräch zu kommen.

Ganz wohl fühlte Pierre sich nicht bei diesem Gedanken. Er war sich bewußt, daß sein Handeln im Widerspruch zu dem stand, was er eben noch für Monique empfunden hatte.

Zu seiner Verblüffung empfing ihn der Chef des Sicherheitsdienstes trotz der späten Stunde in bester Stimmung. »Ich bedaure, daß mir heute morgen die Nerven durchgegangen sind«, entschuldigte er sich.

»Kein Wunder bei dem, was auf Sie eingestürmt war«, beruhigte ihn Pierre.

»Ja, es war ein bißchen viel. Doch nun sehe ich nicht mehr ganz so schwarz.«

»Gute Nachricht?«

»Wie man's nimmt. Der Bescheid, den wir aus Kanada erhielten, ist so unglaublich, daß niemand es wagen wird, mir oder meinen Beamten auch nur den geringsten Vorwurf zu machen. Stellen Sie sich vor: Die Grumman Gulfstream, die hier zu Staub zerfiel, ist in dem Land, dessen Hoheits- und Kennzeichen sie führte, überhaupt nicht registriert!«

»Das gibt's doch nicht«, entfuhr es Pierre.

»Haben wir auch gedacht und sofort nochmals rückgefragt. Das gleiche Ergebnis.«

Tatue trat in den Raum. »Monsieur, der Tower von Orly bleibt dabei: das Kennzeichen lautete CF – YMC. Dasselbe erklärt die Leitstelle Shanwick.«

»Was hat die damit zu tun?«

»Alle Flugzeugführer, die, von Kanada kommend, auf der sogenannten Nordroute Europa anfliegen, haben sich in Shanwick anzumelden. Dem entsprach auch der Pilot der CF – YMC. Er nahm am siebten August um 16.12 Uhr die erste Verbindung mit dieser Leitstelle auf. Das genannte Kennzeichen ist also unzweifelhaft identisch mit dem, das Orly meldete. Dort landete die CF – YMC um 17.02 Uhr.« Er überreichte ein Blatt. »Ich habe Ihnen alle Daten notiert.«

»Und Kanada behauptet, daß es das Kennzeichen CF – YMC überhaupt nicht gibt!« schimpfte Rastignac. »Was sagen Sie dazu, Monsieur? Ist das nicht ein Stück aus dem Tollhaus?«

»Zumindest ist es nicht zu verstehen.«

»Auf jeden Fall wissen wir jetzt, daß wir es nicht mit irgendwem, sondern mit einer Gruppe zu tun haben, die über erstaunliche Mittel verfügt und mit unglaublicher Frechheit zu Werke geht. Man stelle sich vor: Da fliegt eine Maschine von Kanada mit einem falschen Kennzeichen nach Frankreich!«

Pierre schüttelte den Kopf. »Mir ist vor allem unvorstellbar, daß ein Flugzeug mit nicht ordnungsgemäßen Kennzeichen im Heimatland die Starterlaubnis erhält. Anderswo, im Ausland, mag das vielleicht nicht gleich auffallen, aber ...«

Rastignac unterbrach ihn. »Wo ist die Maschine gestartet?« fragte er, an Tatue gewandt.

»Keine Ahnung. Wir erfuhren lediglich von der Leitstelle ...«

»Dann sputen Sie sich gefälligst!« brauste der Chef des Sicherheitsdienstes auf. »In spätestens einer Stunde will ich wissen, wo die Maschine gestartet ist.«

Tatue hastete davon.

Rastignac klopfte Pierre auf die Schulter. »Ihre Überlegung war richtig. Sie könnte uns weiterhelfen.«

»Da gibt es noch etwas, das meines Erachtens nicht stimmt. Darf ich die Daten sehen, die Monsieur Tatue Ihnen übergab?«

»Bitte.«

»Ich hab' mich tatsächlich nicht verhört«, erklärte Pierre nach einem Blick auf die Notiz. »Es heißt hier: 16.12 Uhr wurde die Verbindung mit Shanwick aufgenommen. Um 17.02 Uhr landete die Maschine in Orly. Das ist unmöglich. Allenfalls die Concorde könnte eine solche Strecke in fünfzig Minuten durchfliegen, keinesfalls eine Grumman Gulfstream, die höchstens neunhundert Kilometer in der Stunde zurücklegt.«

»Woher wissen Sie das?«

»Ich hab' den Führerschein für Sportflugzeuge.«

Rastignacs buschige Augenbrauen hoben sich. »Dann sind Sie der richtige Mann, die angegebenen Zeiten zu überprüfen. Auch von Ihnen möchte ich in einer Stunde einen klaren Bescheid haben. Telefon und Fernschreiber stehen Ihnen zur Verfügung.«

Monique war vergessen. Pierre witterte Morgenluft. Und was er und Tatue in kurzer Frist zusammentrugen, waren Fakten, die den Fall Darimont noch verwirrender machten, als er schon war. Auf keinem kanadischen Flughafen war jemals eine Grumman Gulfstream mit dem Kennzeichen CF – YMC gestartet. Die Maschine mußte somit aus einem anderen Land gekommen sein. Doch nicht genug damit. Pierre stellte fest, daß am siebten August nicht eine, sondern zwei Maschinen vom Typ Grumman Gulfstream – beide angeblich aus Kanada kommend – in Orly gelandet waren. Der Pilot der CF – YMC hatte sich jedoch nicht um 16.12 Uhr, wie angegeben, sondern um 14.29 Uhr in Shanwick gemeldet. Die falsche Zeitangabe war durch die zweite Maschine entstanden, deren Kapitän um 16.12 Uhr den ersten Kontakt mit der Leitstelle aufgenommen hatte. Und dieses Flugzeug war um 18.15 Uhr in Orly gelandet.

»Der Widerspruch zwischen den Landezeiten und den Meldungen von Shanwick ist damit aufgeklärt«, erläuterte Pierre. »Aber nun kommt der Clou! Auch die zweite Grumman Gulfstream, die das kanadische Kennzeichen CF – YAD führt, ist nicht in Kanada registriert!«

Rastignac lachte hölzern. »Ich gebe es auf, mich in dieser Angelegenheit noch aufzuregen.«

Pierre Massol verneigte sich wie ein Diener. »Monsieur, das macht es mir leicht, die Ergebnisse einiger weiterer Ermittlungen ohne Umschweife zu servieren. Der Pilot der CF – YMC gab der Leitstelle Shanwick bekannt, er komme von Montreal. Die Besatzung der CF – YAD meldete Toronto als Startort. Unnötig zu sagen, daß die Rückfrage bei beiden Flughäfen negativ verlief. Doch ich bin noch nicht zu Ende. Die CF – YAD startete am nächsten Morgen, am achten August, um 10.30 Uhr von Orly zum Rückflug nach Toronto, und ihr Kapitän meldete sich um 12.40 Uhr bei Scottish FIR ab, dem Anlaufpunkt für die Südroute. Muß ich noch erwähnen, daß diese Maschine nicht in Toronto gelandet ist?«

Rastignac, der plötzlich starr vor sich hin geblickt hatte, schnellte aus seinem Sessel hoch. »Am achten August haben Sie gesagt? An jenem Morgen verschwanden die vier Wissenschaftler aus Paris! Tatue! Schicken Sie sofort den Engländer und den Deutschen zu mir!«

Tatue eilte davon.

Rastignac rieb sich die Hände. »Wenigstens dieser Punkt wird jetzt geklärt. Dann sind wir die ersten, die aufzeigen können, auf welchem Weg die Vermißten verschwinden.«

Als Tatue mit dem Briten und dem Deutschen erschien, erkannte Pierre in ihnen die Männer, die an dem für ihn so denkwürdig gewordenen Nachmittag im Bistro am Nebentisch gesessen hatten.

Rastignac stellte den Mitarbeiter des britischen Secret Intelligence Service und den Kollegen vom deutschen Bundesnachrichtendienst vor und fuhr übergangslos auf englisch fort: »Ja, Gentlemen, wir sind einen wichtigen Schritt weitergekommen. Rekapitulieren Sie bitte für Herrn Massol Ihre Feststellungen.«

»Die sind schnell zusammengefaßt«, antwortete der Engländer. »Am siebten August nahmen die zur Debatte stehenden vier Wissenschaftler in der Universität an einem Symposion über den Mißbrauch von Energie und Rohstoffen teil. Alle vier Herren waren für den nächsten Tag als Redner verpflichtet, doch keiner von ihnen erschien. Man rief das Hotel an, in dem sie abgestiegen waren, und erfuhr, daß sie um neun Uhr abgeholt worden waren. Das ist alles, was ermittelt werden konnte. Es gibt weder einen Hinweis noch eine Spur.«

»Seit ein paar Minuten doch!« triumphierte Rastignac. »Und deshalb habe ich Sie rufen lassen. Sie können getrost in Ihre Heimat zurückkehren, denn nun steht fest, daß sich keiner der vier Vermißten noch in Frankreich aufhält. Sie kennen den Fall Darimont. Das Flugzeug, das zweifellos hierher geflogen war, um den Professor abzuholen, zerfiel in Nichts. Dennoch gelang es uns herauszufinden, daß die Maschine ein falsches Kennzeichen führte und nicht aus Kanada kam. Gleiches gilt für ein zweites Flugzeug, dessen Besatzung mit der nachweislich unwahren Behauptung, von Toronto zu kommen, am siebten August in Orly landete und am Morgen des achten August um 10.30 Uhr zum Rückflug nach Toronto startete, dort jedoch nie angekommen ist. Man braucht nur wenig Intelligenz für den Schluß, daß sich die vier verschwundenen Wissenschaftler an Bord dieser Maschine befanden. Meine Herren, Ihr Auftrag ist damit erledigt. In Frankreich gibt es niemanden mehr, den Sie aufspüren könnten. So sorry, gentlemen!«

Den Agenten blieb nichts anderes übrig, als sich zu verabschieden. Tatue begleitete sie nach draußen, und Rastignac nutzte die Gelegenheit, Pierre nochmals klarzumachen, wie notwendig es sei, daß er mit Mademoiselle Darimont wieder Kontakt aufnehme.

Der Journalist genoß es, gelassen zu erwidern: »Aber, Monsieur! Darüber haben wir doch heute mittag schon gesprochen. Und ich hab' mich auch gleich auf den Weg gemacht. Mademoiselle Monique war übrigens reizend zu mir. Ich habe sie zu einem Aperitif eingeladen.«

»Sie sind ein Teufelskerl!« begeisterte sich Rastignac. »Haben Sie Ihre Fühler bereits ausgestreckt?«

»Ich werde mich hüten, den Fehler zu wiederholen, den ich damals gemacht habe.«

»Bravo!«

»Ich kann Ihnen aber sagen, daß die junge Dame in glänzender Stimmung war. Der Grund scheint mir klar zu sein. Sie glaubt ihren Vater in Sicherheit.«

Zum zweiten Mal erlebte Pierre an diesem Tag, daß Rastignac ihm wohlwollend auf den Rücken klopfte. »Gut kombiniert! Ich verlasse mich auf Sie!«

Trotz der nützlichen Ermittlungen, die er angestellt hatte, war Pierre Massol höchst unzufrieden, als er kurz vor Mitternacht seine Wohnung erreichte. Auf dem Weg dorthin hatte er das Geschehen der letzten achtundvierzig Stunden noch einmal Revue passieren lassen und war zu dem Ergebnis gekommen, daß die Recherchen der Sécurité den unfaßlichen Ereignissen in Orly auch nicht annähernd gerecht wurden. Ein Professor und eine zweiköpfige Flugzeugbesatzung hatten sich vor den Augen geschulter Beamten buchstäblich in Nichts aufgelöst. Eine Düsenmaschine war über Nacht zu Staub zerfallen. Wie sollte angesichts so spektakulärer Vorgänge die Feststellung, daß es Flugzeuge gibt, die mit falschen Kennzeichen fliegen, weiterhelfen können?

Und was war mit Monique? Je länger er über sie nachdachte, um so klarer wurde ihm, daß ein Gespräch über ihren Vater nur möglich werden würde, wenn sie sich Rat suchend an ihn wandte.

Also doch den Zeitungsartikel schreiben?

Alle Bedenken beiseite schiebend, setzte Pierre sich hin und verfaßte einen vagen, in keinem Punkt konkret werdenden Bericht über das Verschwinden eines Flugzeuges samt seiner Besatzung und einer älteren Person, deren Name unbekannt sei. Natürlich hütete er sich, das Wort ›Zerfall‹ zu gebrauchen. Diesen Artikel legte er am nächsten Morgen Charles Paré, dem Chefredakteur, vor, nachdem er ihn unter dem Siegel der Verschwiegenheit über die unglaublichen Vorkommnisse informiert hatte. Er überzeugte ihn, daß die Tochter des vermißten Professors über ihren Vater gewiß erst sprechen würde, wenn sie sich Sorge um ihn machte. Er selbst dürfe das Thema nicht anschneiden, weil er sonst Gefahr laufe, das alte Mißtrauen neu zu wecken. Nur wenn sie sich an ihn wende, bestehe Aussicht, von ihr Dinge zu erfahren, die preiszugeben sie unter anderen Umständen niemals bereit sein werde.

Obgleich Paré sich dem Argument nicht verschließen konnte, daß Darimonts Tochter Verdacht schöpfen würde, wenn der Artikel in einer Zeitung erschien, für die Pierre tätig war, untersagte er ihm, den Schriftsatz in einem Boulevardblatt zu veröffentlichen.

Noch während sie darüber debattierten, rief Rastignac an und fragte den Chefredakteur scherzhaft betont: »Hält sich *mein* neuer Mitarbeiter zufällig bei Ihnen auf?«

»Sie haben Glück, Monsieur!« antwortete Paré. »Er sitzt neben mir. Sind Sie zufrieden mit ihm?«

»Sie wissen doch, welchen Brocken er mir vor die Füße geworfen hat!«

»Das ist so seine Art. Ich übergebe. Au revoir, monsieur!«

Pierre meldete sich.

Ohne lange Vorrede erklärte Rastignac: »Ich habe bis tief in die Nacht überlegt, wo wir den Hebel ansetzen könnten, um weiterzukommen. Ergebnis meiner Grübelei: Wir müssen uns mit wissenschaftlichen Kapazitäten über die Möglichkeit des Unsichtbarwerdens von Menschen und über den Zerfall von Materie unterhalten. Ich habe soeben mit dem Rektor der Sorbonne gesprochen. Er sicherte mir zu, uns geeignete Experten vom ›Centre National de la Recherche Scientifique‹ zu vermitteln. Da ich ihm bedeutete, daß die Angelegenheit äußerst dringend ist, rechne ich mit einem baldigen Bescheid. Hinterlassen Sie deshalb heute und morgen stets, wo Sie zu erreichen sind. Ich möchte Sie dabeihaben.«

»Herzlichen Dank!« erwiderte Pierre erfreut. »Für die nächsten Stunden steht mein Programm fest. Bis vier erreichen Sie mich in der Redaktion. Um fünf werde ich Mademoiselle Darimont vor der Sorbonne in Empfang nehmen. Ab sieben halte ich mich in meiner Wohnung auf.«

Rastignac beendete das Gespräch mit der vielsagenden Prophezeiung: »Tatue wird eines Tages eifersüchtig auf Sie werden.«

Monique war überrascht und zugleich erfreut, als sie beim Verlassen der Sorbonne Pierre vor dem Portal stehen sah. In der Hand hielt er einen kleinen Strauß, den er ihr mit einer wie um Entschuldigung bittenden Miene überreichte.

»Mißdeuten Sie diesen Gruß nicht. Ich hab' mich über unser gestriges Treffen und das nachfolgende Gespräch so gefreut, daß ich nicht anders konnte, als Sie mit Margeriten zu empfangen. Sie erzählten seinerzeit, daß aus den Blüten umweltfreundliche Insektizide gewonnen werden.«

Dieser Hinweis befreite Monique aus der Verlegenheit, die über sie gekommen war. »Das haben Sie nicht vergessen?«

»Und noch manch anderes nicht!« antwortete er vielsagend.

Sie roch an den Blumen, um ihr Gesicht zu verbergen. Es tat ihr gut, Pierre so sprechen zu hören. »Hier liegt eine Verwechslung vor«, entgegnete sie schließlich. »Es ist nicht die Margerite, sondern die margeritenähnliche Pyrethrumpflanze, aus der das Insektizid gewonnen wird.«

»Und somit war ich wieder ein unaufmerksamer Schüler.«

»Der anfängt, mich zu verwirren«, fiel sie verblüffend offen ein.

Pierre war erstaunt. »Ist solches überhaupt möglich?«

»Warum nicht? Oder halten Sie mich für ein Neutrum?«

»Jetzt möchte ich Sie am liebsten umarmen.«

Monique gab sich burschikos. »Hier vor meinen Kommilitonen? Unterstehen Sie sich!«

»Ich komme zu gegebener Zeit darauf zurück.«

Sie stieß ihn in die Seite. »Schluß mit dem Unsinn! Ich habe mich noch nicht einmal für den schönen Strauß bedankt.«

»Das haben Ihre Augen bereits getan.«

»Erzählen die Ihnen auch, daß ich ihn auf meinen Arbeitstisch stellen werde?«

»Damit Sie ihn direkt vor sich haben?«

»Aus welchem Grund wohl sonst?«

Ihre resolute Art begeisterte Pierre. Gut, daß mein Artikel nicht veröffentlicht wird, schoß es ihm durch den Kopf. Er vergegenwärtigte sich die Folgen, die daraus hätten erwachsen können.

Sie schaute ihn fragend an. »Sind Sie in Gedanken davongeflogen?«

Pierre nutzte die Chance. »Im Gegenteil. Ich habe mich gerade sehr intensiv mit Ihnen beschäftigt. Zwei Jahre haben wir verloren. Kostbare Jahre! Natürlich weiß ich, daß die Schuld bei mir liegt. Ihr damaliger Vorwurf war berechtigt. Ich höre Sie noch sagen: ›Ihnen mangelt es an Ehrfurcht vor den Mitmenschen. Sie denken nur an sich selbst und Ihre Ziele.‹ Schade, daß ich so blöd war.«

»*War?*« wiederholte sie gedehnt.

»Ich hoffe es. Denn ich glaube, vernünftiger geworden zu sein. Jedenfalls in gewisser Hinsicht.«

»Heraus mit der Sprache!« forderte sie, da er keine weitere Erklärung gab.

»Ich habe zum Beispiel kein Auto mehr.«

»Wie bitte?« Monique blieb verwundert stehen. »Sie und Ihr Renault Alpine gehörten doch zusammen wie Hemd und Hose.«

»Ich weiß. In der Stadt komme ich mit der Metro aber schneller vorwärts. Und für die Kosten eines Wagens einschließlich Abschreibung, Versicherung et cetera kann ich das ganze Jahr über Taxi fahren. Wie das die Nerven schont! Ich brauch' nicht mehr fünf- bis zehnmal um Häuserblocks zu kutschieren, um eine Parklücke zu erwischen. Vorbei der Ärger, den Blechschäden verursachen. Vorbei der Krach mit Reparaturwerkstätten. Seit ich den Karren los bin, fühle ich mich wieder als freier Mann.«

Monique lachte. »Und Sie fahren mit der Bahn, wenn Sie Ferien machen oder in einem unserer schönen Wälder mal frische Luft schnappen wollen?«

»Nein, dann miete ich mir einen Wagen. Den brauch' ich nicht waschen zu lassen. Der darf sogar gestohlen werden. Und wenn er kaputt geht, wird er abgeschleppt, und ich bekomme einen anderen.«

Das gefiel Monique. »Ich muß an meinen Vater denken«, erwiderte sie angetan. »Er vertritt die Auffassung, daß sich im Laufe der Jahre zwangsläufig eine neue Verkehrstechnik entwickeln wird. Denn auf die Dauer sei es unmöglich, den immer stärker werdenden Verkehr durch Einbahnstraßen, Ampeln, Zebrastreifen, Stopschilder und was es sonst noch an Hilfsmaßnahmen gibt, in wirklich geordnete Bahnen zu lenken. Mein Vater sieht einen grundlegenden Wandel voraus. Er ist zutiefst davon überzeugt, daß man, wie schon jetzt in den Fußgängerzonen, in absehbarer Zeit ganze Städte vom motorisierten Verkehr freimachen wird. Und ich gebe ihm recht. Die Menschen werden sich dieser Ordnung fügen, weil sie erkennen, daß *alle* davon profitieren. Es gibt keinen anderen Ausweg.«

Pierre hakte sich bei Monique ein.

Sie ließ ihn gewähren.

»Mir scheint, Ihr Vater und ich würden uns gut verstehen.«

»Wenigstens hinsichtlich des Verzichts auf Ihren Flitzer«, schränkte sie ein.

»Ich glaube noch einen anderen Punkt zu kennen.«

»Der wäre?«

»Die Achtung, die ich vor seiner Tochter habe.«

Pierre sagte dies mit solcher Wärme, daß Monique sich ihm unwillkürlich zuwandte.

»Hätte ich das verschweigen sollen?« fragte er, ohne ihrem Blick auszuweichen.

»Nein«, antwortete sie und küßte seine Wange.

Mit gemischten Gefühlen kehrte Pierre Massol an diesem Abend in seine Wohnung zurück. Er konnte es drehen und wenden, wie er wollte, sein Spiel war schäbig geworden. Die Stimme des Herzens gebot ihm, sich für Monique zu entscheiden und Abstand von dem Vorsatz zu nehmen, sie zu gegebener Zeit auszuhorchen. Sein journalistischer Ehrgeiz und die ausgesetzte hohe Belohnung aber sprachen dagegen. Er suchte nach einem Ausweg, wollte weder auf Monique noch auf Ruhm und klingende Münze verzichten.

Eine schlaflose Nacht war die Folge. Gab es denn keine Möglichkeit, das eine mit dem anderen zu verbinden? Flüchtig streifte ihn der Gedanke, mit Monique gemeinsame Sache zu machen. Aber dazu würde sie niemals bereit sein. Und er hätte sie dann für immer verloren. Er mußte einen anderen Weg finden, mußte Monique heraushalten und die Fährte dort aufnehmen, wo sie geendet hatte: in Orly! Das Wartungspersonal für die vor dem Pavillon d'Honneur abgestellten Regierungs- und Sonderflugzeuge konnte nicht allzu zahlreich sein. Vielleicht war einem der Leute etwas Wissenswertes aufgefallen.

Gleich am nächsten Morgen fuhr Pierre nach Orly. Auf der Fahrt vergegenwärtigte er sich noch einmal, was er erlebt und in Erfahrung gebracht hatte. Dabei drängten sich ihm Fragen auf, die, obwohl so naheliegend, bisher weder ihm noch Rastignac in den Sinn gekommen waren: Wie lange hatte sich Professor Darimont in Paris aufgehalten? Nahm er das Risiko, erkannt zu werden, auf sich, um seine gelähmte Frau aufsuchen und ihr Mut zusprechen zu können? Oder war ihm ein Auftrag erteilt worden? Steckte er womöglich hinter der Entführung der am achten August spurlos verschwundenen Wissenschaftler?

Auf diese Fragen fand Pierre in Orly natürlich keine Antwort. Dennoch kehrte er sehr zufrieden nach Paris zurück. Durch die Gespräche mit dem Wartungspersonal hatte er in Erfahrung gebracht, daß beide Grumman Gulfstream-Maschinen mit dem kanadischen Hoheitszeichen schon wiederholt auf dem Abstellplatz vor dem Pavillon geparkt worden waren. Und ein Tankwart äußerte sich abfällig über die Geheimnistuerei der Piloten dieser Maschinen und behauptete, einer von ihnen sei förmlich aus der Haut gefahren, als er sich einmal erlaubt habe, die Stufen zur Kabine hinaufzusteigen. Er erinnerte sich auch, daß aus dem zuletzt angekommenen Flugzeug, das tags darauf wieder mit vier Passagieren startete, einige Herren ausgestiegen und von einem weißen Kleinbus, der keine Beschriftung gehabt habe, abgeholt worden waren. Den Fahrer würde er wiedererkennen. Er habe ein fremdländisches Aussehen gehabt. Etwa wie ein Indio, Mongole, Eskimo oder Mexikaner.

Wenn sich mit dieser Beschreibung auch nicht viel anfangen ließ, so freute sich Pierre doch, einen Hinweis erhalten zu haben, der Rastignac imponieren und ihm selbst helfen würde, eine Spur aufzunehmen, die an Monique vorbeiführte. Wenn er Glück hatte, konnte er sein Ziel erreichen, ohne sie aushorchen zu müssen.

Aber dann wurde ihm in der Redaktion eine Pariser Tageszeitung vorgelegt, die über die Ereignisse in Orly berichtete. Von einem Zerfall des Flugzeuges war glücklicherweise nicht die Rede. Man vermutete eine Explosion infolge von Sabotage, bei der die Besatzung und ein Passagier, der gerade in die Maschine habe einsteigen wollen, ihr Leben verloren.

Pierre beschäftigte sich noch mit diesem Artikel, als Tatue ihn anrief und aufgeregt erklärte: »Bei uns tanzen die Puppen! Der Minister ist außer sich! Rastignac verlangt Sie umgehend zu sprechen! Außerdem erwarten wir die Wissenschaftler um zwei Uhr. Beeilen Sie sich!«

Pierre machte sich sofort auf den Weg. Er ahnte, daß man ihn verdächtigte, den Bericht geschrieben zu haben.

Seine Vermutung traf zu. Kaum hatte er Rastignacs Arbeitsraum betreten, fuhr ihn der Chef des Sicherheitsdienstes mit hochrotem Kopf an: »Haben Sie aus der Schule geplaudert, um sich einen Batzen Geld zu verdienen?«

»Ich schwöre, daß das Geschreibsel nicht von mir stammt!« versicherte er guten Gewissens. »Aber ich muß mich doch sehr wundern! Waren es nicht Sie, der gleich nach dem Desaster vermutete, die Geschichte würde irgendwann einmal publik werden?«

Rastignac rieb seinen kahlen Schädel. »Stimmt! Ich bin auch gar nicht überrascht, habe Sie nur attackiert, um herauszufinden, ob Sie... Vergessen wir's. Aufregungen gibt es derzeit zur Genüge.«

»Sie glauben mir also?«

»Ja! Und ich bin froh darüber, mich nicht getäuscht zu haben.«

»Um so mehr freut es mich, Ihnen Interessantes berichten zu können. Ich war heute morgen in Orly.«

Rastignac horchte auf.

Pierre erzählte, was er ermittelt hatte.

Der Leiter der Sécurité rang die Hände. »Ihre Worte sind wie warmer Regen für mich! Jetzt kann der Minister nicht mehr behaupten, wir hätten Spuren vernachlässigt. Sie haben sehr umsichtig gehandelt und mir einen großen Dienst erwiesen.«

»Der nächste wird bald folgen«, versicherte Pierre. »Denn nun hilft uns der Zeitungsartikel weiter. Oder glauben Sie, daß sich Mademoiselle Darimont, wenn sie ihn gelesen hat, nicht an mich wenden wird?«

»Weiß Gott, Sie haben recht!«

»Ein Glück, daß ich mich gestern wieder mit ihr getroffen und den Kontakt vertieft habe.«

In diesem Augenblick betrat Tatue mit zwei Herren den Raum.

Rastignac ging den Gästen entgegen.

Sein Sekretär stellte vor: »Monsieur Collin, Professor für Astrophysik – Monsieur Sauvage, Dekan der naturwissenschaftlichen Fakultät.«

Rastignac begrüßte die Herren, machte sie mit Pierre bekannt und führte sie zu Sesseln, die um einen runden Tisch gruppiert waren. »Entschuldigen Sie, daß ich Sie so dringlich bat, mich aufzusuchen«, wandte er sich an die Professoren. »Aber mehrere meiner Beamten erlebten vor wenigen Tagen etwas, für das es unseres Erachtens keine Erklärung gibt. Würde ich die Zeugen des absonderlichen Geschehens, das ich Ihnen gleich schildern werde, nicht für absolut zuverlässig halten, hätte ich es nicht gewagt, mich an Sie zu wenden. Einige Dinge lassen sich sogar mit Fotos belegen.«

Nach diesem wie beschwörend vorgetragenen Hinweis berichtete Rastignac in knapper und sachlicher Form, was sich in Orly zugetragen hatte.

Der Chemiker, ein Rundkopf mit flaumigem Bart, streifte als erster seine Verblüffung ab. Er lachte. »Monsieur, ich muß gestehen, daß ich zu der von Ihnen aufgeworfenen Frage nicht im geringsten Stellung nehmen kann. Um einen chemischen Prozeß handelt es sich jedenfalls nicht.«

»Sie halten es für unmöglich ...«

»Von meiner Warte aus für völlig unmöglich«, fiel der Wissenschaftsberater ein und wandte sich an seinen schmalgesichtigen Kollegen, der nachdenklich vor sich hin starrte. »Oder sind Sie anderer Meinung?«

»Nein, nein«, antwortete der Astrophysiker wie aufgeschreckt. »Natürlich nicht. Ich gebe aber zu, daß das Gehörte abstrus anmutet. Und dennoch: Ich mußte während Ihrer Schilderung der Vorgänge in Orly an einen Versuch denken, der 1943 in Philadelphia durchgeführt wurde. Die deutschen U-Boote setzten den Amerikanern damals sehr zu. Man suchte nach einem Weg, Schiffe unsichtbar zu machen. Alles ging selbstverständlich streng geheim vor sich. Wie bei den Versuchen mit der Atombombe. Bei dem Experiment in Philadelphia spielte ein gewisser Doktor

Jessup eine führende Rolle. Sein Ende war makaber. Doch das ist eine Geschichte für sich. Bleiben wir beim Thema.«

Der Wissenschaftler lehnte sich zurück. »Doktor Jessup ging davon aus, daß gemäß der Einsteinschen Einheitlichen Feldtheorie unsere Grundbegriffe von Zeit und Raum, Energie und Materie keine getrennten Wesenseinheiten, sondern Größen sind, die unter bestimmten Voraussetzungen ineinander überführt werden können. In simplen Worten ausgedrückt: Ein elektrisches Feld erzeugt in einer Spule ein zweites, im rechten Winkel zu ihr stehendes Magnetfeld. Nun stellt, wie Sie wissen, jedes Feld für sich eine Ebene dar. Ein Raum aber ist ohne drei Ebenen nicht denkbar. Ergo muß noch ein drittes, uns bisher nicht bekanntes Feld existieren. Vielleicht in Zusammenhang mit der Schwerkraft. Wenn wir beispielsweise mit Hilfe elektromagnetischer Generatoren einen magnetischen Impuls erzeugen, besteht durchaus die Möglichkeit, daß sich auf der Basis des Resonanzprinzips ein drittes Feld aufbaut. Und dies soll der amerikanischen Marine im Zweiten Weltkrieg gelungen sein.«

»Hochinteressant, Herr Professor!« fiel Rastignac ein, obwohl er nur die Hälfte verstanden hatte.

»Laut Doktor Jessup, der übrigens als Wissenschaftler und Astronom Berühmtheit erlangte, fand in Philadelphia das schon erwähnte Geheimexperiment statt, bei dem der Effekt eines starken Magnetfeldes getestet werden sollte. Um dies zu erreichen, wurde mit Hilfe pulsierender und nicht pulsierender Generatoren das gewünschte magnetische Feld um den Zerstörer ›Eldrige‹ gelegt. Das Ergebnis war frappierend. Es bildete sich ein undurchsichtiges grünes Licht, das sich immer mehr ausbreitete und schließlich das ganze Schiff einhüllte, das dadurch vor den Augen einer Kommission, die am Ufer stand, völlig verschwand. Besatzungsangehörige, die als Zeugen vernommen wurden, sagten aus, sie hätten während des Experiments ihre Kameraden an Bord nicht sehen können.«

Rastignacs Augen brannten. »Sie halten es also für möglich, daß ein Mensch sich selbst oder einen Gegenstand in Nichts verwandeln und verschwinden lassen kann?«

»Nicht so, wie Sie sich ausdrücken«, korrigierte ihn der Astrophysiker. »Ich sehe – wenn überhaupt – nur die Möglichkeit, eine bestimmte Sache unsichtbar zu machen. Die Verwandlung eines Gegenstandes in Nichts ist damit nicht gegeben. Das würde eine

Veränderung der Molekularstruktur der jeweiligen Materie bedingen.«

»Aber das Verschwinden von Professor Darimont und der Flugzeugbesatzung …«

»… ist allenfalls theoretisch erklärbar«, fiel der Wissenschaftler ein. »Ich betone: theoretisch! Jedenfalls nach Auffassung einiger Kollegen. Diese Herren manipulieren die Zeitdilatation, wie die Zeitdehnung in der Relativitätstheorie genannt wird. Doch wir kommen hier auf ein Gebiet, das für Laien schwer verständlich ist. Es wird einfacher für Sie sein, wenn ich Ihnen eine, allerdings wiederum phantastisch anmutende Geschichte erzähle, die sich nachweislich vor einigen Jahren ereignet hat.«

Rastignac war anzusehen, daß ihn der Themenwechsel erleichterte.

»Eine Boeing 727 der National Airlines, die sich im Anflug auf Miami befand und von der Kontrollstation schon seit geraumer Zeit erfaßt worden war, verschwand plötzlich vom Radarschirm, als sei es zu einem Crash gekommen. Natürlich rief der Fluglotse die Maschine sofort. Doch vergebens. Auch der Funkverkehr, der bis dahin keine Störung erfahren hatte, war schlagartig abgerissen. Man wurde nervös, befürchtete einen Absturz. Immer wieder wurde das Kennzeichen des Flugzeuges gerufen. Ohne Erfolg. Man schaute in die Anschweberichtung. Die Boeing hatte sich zum Zeitpunkt des letzten Kontaktes höchstens noch drei Minuten vor dem Landefeld befunden. Wenn eine Katastrophe eingetreten war, mußte eine Rauchwolke oder ein Feuerschein zu sehen sein. Aber nichts Außergewöhnliches war zu entdecken. Doch dann, exakt zehn Minuten nach Abbruch der Verbindung, wurde die Maschine auf dem Radarschirm wieder sichtbar. Und auch der Sprechverkehr funktionierte wieder.

›Wo habt ihr bloß gesteckt?‹ soll der Fluglotse erleichtert gerufen haben. ›Zehn Minuten lang konnten wir euch weder hören noch auf dem Bildschirm sehen.‹

›Aber wir haben doch eben erst miteinander gesprochen‹, war die Entgegnung des Flugkapitäns gewesen.

›*Eben?* Das war vor dreizehn Minuten!‹

›Nein, vor *drei* Minuten war das! Doch jetzt hab' ich keine Zeit. Ich muß das Fahrwerk ausfahren. Landung in zwei Minuten um 13.20 Uhr!‹

›Sie meinen 13.30 Uhr!‹

Der Pilot versagte es sich, diese Feststellung zu korrigieren. Er landete und nahm sich vor, die Kontrollstation aufzusuchen, um mit dem Fluglotsen über dessen unverständliche Behauptung zu sprechen. Doch der Leiter der Radarstation kam ihm zuvor. Er ersuchte den Flugkapitän, gemeinsam mit seinem Copiloten in den Auswerteraum zu kommen. Und dort entwickelte sich eine heiße Debatte, die mit der bestürzenden Feststellung endete, daß die Armbanduhren beider Piloten genau zehn Minuten weniger anzeigten als die Uhren Miamis. Dies war um so unverständlicher, als bei Eintritt in den Kontrollbereich der übliche Zeitvergleich stattgefunden hatte.

Der Pilot verlangte nun eine sofortige Überprüfung der im Instrumentenbrett des Flugzeuges eingebauten Chronometer, und als diese zur allgemeinen Verblüffung ebenfalls um genau zehn Minuten differierten, ließ er die Uhren der Stewardessen prüfen. Auch diese hinkten um zehn Minuten hinter der tatsächlichen Zeit her.«

Rastignac schnaufte. »Hat man eine Erklärung dafür gefunden?«

Der Wissenschaftler schüttelte den Kopf. »Keine, die befriedigen könnte. Die Spezielle Relativitätstheorie Albert Einsteins und dessen revolutionäres Konzept über Raum und Zeit kann in diesem Fall nicht herangezogen werden. Meines Erachtens hat ein ungewöhnliches elektromagnetisches Feld die Uhren angehalten und die Störung im Radarbild und Funksprechverkehr hervorgerufen. Ich möchte dieses Thema deshalb nicht länger verfolgen, sondern auf eine Begebenheit hinweisen, die nach Auffassung verschiedener Experten möglicherweise auf eine Raum-Zeitverschiebung zurückzuführen ist.«

Der Astrophysiker trank einen Schluck Mineralwasser, das Rastignac hatte bereitstellen lassen. »Ihnen allen wird der amerikanische Pilot Richard Byrd bekannt sein, der als erster beide Erdpole überflog und für diese großartige Leistung zum Admiral befördert wurde. Doch ihm widerfuhr etwas, das bis heute nicht geklärt werden konnte. Während seines Fluges über die Antarktis gab er, entsprechend einer mit dem amerikanischen Rundfunk getroffenen Vereinbarung, einen Live-Bericht, in dessen Verlauf er plötzlich behauptete, nach dem Durchfliegen einer Nebelbank über grünem Land mit Wäldern und herrlichen Seen herausgekommen zu sein. Begeistert schilderte er den verblüfften Zuhörern, daß er über riesige Tierherden hinwegfliege und Menschen sehe, die mit einem fellartigen Lendenschurz bekleidet seien und einen äußerst primitiven Eindruck machten. Byrd geriet geradezu in Euphorie, aber noch während er die unter ihm liegende Landschaft beschrieb, wurde die Sendung auf höhere Weisung abgebrochen. Verständlich, denn es wußte ja jeder, daß es am Südpol, den Scott und Amundsen auf dem Landweg bezwungen hatten, nur schnee- und eisbedeckte Berge gibt.

Byrds Ansehen schien dahin zu sein. Man versuchte seinen unbegreiflichen Live-Bericht auf temporäre Erschöpfung zurückzuführen, die eine Halluzination zur Folge gehabt haben könnte. Diese Auffassung geriet jedoch ins Wanken, als Ende 1929, nur wenige Monate nach Byrds Flug über den Nordpol, in einem türkischen Archiv zwei Landkarten aus den Jahren 1513 und 1528 gefunden wurden. Beide stammen von einem Kartographen namens Piri Reis, der neben seiner Signatur vermerkt hatte: ›Als Vorlage dienten mir Unterlagen aus der Zeit Alexanders des Großen.‹«

Der Professor hob die Arme. »Und nun kommt das Verblüffende: Die Karten zeigen – außer großen Teilen von Nordamerika, Grönland, Labrador, Neufundland und Kanada – die gesamte Küste Südamerikas und die Umrisse der Antarktis, die wir, wie Sie wissen, erst seit dem 19. Jahrhundert kennen. Doch nicht genug damit. Auf der Karte dieses Landes sind Berge mit Höhenangaben versehen und Flüsse eingezeichnet, als wäre der am Südpol gelegene Kontinent nicht von einer dicken Eisschicht überzogen. Heute ist uns natürlich bekannt, daß in der Antarktis früher einmal völlig andere klimatische Verhältnisse geherrscht haben. Woher aber wußten das die Kartographen, die zur Zeit Alexanders des Großen um vierhundert vor Christus lebten? Jenes Gebiet war damals doch längst in Schnee und Eis versunken! Den Kartenzeichnern müssen somit um viele tausend Jahre ältere Vorlagen zur Verfügung gestanden haben. Das wiederum wirft die Frage auf: Wer führte die geographischen Vermessungen durch? Diese sind von solcher Genauigkeit, daß Sachverständige der US-Marine nach langjähriger Prüfung aller Details in einem Gutachten feststellten: ›Es kann kein Zweifel darüber bestehen, daß die kartographische Erfassung der Antarktis, die den von Piri Reis erstellten Karten als Grundlage diente, zu einem Zeitpunkt vorgenommen wurde, da das Land noch eisfrei war. Wir vermögen allerdings nicht zu sagen, wie Landkarten mit so exakten Angaben ohne Inanspruchnahme eines Flugzeuges angefertigt werden konnten.‹«

Der Astrophysiker beugte sich vor. »Sie werden verstehen, Messieurs, daß das Rätsel der Karten von Piri Reis für die Wissenschaft noch lange eine echte Herausforderung darstellen wird. Und ich bin der Meinung, daß wir bis zur absoluten Klärung der anstehenden Fragen Admiral Byrds Schilderung einer Landschaft, die er nach menschlichem Ermessen nicht hat sehen können, die aber genau den Verhältnissen entspricht, die früher dort geherrscht haben, nicht einfach als Halluzination abtun dürfen.«

Der rundköpfige Chemiker nickte lebhaft. »Ich stimme Ihnen zu, verehrter Herr Kollege. Aber könnte es nicht eine ganz einfache Erklärung dafür geben, daß Byrd Dinge sah, die in Wirklichkeit nicht existieren? Ich will auf folgendes hinaus: Wir alle haben schon einmal erlebt, daß unser Fernsehgerät uns plötzlich Bilder präsentiert, die beispielsweise ein schwedischer oder afrikanischer Sender ausstrahlt. Wie ist das möglich?«

Professor Collin wurde lebhaft. »Ihre Frage, wie überhaupt Ihr Hinweis auf das Fernsehen, gibt mir die Möglichkeit, das Phänomen, das uns beschäftigt, bildhafter und damit verständlicher zu machen. Tatsächlich dürfte es die von Ihnen erwähnten Bildübertragungen überhaupt nicht geben. Denn das Fernsehen benutzt ultrakurze Wellen, die nicht, wie die langwelligen des Radios, rund um die Erde laufen, sondern sich gradlinig fortbewegen. Deshalb benötigen wir hochgelegene Relaisstationen oder Satelliten, wenn ein Programm über weite Gebiete ausgestrahlt werden soll. Und dennoch erscheint – jedem Gesetz zuwider, dem ultrakurze Wellen unterliegen – zu irgendeinem Zeitpunkt mit einem Mal eine russische oder südamerikanische Sendung auf unserem Bildschirm. Es tritt also ein Phänomen ein, wie es Byrd ähnlich erlebt hat. Wir werden Zeuge eines Geschehens, das es, wissenschaftlich und technisch gesehen, nicht geben kann. Bei dem Piloten Byrd war die Ursache natürlich keine Überreichweite, wie wir die gelegentliche extreme, wahrscheinlich durch Sonnenflecken hervorgerufene Erscheinung nennen, deren genaue Ursache noch nicht erforscht ist. Es steht lediglich fest, daß ultrakurze Wellen, welche die Heavisideschicht normalerweise nicht reflektiert, von dieser plötzlich ohne ersichtlichen Grund zurückgeworfen werden. Vielleicht kann so etwas wie eine bildhafte Raum-

Zeitverschiebung tatsächlich unter ganz abnormen Bedingungen stattfinden. Unsere Kenntnisse auf diesem Gebiet sind aber noch zu gering, um zu konkreten Ergebnissen kommen zu können.«

Rastignac seufzte. »Wenn mir jetzt auch der Kopf schwirrt und ich die mysteriösen Ereignisse in Orly nach wie vor nicht begreife, so haben Sie doch immerhin einen Zipfel des Schleiers gehoben, der uns den klaren Blick auf das Geschehene verwehrt. Dafür danke ich Ihnen, Herr Professor!«

»Und für mich war es hochinteressant zu erfahren, was sich in Orly ereignet hat«, erwiderte der Wissenschaftler. »Ich bedaure freilich, nicht mit namhaften Experten darüber sprechen zu dürfen.«

»Sie kennen die Gründe.«

Pierre Massol, der angespannt zugehört hatte, wandte sich an den Astrophysiker. »Sie deuteten eingangs an, Doktor Jessup habe ein makabres Ende gefunden. Hing sein Tod mit den Erkenntnissen zusammen, die er hatte?«

»Ich glaube Ihre Frage bejahen zu dürfen, wenngleich vieles im dunkeln liegt und dort auch bleiben wird. Das ist nun einmal so in militärischen Angelegenheiten. Jessup bedachte dies wohl nicht. Er veröffentlichte ein Buch, in dem er unter anderem das Philadelphia-Experiment schilderte. Möglicherweise war man darüber erbost. Jedenfalls bekam er Ärger mit dem Pentagon, das solche Berichte stets zu unterdrücken versucht. Mir ist bekannt, daß führende Persönlichkeiten des FBI und der CIA wegen Jessups Veröffentlichung zu einer Geheimkonferenz zusammentraten, an der auch Admiral Ranson Bennet, Chef des Marineforschungsamtes ONR, teilnahm. Das Ereignis der Besprechung kenne ich nicht. Ich weiß aber, daß Doktor Jessup vom ONR nach Washington beordert wurde und sich unmittelbar nach der Rückkehr das Leben nahm. Einige seiner Freunde sind der Meinung, er sei einer Depression erlegen. Andere wiederum behaupten, die Marine habe ihn gedrängt, am Philadelphia-Projekt weiterzuarbeiten. Dazu sei er jedoch nicht bereit gewesen, weil er sich wegen der gefährlichen Nebeneffekte – ein Teil der Schiffsbesatzung soll kurz nach dem Experiment von 1943 gestorben sein – große Sorgen gemacht habe. Den wahren Grund werden wir wohl nie erfahren.«

Noch beeindruckt von den Ausführungen des Astrophysikers, eilte Pierre Massol zur Sorbonne, um Monique abzuholen und nach Hause zu begleiten. Hatte sie die Zeitung gelesen? Wenn ja, wie würde ihre Reaktion sein?

Zu seiner Verwunderung erschien sie nicht zur üblichen Zeit am Ausgang der Universität. Geduldig wartete er über eine halbe Stunde. Vergeblich. Enttäuscht begab er sich schließlich in seine Wohnung. Und hier fand er eine Notiz seiner Haushälterin, die ihm mitteilte, daß Mademoiselle Darimont angerufen und um eine baldige Rücksprache gebeten habe.

Es ist passiert, dachte er und wählte sofort ihre Telefonnummer. Der Zeitungsartikel hat seine Wirkung getan! Doch kaum hatte Monique sich gemeldet, war er wie erstarrt.

»Meine Mutter ist tot«, hörte er sie fast tonlos sagen. »Ich muß dich sprechen, Pierre! Kannst du kommen?«

»Selbstverständlich«, antwortete er und murmelte einige Worte des Beileids. »Ich laufe gleich los.«

Monique erwartete ihn vor der Haustür.

Er legte die Arme um sie.

Sie zitterte am ganzen Leib. »Komm herein. Meine Mutter wurde bereits ins Hospital überführt.«

»Wohin?«

»In das städtische Hospital. Zur Obduktion. Sie hat sich das Leben genommen.«

»Ach du lieber Gott!«

Sie öffnete die Wohnungstür.

»Wie konnte das ...?«

Monique unterbrach ihn. »Ich werde dir alles im Zusammenhang erzählen.«

Er folgte ihr in die Bibliothek ihres Vaters, deren Wandregale bis zur Decke mit Büchern vollgestopft waren.

»Setz dich«, forderte sie ihn auf. »Wir haben viel zu besprechen.«

Er wunderte sich über ihre nüchterne Sachlichkeit.

Sie nahm ihm gegenüber Platz. »Erst vorgestern sagte ich, daß ich mir für meine Mutter – und ich fügte hinzu: auch um meinetwillen – das Ende fast herbeiwünschte. Wenn ich aber gewußt hätte, unter welchen Umständen und in welcher Form dies geschehen würde ... Ich werde damit noch lange nicht fertig werden.«

»War deine Mutter allein zu Hause?«

»Nein. Ich war in der Wohnung. Sie nahm sich, wie der Arzt vermutet, mit Hilfe von Zyankali das Leben, als ich in der Küche einen starken Kaffee zubereitete, um den sie gebeten hatte. ›Den brauche ich jetzt dringend‹, hatte sie gesagt. ›Sonst kann ich die Aufregung nicht verkraften.‹«

Pierre ahnte, was die Ursache der Aufregung gewesen war. Dennoch fragte er: »Worüber hatte sie sich so erregt?«

Monique reichte ihm eine aufgeschlagene Zeitung. »Kennst du diesen Artikel?«

Er warf einen Blick auf das Blatt. »Ja. Aber was hat der mit deiner Mutter zu tun?«

»Pierre! Ich muß dir etwas anvertrauen: Der Mann, der in das Flugzeug einsteigen wollte, war mein Vater!«

Ihre Offenheit verblüffte ihn so sehr, daß er den Erstaunten nicht zu spielen brauchte. »Das verstehe ich nicht. Dein Vater ist doch seit Jahren vermißt.«

»Gewiß. Doch eines Tages erschien er bei uns.«

»Und du hast mit niemandem darüber gesprochen?«

»Das durfte ich nicht. Papa hatte uns strengstes Schweigen auferlegt.«

»Warum denn? Er ist doch entführt worden! Weshalb ist er nicht zur Polizei gegangen und hat um Hilfe gebeten?«

Monique strich sich eine Strähne aus der Stirn. »Die Dinge liegen anders. Mein Vater hatte Paris aus eigenem Entschluß verlassen.«

»Das wußtet ihr?«

»Nein. Er hat es uns erst jetzt anvertraut. Wir haben es allerdings von Anfang an vermutet. Doch darüber möchte ich in dieser Stunde nicht sprechen.«

»Das verstehe ich«, pflichtete er ihr bei. »Der Tod deiner Mutter...«

»Das Schlimme ist«, fiel sie verzweifelt ein, »daß ich nach der Lektüre dieses Artikels, den ich heute mittag in der Mensa las, kopflos nach Hause lief und meiner Mutter erzählte, was sich in Orly zugetragen hat. Hätte ich bloß geschwiegen! Dann würde sie jetzt noch leben! Ich habe unverantwortlich gedankenlos gehandelt. Mich trifft die Schuld an ihrem Tod!«

»Aber Monique!« redete Pierre dagegen. »Wie kannst du so etwas sagen? Es ist doch ganz natürlich, daß du...«

»Nein!« fiel sie heftig ein. »Ich hätte nicht so unüberlegt handeln dürfen!«

»Da bin ich anderer Meinung«, widersprach er. »Es gibt Situationen, in denen man sein Tun nicht bis zur letzten Konsequenz durchdenken kann.« Unwillkürlich dachte er an die eigene Handlungsweise. Hatte nicht er den Tod ihres Vaters verschuldet? Und war nicht auch das Schicksal ihrer Mutter letztlich durch ihn bestimmt worden? Um diesen Gedanken zu verdrängen, stellte er die Frage: »Ist es denn erwiesen, daß es dein Vater war, der in Orly verunglückte?«

»Da bin ich absolut sicher. Ort und Zeit erlauben keinen Zweifel. Papa hatte uns erzählt, ihm stehe ein Privatflugzeug zur Verfügung. Nein, ich habe keine Hoffnung mehr, wenngleich an dem Artikel, den ich inzwischen noch mehrmals gelesen habe, meines Erachtens etwas nicht stimmt. Ich kann dir nicht sagen, was es ist, bitte dich aber, dein ganzes journalistisches Können einzusetzen, um herauszufinden, was sich in Orly zugetragen hat. An Sabotage glaube ich nicht. Mein Vater hatte keine Feinde. Außerdem würde die Explosion eines Flugzeugs, noch dazu in Orly, wohl anders herausgestellt worden sein. Ich bin überzeugt, daß da etwas nicht in Ordnung ist!«

Pierre bewunderte insgeheim Moniques Kombinationsvermögen.

Sie erhob sich und ging einige Schritte in den Raum. »Bitte, erschrick nicht über die Nüchternheit, mit der ich angesichts des Todes meiner Mutter spreche. Der Schmerz über ihren Verlust wird durch die Erlösung gemildert, die sie erfahren hat. Es wäre entsetzlich gewesen, wenn Mama auf ihrem Leidensweg auch noch den Kummer über den Tod ihres Mannes hätte durchstehen müssen. Ist es nicht so? – Was meinen Vater betrifft, da liegen die Dinge anders. Sein Tod hat mich in einen Abgrund gestürzt. Bitte hilf mir, die Umstände aufzuklären, die ihn mir geraubt haben.«

Pierre erkannte die Chance, die sich ihm bot. Er würde sich nicht mehr verdächtig machen, wenn er künftig Fragen an Monique richtete. Jetzt konnte er ihr sogar sagen, daß er sich in Verfolgung der ihm gestellten Aufgabe an den Sicherheitsdienst wenden müsse. »Ich werde alles daran setzen, um schnellstens Klarheit zu schaffen«, versprach er. »Glücklicherweise kenne ich den Sekretär des Leiters der Direction Générale de la Sécurité

Extérieure. Vielleicht kann er mir helfen. Aber es wird notwendig sein, ihm nichts zu verheimlichen und offen zu bekennen, daß dein Vater euch aufgesucht hatte.«

Sie war bestürzt. »Hältst du das für erforderlich?«

»Es geht nicht anders. Wenn wirklich etwas nicht mit rechten Dingen zugegangen sein sollte, läßt man einen Journalisten bestimmt nicht hinter die Kulissen schauen. Für den Geheimdienst dürfte es kein Problem sein, die Wahrheit herauszufinden. Zumal wenn ich sage, wer da verunglückt ist.«

Monique zögerte, bevor sie erwiderte: »Nun gut. Wenn du es für richtig hältst. Ich verlasse mich auf dich.«

Rastignac war kaum wiederzuerkennen, als Pierre Massol ihm schilderte, was geschehen war und mit welcher Bitte Monique sich an ihn gewandt hatte. Ohne auf den Todesfall einzugehen, klopfte er ihm gönnerhaft auf die Schulter. »Sie scheinen wahrhaftig vom Glück verfolgt zu sein. Dennoch empfehle ich Ihnen dringend, jetzt vorsichtig zu Werke zu gehen. Die junge Dame muß wie ein rohes Ei behandelt werden. Übrigens begrüße ich Ihre Idee, meinen Sekretär einzuschalten. Aber weder Tatue noch Sie dürfen in den nächsten Tagen etwas unternehmen. Erst wenn die Mutter beerdigt ist... Sie verstehen, was ich meine?«

»Allerdings«, erwiderte Pierre aufgebracht. »Vielleicht empfehlen Sie mir auch noch, wann ich mir die Nase zu putzen habe.«

Rastignac hob die Augenbrauen. »Seit wann sind Sie empfindlich?«

»Seit eben!«

»Dann legen Sie diese Eigenschaft schnell wieder ab. Sie werden sonst zu einem Waffenlosen unter lauter Bewaffneten.«

Diese Parade gefiel Pierre. »Sie haben recht, Monsieur. Ich werde mir weiterhin die Nase putzen, wenn's nötig ist.«

Rastignac lachte. »Das hört sich schon besser an. Um aber auf unser Thema zurückzukommen: Ihre Aufgabe wird es sein, zu gegebener Zeit herauszufinden, warum Mademoiselle Darimont von Anfang an vermutete, daß ihr Vater nicht entführt wurde, sondern Familie und Arbeitskreis aus freien Stücken verließ. Wenn wir das in Erfahrung gebracht haben, sind wir ein gutes Stück weitergekommen. Denn die letzten vier Wissenschaftler, die aus Paris verschwanden, sind höchstwahrscheinlich ebenfalls freiwillig gegangen. Was, so frage ich mich, kann geistig hochstehende Menschen dazu bringen, von heute auf morgen Frau, Kinder, Freunde und Lebensaufgabe zu verlassen? Dafür muß es einen gewichtigen Grund geben. Strengen Sie sich an, ihn herauszufinden.«

Pierre kümmerte sich in den nächsten Tagen angelegentlich um Monique. Er war ihr behilflich, wo er nur konnte, und nahm ihr die vielen Wege ab, die der Tod eines Familienmitgliedes unumgänglich macht. Nach der Beerdigung ihrer Mutter lud er sie zu einer Fahrt nach Rambouillet ein, in dessen großem, für das Publikum freigegebenen Staatswald viele Pariser Erholung suchen.

Monique war Pierre dankbar für diesen Vorschlag. Und er hatte gut daran getan, gerade Rambouillet zu wählen. Die Hitze der Hundstage lastete immer noch drückend über der Metropole, und ein Spaziergang durch den kühlen Wald war eine willkommene Erfrischung. Wichtiger aber war, daß das von einem mächtigen Zinnenturm flankierte Schloß von Rambouillet Monique anregte, einen historischen Rückblick zu halten, der sie vom Geschehen der letzten Tage ablenkte. Sie erzählte von Ludwig XVI. und seiner Merinoschäferei. Lebhaft jedoch wurde sie bei der Schilderung von der Pariser Literarischen Gesellschaft, die sich nach ihrem Versammlungsort, dem Palais der Marquise de Rambouillet, ›Hôtel de Rambouillet‹ nannte und die Verfeinerung der französischen Sprache betrieben hatte.

»Da gab es freilich auch Auswüchse«, fuhr Monique gelöst fort. »Die weiblichen Mitglieder dieser Gesellschaft verfielen in eine übertriebene, süßliche Geziertheit. Und sie machten sich vollends lächerlich, als sie sich selbst den Ehrentitel ›Précieuses‹ verliehen, um zum Ausdruck zu bringen, daß sie nicht irgendwelche, sondern besonders feine, geistreiche Damen seien. Sehr zur Freude von Molière, der es sich nicht nehmen ließ, dem hochgestochenen Zirkel mit seinem Werk ›Les Précieuses ridicules‹ einen tödlichen Streich zu versetzen. Über Nacht wurde so aus dem Ehrentitel ein Spottname!«

Zum ersten Mal lachte Monique wieder.

Pierre legte den Arm um sie. »Erzähl weiter!«

Sie schaute zu ihm hoch. »Was wünschen der Herr serviert zu bekommen?«

»Nichts Bestimmtes. Oder vielleicht doch«, korrigierte er sich.

»Ich möchte morgen mit den Nachforschungen über die Vorgänge in Orly beginnen und als erstes meinen Bekannten von der Sécurité aufsuchen. Da wäre es gut, wenn ich sagen könnte, warum du schon damals angenommen hast, daß dein Vater aus eigenem Entschluß fortgegangen ist.«

Monique blickte eine Weile vor sich hin. »Wie soll ich dir das erklären? Es war eine Vermutung, die sich aus Gesprächen ergab, welche Mama und ich mit Papa führten. Er wurde mit vielen Dingen nicht mehr fertig, vor allem nicht mit der überdimensionalen Aufrüstung. ›Bis jetzt wurde jeder Krieg zur Wurzel des nächsten‹, pflegte er zu sagen. ›Warum sollte das bei einem Atomkrieg anders sein? Politiker weichen dieser Frage mit Schlagworten wie Atomhysterie und Panikmache aus. Und wie reagieren Physiker, Chemiker und Ingenieure, die sich immer neue Waffen auszudenken haben? Für sie ist, auf einen Nenner gebracht, alles gut, was für ihr Land gut ist. Das schließt nicht aus, daß sie sich der besonderen Mission bewußt sind, die Wissenschaft und Technik ihnen auferlegen. Ihnen ist bekannt, daß die Kernenergie zwar eine Gefahr darstellt, andererseits aber auch die Quelle neuer Erkenntnisse und gewaltiger Fortschritte sein wird, die uns in absehbarer Zeit, nämlich nach dem Versiegen der fossilen Brennstoffe, allein noch retten kann. Was aber geschieht, wenn der mühsam errungene technische Fortschritt im wesentlichen der Vorbereitung kriegerischer Ziele dient und wirtschaftlich kaum genutzt wird? Schon heute könnte ein Diktator vom Schlage Adolf Hitlers, wenn er in die Enge getrieben wird, die gesamte zivilisierte Welt dem Strahlentod preisgeben. Jeder Staatsmann weiß dies. Trotzdem werden in allen hochindustrialisierten Ländern die intelligentesten Köpfe der Wissenschaft und Technik damit beauftragt, die Waffen noch wirksamer zu machen. Gleichzeitig schließt man Atomteststop- und Rüstungsbegrenzungsverträge ab. Das ist doch widersinnig‹, erregte sich mein Vater und stellte die Frage: ›Warum tut man das? Um die Angst vor der immer unausweichlicher werdenden Katastrophe aus den Hirnen hellsichtiger Menschen zu verbannen?‹«

Monique hob ein welkes Blatt auf und roch daran. »Kurz bevor Papa uns vor zwei Jahren verließ, drückte er mir eine Schrift von Martin Luther King in die Hand und forderte mich auf, den Absatz, den er angestrichen hatte, auswendig zu lernen, damit er mir immer gegenwärtig bleibe. Er lautet: ›Wir müssen die Energien des weltweiten Machtkampfes umformen, müssen den negativen Atomrüstungswettlauf, den niemand gewinnen kann, in einen positiven Wettkampf verwandeln, um den schöpferischen Geist des Menschen für das Ziel zu rüsten, Frieden und Glück zu einer Realität für alle Völker der Welt werden zu lassen.‹«

Pierre hakte sich bei Monique ein. »Vermutest du allen Ernstes, daß dein Vater seinen Aufgabenkreis verließ, um anderswo humane Zukunftsideen zu verwirklichen?«

»Nach meinem letzten Gespräch mit ihm bin ich dessen sicher. Er legte mir zum Beispiel eine von der Industrie finanzierte Zeitschrift vor, deren Hauptartikel die Überschrift trug: ›Die Welt braucht zehn Milliarden Menschen.‹ Seine Empörung war grenzenlos. ›Da siehst du, wie weit wir gekommen sind‹, sagte er. ›Zur Zeit stirbt – global gesehen – alle *zwei Sekunden* ein Kind an Unterernährung! Und da wagt man zu schreiben: Die Welt braucht zehn Milliarden Menschen! Das ist die infame Stimme jener Kreise, die unsere Erde mit möglichst vielen Kernreaktoren bepflastern möchten. Du kennst mich und weißt, daß ich jedem widerspreche, der da glaubt, wir könnten auf die Dauer ohne Kernenergie auskommen. Doch wer erklärt, wir benötigten zur Überwindung der Weltwirtschaftskrise zehn Milliarden Menschen, der handelt nach dem chinesischen Sprichwort: Um *einen* Menschen reich zu machen, braucht man *tausend* Arme. Das ist es! Je mehr Arme wir haben, um so reicher werden die Reichen! Verschwiegen wird, daß bei der augenblicklichen Ernährungslage bis zum Jahre 2000 über eine Milliarde Menschen den Hungertod erleiden werden. Verschwiegen wird, daß die Bewohner der industrialisierten Länder im Jahre 2000 allenfalls noch zwanzig Prozent der Erdbevölkerung ausmachen. Wie sollen wir den Menschen in den unterentwickelten Ländern dann noch helfen können?‹ Es mag ungeheuerlich klingen, aber meinem Vater drängte sich der Verdacht auf, daß man dies vielleicht sogar wünscht. ›Heute eine Milliarde Tote, morgen eine Milliarde Tote!‹ stellte er erbittert fest. ›Das kommt jener regulierenden Dezimierung der Menschen gleich, die früher Cholera und Pest besorgten. Und wenn, wie es der Papst empfiehlt, alle weißen Frauen so brav sind, keine Antibabypille einzunehmen, werden wir, die edle Herrenrasse, uns wieder stärker vermehren, und endlich wird die Gefahr gebannt sein, eines Tages von den sogenannten Wilden, Gelben, Schwarzen, Hottentotten und Zulukaffern ins Abseits gedrängt zu werden. Wahrhaftig: Die Welt braucht zehn Milliarden Menschen! Dann ist es ein leichtes, die Schuld am ethischen Chaos auf die angeblich barbarischen, faulenzenden und deshalb unterentwickelten Völker abzuwälzen.‹«

»Entschuldige«, fiel Pierre ein. »Aber ich finde, daß dein Vater, um es sehr vorsichtig zu sagen, da reichlich übertrieben hat.«

Monique schüttelte den Kopf. »Keineswegs. In seiner Erregung hat er sich zweifelsohne überspitzt ausgedrückt. Am Kern der Sache ändert das jedoch nichts. In Papa steckte die Sehnsucht nach dem Licht. Er wünschte, daß die Wissenschaft nicht länger mehr von den Machthabern dieser Erde in die falschen Bahnen gelenkt wird. Davon träumte er, bis er dem lähmenden Pessimismus, der ihn erfaßt hatte, schließlich entfloh. Und ich bin überzeugt, daß es all jenen anderen Wissenschaftlern, die heute als vermißt gelten, genauso ergangen ist. Vielleicht versuchen sie, in irgendeinem entlegenen Winkel dieser Erde jene Probleme zu lösen, mit denen wir zur Zeit konfrontiert sind.«

»Das klingt mir zu utopisch«, entgegnete Pierre geradeheraus.

Sie lächelte, konnte sich aber nicht enthalten zu dozieren: »Der deutsche Gelehrte Ernst Bloch, der eine Philosophie der Hoffnung entwickelte, nach welcher Natur und Gesellschaft sich dem utopischen Ziel einer materiell-geistigen, kosmischen Einheit nähern, prägte das Wort ›Real-Utopie‹, das Papas Gedankenwelt meines Erachtens treffend kennzeichnet.«

2

Die Zeit der großen Hitze war vorüber. Die Seebäder leerten sich, und in Paris begann erneut das hektische Treiben des Alltags. Nur langsam gewöhnten sich die Menschen wieder an die Wagenkolonnen mit ihren die Luft verpestenden Abgasen.

Monique und Pierre trafen sich in diesen Tagen regelmäßig unter der Markise des kleinen Bistros am Boulevard Saint Michel, das auch Jean-Paul gerne aufsuchte. Pierre konnte es nicht erwarten, Monique mit seinem Bruder bekannt zu machen, doch der erschien ausgerechnet jetzt nicht ein einziges Mal. Vermutlich hatte er an einem der Herbstmanöver teilzunehmen.

Monique amüsierte sich insgeheim über Pierres drängenden Wunsch und seine täglich wiederkehrende Enttäuschung, wenn Jean-Paul nicht aufkreuzte. Sie selbst war froh über jede Stunde, die sie mit Pierre allein sein konnte. Er hatte sich mit Vehemenz darangemacht, das Geschehen in Orly aufzudecken, und binnen kürzester Frist war es ihm gelungen, Fakten zusammenzutragen, die große Hoffnungen in ihr weckten.

Natürlich wußte sie nicht, daß Pierre im Einvernehmen mit Rastignac handelte, als er ihr, in Gegenwart seines Sekretärs, unter dem Siegel absoluter Verschwiegenheit ein fast der Wahrheit entsprechendes Bild von den tatsächlichen Ereignissen gab. Und es trat ein, was der Leiter der Sécurité als mögliche Reaktion vorausgesagt hatte. Monique blühte gleichsam auf, als sie vom spurlosen Verschwinden ihres Vaters, der Flugzeugbesatzung und dem nicht minder rätselhaften Zerfall der Düsenmaschine hörte. Ihre Augen hatten plötzlich geleuchtet; es war, als wollte sie mit einem Freudenschrei in die Luft springen. Doch im Bruchteil einer Sekunde hatte sie sich wieder in der Gewalt gehabt. Lediglich einige hektische Flecken an ihrem Hals verrieten, daß sie sich noch in großer Erregung befand.

Seither war Monique wie verändert. Sie wirkte so gelöst wie an dem Tag, da Pierre sie von der Sorbonne abgeholt und sie im Verlauf des Gespräches seine Wange geküßt hatte. Bei dem freundschaftlichen Kuß war es nicht geblieben. Aber was immer Monique für Pierre empfinden mochte, sie wurde still, wenn er das Gespräch erneut auf das Geschehen in Orly brachte. Darüber wollte sie nicht mehr sprechen. Denn wenn es, wie sie nun hoffen durfte, ihrem Vater in Gemeinschaft mit jenen anderen vermißten Wissenschaftlern gelungen sein sollte, seine Ideen in die Praxis umzusetzen, dann mußte sie schweigen.

Da Monique keineswegs zu Traumtänzereien neigte, war es erstaunlich, daß sich unrealistische Überlegungen einschlichen, sobald sie sich mit ihrem Vater beschäftigte. In solchen Augenblicken gewannen Wünsche und Hoffnungen die Überhand.

Rastignac hatte dies erkannt, als Pierre ihm ausführlich sein letztes Gespräch mit Monique schilderte. Sein Kommentar bestand in einem einzigen Wort: »Vaterkomplex!« Doch gleich darauf hatte er hinzugefügt: »Es war gut, daß Sie und Tatue der jungen Dame so ziemlich alles erzählt haben, was sich in Orly zugetragen hat. Ich ahnte, daß sie dann aufblühen würde. Schließlich hat Mademoiselle Darimont Physik studiert! Ihr werden die Theorien, die Professor Collin uns vorgetragen hat, geläufig sein. Zwangsläufig mußte sie Hoffnung schöpfen, als sie erfuhr, daß es in Orly überhaupt keine Leiche gegeben hat. Das wird sie auch gesprächiger machen. Ich bin nämlich davon überzeugt, daß sie uns noch vieles erzählen könnte.«

»Das möchte ich bezweifeln«, widersprach Pierre.

Rastignac reichte ihm ein Schriftstück. »Dieses Gutachten habe ich gestern erhalten. Lesen Sie es und erzählen Sie Mademoiselle, zu welchem Ergebnis die Institute gelangt sind, die mit der Untersuchung der Überreste des zerfallenen Flugzeuges beauftragt wurden. Mich interessiert besonders, was sie zu den kleinen gelben Kügelchen sagen wird, die sich in dem Metallstaub befanden. Sie erinnern sich?«

»Sehr genau.«

»Unsere Laboratorien sind, kurz zusammengefaßt, zu folgendem Ergebnis gekommen: Die Materie der Kügelchen ist völlig unbekannt und scheint nicht von dieser Erde zu sein. Ihre chemische Zusammensetzung konnte nicht ermittelt werden. Wird der Stoff unter Strom gesetzt, so werden elektromagnetische Wellen, wie wir sie in der Radar-Funkmeßtechnik verwenden, nicht als Echosignale zurückgeworfen. Eine völlig andere Reaktion tritt ein, wenn kein Strom zugefügt wird. Dann werden auftretende Wellen reflektiert. Im übrigen sind die winzigen gelben Dinger nicht rund, wie wir annahmen. Sie haben mehr die Form eines Tropfens. Dies läßt die Untersuchungskommission vermuten, daß beim Zerfall des Flugzeuges eine vielleicht wie Farbe aufgespritzte dünne Masse sich auf Grund ihrer ungewöhnlichen Eigenschaften nicht aufgelöst hat, sondern abgetropft ist, als hätte sie unter großer Hitze gestanden. Die Experten schließen daraus: Sobald die erwähnte Schicht unter Strom gesetzt wird, absorbiert ein so präpariertes Flugzeug jede auftreffende elektromagnetische Welle und kann somit von keiner Radarstation erfaßt werden. Will man sich hingegen der Funkmeßtechnik bedienen, braucht man den Strom nur auszuschalten. Dann wandert die nicht absorbierte Energie als Echosignal zur Sendestelle zurück.«

Pierre staunte. »Mir scheint, Sie sind inzwischen Experte für Elektronik geworden, Monsieur!«

»Schön wär's. Nein. Mein Sohn, der zu meinem Kummer viel an unserem Fernsehgerät herumbastelt, hat mir gestern abend Nachhilfeunterricht erteilt. Natürlich weiß er nichts vom Fall Darimont. Aber in elektronischen Dingen kennt er sich aus.«

»Studiert er das Fach?«

»Gott bewahre. Er ist erst vierzehn!«

Es dauerte nur noch wenige Tage, bis Pierres Wunsch in Erfüllung ging: Er konnte Monique mit seinem Bruder bekannt machen. Die Vorstellung verlief jedoch anders, als er erwartet hatte. Beide wirkten merkwürdig beklommen, als sie sich die Hand reichten. Sie schauten sich an, als überlegten sie, wo sie sich schon einmal begegnet sein könnten.

Jean-Paul beugte sich über Moniques Hand. »Ich freue mich, endlich Ihre Bekanntschaft zu machen.«

»Mir geht es ebenso«, erwiderte sie. »Doch wie soll ich Ihr ›endlich‹ verstehen?«

Pierre wurde nervös. »So, wie er es gesagt hat. Aber setzt euch doch! Ich habe meinem Bruder damals sehr viel von dir erzählt.«

»Stimmt«, kam ihm Jean-Paul zu Hilfe, während sie an einem Tisch Platz nahmen. »Es bedrückte Pierre, daß es zwischen Ihnen und ihm zu einer Verstimmung gekommen war.«

Pierre warf ihm einen dankbaren Blick zu.

Obwohl Jean-Pauls Erklärung für Pierre sprach, ergriff Monique nicht die Gelegenheit, ein Wort an ihn zu richten. Die Kehle war ihr wie zugeschnürt. Sich gewaltsam zwingend sagte sie: »Wir haben in den letzten Tagen sehr oft über Sie gesprochen, Monsieur Massol. Nahmen Sie an einem Manöver teil?«

»Nein, ich war in Raincy. Ein väterlicher Freund...«

»... indischen Geblüts!« fiel Pierre mit mokantem Unterton ein.

Jean-Pauls Gesichtsmuskeln spannten sich. »Willst *du* erzählen?«

»Wie könnte ich? Den Herrn kenne ich ja nur vom Hörensagen. Er kommt fast einer Gottheit gleich!« fuhr er an Monique gewandt fort. »Der Inder Doktor Raihani ist der einzige Mensch, für den sich mein Bruder begeistern kann. Verglichen mit ihm, sind wir arme Erdenwürmer. Wenn...«

»Moment!« unterbrach ihn Monique. »Was ist los mit dir?«

»Was soll schon sein?«

»Du bist mit einem Mal so aggressiv.«

»Mein Gott, es ärgert mich, daß Jean-Paul sich tagelang bei diesem Inder aufhielt, ohne mir ein Wort zu sagen.«

Monique lachte. »Bist du der Hüter deines Bruders?«

Pierre wies auf Jean-Paul. »Frag ihn.«

Der Bruder gab ihm einen Knuff. »Schluß jetzt!« Er neigte sich zu Monique hinüber. »Was darf ich für Sie bestellen?«

»Irgend etwas, das die Stimmung hebt. Am besten Kaffee.«

»Dazu einen Cognac?«

»Einverstanden.«

Pierre rekelte sich. »Für mich das gleiche. Wenn du schon den Gastgeber spielst...«

Vorbei war die Spannung, die so unvermittelt aufgekommen war. Dennoch beschäftigte Pierres jähe Gereiztheit Monique ebenso wie Jean-Paul. Ohne Zweifel war er eifersüchtig geworden. Aber warum? Weil sie sich etwas lange die Hand gegeben und dabei aufmerksam angesehen hatten? War ihm der Inder ein willkommener Blitzableiter gewesen?

Pierre hätte selbst nicht sagen können, was plötzlich in ihn gefahren war. Vielleicht hatte er sich zu sehr auf das Treffen mit dem Bruder gefreut und dadurch seine Erwartung zu hoch geschraubt.

Doch was auch der Grund der Verstimmung gewesen sein mochte, noch bevor Kaffee und Cognac serviert wurden, gerieten sie durch einen »Extrablatt! Extrablatt!« schreienden Zeitungsverkäufer in eine Erregung, die sie so schnell nicht wieder verlassen sollte. Denn die Schlagzeile, die er ausrief, lautete: »Bewohner eines fremden Planeten bedrohen uns!«

Pierre sprang auf und riß dem Verkäufer das Blatt aus der Hand. Und ohne sich wieder zu setzen, las er den kaum glaublichen Artikel. Der Atem stockte ihm.

Jean-Paul ergatterte ebenfalls eine Zeitung und beugte sich mit Monique darüber. Auch ihnen verschlug es die Sprache. War das, was da berichtet wurde, wirklich geschehen? Oder war man einer Falschmeldung aufgesessen?

Der Artikel lautete: Nach Berichten unserer Auslandskorrespondenten erlosch in Australien, Japan, Korea und im östlichen Teil Rußlands – später in China, Malaysia, Indien und Mittelrußland – um jeweils neunzehn Uhr Ortszeit auf allen Fernsehapparaten das Programm. Die Bildschirme zeigten plötzlich ein zartrotes Flimmern, und aus den Lautsprechern ertönte in der jeweiligen Landessprache: ›Dies ist keine Störung! Ihr Gerät ist in Ordnung! Wir haben eine wichtige Nachricht zu übermitteln. Holen Sie Ihre Nachbarn, die über kein Fernsehgerät verfügen, innerhalb der nächsten fünfzehn Minuten in Ihre Wohnung. Zu diesem Zeitpunkt melden wir uns wieder. Bis dahin wünschen wir Ihnen einen guten Empfang des Programms, das Sie eingeschaltet haben.‹

Gleich darauf verschwand das rote Flimmern, und das normale Programm war wieder zu sehen. Genau fünfzehn Minuten lang. Dann verblaßte das Bild, und es entstand erneut jenes seltsame Flimmern. Diesmal verkündete die Stimme: ›Wir kommen von einem anderen Planeten und sind gewillt, all jene Mißstände zu beseitigen, die vielen Menschen auf der Erde das Leben unerträglich machen. Kraft der uns zur Verfügung stehenden Mittel sind wir in der Lage, für eine gerechte Ordnung zu sorgen. Unsere Machtposition wird uns jedoch nicht verleiten, etwas zu unternehmen, das der Menschheit schaden könnte. Die katastrophalen Verhältnisse auf der Erde zwingen uns allerdings, diktatorische

Maßnahmen zu ergreifen, um Schäden, die schon in wenigen Jahren irreparabel sein könnten, so schnell wie möglich abzuwenden. Doch seien Sie unbesorgt! Das Diktat, das wir ausüben müssen, wird weicher Natur sein. Unsere erste Demonstration, die wir hiermit ankündigen, soll unsere redliche Absicht, aber auch unsere Macht dokumentieren. Übermorgen, von zwölf bis dreizehn Uhr Ortszeit, wird in dem Gebiet, das wir in diesem Augenblick ansprechen, jeder Motor stehenbleiben. Auf elektromagnetischem Wege werden wir in der genannten Zeit die Bildung von Zündfunken sowie jede durch Verdichtungstemperatur hervorgerufene Selbstzündung unterbinden. Das bedeutet: Alle Benzin- und Dieselmotoren werden ausfallen. Das gleiche gilt für Düsenaggregate, deren Funktion wir mit Hilfe der Technik des Flammenabrisses unterbrechen. Sorgen Sie dafür, daß übermorgen von zwölf bis dreizehn Uhr kein Flugzeug in den Bereich Ihres Landes einfliegt. Es würde unweigerlich abstürzen. Erst ab dreizehn Uhr werden alle Motoren wieder arbeiten. – Ende der Durchsage, die rund um die Erde um Punkt neunzehn Uhr Ortszeit in der jeweiligen Landessprache erfolgt. Wir wünschen Ihnen einen guten Empfang der Abendsendung.‹

Pierre gelang es als erstem, sich aus der Beklemmung zu lösen, die ihn überfallen hatte. »Das ist die dickste Zeitungsente, die es je gegeben hat«, rief er.

»Vorsicht!« warnte Monique und wies auf die Armbanduhr. »Warten wir erst einmal ab, was in zwanzig Minuten geschieht. Dann ist es bei uns genau neunzehn Uhr, und dem Artikel zufolge sollen die Wesen vom anderen Stern ja sehr pünktlich sein.«

»Du glaubst an den Quatsch?«

»Das hab' ich nicht behauptet. Aber ich möchte die Zeit bis zum angeblichen Beginn der Sendung abwarten, bevor ich Stellung nehme.«

Jean-Paul leerte sein Glas. »Dann nichts wie rein ins Lokal und sich einen Platz vor der Mattscheibe sichern!«

»Vernünftiger Vorschlag«, stimmte Monique ihm zu.

Pierre griff sich an den Kopf. »Ihr glaubt allen Ernstes...? Was da behauptet wird, kann es doch gar nicht geben! Ich bewundere freilich die Phantasie und die Chuzpe des Journalisten, der diese Ente hat fliegen lassen.«

Monique erhob sich. »Nun komm schon.«

Als sie im Innenraum des Bistros saßen, der sich schnell füllte, entwickelte sich gleich ein Gespräch über die Konsequenzen, die sich ergeben würden, falls es einer fremden Macht wirklich gelingen sollte, sämtliche Motoren der Erde stillzulegen.

Jean-Paul bestellte eine Runde Cognac. »Nicht auszudenken, was passieren würde, wenn die Russen hinter der Sache stünden.«

»Oder die Amerikaner!« gab Monique zu bedenken. »In beiden Fällen käme es zum Krieg.«

Pierre winkte ab. »Das Ganze ist doch Blödsinn. Wie soll man Zündfunken ausschalten können?«

»Das liegt durchaus im Bereich des Machbaren«, antwortete Monique. »Natürlich nur beim elektrischen Zündfunken. Wie man die Selbstzündung eines Dieselmotors eliminieren und beim Düsenflugzeug einen Flammenabriß bewerkstelligen will, ist mir schleierhaft. Aber ein Zündfunke, wie ihn der Benzinmotor braucht, ließe sich unter Umständen schon ausschalten. Jedenfalls theoretisch.«

»Darf ich fragen, wie?«

»Beispielsweise auf der Basis des EMP.«

»Was ist das nun wieder?« fragte Pierre.

»Hast du noch nie vom elektromagnetischen Puls gehört?« wunderte sich Jean-Paul.

»Eigentlich müßte er NEMP heißen: Nuklear-elektromagnetischer Puls«, erklärte Monique. »Es handelt sich um einen Vorgang, den wir seit der Erprobung atomarer Waffen in den oberen Schichten der Erdatmosphäre kennen. Zunächst trat das Phänomen gewissermaßen nur optisch in Erscheinung, als 1958 über der Johnston-Insel in etwa vierzig Kilometer Höhe eine Bombe gezündet wurde, deren Sprengkraft fünfzigmal größer war als die von Hiroshima. Bei diesem Versuch entstand ein Lichtblitz, der in Hawaii, 1200 Kilometer von der Zündstelle entfernt, gesehen wurde. Der Feuerball dehnte sich innerhalb einer Drittel-Sekunde auf einen Durchmesser von achtzehn Kilometern aus, und die Ionosphäre war so gestört, daß sechs Stunden lang kein Radioempfang möglich war.«

»Und davon hat man nichts erfahren?« wunderte sich Pierre.

»Die Fachliteratur ist voll davon«, entgegnete Monique. »1962 wurden weitere Versuche mit noch stärkeren Atombomben gestartet. Diesmal in Höhen bis zu achtzig Kilometern. Und nun geschah etwas Unfaßliches: Unmittelbar nach der Zündung schlugen in Hawaii die Diebstahlsicherungen Alarm, und die Elektrizitätsversorgung fiel schlagartig aus. Zum ersten Mal erlebten wir die elektromagnetische Wirkung des EMP, aber es dauerte lange, bis man der Ursache auf den Grund kam.«

»Und die ist?«

»Eine technische Erklärung möchte ich dir und mir ersparen«, antwortete Monique. »Die Materie ist zu kompliziert. Doch in wissenschaftlichen Kreisen ist heute allgemein bekannt, daß die Infrastruktur einer Industriegesellschaft mit Hilfe des EMP innerhalb weniger Millisekunden lahmgelegt werden kann. Zwei in vierzig Kilometer Höhe gezündete 10-Megatonnen-Bomben reichen aus, um die Elektrizitätsversorgung über weite Gebiete zum Zusammenbruch zu bringen. Telefone, Computer, Fernsehapparate – überhaupt alle elektronisch arbeitenden Geräte in Autos, Fabriken, Krankenhäusern, Wasserversorgungsanlagen und Kernkraftwerken – würden unweigerlich ausfallen. Und gesehen hätte man lediglich einen Lichtblitz hoch oben am Himmel. Mit der Höhe aber, in der die Explosion stattfindet, wächst die Fläche, über die der EMP sich ausbreitet. Erfolgt die Zündung beispielsweise in hundert Kilometer Höhe, dann wird ein Gebiet im Durchmesser von etwa 3000 Kilometern abgedeckt.«

»Und man kann nichts dagegen unternehmen?« fragte Pierre entgeistert.

»Nichts, wäre zuviel gesagt. Ein Dozent der Universität Zürich ermittelte, daß elektronische Anlagen gegen den EMP geschützt werden können, wenn man einen Mantel aus Stahlblech um sie legt. Dabei müßten die Schweißnähte allerdings peinlich genau gezogen sein, denn schon ein Haarriß im Stahlmantel würde alle Anstrengungen zunichte machen. Trotz dieser Schwierigkeit haben die Schweizer es bis heute als einzige Nation fertiggebracht, ihre für die Landesverteidigung wichtigsten Gebäude voll gegen den EMP zu schützen. Sie versahen Mauern, Decken und Böden mit exakt verschweißten Stahlblechen.«

Pierre, der längst zu Papier und Stift gegriffen hatte und Moniques Ausführungen Wort für Wort festhielt, konstatierte nüchtern: »Dann verfügen die Schwizer ja über einen neuen Exportschlager!«

Jean-Paul reagierte sachlicher. »Ihre Ausführungen sind gewiß hochinteressant, Mademoiselle Darimont. Aber wo liegt der Zusammenhang zwischen dem EMP und der von Ihnen angedeuteten Möglichkeit, den elektrischen Zündfunken auszuschalten?«

Monique seufzte. »Wollte ich Ihnen die physikalischen Vorgänge detailliert erklären, müßte ich mit einem Vortrag über die Ionisierung der oberen Atmosphäre durch Gammastrahlen und Elektronen aus radioaktiven Zerfällen beginnen. Lassen wir es deshalb bei der Feststellung bewenden, daß auf elektromagnetischem Weg unheimliche Kräfte erzielt werden können. Die US-Luftwaffe hat in Kirtland/New Mexico einen fünf Stockwerke hohen EMP-Teststand errichtet, auf dem ein B-52 Bomber künstlichen elektromagnetischen Pulsen ausgesetzt wird. Geradezu irrsinnige Feldstärken werden dort erzeugt, doch man hat noch nicht erreicht, was eine 1200 Kilometer weit entfernte Atombombenexplosion spielend zuwege bringt. Das Problem ist eben sehr vielschichtig. Aber eines Tages, daran glaube ich, wird es uns gelingen, den elektromagnetischen Puls soweit in den Griff zu bekommen, daß wir ihn sowohl künstlich erzeugen als auch abwehren können, damit er nicht wie jetzt jede elektronische Anlage zerstört, sondern beispielsweise den Zündfunken ausschaltet, wenn uns dies wünschenswert erscheint.«

Jean-Paul fuhr sich erregt durchs Haar. »Gnade uns Gott, wenn die Geister vom anderen Planeten ...«

»Das Bild verschwindet!« rief ein junger Mann und wies auf den Fernsehapparat.

Monique warf einen Blick auf ihre Armbanduhr. »Pünktlich auf die Minute!«

Sekunden später verlief alles so, wie es das Abendjournal berichtet hatte. Es bildete sich ein rötliches Flimmern, aus dem eine Stimme in französischer Sprache verkündete, was in den östlich gelegenen Ländern bereits bekanntgegeben war.

Nach Beendigung der ersten Durchsage herrschte sekundenlang lähmende Stille. Dann erhob sich ein erregtes Stimmengewirr, das erst verebbte, als das Fernsehbild abermals zu flimmern begann und nunmehr jene Botschaft proklamiert wurde, deren Text man bereits aus der Zeitung kannte. Doch im Gegensatz zu dem Bericht, den man gelesen hatte, klangen die gesprochenen Worte nun fast drohend. Eindeutig wurde Unterwerfung verlangt.

Monique war leichenblaß, als die Sendung zu Ende ging und das normale Fernsehprogramm wieder sichtbar wurde. »Ich muß hier raus«, stöhnte sie.

»Und ich muß in die Redaktion!« schrie Pierre gegen das

unerträglich werdende Durcheinander der Stimmen an. »Die Hälfte des Honorars erhältst selbstverständlich du!«

Sie verstand den Sinn seiner Worte nicht.

Wie ein Sieger schwenkte er das Papier, das er beschrieben hatte. »Ich werde der erste sein, der über die technische Seite des Diebstahls von Zündfunken berichtet. Au revoir! Morgen sehen wir uns wieder. Bis dahin gedenke ich in elektromagnetischen Pulsen zu schwelgen.«

Monique schaute entgeistert hinter ihm her. »Ist er verrückt geworden?«

Jean-Paul legte den Arm um ihre Schulter und führte sie nach draußen. »Keine Sorge. Ich kenne Pierre. Wenn er eine Möglichkeit sieht, Kollegen zu übertrumpfen, ist er nicht zu halten.« Er ging auf den Tisch zu, an dem sie vorher gesessen hatten. »Jetzt wollen wir die Botschaft aus dem Universum erst einmal verdauen.«

»Einverstanden«, erwiderte Monique. »Aber ohne ein Wort darüber zu verlieren.«

Er sah sie verwundert an.

»Bitte, haben Sie Verständnis für meinen Wunsch. Ich bin völlig durcheinander. Mir geht so viel im Kopf herum, daß mir beinahe schwindelig wird.«

»Vielleicht ist Ihnen der Cognac nicht bekommen.«

Monique ließ sich in einen Korbsessel fallen. »Im Gegenteil! Der hat mich sogar hungrig gemacht. Ob es hier wohl etwas zu essen gibt?«

»Eine Kleinigkeit bestimmt. Ich werde das gleich klären.«

Jean-Paul hatte Monique kaum verlassen, da stellte sie die aberwitzigsten Überlegungen an. Schon während der Durchsage hatte sich ihr die Frage aufgedrängt: Sollten Papa und die anderen vermißten Wissenschaftler womöglich mit denen aus dem All zusammenarbeiten? Deren Botschaft wurde in vielen Sprachen übermittelt. Ohne die Mithilfe von Erdbewohnern hätte sich das kaum bewerkstelligen lassen.

Jean-Paul kehrte freudestrahlend zurück. »Ich habe ein paar schöne Sachen ergattert. Gänseleber, dazu ein Chablis. Und Camembert, den ein Saint Emilion krönen wird. Sind Sie einverstanden?«

»Und wie! Aber womit habe ich es verdient, so verwöhnt zu werden, Monsieur Massol?«

Er nahm Platz. »Sollten wir die förmliche Anrede nicht fallenlassen?«

»Gerne, Jean-Paul.«

»Ich danke Ihnen, Monique.«

»Und da wir nun ungezwungen reden können und ich von meinen konfusen Gedanken abgelenkt werden möchte, wäre es schön, wenn Sie mir von Ihrem indischen Freund erzählen würden. Sind Sie schon lange mit ihm bekannt?«

»Seit drei Jahren. Wir lernten uns auf recht ungewöhnliche Weise kennen. Anläßlich eines Manövers flog ich mit fünf Kameraden in einem Hubschrauber über den Wald von Bondy, als plötzlich eines der Rotorblätter davonsauste. Die Maschine war nicht mehr zu halten. Zum Glück befanden wir uns hoch genug, um uns mit dem Fallschirm retten zu können. Ich landete im Park der Besitzung von Doktor Raihani.«

Monique schlug die Hände zusammen. »Das ist wirklich eine außergewöhnliche Art, sich kennenzulernen.«

»Und es geschah noch etwas, das selten vorkommt. Vom ersten Augenblick an wußten wir beide, daß wir Freunde werden würden. Doktor Raihani begrüßte mich mit Worten, die typisch für ihn sind. Er sagte: ›Himmel und Erde haben uns zusammengeführt. Hegen wir, was göttliche Hand uns bietet.‹«

Monique war beeindruckt. »Nach dieser Kostprobe kann ich mir gut vorstellen, daß man sich zu Doktor Raihani hingezogen fühlt. Um so unverständlicher ist es mir, daß Sie Pierre nicht mit ihm bekannt gemacht haben.«

Das Gespräch wurde durch den Kellner unterbrochen. Jean-Paul kam dies zupaß, denn er empfand es selbst als nicht in Ordnung, daß er den Bruder nie gebeten hatte, ihn einmal nach Raincy zu begleiten. »Ich weiß, daß ich Pierre längst mit meinem Freund hätte zusammenbringen sollen«, sagte er, als der Kellner gegangen war. »Zumal er dann bestimmt nicht mehr eifersüchtig auf ihn wäre. Aber ich habe Angst, daß er zum Störenfried wird.«

»Wieso das?«

»Er macht aus allem, was er sieht und hört, eine Story für seine Zeitung. Doktor Raihani wäre ein gefundenes Fressen für ihn. Und das muß ich meinem Freund ersparen. Die Presse hat ihn schon einmal ausgeschlachtet. Aber das liegt viele Jahre zurück. Er hatte in Indien die verwöhnte Tochter eines französischen Industriellen kennengelernt und war nach kurzer Zeit ihren Sirenentönen erlegen. Doch die sehr hübsche und extravagante junge Dame hatte ihn nicht aus Liebe, sondern aus purer Berechnung becirct. Sie wünschte Tagesgespräch zu werden, wollte ihr Bild in den Illustrierten sehen. Dies glaubte sie über Doktor Raihani, dem um gut zwanzig Jahre älteren Sohn eines der reichsten Maharadschas von Indien, erreichen zu können. Und ihre Rechnung ging auf. Er heiratete sie, und die Berichte über die spektakuläre Hochzeitsfeier füllten nicht nur die Seiten der Regenbogenpresse. Wochenlang wurden ihre Fotos publiziert. Und als der Zeitungs- und Illustriertenrummel zu verebben drohte, brachte ihn das flittersüchtige Geschöpf mit einer Scheidungsklage wegen seelischer Grausamkeit schnell wieder auf Touren. – Glauben Sie nicht, Monique, daß es in Pierres Fingern kribbeln wird, wenn er erfährt, daß Doktor Raihani aus dem Desaster, in das er sich hatte verstricken lassen, wie ein Phönix aus der Asche gestiegen ist und heute glücklich in einer für ihn völlig neuen Welt lebt, in der Welt des Geistes, die ihm bei all seinen gesellschaftlichen Verpflichtungen bis dahin fremd geblieben war?«

»Sie mögen recht haben«, antwortete Monique. »Aber es wäre doch ein leichtes für Sie gewesen, Pierre zu bitten, über Ihren Freund nicht zu schreiben.«

Jean-Paul lachte. »Da kennen Sie ihn schlecht. Wenn der Reporter in ihm herausgefordert wird, ist er nicht zu bremsen. Dann geht er notfalls über Leichen.«

»Ich muß Ihnen widersprechen«, entgegnete Monique unwillig. »Pierre hat mir in einer Angelegenheit, die er publizistisch groß hätte auswerten können, in selbstloser Weise geholfen.«

Jean-Pauls Gesichtsausdruck wurde ernst. Er erinnerte sich an das Gespräch, das er mit Pierre über Monique geführt hatte, und er konnte sich nicht des Verdachts erwehren, daß sein Bruder ihr gegenüber ein doppeltes Spiel trieb.

Sie bemerkte seine Veränderung und fragte couragiert: »Sind Sie eifersüchtig auf Pierre?«

Er sah sie verwundert an. »Wie kommen Sie darauf?«

Monique zuckte die Achseln. »Vielleicht, weil Sie sich sehr von ihm unterscheiden.«

»Das ist richtig. Wir kennen aber keine ernsthaften Differenzen. Allenfalls gibt's mal ein Geplänkel wie vorhin.«

»Also weder Kain noch Abel.«

»Merkwürdig, daß Sie das sagen. Unsere Mutter hat uns mit

dieser Geschichte in den Ohren gelegen. Die Vorstellung, daß ein Bruder den anderen erschlägt, versetzte sie in panische Angst. Vielleicht gehen wir deshalb jedem Streit aus dem Weg. Doch jetzt sollten wir unseren Hunger stillen.«

Monique seufzte wie erlöst. »Auf die Gänseleberpastete hätte ich sowieso nicht mehr lange schauen können, ohne zuzugreifen.«

Während des Essens sprachen sie über ihre beruflichen Aufgaben und mieden das Thema, das ihnen auf der Zunge brannte. Welche Reaktion mochte das ungeheuerliche Geschehen, das die Völker aller Länder in dieser Stunde bewegte, bei den Staatsmännern der führenden Nationen ausgelöst haben? Wie würden diese damit fertig werden, daß eine fremde, unbekannte Macht sich anschickte, ihre Kompetenzen in Frage zu stellen?

»Meine Gedanken wandern immer wieder zu Doktor Raihani«, sagte Monique, als der Kellner abgeräumt hatte. »Ein seltsames Schicksal, das ihn nach Frankreich führte.«

Jean-Paul lehnte sich zurück. »Gestern erzählte er mir eine Geschichte, die ich Ihnen nicht vorenthalten möchte. Übrigens eine wahre Begebenheit, die sich vor hundert Jahren in Rangun zutrug, als die Briten Burma besetzten. Die herrlichen Kunstschätze dieser Stadt verleiteten die Truppe, etliche Kostbarkeiten in ihre Heimat abzutransportieren, unter anderem die uralte, ungeheuer schwere Bronzeglocke der Shwe-Dagon-Pagode. Doch als diese Absicht bekannt wurde, rotteten sich Tausende zusammen, um die ehrwürdige Glocke mit ihrem Leben zu verteidigen. Die Engländer griffen bereits zu den Waffen, als ein kluger Mann vor die erregte Bevölkerung trat und in aller Ruhe erklärte: ›Wozu edles Blut vergießen, wenn wir die Möglichkeit haben, unsere Widersacher auf andere Weise daran zu hindern, unsere geliebte Glocke fortzuschaffen.‹

›Aber wie können wir das?‹ bestürmten ihn seine Landsleute.

Er antwortete: ›Indem wir sanfte Gewalt anwenden. Ich verspreche euch, daß die Glocke im Land bleiben und eines Tages wieder in der Shwe-Dagon-Pagode hängen wird, wenn ihr nichts gegen die Briten unternehmt und sie ungestört tun laßt, was sie glauben, tun zu dürfen.‹

Nun, das Volk vertraute dem geheimnisvollen Mann, der sich fortan in der Nähe der Pagode aufhielt und mit größter Aufmerksamkeit das Abseilen der schweren Glocke verfolgte. Doch als diese auf ein Schiff verladen werden sollte, trat etwas ein, das die englischen Ingenieure bitter enttäuschte: Das Seil, mit dem das kostbare Stück emporgehoben wurde, riß! Die Glocke drang so tief in den Schlamm ein, daß es den Briten trotz aller Anstrengungen nicht gelang, sie aus dem Fluß herauszuheben.«

»Hatte der geheimnisvolle Mann das Seil angeritzt?« fragte Monique belustigt.

Jean-Paul hob die Schultern. »Möglich. Fest steht lediglich, daß er den Kommandeur der Besatzungstruppe aufsuchte und bat, ihm zu versichern, daß er mit der Glocke machen könne, was er wolle, wenn es ihm gelingen sollte, sie dem Irawady zu entreißen. Im ersten Moment wurde er ausgelacht, aber als er den Befehlshaber verließ, trug er die erbetene Bescheinigung in der Tasche. Und wenige Tage später begannen Hunderte von einheimischen Tauchern damit, riesige Bambusmengen in den unter der Glocke befindlichen Schlamm zu treiben. Wochen dauerte die mühselige Arbeit, bis eines Tages der Auftrieb so groß geworden war, daß die schwere Bronzeglocke verhältnismäßig leicht gehoben und schließlich im Triumphzug zur Shwe-Dagon-Pagode zurückgebracht werden konnte.«

Monique blickte nachdenklich vor sich hin. »Die Stimme vom anderen Planeten sprach von einem *weichen* Diktat, und Sie erzählen nun eine Geschichte, in der *sanfte* Gewalt dem Recht zum Sieg verhalf. Das sollten wir als gutes Omen werten.«

Die Botschaft aus dem Kosmos versetzte die Menschheit in eine ungeheure Erregung und löste rund um den Erdball hektische Geschäftigkeit aus. Die Reaktionen waren allerdings sehr verschieden. Während die Regierenden der sogenannten Dritten Welt hoffnungsvoll in die Zukunft blickten, gerieten die Staatsmänner der Industrienationen in Panik. Es war, als befürchteten sie, Rechenschaft über ihr Tun ablegen zu müssen. Überall wurden Krisenstäbe gebildet. Und wie es zu Zeiten der Gebrüder Montgolfier und ihres Konkurrenten Professor Charles üblich geworden war, sich über aufsteigende Luft, Ballons und Wasserstoffgas zu unterrichten, so suchte jetzt ein jeder, sich von Lehrern, Technikern und Experten aller Art das Funktionieren elektromagnetischer Wellen und die theoretischen Möglichkeiten eines interstellaren Weltraumverkehrs erklären zu lassen.

Auch der Präsident der Vereinigten Staaten von Amerika hatte das Bedürfnis, sich schnell und gründlich zu informieren. Zunächst jedoch bediente er sich des direkten Kabels nach Moskau. Nach einem längeren Gespräch mit dem Vorsitzenden des sowjetischen Ministerrats, der sich nun ebenso freundlich und konziliant gab, wie er selbst, gelang es ihm zu vereinbaren, daß beide Nationen fest zusammenhalten und, wie einst im Zweiten Weltkrieg, gemeinsam vorgehen würden, falls Bewohner eines anderen Planeten wirklich versuchen sollten, die Machtverhältnisse auf der Erde zu verändern. Das müsse unter allen Umständen vermieden werden. Genau genommen, sei man sich ja immer einig gewesen. Nur mit dem Unterschied, daß die Vereinigten Staaten der Meinung gewesen seien, den Kommunismus ad absurdum führen zu können, während die Sowjetunion in dem Glauben gelebt habe, der rücksichtslose Kapitalismus würde sich von selbst erledigen.

Zufrieden über den guten Ausgang des Gespräches ließ der Präsident einige angesehene Wissenschaftler in seinen Arbeitsraum bitten. Unter ihnen befanden sich zwei ehemalige Angehörige der NASA, hochkarätige Experten, die längst nichts mehr zu sagen hatten und schon vor Jahren von ehrgeizigen Militärs abgelöst worden waren. Nach einigen Begrüßungsworten stellte das Staatsoberhaupt gleich die Frage, die ihn am meisten interessierte. »Ich möchte wissen, ob die Möglichkeit besteht, daß Lebewesen von einem anderen Stern zu uns gelangen können?«

»Theoretisch schon«, antwortete einer der NASA-Veteranen. »Unterstellen wir einmal, es sei einer weit von uns entfernt im All lebenden, geistig und technisch ungemein hoch entwickelten Spezies gelungen, ein Raumschiff zu schaffen, das von einer Photonenrakete angetrieben wird, wie sie unsere Wissenschaftler allenfalls zu einem sehr viel späteren Zeitpunkt hoffen entwickeln zu können, dann würden jene Lebewesen den geringsten überhaupt denkbaren Treibstoffverbrauch erzielt haben – nämlich ein Hundertstel Gramm je Tonne Schub und Sekunde. Bei einem so minimalen Verbrauch könnte beispielsweise ein zehn Tonnen schweres Flugzeug die Erde mit nur zwei Kilogramm Treibstoff umfliegen. Wichtiger aber wäre, daß sich mit dieser Rakete fast die Lichtgeschwindigkeit erreichen ließe. Das sind rund dreihunderttausend Kilometer in der *Sekunde*! Damit würde die absolute Grenze der Triebwerksentwicklung erreicht sein, und ein solches Raumschiff könnte an einem einzigen Tag von der Erde zum Mars und zurück fliegen, ohne daß die Besatzung in der Abendstunde auf ihren Dämmerschoppen verzichten müßte. Theoretisch wäre man sogar in der Lage, eine Weltraumrunde zu drehen und einige tausend benachbarte Sonnensysteme zu inspizieren. Von dieser Reise würde man jedoch erst nach dreißig Jahren zurückkehren. Die Astronauten würden dann aber feststellen müssen, daß keiner ihrer Angehörigen mehr lebt. Denn wenn sie nach *ihrer* Zeitrechnung dreißig Jahre unterwegs waren, sind auf der Erde bereits hundertfünfzig Jahre vergangen; das hätte ihnen die Lichtgeschwindigkeit angetan.«

»Kaum zu glauben«, entfuhr es dem Präsidenten.

Der ehemalige NASA-Angehörige nickte zustimmend und ergänzte seine Ausführungen mit der sachlichen Feststellung: »Dieses Schicksal wird freilich keinem Weltraumpiloten widerfahren, weil eine Photonenrakete trotz ihres extrem niedrigen Verbrauchs in dreißig Jahren etwa so viel Treibstoff benötigen würde, wie alle Handelsschiffe der Erde zusammen wiegen. Und um das nahezu mit Lichtgeschwindigkeit dahinrasende Raumschiff zu stoppen, brauchte man eine Treibstoffmenge, die der halben Masse unseres Mondes entspricht.«

»Richtig!« fiel ein Astronom ein. »Das beweist jedoch keinesfalls, daß Lebewesen aus dem Weltraum nicht zu uns kommen können. Einstein hat nachgewiesen, daß es – ins Unendliche projiziert – keine gerade Linie gibt. Alle Linien sind gekrümmt. Um dies zu verstehen, muß man sich den Globus vorstellen. Die Verlängerung einer jeden auf der Erde befindlichen Linie führt eindeutig um den Globus herum. Und der Lichtstrahl bildet da keine Ausnahme. Er verläuft ebenfalls als gekrümmte Linie. Im Scherz versicherte Einstein einmal: ›Wenn ein Mensch lange genug in den Himmel schaut, wird er eines Tages seinen eigenen Hinterkopf sehen. Er müßte allerdings über Ewigkeiten hinweg Geduld aufbringen, denn so lange würde es dauern, bis das Bild seines Hinterkopfes durch das gesamte Universum gejagt wäre.‹«

Der Präsident wurde nervös. »Ich bitte darum, bei der Sache zu bleiben.«

Ohne den Einwurf zu beachten, fuhr der Astronom fort: »Basierend auf Einsteins Erkenntnissen folgern die namhaftesten Physiker und Kosmologen, daß die Raum-Zeit-Struktur im All ebenso gekrümmt sein muß wie die – dem Anschein nach – gerade Linie und der Lichtstrahl. Da aber jede massive Fläche – sei sie aus Holz, Stein oder Eisen – porös ist und unter dem Mikroskop viele Löcher erkennen läßt, ist anzunehmen, daß sich in der Raum-Zeit-Struktur ebenfalls Löcher befinden. Und hinter diesen vermuten unsere Koryphäen ein Superuniversum, in dem weder Zeit noch Raum existieren, vielmehr alles zeitlos verläuft. So paradox es klingen mag: Im Superuniversum würde eine Fortbewegung bereits abgelaufen sein, wenn sie gerade erst ihren Anfang nimmt. Anders ausgedrückt: Den Begriff ›Zeit‹ im Sinne unseres Wortes können wir im Superuniversum, mit dem wir nur durch die Löcher der Raum-Zeit-Struktur verbunden sind, nicht anwenden. Um diesen für den Normalmenschen kaum begreiflichen Gedankengang etwas verständlich zu machen, hat ein Wissenschaftler das Weltall mit einem Kranz verglichen, auf dessen gekrümmter Oberfläche sich alle Galaxien befinden, während das raum- und zeitlose Superuniversum im Kranzloch liegt. Nehmen wir nun einmal an, es wäre so. Dann bestünde die Möglichkeit, von einer Stelle des Kranzes durch das Kranzloch viel schneller – in diesem Fall sogar zeitlos – zur anderen Seite des Kranzes zu gelangen.«

Der Präsident der Vereinigten Staaten wurde ungeduldig. »Sind das nicht Hirngespinste?«

»Nein«, versicherte der Astronom. »Einstein lehrte, daß Masse und Energie verwandelbar sind. Wie aus einem Eiswürfel Wasser werden kann, kann Wasser wieder zu Eis erstarren. Ferner sind nach Einstein Raum und Zeit zwei Aspekte einer Einheit, nämlich des Raum-Zeit-Kontinuums. Das bedeutet, daß sich das Universum aus zwei Komponenten zusammensetzt: aus Masse-Energie und aus Raum-Zeit. Und die zwischen diesen Einheiten bestehende Wechselwirkung erklärt die Expansion des Weltalls, die Verzerrung der Zeit und die schon lange vermuteten, jedoch erst neuerdings *nachgewiesenen* Schwarzen Löcher, durch die, wie angenommen wird, verdichtete Masse unseren Weltraum verläßt, um in einem anderen Universum wieder aufzutauchen. Es müßte also möglich sein, durch ein Schwarzes Loch in ein anderes All zu gelangen und auf diese Weise interstellare oder gar intergalaktische Raumfahrt zu betreiben.«

Der Präsident erhob sich und trat an ein Fenster seines ovalen Arbeitsraums. »Unterstellen wir, die Bewohner eines anderen Planeten seien tatsächlich in der Lage, unsere Erde zu erreichen. Wie aber lassen sich ihre Sprachkenntnisse erklären?«

»Diese Frage sollten die CIA und jene Herren beantworten,

die als Untersuchungsbeamte im ›Project Grudge‹ eingesetzt waren«, antwortete der zweite der ehemaligen NASA-Angehörigen.

Der Präsident drehte sich abrupt um. »Sie werden mir doch nicht zumuten, daß ich mich mit Berichten von Personen befasse, die behaupten, Kontakte mit Lebewesen von einem anderen Stern gehabt zu haben.«

»Natürlich nicht«, antwortete der Experte für Raumfahrttechnik. »Aber angesichts dessen, was nun geschehen ist, wird es notwendig sein, die Protokolle aus jener Zeit heranzuziehen. Zweifellos gehören die meisten Aussagen über die Sichtung von Ufos, und speziell über persönliche Kontaktnahme mit deren Besatzungen, in den Papierkorb. Doch es gibt auch seriöse Berichte, die man nicht ohne weiteres abtun kann.«

Der Präsident lachte. »Zählen Sie dazu die Erklärung eines meiner Vorgänger, er habe höchstpersönlich ein Ufo gesehen?«

»Nein, Mister President. Aber hätte sich die CIA seinerzeit nicht entschlossen, der Öffentlichkeit alle Feststellungen, die getroffen wurden, grundsätzlich vorzuenthalten ...«

»Haben die Sowjets etwa über Ufos berichtet?«

»Anfangs genauso wie wir. Später nicht mehr, weil die leitenden Beamten des Geheimdienstes der USA, der UdSSR, Frankreichs und Englands 1955 in Genf beschlossen, der Weltöffentlichkeit über das Ufo-Phänomen künftig keinerlei Informationen zu erteilen, vielmehr alle in der Presse auftauchenden Berichte ins Lächerliche zu ziehen.«

Der Präsident stutzte. »Davon ist mir nichts bekannt.«

»Verständlich. Das liegt schließlich schon Jahrzehnte zurück. Deshalb werden Sie auch die Gründe nicht kennen, die zur Ablösung des ›Project Sign‹ durch das ›Project Grudge‹ führten. Damals wurden jene Fehler gemacht, die uns jetzt unvorbereitet vor dem Problem stehen lassen, das auf uns zukommt.«

»Bis morgen verlange ich einen ausführlichen Bericht!« wies der Präsident seinen Staatssekretär an und wandte sich erneut dem ehemaligen NASA-Angehörigen zu. »Eine Frage noch. Halten Sie es für möglich, daß Erdbewohner von Ufo-Besatzungen gekidnappt wurden?«

Der Experte für Weltraumtechnik hob die Schultern. »Um mich vorsichtig auszudrücken: Ich halte es zumindest für denkbar.«

Es gab wohl keinen Erdbewohner, der nicht gespannt auf den Augenblick wartete, da rund um die Erde, jeweils um zwölf Uhr Ortszeit, sämtliche Motoren ihren Dienst versagen sollten. Wie überall in Europa, so blieben auch in Paris Tausende bis spät in die Nacht hinein vor ihren Fernseh- und Radiogeräten sitzen, um die für zwei Uhr angekündigten Sondernachrichten zu hören und zu erfahren, ob in Australien und im östlichen Teil Rußlands – später mit entsprechender zeitlicher Verschiebung in Japan, China, Malaysia, Indien und Mittelrußland – wirklich eintreten würde, was vorausgesagt worden war. Entsprachen die ersten Berichte den Tatsachen oder wurde die Welt zum Narren gehalten? Doch als gemeldet wurde, daß in der östlich gelegenen Welt tatsächlich alle Benzin-, Diesel- und Düsenmotoren um Punkt zwölf Uhr ausgefallen seien, da wirkte die ungeheuerliche Mitteilung wie ein Schock. Beklemmung, Angst und Schrecken breiteten sich aus. Nicht der geringste Zweifel konnte nun noch darüber bestehen, daß sich das Leben völlig verändern und nichts mehr so sein würde, wie es gewesen war. Das ganze Ausmaß des sich anbahnenden Wandels aber erfaßten zu diesem Zeitpunkt nur die wenigsten. Erst am Mittag, als man mit eigenen Augen sah, daß alle Wagen plötzlich stehenblieben, wurde man sich der bedingungslosen Unterwerfung bewußt, die unbekannte Lebewesen den Erdbewohnern abverlangten. Kein Aufbäumen, keine Empörung konnte daran etwas ändern. Die Dämonie der Technik hatte ihre höchste Stufe erreicht, und es war sinnlos, sich zu fragen, ob althergebrachte Sitten und Gewohnheiten ungeniert mißachtet werden dürfen. Wozu auch? Das Individuum wurde ja ohnehin schon nicht mehr geachtet. Man hatte längst erfahren müssen, daß der Wert des Menschen in erster Linie nach seinem Stimmzettel gemessen wurde.

In dieser Phase erinnerten sich nur wenige daran, daß der Sprecher der unheimlichen Sendung verkündet hatte, die Mißstände auf der Erde würden durch die Anwendung einer *weichen* Diktatur beseitigt werden.

Hierüber diskutierten Monique, Pierre und Jean-Paul, als sie sich verabredungsgemäß am Spätnachmittag im Bistro am Boulevard Saint Michel trafen, das zu ihrem Stammlokal geworden war. Von der Sorbonne waren es nur wenige Schritte dorthin, denn in ihre Junggesellenbehausungen konnten die beiden Brüder Monique nicht gut einladen.

»Was uns heute vorexerziert wurde, trägt den Stempel der Gewalt«, empörte sich Jean-Paul.

»Bedienen sich letztlich nicht alle Regierungen diktatorischer Maßnahmen, wenn sie etwas um jeden Preis erreichen wollen?« fragte Monique.

»Denken Sie an das, was wir die ›Verlängerung der Diplomatie mit anderen Mitteln‹ nennen?«

»Nicht nur. Auch jenseits von Kriegen regiert die Gewalt.«

»Das mag in kommunistisch und faschistisch orientierten Staaten der Fall sein«, schränkte Jean-Paul ein.

»Eben nicht nur dort!« widersprach Monique. »Teilung und Zerstückelung von kulturell und wirtschaftlich einheitlichen Ländern sind auch für demokratische Politiker der Weisheit letzter Schluß geworden. Man befreite Korea von der japanischen Kolonialherrschaft und teilte es dann. Gleiches geschah in Indochina. Und es waren die Verbündeten Chinas, die dieses Land gleich zweimal auseinanderrissen. Erst schenkten sie den Russen die Mandschurei, dann ließen sie ihren Freund Tschiang Kai-schek fallen, und schließlich akzeptierten sie ein kommunistisches und ein nationales China. Palästina und Deutschland wurden geteilt. Und all diese wahnwitzigen Maßnahmen wurden aufgezwungen! Die betroffenen Völker hatten nichts zu sagen!«

»Hört auf mit eurem Geschwätz!« polterte Pierre. »In einem Augenblick, da erwiesen ist, daß Bewohner eines anderen Sterns es fertiggebracht haben, die unendliche Weite des Universums zu überwinden, gibt es wohl Interessanteres zu erörtern, als über Gewalt, Diktatur und Teilungen zu reden. Ich, zum Beispiel, hab' den ganzen Tag in der Staatsbibliothek zugebracht, um mich über Ufos zu informieren, deren Existenz zwar immer wieder geleugnet wurde, nun aber kaum mehr bestritten werden kann.«

»Deinen Artikel über den EMP hast du aber nicht auf Grund deines Quellenstudiums geschrieben«, entgegnete Monique.

»Hast du ihn gelesen?«

»Natürlich. Er wurde ja an jeder Straßenecke angeboten.«

»Und damit zu einem Bombengeschäft! Wir haben mehr Exemplare verkauft, als die beiden größten Tageszeitungen zusammen. Aber wie hat dir diese Demonstration meines Geistes gefallen?«

Monique tippte sich an die Stirn. »Was den Inhalt betrifft, werde ich mich hüten, Kritik zu üben. Es waren schließlich meine Worte.«

»Aber meine Art, sie zu servieren! Voll zur Wirkung wird meine Schreibe erst in den nächsten Tagen kommen. Jetzt kann man dem Affen ja Zucker geben.«

»Wie bitte?«

»Verstehst du nicht? Dem Leser Sensationen liefern! Morgen früh bekommt das Publikum eine Geschichte serviert, die den Appetit noch kräftig steigern wird. Ich hab' das Manuskript bei mir. Soll ich es vorlesen?«

»Nur zu«, antwortete Monique und blinzelte Jean-Paul zu.

Der verstand, was sie meinte, und rutschte tiefer in seinen Sessel hinein.

»Also«, begann Pierre und entnahm seiner Aktentasche einen Schnellhefter. »Im Juni 1954 startete der britische Pilot James Howard mit einer BOAC-Linienmaschine kurz nach siebzehn Uhr von New York zu einem Trip nach London. Zunächst geschah nichts Außergewöhnliches. Man flog über den Wolken. Das Flugzeug, eine große Centaurus, lag ruhig in der Luft, und den Fluggästen waren gerade Decken für die Nacht gereicht worden, da sah Captain Howard am noch hellen Himmel einen großen und mehrere kleine Flugkörper parallel zu seiner Maschine in gleicher Richtung fliegen. Er wollte eben den Copiloten darauf aufmerksam machen, als dieser rief: ›Mensch, da sind Ufos!‹

Howard, ein alter Hase der BOAC, behielt ruhig Blut. ›Langsam, langsam‹, warnte er. ›Fragen Sie erst mal in Labrador an, ob sich Militärflugzeuge auf unserem Kurs befinden.‹

Der Copilot rief den Stützpunkt Goose Bay und erfuhr, daß sich keine Maschine in ihrer Nähe aufhalte.

›Seltsam‹, sagte der Kapitän und beobachtete mit seinem Kameraden die ungewöhnlichen Flugapparate, die sich in etwa acht Kilometer Entfernung mit gleichbleibender Geschwindigkeit fortbewegten. Dabei entdeckten sie, daß die kleineren Objekte das größere ständig umkreisten.

Inzwischen hatten auch der Navigationsoffizier und beide Bordingenieure die fremden Flugkörper bemerkt, und gemeinsam verfolgten sie nun jede Bewegung der weiterhin parallel zu ihnen fliegenden unbekannten Objekte. Da es sich zweifellos um Ufos handelte, die übrigens, wie die Stewardeß meldete, von den Fluggästen ebenfalls entdeckt worden waren und unter ihnen bereits Unruhe ausgelöst hatten, schlug der Navigationsoffizier vor, einen Abfangjäger anzufordern. Denn eine optische Täuschung, hervorgerufen vielleicht durch eine Reflektion der Fenster des Cockpits, war auszuschließen, nachdem die Passagiere von der Kabine aus die gleiche Beobachtung gemacht hatten.

Der in Labrador angeforderte Abfangjäger startete sofort, doch als er sich mit hoher Geschwindigkeit der Verkehrsmaschine näherte, verschwanden die kleinen Flugkörper so plötzlich, daß keiner der im Cockpit sitzenden Beobachter sagen konnte, wo sie geblieben waren oder welche Richtung sie genommen hatten. Man gewann den Eindruck, daß sie auf geheimnisvolle Weise blitzschnell im großen Objekt verschwunden seien, das unmittelbar darauf mit atemberaubender Geschwindigkeit steil in die Höhe schoß und den Blicken entschwand.

Acht Besatzungsmitglieder und vierzehn Passagiere bezeugten den Vorfall. Und Captain James Howard gab zu Protokoll: ›Meines Erachtens war der große Flugkörper eine Art Mutterschiff für die kleinen Begleitsatelliten. Nach langen Überlegungen bin ich zu der Auffassung gelangt, daß es ein Raumschiff aus einer anderen Welt gewesen sein muß.‹«

»Und woher hast du diese Story?« fragte Monique.

»Das sagte ich bereits. Aus einem Buch in der Staatsbibliothek, das vor Jahrzehnten veröffentlicht, aber nicht ernst genommen wurde. Es ließ sich nicht verkaufen und ist verramscht worden.«

Jean-Paul rekelte sich hoch. »Unbegreiflich.«

»Du würdest staunen, wenn du wüßtest, wieviel über dieses Thema geschrieben wurde, aber sang- und klanglos im Abseits landete. Anfangs habe ich keine Erklärung dafür gefunden, später aber erkannte ich, daß von hundert Berichten höchstens drei oder vier als seriös angesehen werden können. Alles andere ist unglaublicher Quatsch. Es gibt sogar Protokolle, in denen unbescholtene und ehrbare Bürger behaupten, an Bord eines Raumschiffes gewesen zu sein. Und nicht nur das. Ein junger Brasilianer schwört, er sei von den Raumfahrern, die ihn an Bord genommen hätten, zum Koitus mit einem weiblichen Wesen vom anderen Planeten gezwungen worden.«

»Jetzt hörst du aber auf!« entrüstete sich Monique.

»Das hab' ich nicht erfunden! Darüber gibt es seitenlange Abhandlungen.«

Jean-Paul lachte. »Dann ist es nicht verwunderlich, daß auch ernster zu nehmende Berichte über Ufos nur wenig Beachtung fanden.«

In diesem Moment fuhr ein Wagen vor, dem Tatue entstieg.

»Sieh mal, wer da kommt«, sagte Monique.

Pierre erhob sich augenblicklich und ging dem Sekretär Rastignacs entgegen.

»Der Chef möchte Sie dringend sprechen«, raunte Tatue. »Rufen Sie ihn gleich von hier aus an.«

»In Ordnung. Nehmen Sie einen Drink mit uns?«

»Ich muß leider sofort wieder zurück. In der Redaktion und zu Hause waren Sie nicht zu erreichen. Und der Name dieses Lokals war mir entfallen. Ich will nur schnell Mademoiselle Darimont begrüßen.«

Jean-Paul war verwirrt. Er erkannte in Tatue den jungen Mann, der seinerzeit im Bistro erschienen war, um die beiden Herren abzuholen, die am Nebentisch gesessen hatten. Ihrem Gespräch war zu entnehmen gewesen, daß sie zum Sicherheitsdienst gehörten. Und nun waren Pierre und Monique mit ihm bekannt? Mehr noch: Zwischen ihnen schien ein freundschaftliches Verhältnis zu bestehen! Sollte sein Bruder, der ihm damals vom vermißten Professor Darimont erzählt hatte, ein doppeltes Spiel treiben? Er war schon stutzig geworden, als Monique ihm vor zwei Tagen gesagt hatte, daß Pierre ihr in selbstloser Weise geholfen habe. Wenn er, Jean-Paul, sie auch noch nicht lange kannte, er würde alles tun, um sie vor Machenschaften zu schützen.

Tatue verabschiedete sich bald, und Pierre eilte zur Telefonzelle.

»Hören Sie zu«, sagte Rastignac, kaum daß die Verbindung zustande gekommen war. »Die vielen blockierten Wagen heute mittag brachten mich auf einen Gedanken, der mich nicht mehr losließ: Könnte es nicht sein, daß zwischen den verschwundenen Wissenschaftlern, der Botschaft aus dem Kosmos, den damaligen Ereignissen in Orly und dem, was wir nun erleben, ein Zusammenhang besteht? Das Phänomen der Beherrschung der Sprachen unserer Erde wäre damit gelöst!«

Pierre stockte der Atem. Die Überlegung leuchtete ein.

»Ich habe mich daraufhin mit dem Minister ins Benehmen gesetzt«, fuhr Rastignac ungewöhnlich lebhaft fort. »Er war beeindruckt und zögerte nicht, den Premierminister anzurufen. Eine Lawine kam ins Rollen. Wir wurden zum Vortrag befohlen. Danach fand ein Telefongespräch mit dem Präsidenten der Vereinigten Staaten statt, der mich nun für morgen nach Washington gebeten hat. In zwei Stunden starte ich mit einem Sonderflugzeug.«

»Sie wünschen, daß ich Sie begleite?« rief Pierre hoffnungsfroh.

»Das könnte Ihnen so passen. Nein, Sie haben Wichtigeres zu tun. Und das ist der Grund, weshalb ich Sie vor meiner Abreise unbedingt noch einmal sprechen wollte. Sie müssen jetzt alles daransetzen, um aus Mademoiselle Darimont herauszubekommen, was sie uns bis heute verschwiegen hat. Bestimmt weiß sie noch eine ganze Menge. Sie kennen die Belohnung, die ausgesetzt ist. Bis dahin – ich wurde ermächtigt, Ihnen dies zu sagen – übernehmen wir alle anfallenden Spesen und Kosten in unbegrenzter Höhe. Ob Sie mit der jungen Dame nach Monaco fahren und sich dort im exquisiten ›Hôtel Paris‹ einquartieren, oder ihr einen Nerzmantel kaufen: jede Rechnung wird bezahlt! Was sagen Sie dazu?«

»Sehr verlockend. Aber Mademoiselle Darimont wird das kaum beeindrucken.«

»Wenn Sie ihr ein großzügiges Angebot machen, werden Sie bald einen tiefschürfenden Artikel über die hintergründige Seele der Frau schreiben können.«

Obgleich Pierre wußte, daß er Monique auf solche Weise nicht ködern konnte, war er in gehobener Stimmung, als er den Telefonhörer auflegte. Die Vorstellung, Moniques Vater arbeite mit den Lebewesen aus dem Universum Hand in Hand, faszinierte ihn. Um jeden Preis mußte er die Chance nutzen, die sich ihm bot.

Bei seiner Rückkehr sah Monique ihn verwundert an. »Du strahlst ja über das ganze Gesicht! Hast du in der Lotterie gewonnen?«

»Vielleicht«, antwortete er lachend.

Jean-Paul betrachtete ihn argwöhnisch. Monique hatte ihm, während der Bruder telefonierte, nicht viel erzählt, aber er hatte erfahren, daß Pierre behauptete, mit dem Sekretär des Leiters der Sécurité befreundet zu sein. Das war eine glatte Lüge. Als Tatue damals die Herren aus dem Bistro abholte, hatte Pierre ihn nicht gekannt.

Noch am gleichen Tag, da in Mittelrußland die Motoren ausgefallen waren, fand hinter der Jugendstilfassade der Lubjanka eine außerordentliche Sitzung des Komitees für Staatssicherheit statt, an der neben Wissenschaftlern und Mitgliedern des Politbüros auch der Vorsitzende des sowjetischen Ministerrates teilnahm. Im Gegensatz zu den führenden Persönlichkeiten anderer Staaten, die sich seit Tagen intensiv über Ufos informierten, beschäftigte sich das KGB nur noch am Rande mit Berichten über diese Objekte. Man wußte seit Jahren, daß es nicht näher zu identifizierende Flugapparate gibt, schenkte diesen aber keine besondere Beachtung mehr, seit als erwiesen angesehen werden konnte, daß sie aus dem Weltraum kamen und nicht, wie zunächst befürchtet, eine geniale Konstruktion der Amerikaner waren. Was die sowjetische Führung interessierte, war die Frage, mit welchen Mitteln der drohenden Gefahr aus dem All begegnet werden könnte.

»Ich bedaure außerordentlich, bekennen zu müssen, daß beim derzeitigen Stand der Dinge für uns nicht die geringste Möglichkeit besteht, in irgendeiner Weise aktiv zu werden«, erklärte ein Wissenschaftler aus dem neuen Raumfahrtzentrum Tjuratam. »Die Gründe liegen auf der Hand. Erstens zeigen sich unsere Gegner nicht; sie sind somit unangreifbar. Und zweitens haben wir erlebt, was passiert, wenn sie in Erscheinung treten und wir den Versuch machen, sie abzuwehren. Ich erinnere an den Vorfall in Rybinsk, hundertfünfzig Kilometer von hier entfernt. Dort erschienen über den Stellungen unseres inneren Verteidigungssystems eines Tages unidentifizierte Flugkörper, deren ungewöhnliche Form den Batteriechef so beunruhigte, daß er Abwehrraketen auf die immer näher kommenden, scheibenartigen Objekte richten ließ. Und als ihm die Gefahr zu groß zu werden schien, gab er Feuerbefehl. Die Folge war erschreckend. Sämtliche Raketen explodierten gut einen Kilometer vor ihrem Ziel! Und eine zweite, sofort befohlene Salve erfolgte nicht, weil das elektrische Netz des Stützpunktes schlagartig ausgefallen war! Auf elektromagnetischem Wege, wie sich später herausstellte, hatte man uns lahmgelegt. Es wurde nicht der geringste Defekt in der E-Anlage gefunden, und der Strom floß ohne jegliches Dazutun von selbst wieder, als die unheimlichen Flugkörper abgedreht hatten und außer Sicht geraten waren.«

»Und Sie vertreten nach wie vor die Ansicht, daß die Aggressoren ihre Flugapparate mit Atomkraft antreiben?« fragte das Staatsoberhaupt.

»Jawohl, Genosse Vorsitzender.«

»Aber, lieber Genosse Professor!« alterierte sich ein Experte für Raketentechnik. »Gewisse Dinge, die auf der Erde unmöglich sind, werden auf jedem Planeten unmöglich sein. Für eine thermische Atomrakete mit einer Strahlgeschwindigkeit von 10 000 m pro sec, die eine Temperatur von 3500 Grad Celsius entwickelt, mag man irgendwo im Weltall den geeigneten hitzebeständigen Werkstoff finden. Nicht aber für eine reine Atomrakete, die zwar 10 000 000 m pro sec leisten, jedoch eine Temperatur von 100 Millionen Grad bedingen würde.«

»Das ist Schnee von gestern, lieber Genosse Diplomingenieur. Im Laboratorium haben wir bei Kernverschmelzungen bereits 100 Millionen Grad erreicht. Natürlich nur für den Bruchteil einer Sekunde. Bei hochaufgeheiztem Plasma sind wir in der Lage, die Wände der Apparatur durch starke Magnetfelder...«

»Keine Fachdiskussion!« unterbrach der Vorsitzende des Ministerrates die beiden Wissenschaftler und forderte den Genossen Professor auf, doch einmal darzulegen, weshalb er so sehr davon überzeugt sei, daß die Aggressoren vom anderen Planeten sich der reinen Atomkraft bedienen.

»Zu dieser Auffassung gelangte ich durch ein Ereignis, das sich 1908 in unserem Land zutrug«, antwortete der Wissenschaftler. »Ich spreche vom Tunguska-Verhängnis, dessen Ursache in allen Lehrbüchern und Lexika auf einen riesigen Meteoriten zurückgeführt wird. Die Wirklichkeit sieht jedoch anders aus. Es ist beschämend, daß dies nicht früher erkannt wurde. Aber erst 1921, also nach dreizehn Jahren, kam ein Mensch auf den Gedanken, den Ort des Geschehens aufzusuchen, um zu eruieren, was sich tatsächlich zugetragen hatte. Es war der Genosse Kulik vom Mineralogischen Museum in Leningrad. In einer alten Zeitung hatte er einen Artikel über eine unvorstellbare Katastrophe gelesen, die sich am 30. Juni 1908 in Sibirien ereignet hatte. Es hieß in dem Bericht, daß Augenzeugen eine wohl hundert Kilometer weit entfernte Explosion beobachtet hätten, nachdem zuvor am Horizont in großer Höhe ein blauschimmerndes Objekt zu sehen gewesen sei, das sich mal nach rechts, dann wieder nach links bewegt habe. Entschlossen, der Sache auf den Grund zu gehen, machte Genosse Kulik sich auf den Weg. Doch wohin er sich in Sibirien auch wandte, niemand konnte ihm sagen, wo sich die Katastrophe ereignet hatte. Er betrieb nun von Leningrad aus weitere Nachforschungen, die ihn erst 1926 auf die richtige Fährte brachten, als er erfuhr, daß in der Tunguska viele Nomadenvölker durch den Einschlag eines Meteoriten vernichtet worden seien.

Ende Mai 1927 startete Genosse Kulik eine zweite Expedition, und diesmal erreichte er das Zentrum der Katastrophe. Den mächtigen Krater aber, den er geglaubt hatte vorzufinden, gab es nicht. Weit und breit existierte keine Einschlagstelle. Das Land war auf eine ganz andere, höchst seltsame Weise verwüstet. Überall lagen Tausende und Abertausende von Baumstämmen ohne Baumkronen und ohne Rinde wie von ordnender Hand parallel nebeneinander aufgereiht am Boden. Hin und wieder gab es allerdings Distrikte, in denen die Bäume nicht umgeknickt waren, sondern ohne Krone und völlig rinden- und astlos in den Himmel ragten. Und in den seit der Explosion vergangenen neunzehn Jahren war nicht ein einziger Grashalm gewachsen! Erst in großer Entfernung vom Katastrophengebiet gab es frische Pflanzen.«

»Ist das belegt?« fragte der Vorsitzende des sowjetischen Ministerrates.

»Eindeutig«, antwortete der Professor und fuhr lebhaft fort: »Vergeblich bemühte sich Genosse Kulik, wenigstens Bruchstücke oder Splitter eines Meteoriten zu finden. Er nahm sogar umfangreiche Grabungen und Bohrungen vor, weil er sich sagte, daß mit hoher Geschwindigkeit herabsausende Gesteinsbrocken tief in den zum Teil sumpfigen Boden der Tunguska eingedrungen sein könnten. Doch es ließ sich nicht der geringste Hinweis dafür finden, daß ein Meteorit die Verwüstungen angerichtet hatte. Was aber war die Ursache der Katastrophe gewesen, die *über zweitausend Quadratkilometer* Wald vernichtet hatte?«

»Eine entscheidende Frage«, bemerkte das Staatsoberhaupt.

»Auf die Genosse Kulik verständlicherweise keine Antwort fand. Dennoch ist es ihm zu verdanken, daß wir das ganze Ausmaß des Geschehens heute kennen. Sein Bericht veranlaßte viele Experten, die Registrierungen, die am 30. Juni 1908 gemacht worden waren, zu überprüfen und miteinander zu vergleichen. Und man stellte fest, daß an diesem Tag die Seismographen aller Länder gewaltige Erschütterungen angezeigt hatten. Darüber hinaus ergab die Kontrolle sämtlicher auf der Erde befindlichen automatisch registrierenden Barographen, daß zum Zeitpunkt der Katastrophe eine ungeheure Druckwelle zweimal um die Erde gelaufen war. Man hatte bisher ein absonderliches atmosphärisches Störungsfeld dafür verantwortlich gemacht. Nun aber erkannte man die wahre Ursache der weltweiten Störung. Und man fand auch eine Erklärung für zwei Vorgänge, die niemand hatte deuten können.

»Bitte, drücken Sie sich klarer aus«, forderte der Genosse Vorsitzende.

»Über weite Gebiete Rußlands und Europas war nach der Katastrophe schwarzer Regen gefallen«, erklärte der Professor. »Solange man davon ausging, daß ein Meteorit vom Himmel herabgesaust war, ließ sich dies nicht erklären. Wenn aber eine unvorstellbar große Explosion stattgefunden hatte, bei der sich zwangsläufig ein gewaltiges *Vakuum* gebildet haben mußte, das ungezählte Tonnen Erde in die Höhe riß, dann lag es auf der Hand, daß sich der durch Luftkondensation nachfolgende Regen entsprechend verfärbte.«

»Das leuchtet ein.«

»Auch das zweite Rätsel fand seine Lösung. In den Tagen nach dem 30. Juni 1908 hatten sich von Sibirien bis Nordeuropa ungewöhnlich dichte, grün schimmernde Wolken gebildet, die zeitweilig rot aufglühten. Einige Nächte hindurch herrschte eine solche Helligkeit, daß man vielerorts im Freien die Zeitung lesen konnte. Das Magnetfeld der Erde war eben restlos in Unordnung geraten.«

Der Wissenschaftler griff nach einem Glas Mineralwasser und nahm einen Schluck, bevor er fortfuhr: »In der Folge beschäftigten sich namhafte Fachkräfte mit dem Tunguska-Phänomen. So auch der englische Astronom Whipple, der mit unserem Genossen Astapovich 1930 zu der Überzeugung gelangte, ein Komet sei beim Eindringen in die irdische Atmosphäre infolge der dabei entstandenen Reibungshitze explodiert. Diese Hypothese hat etwas für sich. Denn Kometen bestehen aus gefrorenen Gasen und hinterlassen im Falle des Aufschlagens auf die Erde keinen Krater. Wo aber sind die Restsubstanzen wie beispielsweise Nickeleisen geblieben, die sich neben Ammoniak und Wasser in jedem Kometen befinden? Schon allein weil diese Substanzen nicht gefunden wurden, ist die Auffassung von Whipple und Astapovich abzulehnen.«

»Ist das nicht ein etwas kühner Rückschluß?« warf das Staatsoberhaupt ein.

»Vielleicht, Genosse Vorsitzender. Aber die Kometenhypothese wird vollends fragwürdig, wenn wir die Ergebnisse heutiger Untersuchungen berücksichtigen. Die bei der Explosion freigewordene Energie entsprach nach unseren Berechnungen der Sprengkraft von 30 Millionen Tonnen TNT. Das setzt eine Temperatur von mehreren Millionen Grad Celsius voraus, die ein herabstürzender Komet niemals entwickeln könnte. Ich vertrete deshalb weiterhin die Auffassung, daß sich über der Tunguska in sehr großer Höhe eine atomare Katastrophe ereignet hat. Übrigens machte sich Genosse Kasanzew die Mühe, die dort angerichteten Schäden mit jenen zu vergleichen, welche die von uns getesteten Wasserstoffbomben hervorriefen. Sie sind absolut identisch. Auch weist die Unfallstelle nach wie vor Radioaktivität auf. Natürlich vermag ich nicht zu sagen, ob sich die Aggressoren vom anderen Planeten der Kernspaltung oder der Kernfusion bedienen. Auf jeden Fall, und das ist die Quintessenz meiner Ausführungen, haben wir es mit Aggressoren zu tun, die uns technisch weit überlegen sind. Ich rate daher, wenn irgend möglich Kontakt mit ihnen zu suchen und sich keinesfalls gegen sie aufzulehnen.«

Der Präsident der Vereinigten Staaten glich einem Nervenbündel. Zuviel hatte sich in wenigen Stunden ereignet. Und nun stellten die Unbekannten vom anderen Planeten auch noch eine Forderung, die er glaubte, auf keinen Fall erfüllen zu dürfen.

Angefangen hatte es mit dem Bericht über das Ufo-Problem, den er während des Gesprächs mit den amerikanischen Wissenschaftlern von seinem Staatssekretär gefordert hatte. Von welcher Seite er die in der Vergangenheit gegebenen Anordnungen auch betrachtete, es waren unglaubliche Fehler gemacht worden.

Über hundertfünfzig protokollierte Aussagen zuverlässiger Piloten und höherer Offiziere hatten General Twining, Befehlshaber des Air Material Command, am 23. September 1947 veranlaßt, dem kommandierenden General der Luftwaffe einen Geheimbericht zuzuleiten, in dem unmißverständlich festgestellt wurde, daß Ufos keine Phantasiegebilde, sondern reale scheibenförmige Flugobjekte seien.

General Craigi nahm diesen Bericht zum Anlaß, die Gründung einer Kommission zur Untersuchung des Ufo-Phänomens zu befehlen, die er unter der Bezeichnung ›Project Sign‹ dem Luftwaffenstützpunkt Wright Patterson zuteilte. Er wünschte eine objektive Klärung und war überrascht, als die eingesetzten Wissenschaftler und Abwehroffiziere nach Prüfung aller Aussagen zu dem zusammenfassenden Ergebnis kamen: ›Ufos sind außerirdische Raumschiffe, die aus uns unbekannten Motiven das Geschehen auf unserem Planeten genau beobachten.‹

Diese Auffassung paßte nicht in das Konzept des Chefs des Stabes, General Vandenberg. Er sorgte für die sofortige Verabschiedung aller von General Craigi beauftragten Fachkräfte und gründete das ›Project Grudge‹, dessen Name (Grudge = Groll) schon die künftige Richtung signalisierte.

In dieser Phase schaltete sich die CIA ein. Die definitive Feststellung der Sign-Kommission, Ufos seien außerirdische Raumschiffe, ließ die führenden Köpfe des Geheimdienstes hoffen, sich eines dieser Objekte bemächtigen zu können. Bisher hatte man befürchtet, die Russen hätten eine epochale Erfindung gemacht. Doch nun sah man die Chance, sich einer völlig neuartigen Technologie zu bemächtigen.

Tatsächlich begann von diesem Tage an eine kaum begreifliche Jagd nach einem Ufo, das man auf Biegen und Brechen vom Himmel herunterholen wollte. Dies hochgesteckte Ziel verlangte absolute Geheimhaltung, und da man wußte, daß Massenmedien sich nicht ohne weiteres an die Leine legen lassen, beschloß die CIA, das Ufo-Phänomen mit allen ihr zur Verfügung stehenden Mitteln ins Lächerliche zu ziehen.

Der Präsident der Vereinigten Staaten war nicht entrüstet, als sein Staatssekretär den geforderten Vortrag über die Jahrzehnte zurückliegenden Maßnahmen des ›Project Grudge‹ und der CIA beendete. Er hatte Verständnis für das Vorgehen dieser Organisation, und der Bericht hätte ihn kaum beeindruckt, wenn nicht zufällig unmittelbar danach der Zeitpunkt gekommen wäre, an dem auch in Amerika alle Motoren wie auf Kommando stehenblieben. Er, der einflußreichste Mann der Erde, mußte tatenlos zusehen, wie unsichtbare Wesen aus dem All ihre Macht zur Schau stellten.

Doch nicht genug damit. Wenige Minuten später erreichte ihn eine weitere niederschmetternde Botschaft. Der Ministerpräsident Frankreichs rief ihn an und gab zu verstehen, daß gewisse Vorgänge in Orly, über die er am Telefon nicht sprechen könne, die Vermutung nahelegten, jene weltweit verschwundenen Wissenschaftler könnten an den derzeit stattfindenden globalen Demonstrationen beteiligt sein. Den Präsidenten erdrückte die Vorstellung, daß es Menschen geben könnte, die mit Außerirdischen gegen die Völker der Erde arbeiteten.

Der Tag der Hiobsbotschaften war jedoch noch nicht zu Ende. Australien und der östliche Teil Rußlands meldeten, das Bild auf den Fernsehgeräten sei am Abend wieder von einem roten Flimmern überdeckt worden, aus dem die nun schon bekannte Stimme verkündet habe: ›Übermorgen um zwölf Uhr starten wir eine zweite Demonstration. Sie soll beweisen, daß unser Eingreifen in das Geschehen auf der Erde friedlichen Zwecken dient. Jede von uns angesprochene Nation hat bis übermorgen 11 Uhr 30 Ortszeit an einem Punkt, den wir im Anschluß an diese Durchsage genau beschreiben, eine beliebige Anzahl geladener Waffen zu stapeln, die wir in der eingangs genannten Zeit zur Explosion bringen werden. Dabei ist es gleichgültig, ob es sich um Pistolen, Gewehre, Kanonen oder nur um Munition handelt. Atomare Waffen sind selbstverständlich ausgeschlossen.‹

Dem Präsidenten stieg das Blut in den Kopf, als ihm diese Meldung übermittelt wurde. »Wir sind doch keine Befehlsempfänger«, brauste er auf, ordnete eine sofortige Live-Sendung über alle amerikanischen Stationen an und verkündete in einer von Emotionen getragenen Rede, daß er keinesfalls bereit sei, der Forderung zu entsprechen, die zur Zeit den Ländern im Osten und voraussichtlich am Abend den Vereinigten Staaten gestellt werde. Abschließend erklärte er erregt: »Wir Amerikaner lehnen es ab, unidentifizierten Wesen aus dem All zu dienen. Wir sind jedoch bereit, uns ihre Forderung anzuhören. Auch stehen wir jederzeit zu Verhandlungen zur Verfügung. Aber wir unterwerfen uns keiner Macht, die sich scheut, klar zum Ausdruck zu bringen, was sie von uns will. Betet zu Gott!« beendete er seine Ansprache. »Bittet ihn, uns in dieser schweren Stunde beizustehen. Was wir wünschen, ist nichts als jenes Maß an Gerechtigkeit, das wir unseren Mitmenschen zuteil werden lassen.«

Eine halbe Stunde nach dieser Rede zeigte sich auf den Bildschirmen der Vereinigten Staaten wieder das rötliche Flimmern, und eine Stimme gab bekannt: ›Wir haben die Rede eures Präsidenten gehört. Falls er sich nicht binnen einer Stunde bereit erklärt, unsere Weisung zu befolgen, werden wir New York um neunzehn Uhr Ortszeit mit dem elektromagnetischen Puls belegen. Alle elektronischen Geräte sind dann zerstört. Kein Radioapparat, kein Lift, kein Wagen und kein Computer wird dann mehr funktionieren. Betet zu Gott, daß der Präsident euch dieses Desaster erspart.‹

Die Nachrichten überstürzten sich. Monique, Pierre und Jean-Paul, die sich wieder im Bistro am Boulevard Saint Michel getroffen hatten, fiel es schwer zu glauben, was Radio und Fernsehstationen binnen weniger Minuten berichteten: Australien und der östliche Teil Rußlands hatten von den Unbekannten aus dem All die Weisung erhalten, bis zum übernächsten Tag an genau festgelegten Plätzen geladene Waffen zu deponieren. Diese Forderung wurde von den außerirdischen Lebewesen erhoben, um beweisen zu können, daß sie jederzeit in der Lage seien, Munition durch Fernzündung zur Explosion zu bringen.

»Das bedeutet das Ende allen Kriegsgerätes!« begeisterte sich Monique.

Jean-Paul zog die Stirn in Falten. »Ich weiß nicht recht, ob das wirklich ein Glück für uns wäre.«

Pierre lachte. »Für dich bestimmt nicht. Die Force de frappe wäre dann im Eimer, und du würdest arbeitslos sein.«

»Das ließe sich leichter ertragen, als unter dem Diktat einer fremden Macht zu leben«, entgegnete Jean-Paul.

»Ich sehe das anders«, widersprach Monique. »Wer demonstrieren will, daß er Munition auf elektromagnetischem Wege zünden kann, hat sicher nicht die Absicht, diese ungewöhnliche Fähigkeit zu mißbrauchen. Wenn er das wollte, würde er ohne Ankündigung aufs Knöpfchen drücken und sämtliche Waffen der Erde in die Luft sprengen. Es hieß ja auch ausdrücklich in der ersten Sendung, man werde nichts tun, was der Menschheit schaden könnte.«

»Ich weiß, es war von einem weichen Diktat die Rede.«

»Eben!«

Jean-Paul hob beschwörend die Hände. »Aber Monique! Ein *weiches* Diktat – das ist ein Widerspruch in sich!«

»Wirklich?« fragte sie spöttisch. »Gilt das auch für Ihre Erzählung von der *sanften* Gewalt? – Nein, nein, ich sehe jetzt sehr hoffnungsvoll in die Zukunft. Es wäre ein Segen, wenn allen Nationen die Waffen genommen würden. Unser Leben wird sich dann grundlegend verändern!«

»Ähnliches hat Pierre in seinem heutigen Artikel zum Ausdruck gebracht. Und während der Fahrt in der Metro konnte ich feststellen, daß es viele Leute gibt, die so denken. Die Weltwirtschaftskrise mag dazu beitragen. Aber trotzdem: Was uns die außerirdischen Wesen da vorexerzieren, ist reines Diktat. Mit sanfter

Gewalt, darüber kann kein Zweifel bestehen, hat das nichts zu tun.«

Jean-Paul hatte den Satz noch nicht beendet, da kündigte das Fernsehen die Aufzeichnung der Rede an, die der Präsident der Vereinigten Staaten vor einer halben Stunde gehalten hatte.

Das Lokal war im Nu überfüllt, und Minuten später gab es niemanden, der den Worten des amerikanischen Staatsoberhauptes nicht mit Beklemmung lauschte.

»Der Präsident hat mir aus dem Herzen gesprochen«, sagte Jean-Paul, als sie wieder nach draußen gingen. »Er hat Haltung und Größe bewiesen.«

»Oder auch Sturheit«, war Pierres Meinung.

»Ich würde es ebenfalls so nennen«, stimmte Monique zu. »Die meisten Staatsmänner versuchen immer nur, den geschichtlichen Ereignissen ein ihnen gerade zupaß kommendes Gepräge zu geben. Größe kann aber nur aus dem Bemühen erwachsen, den gesellschaftlichen Bedürfnissen seiner Zeit zu *dienen.*«

Jean-Paul wollte eben etwas erwidern, als der Kellner rief, es werde erneut eine wichtige Nachricht durchgegeben.

»Wir scheinen keine Ruhe zu bekommen«, schimpfte Pierre.

Der Ansager der Fernsehstation verlas jene an den Präsidenten der Vereinigten Staaten gestellte ultimative Forderung und kündigte an, daß in wenigen Minuten via Satellit eine Live-Sendung mit der Stellungnahme des Staatsoberhauptes übertragen werde.

Im Bistro erhitzten sich die Gemüter. Wie mochte der Präsident reagieren? Man befürchtete, daß er nicht nachgeben würde, war aber auch besorgt, er könnte zu Kreuze kriechen und ein unwürdiges Schauspiel bieten.

Als sein von Sorgen zerfurchtes Gesicht auf dem Bildschirm erschien, war jedem sofort klar, daß er der an ihn gerichteten Forderung entsprechen würde. Doch in dieser vielleicht schwersten Stunde seines Lebens bewies er bewundernswertes Format. »Ich beuge mich der Gewalt«, sagte er mit bleierner Stimme. »Aber ich empfehle jenen, die mich zu dieser Erklärung zwingen, zu bedenken, daß Gewalt Brüderlichkeit unmöglich macht. Nur Gewaltlosigkeit kann zum Erfolg führen. Ein Diktat jedoch, wie es sich jetzt für uns abzeichnet, wird in einer Katastrophe enden, falls wir uns nicht daran erinnern, daß die Liebe zu unseren Mitmenschen das Amen des Universums ist. Heute gilt unsere Liebe der Bevölkerung von New York, der wir die angedrohte

Unbill ersparen müssen. Morgen wird unser Mitgefühl jenen außerirdischen Geschöpfen gelten, die zu uns gekommen sind und sich nun wie Fremde in einem fremden Land fühlen werden. Auch ihnen gegenüber sind wir bereit, jene Liebe aufzubringen, die keine Gewalt kennt.«

»Geschicktes Blabla«, mokierte sich Pierre, als sie wieder unter der Markise des Bistros Platz nahmen.

»Ich kann dir nicht beipflichten und leiste dem Präsidenten Abbitte«, entgegnete Monique. »Er hat aus dem ihm aufgezwungenen Gang nach Canossa einen menschlichen Sieg gemacht.«

Zwischen Jean-Paul und Monique entspann sich eine lebhafte Debatte über das amerikanische Staatsoberhaupt und die möglichen Folgen der Forderung, die von den Außerirdischen gestellt worden war. In ihrem Eifer entging es ihnen, daß Pierre an ihrem Gespräch nicht teilnahm. Seine Gedanken waren unversehens in eine andere Richtung gewandert.

Während der Rede des Präsidenten hatte er sich unwillkürlich gefragt, ob Rastignac seinen Bericht über die Ereignisse in Orly wohl schon erstattet habe. Diese Frage ließ ihn nicht mehr zur Ruhe kommen. War er denn mit Blindheit geschlagen gewesen? Warum hatte er bis zur Stunde nicht erfaßt, welche Gefahr ihm in journalistischer Hinsicht drohte? Wenn das amerikanische Staatsoberhaupt über alles informiert wurde, was sich in Orly zugetragen hatte, würden über kurz oder lang auch hochgestellte Beamte von den unheimlichen Ereignissen erfahren. Und dann konnte kein Zweifel darüber bestehen, daß irgendein Reporter Wind von der Sache bekam und darüber schrieb. Er mußte handeln, bevor es zu spät war. Keine Minute durfte er verlieren.

Ohne zu bedenken, daß er mit Monique und Jean-Paul zusammensaß, sprang Pierre auf, um seinen Chefredakteur anzurufen. Er nahm seine Umgebung überhaupt nicht wahr, dachte in diesem Moment nicht einmal an das Geld, das ihm der umfassende Bericht, den er noch in dieser Nacht schreiben wollte, einbringen würde. Ihn trieb allein die Angst, irgend jemand könnte ihm zuvorkommen.

»Charles!« rief er mit vor Erregung heiserer Stimme, als die Verbindung hergestellt war. »Sie müssen mir in der morgigen Ausgabe mindestens fünf bis sechs Seiten einräumen!«

Charles Paré reagierte gelassen. »Und das in einem Augenblick, da der Präsident der Vereinigten Staaten ...«

»Den vergessen Sie, wenn Sie hören, was ich schreiben werde«, unterbrach ihn Pierre. »Headline: ›Alle im Laufe der letzten Jahre verschwundenen Wissenschaftler stehen im Dienst der Unbekannten vom anderen Planeten!‹ Ich packe aus, Charles! Einen günstigeren Augenblick kann es nicht geben. Wenn ich jetzt alles erzähle, was ich weiß, wird das wie eine Bombe einschlagen!«

Zunächst einmal verschlug es dem Chefredakteur die Stimme.

Pierre geriet in Euphorie. »Sämtliche Zeitungen der Erde werden den Artikel bringen! Die Kasse wird klingeln, Charles! Ein Vermögen werden wir scheffeln!«

»Und Rastignac wird Sie einsperren lassen!«

»Etwa von Washington aus? Dort befindet er sich nämlich im Augenblick, um dem Präsidenten vorzutragen, was sich in Orly ereignet hat!«

»Wissen Sie das bestimmt?«

»Hundertprozentig! Er hat mir für die Zeit seiner Abwesenheit sogar einen Auftrag erteilt, den ich aber nicht ausführen werde, weil...«

»... der Artikel tausendmal wichtiger ist!« fiel der Chefredakteur ein. »Sie haben recht, Pierre! Wenn Rastignac in Washington redet, wissen in wenigen Tagen alle Reporter Amerikas, was gespielt wird. Kommen Sie gleich in die Redaktion. Wenn Ihr Bericht umfangreich genug ist, veranstalten wir eine Sonderausgabe!«

Nichts konnte Pierre mehr halten. Er rannte nach draußen und hatte das Glück ein Taxi zu erwischen, das gerade vorbeifuhr.

Monique und Jean-Paul schauten verblüfft hinter ihm her.

»Was hat das zu bedeuten?« fragte sie betroffen.

Jean-Paul zuckte die Achseln. »Pierre ist, wie ich vor wenigen Minuten noch sagte, zuweilen unberechenbar.«

Monique beschlich ein ungutes Gefühl. Jean-Paul hatte das plötzliche Davonlaufen seines Bruders kritisiert und ihr, wenngleich vorsichtig verklausuliert, zu verstehen gegeben, daß ihm Pierres Egoismus gelegentlich ernstliche Sorge bereite. Hatte sie sich vor Jahren nicht aus eben diesem Grund von ihm getrennt? Sie schob den Gedanken wie etwas Lästiges fort. Jean-Paul meinte es gewiß gut. Aber wer dem Ungeheuer Charybdis ausweichen will, fällt der vielköpfigen Skylla zum Opfer. Sie durfte Pierre jetzt nicht mißtrauen.

Pierre hatte sich nicht getäuscht. Sein Artikel über die mysteriösen Vorgänge in Orly, die Recherchen der Sécurité und deren phantastisch anmutende Ermittlungen schlug tatsächlich wie eine Bombe ein. Der als Sonderausgabe herausgebrachte Bericht wurde den Zeitungsverkäufern förmlich aus der Hand gerissen. Die Nachfrage war so groß, daß die Rotationsmaschinen den ganzen Vormittag noch auf vollen Touren weiterlaufen mußten. Und im Ministerium für Staatssicherheit, wo man fieberhaft überlegte, was gegen die gefährlich anmutende Veröffentlichung unternommen werden könnte, erkannten die verantwortlichen Beamten zu ihrem Leidwesen, daß es dafür zu spät war. Über eine Million Exemplare waren binnen weniger Stunden verkauft worden, und als am Mittag auch noch die Radiostationen über die sensationellen Ereignisse berichteten, da schwappte das Verlangen nach detaillierten Informationen über die Landesgrenzen hinweg. Die Fernschreiber des ›Le Grand Pharisien‹ kamen nicht mehr zum Stillstand. Angebot über Angebot flatterte ins Haus. Es gab keine namhafte Zeitung, die sich nicht bemühte, das Abdruckrecht zu erwerben. Die größten Illustrierten und Nachrichtenmagazine aller Staaten boten schwindelerregende Honorare, und schon bald zeichnete sich ab, daß Charles Paré und Pierre Massol, dem fünfzig Prozent der Lizenzgebühren zustanden, Millionäre werden würden.

Pierre hatte *sein* ›Watergate‹! Über Nacht war er zur ›Number One‹ unter den Reportern aufgestiegen. Voller Stolz fuhr er am Spätnachmittag zum Bistro am Boulevard Saint Michel. Wie würden Monique und Jean-Paul ihn empfangen? Endlich besaß er die seit langem ersehnte finanzielle Unabhängigkeit. Er hatte es nicht mehr nötig, sich an Rastignacs Rockschoß zu hängen. Ohne jeden Hintergedanken konnte er sich nun Monique zuwenden. Er liebte sie mehr, als er es sich eingestanden hatte. Monte Carlo und Nerz auf Staatskosten? Das paßte weder zu ihr noch zu ihm.

Als Pierre im Taxi das Bistro erreichte, erhob sich sein Bruder gerade aus einem Korbstuhl, um Monique zu begrüßen. Pierre entlohnte den Fahrer und eilte auf die beiden zu, als wollte er sie daran hindern, sich ohne sein Dabeisein über ihn zu unterhalten. »Hallo!« rief er übermütig.

Monique drehte sich auf der Stelle um und breitete die Arme aus. »Pierre, du Teufelskerl!« Sie umarmte ihn. »Jetzt hast du doch noch Kapital aus der Geschichte geschlagen!«

Er zog sie an sich. »Ist etwas dagegen einzuwenden?«

»Natürlich nicht. Ich wundere mich nur... Wie bist du überhaupt auf die Idee gekommen, die vermißten Wissenschaftler könnten mit den außerirdischen Geschöpfen zusammenarbeiten?«

Pierre reichte dem Bruder die Hand. »Um ehrlich zu sein: die Idee stammt vom Leiter des Geheimdienstes. Er trug seine Überlegung dem Minister vor. Der verständigte unser Staatsoberhaupt, das daraufhin den amerikanischen Präsidenten anrief. Und dieser lud Monsieur Rastignac prompt zum Vortrag nach Washington ein. Damit wurde, wenngleich nicht in böser Absicht, eine zwischen Rastignac und mir bestehende Abmachung verletzt, und so sah ich mich in Wahrnehmung meiner Interessen gezwungen, den lange geplanten Artikel unverzüglich zu schreiben und zu publizieren.«

Monique gab ihm einen Kuß. »Dein Bericht ist großartig! Heute kann ich dir ja sagen, daß ich gleich nach der ersten Nachricht aus dem All vermutete, Papa und die anderen Wissenschaftler seien an der Sache beteiligt. Die Beherrschung der vielen Sprachen war nicht anders zu erklären.«

Jean-Paul schaute beide entgeistert an. »Entschuldigt, aber jetzt bin ich am Ende mit meinem Latein. Pierre spricht von Abmachungen, die er mit dem Leiter des Geheimdienstes getroffen hat, und Monique vermutet, daß ihr Vater...? Wie soll ich das verstehen?«

»Bevor wir Ihnen das erklären, sollten wir Platz nehmen«, schlug Monique vor.

Pierre winkte den Kellner herbei. »Eine Flasche Champagner!«

Jean-Paul stutzte. »Ich begreife nicht, was es da zu feiern gibt.«

»Dafür gibt es viele Gründe«, antwortete Pierre. »Doch zunächst zu deiner Frage. Monique bat mich eines Tages, Recherchen über ihren Vater anzustellen, der einem Zeitungsartikel zufolge in Orly verunglückt sein sollte. Ich wandte mich an den Sicherheitsdienst, der sich glücklich pries, als er von mir erfuhr, wer der Mann gewesen war, der sich in Luft aufgelöst hatte. Seitdem habe ich mit der Sécurité zusammengearbeitet.«

Jean-Paul sah Monique aus geweiteten Augen an. »Ihr Vater war der Mann, von dem in dem Artikel die Rede ist?«

»Ja. Ich bin froh, daß Pierre seinen Namen nicht genannt hat.«

»Und Sie glauben, daß Ihrem Vater nichts geschah?«

»Dessen bin ich sicher. Denn wenn ihm etwas zugestoßen wäre, müßten seine sterblichen Überreste ja wohl zu finden gewesen sein. Das gleiche gilt für die Flugzeugbesatzung.«

»Und was veranlaßte den Geheimdienst, Ihren Vater zu beschatten und ihm nach Orly zu folgen, wenn seine Identität nicht bekannt war?« insistierte Jean-Paul. »Darin liegt doch ein Widerspruch!«

Pierre erschrak. Ein entscheidender Fehler war ihm unterlaufen. »Das habe ich mich damals auch gefragt«, antwortete er hastig. »Aber Rastignac gab mir eine verblüffende Erklärung. Auf Grund einer Denunziation glaubte er, den Kopf einer Heroinschmuggelbande an der Angel zu haben. Die Ereignisse in Orly zeigten ihm jedoch, daß er sich getäuscht hatte. Unklar blieb allerdings, wer es gewesen war, den er irrtümlich verfolgt hatte. Erst als ich im Auftrag von Monique bei Rastignac aufkreuzte...«

»Ja, so war es«, fiel sie lebhaft ein. »Binnen kürzester Frist konnte Pierre alles aufdecken und mir die Gewißheit geben, daß mein Vater nicht verunglückt war und die Dinge sich anders zugetragen hatten, als sie in dem damals veröffentlichten Zeitungsbericht geschildert wurden.«

Obgleich manches recht plausibel klang, gelang es Jean-Paul nur schwer, sich von der Skepsis zu befreien, die ihn seit geraumer Zeit erfaßt hatte. Dennoch erleichterte es ihn, daß Pierre offensichtlich kein doppeltes Spiel trieb, sondern von Monique gebeten worden war, sich um das Schicksal ihres Vaters zu kümmern. »Jetzt verstehe ich, daß du Champagner bestellt hast«, sagte er, wie um sich selbst von seinem Zweifel zu befreien.

»Und ich habe einen besonderen Grund, mich zu freuen«, ergänzte Monique und wies auf die letzten Zeilen der Sonderausgabe. »Pierre schreibt abschließend: ›Wer weiß, vielleicht wollen uns die vermißten Wissenschaftler mit Hilfe der außerirdischen Lebewesen zu einer weltweiten Gemeinschaft zusammenschweißen. Wenn, wie es den Anschein hat, hinter dem möglicherweise zu erwartenden Diktat der Ruf nach bedingungsloser Liebe zu allen Menschen steht, dann sollten wir mit fliegenden Fahnen überlaufen und mit heißem Herzen für die Verwirklichung dieses großen Gedankens kämpfen.‹«

Jean-Paul reichte Monique die Hand. »Ich gratuliere Ihnen zu dem Einfluß, den Sie auf Pierre ausüben. Hinter jedem dieser Worte stehen doch *Sie*!«

Moniques Wangen röteten sich. »Ihr Kompliment dürfte übertrieben sein.«

Der Kellner erschien mit dem Champagner und füllte die Gläser.

Jean-Paul straffte sich. »Darf ich mit Ihnen auf das Wohl Ihres Herrn Vater anstoßen?«

»Gerne«, antwortete Monique erfreut.

Pierre machte sich insgeheim über die formelle Art seines Bruders lustig.

Als sie die Gläser zurückstellten, meldete das Radio gerade, daß in Australien und Ostrußland die weisungsgemäß deponierten Waffen um Punkt zwölf Uhr Ortszeit explodiert seien.

»Und wir, die wir zu Befehlsempfängern degradiert worden sind, trinken Champagner!« erregte sich Jean-Paul.

Pierre rutschte tiefer in seinen Sessel hinein. »Wie schön, daß mich andere Sorgen plagen.«

»Du hast recht«, stimmte Monique ihm zu. »Wozu nach düsteren Wolken Ausschau halten, wenn keine zu sehen sind?« Sie wandte sich an Jean-Paul. »Wie immer Sie über mich denken mögen, ich kann in dieser Stunde nicht bedrückt sein. Dazu bin ich viel zu neugierig auf das, was kommen wird. Vielleicht erfahren wir sogar, wann, wo und wie die erste Begegnung zwischen Menschen und außerirdischen Wesen stattgefunden hat.«

Pierre rekelte sich hoch. »Diese Frage wird bestimmt noch lange offen bleiben. Ich habe aber neulich in einem der Ufo-Bücher einen Bericht über eine Begegnung gelesen, den man nicht ohne weiteres als unglaubwürdig zurückweisen kann. Es handelt sich um das Erlebnis eines Ehepaars, das es allerdings später nur zum Teil rekonstruieren konnte, weil ihm über einen Zeitraum von etwa zwei Stunden jede Erinnerung fehlt. Beide hatten oft Angstträume, so daß sie sich schließlich hilfesuchend an einen angesehenen Psychiater wandten. Eine Befreiung von ihren Beklemmungszuständen schien ihnen nur möglich zu sein, wenn es gelingen würde, herauszufinden, was sich – insgesamt gesehen – ereignet hatte, als sie in einer Septembernacht des Jahres 1961 durch die White Mountains in Richtung Portsmouth gefahren waren.«

Pierre zog ein Manuskript aus der Tasche. »Ich habe gerade einen Bericht darüber geschrieben, der morgen veröffentlicht wird. Das Ehepaar konnte sich nur an folgendes erinnern:

Der Mond hatte hoch am Himmel gestanden, und die Nacht war so hell gewesen, daß der achtunddreißigjährige Barney Hill, der am Steuer saß, spaßeshalber die Lichter des Wagens ausschaltete. Auf der Straße herrschte überhaupt kein Verkehr. Er und seine Frau genossen die Fahrt und empfanden es als eine anregende Abwechslung, als sie südlich von Lancaster einen ungewöhnlich hellen Stern entdeckten, der zu ihrer Verwunderung am Mond vorüberzog.

›Das wird ein Satellit sein‹, sagte Barney zu seiner Frau und schaltete die Scheinwerfer wieder ein. ›Behalte ihn im Auge. Auf deiner Seite wirst du ihn verfolgen können.‹

Betty Hill konnte jedoch nichts entdecken.

Aber dann geschah etwas, das beide erschrocken zusammenfahren ließ. Die Erde schien plötzlich zu schwingen, es ertönte ein unheimliches Summen, der Wagen begann zu vibrieren, und die Luft wurde glühend heiß.

Barney Hill gelang es nur mit Mühe, den Wagen anzuhalten. Und kaum war dies geschehen, da erschien vor ihnen, in ein gleißend helles Licht getaucht, ein riesiges Flugobjekt, das sich rasend schnell auf die Erde herabsenkte. Gleich darauf wurde die Landschaft, die eben noch klar zu sehen gewesen war, in eine merkwürdige, grün irisierende Wolke eingehüllt, aus der mehrere gleich gekleidete Gestalten auf den Wagen zugingen.

Von diesem Augenblick an kann sich das Ehepaar an nichts mehr erinnern. Mit Sicherheit können beide nur sagen, daß es zu diesem Zeitpunkt etwa neun Uhr gewesen war und sie den Ort Ashland passiert hatten. Doch als sie wieder zur Besinnung kamen, befanden sie sich kurz vor Concord, also um viele Kilometer weiter in Richtung Portsmouth. Und die Uhr zeigte jetzt fast Mitternacht. Die Frage, wie und wann sie die Strecke zurückgelegt hatten, beunruhigte sie um so mehr, als sie sich deutlich an das gleißende Flugobjekt, die unheimliche Wolke und die aus ihr heraustretenden Gestalten erinnerten.

Die Folge waren jene erwähnten Angstträume, die Barney und Betty Hill veranlaßten, den Bostoner Psychiater Doktor Simon aufzusuchen, der ihnen nach Kenntnisnahme aller Fakten den Rat erteilte, sich einer Hypnosebehandlung zu unterziehen. Dadurch würde es möglich werden, ihr Unterbewußtsein anzusprechen, um auf diese Weise Aufschluß über das Geschehen zu erlangen, das aus ihrer Erinnerung verdrängt war. Allerdings müsse er die

Ehepartner einzeln sprechen und beide für die Dauer der Vernehmungen mit einer hypnotischen Gedächtnissperre belegen, damit zwischen ihnen kein Informationsaustausch erfolgen könne.

Die Hills erklärten sich einverstanden, und Doktor Simon ließ während aller Befragungen, die er in der Folge vornahm, ein Tonbandgerät laufen, um später in der Lage zu sein, die in Hypnose gemachten Aussagen miteinander zu vergleichen. Zusammengefaßt sieht das Ergebnis seiner Untersuchungen etwa wie folgt aus:

Im Trancezustand berichtete das Ehepaar übereinstimmend, daß jene Gestalten eine Kleidung trugen, die den Druckanzügen von Piloten ähnlich gewesen sei. Nur mit dem Unterschied, daß niemand einen Kopfhelm getragen habe. Alle seien höchstens ein Meter fünfzig groß gewesen, hätten sich ganz natürlich bewegt und kein Wort gesprochen. Die Gesichter konnten sie nicht eindeutig beschreiben.

Eine der Gestalten habe gebrochen englisch gesprochen und sie aufgefordert, ihnen zu folgen. Dabei hätten sie gesehen, daß das Flugobjekt, das zeitweilig seine Farbe gewechselt habe, einer runden Scheibe glich, an deren Rand sich viele Fenster befanden. Nach einem kurzen Weg hätten sie eine unten aus dem Raumschiff herausragende Plattform betreten, die sich wie ein Lift gehoben und sie in das Innere des Flugkörpers getragen habe. Dort angekommen, seien sie getrennt voneinander einer eingehenden Untersuchung unterzogen worden.

Dabei ereignete sich etwas Komisches. Während Betty Hill untersucht wurde, erschien jemand mit den Zahnprothesen ihres Mannes. Daraufhin habe man ihre Mundhöhle nochmals genau geprüft und versucht, auch ihr die Zähne herauszunehmen. Sie habe heftig protestiert und dem radebrechenden Anführer zu verstehen gegeben, daß ihre Zähne gesund und nicht durch künstliche ersetzt seien. Nun habe man wissen wollen, in welchem Alter man Zahnersatz benötige. Wohl eine Stunde lang seien alle möglichen Fragen an sie gerichtet worden, dann habe man ihr bedeutet, daß sie mit ihrem Mann entlassen werde, sobald auch dessen Untersuchung und Befragung beendet sei. Allerdings, das könne man ihr jetzt schon sagen, würden sie sich nach Verlassen des Raumschiffes an nichts mehr erinnern, was mit diesem in Zusammenhang stehe.

Betty Hill sagte aus, daß sie dies bedauert habe, denn die Angst, die beim Auftauchen der fremden Gestalten über sie gekommen sei, hätte sie längst überwunden gehabt. Ihre Wartezeit verbrachte sie mit der Betrachtung einer an der Wand befindlichen großen Himmelskarte, auf der in eindrucksvoller Weise viele Sterne unterschiedlicher Größe und Helligkeit dargestellt waren. Sie habe den Eindruck gehabt, nicht vor einer flachen, sondern tief in den Raum hineinragenden Karte zu stehen.

Und nun kommt das Frappierende an der Geschichte. In der Hypnose behauptete Betty Hill, sich die Sternkarte bis ins kleinste Detail eingeprägt zu haben, weil sie verärgert darüber gewesen sei, daß sie sich nach Verlassen des Flugkörpers an nichts mehr solle erinnern können. Sie hätte sich vorgenommen, diese räumliche, dreidimensionale Karte auf keinen Fall zu vergessen und sie gegebenenfalls als Beweis dafür, daß sie in einem Raumschiff gewesen sei, aus dem Gedächtnis nachzuzeichnen.

Da Doktor Simon wußte, daß der Mensch sich in der Hypnose selbst an völlig unbedeutend erscheinende Dinge zu erinnern vermag, forderte er Betty Hill noch im Trancezustand auf, ihm eine exakte Schilderung der Sternkarte zu geben. Ihre präzis gemachten Angaben leitete er der bekannten Astronomin Marjorie Fish zu, die sich bemühte, daraus eine brauchbare Sternkarte zu schaffen. Vergebens. Nichts paßte in unseren Planetenhimmel hinein.

Die Astronomin besprach sich daraufhin mit Doktor Mitchell von der Ohio State-University, der das von ihr erstellte Sternenbild in vielen Computerstudien untersuchen ließ und zu einer Lösung kam, an die er selbst zunächst nicht glauben wollte. Aber alle Kontrollen bestätigten, daß die nach Angaben von Betty Hill erarbeitete Himmelskarte einen Ausschnitt des Universums zeigt, wie er vom Stern *Reticuli 1* aus gesehen wird – sechsunddreißig Lichtjahre von unserer Erde entfernt.«

Monique saß wie gebannt da. »Ist die Geschichte wahr oder von dir erfunden?«

»Du überschätzt meine Phantasie«, antwortete Pierre. »Ich habe die Story einem der Ufo-Bücher entnommen. Für ihre Wahrheit kann ich mich freilich nicht verbürgen.«

»Zumal Aussagen, die in der Hypnose gemacht wurden, keinesfalls als Beweis angesehen werden können«, fügte Jean-Paul hinzu.

Pierre griff nach seinem Glas. »Mag sein. Aber es gibt da einen Punkt, der mich nachdenklich gestimmt hat: die grün irisierende

Wolke! Erinnert ihr euch an das erstaunliche Philadelphia-Experiment, von dem ich euch vor Tagen ausführlich erzählte?«

»Ja, natürlich. Das Schiff verschwand angeblich in einer grünen Wolke.«

»Genau. Und von einer grün verfärbten Atmosphäre ist ebenfalls in einem Bericht die Rede, der vor Jahren die Gemüter vieler Piloten erregte. Es handelt sich um das unerklärliche Verschwinden von fünf Torpedobombern und einem zweimotorigen Martin-Flugboot, das als Rettungsflugzeug eingesetzt worden war. Die Geschichte ist in dem bekannten Buch ›Das Bermuda Dreieck‹ ausführlich geschildert. Bei der Lektüre dachte ich plötzlich: Zum Teufel, hier könnte eine Erklärung für die fast unglaubwürdig anmutende Aussage des Ehepaares Hill liegen, daß der Anführer der Wesen aus dem Kosmos gebrochen englisch gesprochen habe.«

Monique entnahm ihrer Handtasche einen Lippenstift. »Offen gestanden: ich war peinlich berührt, als ich das hörte.«

»Mir erging es nicht anders«, stimmte Jean-Paul ihr zu.

Pierre stellte sein Glas zurück, ohne getrunken zu haben. »Meint ihr vielleicht, mir hätte die Behauptung gefallen? Bestimmt nicht. Doch in dem Bericht über das mysteriöse Verschwinden der sechs Flugzeuge ist von einer merkwürdigen Wetterveränderung die Rede, welche die Besatzungen in ihren letzten Funksprüchen übereinstimmend meldeten. Die Luft sei immer grüner geworden, und die Sicht habe sich in unbegreiflicher Weise verschlechtert.

Das Verschwinden der sechs Maschinen mit insgesamt achtundzwanzig Mann Besatzung löste die wohl größte Suchaktion in der Geschichte der Luftfahrt aus. An ihr nahmen über dreihundert Flugzeuge, achtzehn Schiffe der Küstenwache, vier Zerstörer, ein Flugzeugträger und drei U-Boote teil. In viertausendeinhundert Stunden Einsatzzeit wurden hunderttausend Quadratkilometer Land und Meer gewissenhaft abgesucht, doch es konnten weder Überlebende noch Tote, weder Rettungsflöße, über die alle Flugzeuge verfügten, noch Wrackteile oder sonst irgend etwas gefunden werden, das auf einen Absturz hingewiesen hätte. Und eine unverzüglich eingesetzte Untersuchungskommission kam nach wochenlangen Prüfungen und Überlegungen zu dem erstaunlichen Ergebnis: ›Alle Maschinen verschwanden so spurlos und unter so mysteriösen Umständen, daß man meinen könnte, sie seien zum Mars geflogen oder vom Raumschiff eines anderen Planeten eingefangen worden.‹«

Pierre griff erneut nach seinem Glas. »Wenn das wirklich der Fall gewesen sein sollte, bestünde dann nicht die Möglichkeit, daß der Anführer der Wesen aus dem All, mit dem das Ehepaar Hill angeblich zusammentraf, die englische Sprache erlernt hatte? Zwischen den beiden geschilderten Ereignissen liegen immerhin sechzehn Jahre!«

In den kommunistischen und kapitalistischen Ländern waren die Kommentare der größten Zeitungen zu den Forderungen der Bewohner vom anderen Planeten plötzlich wie über einen Leisten geschlagen. Ob in Moskau oder Washington, Peking, Paris, Sofia, London, Bukarest, Bonn, Warschau, Tokio, Delhi oder Rom – überall wurden Unkenrufe laut. Und die Staatsmänner blickten sorgenvoll in die Zukunft.

In der Dritten Welt hingegen herrschte gespannte Erwartung. Schon die Explosionen jener an genau festgelegten Plätzen gestapelten Waffen hatten große Hoffnungen geweckt, aber erst der Ausgang der nachfolgenden Demonstration, zu der wiederum Munition, Haubitzen, Panzer und schwere Lastwagen deponiert werden mußten, löste tiefe Befriedigung aus. Denn diesmal explodierte nichts. Dafür zerfiel das zusammengetragene Material zur vorhergesagten Zeit binnen weniger Sekunden zu Staub. Die Zeitung ›Le Grand Pharisien‹, deren Sonderausgabe in die meisten Sprachen übersetzt worden war, hatte also nicht übertrieben, als sie vom Zerfall eines Düsenflugzeuges in Orly berichtete. Und dies gestattete den Rückschluß, daß auch alle anderen Angaben in dem Artikel der Wahrheit entsprachen. Die Regierenden der nichtindustrialisierten Länder vermuteten nun, jegliches Kriegsgerät werde abgeschafft und die dadurch frei werdenden hohen Geldbeträge würden den Ärmsten der Armen zugute kommen.

Pierres umfangreicher Bericht hatte aber noch eine andere Folge, und es sprach für Rastignacs geistige Beweglichkeit, daß er dies gleich erkannte, als er in Washington über den ›haarsträubenden Artikel *seines* Mitarbeiters‹ informiert und nachdrücklich gebeten wurde, dessen Verhaftung zu veranlassen. Er tat nichts dergleichen, führte vielmehr ein langes Telefongespräch mit dem zuständigen Minister und bestellte den Journalisten zu sich, kaum daß er nach Paris zurückgekehrt war.

Pierre rechnete mit einer heftigen Auseinandersetzung, als er die knarrende Treppe des Hauses am Quai d'Orsay emporstieg. Dennoch war er guter Laune. Er hatte erreicht, was er wollte und wünschte ohnehin, die Verbindung mit der Sécurité zu lösen. Um so verblüffter war er, als ihn der Chef mit strahlender Miene empfing.

»Mein lieber Freund!« rief Rastignac und eilte ihm mit ausgebreiteten Armen entgegen. »Sie haben uns – nein, Sie haben der Welt einen unschätzbaren Dienst erwiesen, wenngleich Sie sich dessen gewiß nicht bewußt waren, als Sie Ihren Artikel schrieben. Ich gratuliere Ihnen von ganzem Herzen!«

Das Lob verwirrte Pierre. Er wartete auf den Pferdefuß, der sich noch zeigen würde, doch Rastignac umarmte ihn mit solcher Wärme, daß jeder Zweifel erstickt wurde. »Ich bin überrascht, Monsieur«, entgegnete er. »Der Artikel findet Ihren Beifall?«

»Sogar in hohem Maße! Denn Sie haben den Menschen die Angst vor den außerirdischen Wesen genommen!«

»Wie bitte?«

Rastignac klopfte ihm auf die Schulter. »Sie scheinen noch gar nicht zu begreifen, was Sie mit Ihren übrigens vortrefflich formulierten Ausführungen bewerkstelligt haben. Es ist nun einmal so, daß Wissenschaftlern, gleich welcher Fakultät, von den meisten Menschen außerordentliche Hochachtung entgegengebracht wird. Mindestens achtzig Prozent der Bevölkerung aller Länder hält Professoren für vertrauenswürdiger als Politiker.«

»Mit Recht«, warf Pierre ein.

»Es ist nicht die Stunde, darüber zu debattieren«, entgegnete Rastignac. »Aber an der ungewöhnlichen Wertschätzung der Gelehrten ist nicht zu zweifeln. Das betrifft vor allem jene Koryphäen, die in den letzten vier Jahren spurlos verschwunden sind. Und da kommen Sie und erklären dem staunenden Volk, daß die bedeutendsten zweihundertdreiundneunzig Wissenschaftler unserer Erde nicht, wie angenommen, gekidnappt wurden, sondern sich den außerirdischen Geschöpfen in der Hoffnung zur Verfügung gestellt haben, mit deren Hilfe ihre weitgesteckten humanitären Pläne verwirklichen zu können. Jetzt hat natürlich niemand mehr Angst vor den Bewohnern aus dem All. Ihr Artikel kam genau im richtigen Augenblick.«

Pierre konnte über das Lob der angeblich von ihm vollbrachten Leistung nur staunen. Als Realist war er jedoch weit davon entfernt, jedes Wort für bare Münze zu nehmen. Trotzdem geriet er in eine Stimmung, die zu Tollheiten reizt. Er fühlte sich leicht wie eine Feder und genoß die Vorstellung, sich dank seiner hohen Einnahmen jeden Wunsch erfüllen zu können. So kam es, daß er auf dem Weg vom Quai d'Orsay zur Redaktion seiner Zeitung den Taxifahrer plötzlich anhalten ließ, als er im Schaufenster eines Autosalons einen weißen Cadillac sah.

Das wäre der richtige Wagen, um mit Monique an die Côte d'Azur zu fahren, schoß es ihm durch den Kopf. Für das elegante Monstrum dürfte es allerdings selten eine Parklücke geben. Aber mit Geld läßt sich das Problem ja anders lösen.

Ohne zu zögern, betrat er den hypervornehm aufgemachten Verkaufssalon und schlenderte um den weißen Wagen herum, dessen schwarze Lederpolsterung seine Euphorie noch steigerte.

Ein etwa sechzig Jahre alter, überaus korrekt gekleideter Herr ging gemessenen Schrittes auf ihn zu. »Darf ich mich nach Ihren Wünschen erkundigen, Monsieur?«

»Kann der Schlitten da sofort übernommen werden?«

Die Stirn des allem Anschein nach hochwohlgeborenen Verkäufers ließ Unmutsfalten erkennen. »Gewiß, Monsieur.«

»Einschließlich Chauffeur?«

Die Augenbrauen des alten Herrn hoben sich. »Sie wünschen, daß wir Ihnen einen Fahrer zur Verfügung stellen?«

»Ob Sie ihn mir zur Verfügung stellen oder vermitteln, ist mir gleichgültig. Ich möchte den Wagen kaufen, aber nur mit einem echten Chauffeur.«

»Was verstehen Sie in diesem Fall unter echt?« erkundigte sich der Verkaufsedelmann indigniert.

»Na, was schon? Er soll echt sein, nicht nachgemacht. Hochherrschaftlich! Dienstanzug schwarz, passend zum Leder. Dazu die entsprechende Schirmmütze.«

Der alte Herr geruhte zu lächeln. »Aus dem Ärmel kann ich einen solchen Fahrer nicht schütteln. Ich werde mich aber bemühen, einen zu finden.«

Pierre überreichte seine Karte. »Sie können den Wagen dann sofort liefern.«

Nun spitzte der Verkäufer die Lippen. »Ah, Monsieur Massol! Es ist mir eine Ehre, Ihre Bekanntschaft zu machen. Und was den echten Chauffeur anbelangt: ich denke, daß wir sehr bald in der Lage sein werden, Ihren Wunsch zu erfüllen. Den Vertrag mit ihm müßten Sie natürlich selbst abschließen.«

Pierre war nicht wiederzuerkennen, als er den Autosalon verließ. Er glich einem Jungen, der einen Streich ausgeheckt hat und nun dem Ausgang mit Spannung entgegensieht. Wie würden Monique und Jean-Paul reagieren, wenn er mit dem weißen Schlachtschiff und einem schwarz livrierten Chauffeur vor dem Bistro erschien?

In der Redaktion wurde Pierre bereits erwartet. »Da, schauen Sie sich das an«, sagte der Chefredakteur und reichte ihm ein gerade eingegangenes Telex von einer australischen Zeitung, die er tags zuvor verpflichtet hatte, ihm jede Durchsage der Stimme aus dem Kosmos unverzüglich zu übermitteln. »Unsere Außerirdischen werden ganz schön massiv.«

Die wieder über den Fernsehschirm erfolgte Durchsage lautete: ›Wir kündigen hiermit unsere vierte Demonstration an, die erneut unsere Friedfertigkeit, technische Überlegenheit und Macht zum Ausdruck bringen soll. Übermorgen um zwölf Uhr GMT werden alle Motoren der Erde für zehn Minuten aussetzen. Wir wollen dokumentieren, daß wir – entgegen der in den letzten Tagen in einigen Fachzeitschriften vertretenen Meinung – sehr wohl in der Lage sind, den Zündfunken zu jedem von uns gewünschten Zeitpunkt *global* auszuschalten. Um 12 Uhr 15 GMT, also fünf Minuten nachdem die Motoren wieder laufen, verhängen wir über vierzig Großstädte, die im Anschluß an diese Sendung genannt werden, nochmals für zwei Minuten eine Zündfunkensperre, deren Wirkungsbereich dann jedoch unterschiedlich sein wird. In Monte Carlo, zum Beispiel, werden die Motoren nur bis zu einem Kilometer vom Stadtzentrum entfernt ausfallen; in Hongkong wird der Radius fünf, in Moskau zehn, in London fünfzehn und in Mexico-City zwanzig Kilometer betragen. Wir wählen verschiedene Entfernungen, um keine Zweifel darüber aufkommen zu lassen, daß wir bis auf einen Kilometer genau experimentieren können. Wir wiederholen: Unsere vierte Demonstration erfolgt übermorgen um zwölf Uhr *Greenwich Mean Time*, also nicht zur Ortszeit, wie bisher.‹ Es folgten die Namen von vierzig Großstädten.

»Was sagen Sie dazu?« fragte der Chefredakteur, als Pierre das Telex zurückreichte.

»Daß wir mit Haut und Haar gefressen werden. Das Motto ist

klar: Wer nicht hören will, muß fühlen! Wer nicht pariert, dem wird der Zündfunke genommen! Ich bekomme langsam kalte Füße.«

Charles Paré grinste. »Dafür ist es noch zu früh. Zunächst heißt es, weiterhin abzusahnen. Der von uns eingeschlagene Kurs ist goldrichtig. In bösen Zeiten sehnt sich jeder nach einem Hoffnungsschimmer. Wir werden also selbst das Negative positiv kommentieren.«

»Dann geht unsere aggressive Note verloren.«

»Na und? Wen kümmert das? Nichts ist überzeugender als der Erfolg.«

Pierre rümpfte die Nase. »Und am meisten Erfolg hat die Verleumdung.«

»Sofern ein Körnchen Wahrheit in ihr steckt«, fügte der Chefredakteur sarkastisch hinzu.

»Weiß Gott, Sie haben recht. Und dennoch: die heutige Verlautbarung ist ungeheuerlich. Bisher habe ich mich über meinen Bruder lustig gemacht, wenn der von Vergewaltigung faselte. Aber jetzt scheinen wir tatsächlich das Opfer einer beispiellosen Diktatur zu werden. Kommt Ihnen angesichts der Macht der Außerirdischen nicht das Grauen?«

Charles Paré stieß ihn vor die Brust. »Nicht übertreiben! Eben noch sprachen Sie von kalten Füßen. Das kann man akzeptieren. Aber Grauen ...? Im übrigen sollten Sie nicht vergessen, daß Ihr grandioser Bericht die Leser nur deshalb überzeugt hat, weil Sie selbst überzeugt waren! Wenn Sie anfangen zu zweifeln, verlieren Sie Ihre Überzeugungskraft.«

»Schon möglich.«

Der Chefredakteur legte den Kopf schief. »Was ist los mit Ihnen? Brauchen Sie etwa Urlaub?«

»Vielleicht demnächst. Im Moment könnten mich keine zehn Pferde von hier wegbringen. Denn nun kommt der Endspurt. Ich gehe jede Wette ein, daß die Mächtigen vom anderen Planeten nach der jetzt angekündigten Demonstration zum Halali blasen und uns unmißverständlich erklären werden, was wir in Zukunft zu tun und zu lassen haben. Und dann muß unsere Zeitung die erste sein, die darüber berichtet. Noch bevor das französische Fernsehen überträgt, was in Australien, Korea und Ostrußland verkündet wurde, werden wir ein Extrablatt herausfeuern, das die Konkurrenz vor Neid platzen läßt.«

»Mensch, Pierre!« Charles Paré umarmte seinen erfolgreichen Mitarbeiter. »Ich befürchtete schon, Sie hätten einen Knacks bekommen.«

Pierre hatte sich vorgenommen, Monique und Jean-Paul noch nicht zu sagen, daß und unter welchen Bedingungen er einen Cadillac gekauft hatte. Bereits zwei Stunden nach Verlassen des Autosalons war er angerufen und davon in Kenntnis gesetzt worden, daß ein hochherrschaftlicher Fahrer gefunden sei und er den Wagen spätestens am übernächsten Morgen in Empfang nehmen könne. Diese Mitteilung machte es besonders schwer für ihn, seinem Vorhaben treu zu bleiben, und er wurde eigentlich nur wankend, weil die Nachricht über die beabsichtigte vierte Demonstration der Außerirdischen zwischen Monique und Jean-Paul eine hartnäckige Debatte ausgelöst hatte. Er sah sich plötzlich gezwungen, Stellung zu beziehen, und suchte nach einem Ausweg. Seine neuerliche Auffassung über die Entwicklung der Dinge gestattete es ihm nicht, sich Moniques optimistischen Standpunkt zu eigen zu machen. Und seinem Bruder, der die Menschheit bereits gefesselt am Boden liegen sah, konnte er nicht recht geben, weil er, Pierre, ja zum Nutznießer jener diktatorischen Weisungen geworden war, die ihm nicht mehr behagten. Er wollte sich weder für die eine noch für die andere Seite entscheiden, und um dem Widerstreit zu entfliehen, in den er geraten war, erklärte er mitten in das Wortgefecht hinein: »Nun haltet mal für einen Moment die Luft an. Ich kann euch nämlich eine höchst erfreuliche Mitteilung machen.«

Die beiden stutzten.

»Ihr werdet es nicht glauben, aber ich habe mir einen schneeweißen Cadillac mit schwarzer Lederpolsterung gekauft!«

Moniques Augen weiteten sich. »Bist du verrückt geworden?«

»Nicht daß ich wüßte. Mein Chauffeur wird übrigens einen schwarzen Dienstanzug tragen. Selbstverständlich mit entsprechender Schirmmütze.«

Jean-Paul kniff die Lider zusammen. »Willst du uns auf den Arm nehmen?«

»Warum sollte ich?«

»Und was ist aus deiner Auffassung über den Besitz von Autos geworden?« ereiferte sich Monique. »Ich höre dich noch sagen: ›Für die Kosten eines Wagens kann ich das ganze Jahr über Taxi fahren. Ich brauch' nicht mehr fünf- bis zehnmal um Häuserblocks zu kutschieren, um eine Parklücke zu finden. Vorbei der Ärger, den Blechschäden verur...‹«

»Stimmt, stimmt, stimmt!« fiel Pierre ein. »Aber damals hatte ich einen kleinen Flitzer, heute hingegen einen riesigen Haufen Blech auf Rädern.«

»Für den es erst recht keine Parklücke geben wird.«

»Eben darum hab' ich den Chauffeur engagiert. Der fährt uns genau dorthin, wohin wir möchten.«

Monique richtete sich auf. »*Uns* hast du gesagt?«

»Natürlich. Ich könnte mir denken, daß es dir guttun würde, einige Tage auszuspannen und mit mir an die Côte d'Azur zu fahren.«

Sie stellte sich ungläubig. »Hast du gerade mit *mir* gesprochen?«

»Allerdings. Sogar in der Hitze der Hundstage hast du gearbeitet! Es wird höchste Zeit, daß du mal eine Pause einlegst!«

Moniques Stirn legte sich in Falten. »Laß mich überlegen.«Sie blickte zur Markise hinauf. »Weißer Cadillac, hast du gesagt?«

»Ja.«

»Mit schwarzer Lederpolsterung?«

»Und ein Chauffeur in abgestimmter Livree. Ton in Ton, versteht sich. Ein wundervolles Schwarz. Du wirst entzückt sein.«

Monique mimte eine exaltierte Lady. »Ist der Fahrer auch schön?«

Nun konnte selbst Jean-Paul nicht ernst bleiben. »Ich habe gar nicht gewußt, welch schauspielerisches Talent in Ihnen steckt.«

»Du weißt noch vieles nicht«, ergänzte Pierre. »Zum Beispiel, daß wir dich einladen, übermorgen mit uns an der Jungfernfahrt teilzunehmen.«

Monique sprang auf. »Großartig! Wohin fahren wir?«

»Wohin ihr wollt.«

»Ich nehme dich beim Wort«, sagte Jean-Paul. »Während unserer gottlob unterbrochenen Debatte habe ich gedacht: Ich gäbe etwas darum, wenn ich wüßte, wie Doktor Raihani die Usurpatoren aus dem Kosmos beurteilt. Besuchen wir ihn. Es wird ein hochinteressantes Gespräch werden.«

Monique nahm wieder Platz. »Wir können ihn doch nicht einfach zu dritt überfallen.«

»Das habe ich auch nicht vor«, erwiderte Jean-Paul. »Ich werde ihn anrufen und bitten, uns zum Lunch einzuladen, d'accord?«

»Selbstverständlich. Ich freue mich schon darauf, Ihren Freund kennenzulernen.« Sie wandte sich an Pierre. »Du auch?«

»Nachdem mir dieser Inder jahrelang vorenthalten wurde, wird es mir ein Vergnügen sein, ihn unter die Lupe zu nehmen. Einige faule Stellen werde ich an diesem Wundermann schon entdecken.«

»Dann sollten wir lieber anderswohin fahren«, erklärte Monique unwillig.

Pierre strich über ihr Haar. »Das war doch dummes Gerede. Ich hab' mich längst über den ehrenwerten Herrn erkundigt und kenne seine ganze Geschichte.«

Jean-Paul reichte Monique die Hand. »Ich danke Ihnen. An Pierre scheint sich ein Spruch zu bewahrheiten, den ich erstmals von Doktor Raihani hörte: ›Gibt man sich große Mühe, dann gelingt es sogar, eine Eisenstange zur Stricknadel umzuschmieden.‹«

Es war ein herrlicher Herbsttag, als Pierre mit einem schon älteren Chauffeur, den er tags zuvor eingestellt hatte, aus der Garage des Autosalons herausfuhr. Doch obgleich ihn der seidige Lauf des Motors beeindruckte und es ihm schmeichelte, sich einen Cadillac nebst Fahrer leisten zu können – er fühlte sich nicht ganz wohl in seiner Haut. Ihm kam es mit einem Mal lächerlich vor, im Fond eines so auffälligen Straßenkreuzers zu sitzen. Schließlich war er kein betagter Industrieller, der auf ein arbeitsreiches Leben zurückblickt. Aber in der euphorischen Stimmung, die nach dem Gespräch mit Rastignac über ihn gekommen war, hatte er geglaubt, den Rahmen des Alltäglichen sprengen zu müssen. Dabei hatte er freilich übersehen, daß er mit seinem Imponiergehabe letztlich nichts anderes tat, als sich selbst eine Pfauenfeder in den Hintern zu stecken.

Doch es dauerte nicht lange, bis das Hochgefühl der Stunde die flüchtige puritanische Anwandlung verdrängte. Allerdings war es ihm nicht möglich, Monique und Jean-Paul bei der ersten Ausfahrt zu begleiten. Die in Australien verpflichtete Zeitung hatte am frühen Morgen über den Fernschreiber gemeldet, daß der Sprecher der außerirdischen Wesen für einundzwanzig Uhr Ortszeit, also elf Uhr GMT, die Bekanntgabe einer Proklamation an die Erdbevölkerung angekündigt habe, die er, Pierre Massol, nun innerhalb einer Stunde als Extrablatt ›herausfeuern‹ wollte, wie er sich Charles Paré gegenüber ausgedrückt hatte. Spätestens um zwölf Uhr, gerade rechtzeitig zur Mittagspause, sollte die Botschaft aus dem All von den Pariser Zeitungsverkäufern ausgerufen werden. Da konnte er unmöglich an der Fahrt zu dem Inder teilnehmen.

Monique war natürlich enttäuscht. Jean-Paul hingegen begrüßte die Absage insgeheim. Eine Fahrt allein mit Monique kam ihm zupaß. Er hegte eine stille Liebe zu ihr, und manchmal, wenn er des Abends nach Hause ging, war er richtig eifersüchtig auf den Bruder. Nicht im bösen Sinn des Wortes; aber Pierre konnte tun, was er wollte, er hatte immer Glück, selbst dann, wenn er Fehler machte.

»Ihr setzt mich am Platz vor der Oper ab und könnt von dort gleich über den Boulevard Haussmann und die Avenue de la République Kurs auf Raincy nehmen«, sagte Pierre, nachdem er ausgiebig die Vorteile eines großen Wagens gepriesen und mit dem Stolz des Besitzers auf raffinierte Bequemlichkeiten wie elektrische Scheibenheber, vollautomatische Klimatisierung, heizbare Sitze, Stereoanlage und eine Minibar mit Cognac, Whisky und Mineralwasser hingewiesen hatte.

Für Monique war das alles uninteressant. Es bedrückte sie, daß Pierre nicht mitkommen konnte. »Ist es denn wirklich notwendig, daß du heute in der Redaktion sein mußt?« fragte sie, als sie in die Stadt fuhren.

»Absolut notwendig!« antwortete er. »Auf der Rückfahrt werdet ihr am ersten Zeitungskiosk die Erklärung dafür finden.«

Monique schmollte. »Ich sehe schon kommen, daß die Fahrt zur Côte d'Azur ebenfalls in eurer Redaktion endet.«

Pierre legte den Arm um sie. »Spätestens in der nächsten Woche kutschieren wir los. Das verspreche ich dir!«

Sie warnte ihn: »Riskiere nicht, mich zu enttäuschen!«

Jean-Paul, der neben dem Fahrer Eugène Platz genommen hatte, beugte sich zurück. »Ihr seid zu beneiden. In diesem Wagen durchs Land zu reisen, muß ein Vergnügen sein.«

»Wenn wir nicht gerade unterwegs sind, kannst du ihn jederzeit haben«, versicherte Pierre.

Monique warf ihm einen dankbaren Blick zu.

»Großzügig ist er immer gewesen«, frotzelte Jean-Paul. »Zeitweilig hat er sogar einen Teil meines Einkommens ausgegeben.«

Pierre spielte den Entrüsteten. »Doch nur, wenn ich mit meinem Geld nicht auskam. Ich lebe eben anders als du.«

Jean-Paul wandte sich an Monique. »Er steht fatalerweise auf dem Standpunkt, daß man so viel verdient, wie man ausgibt.«

»Ist das etwa nicht so?« verteidigte sich Pierre. »Ich bin dir niemals etwas schuldig geblieben. Um zurückzahlen zu können, mußte ich freilich mehr arbeiten. Aber warum nicht? Schreib schneller, Genosse, hab' ich mir gesagt. Und siehe da: es klappte.«

Monique lachte. »Du bist unverbesserlich.«

»Solange du dich nicht darüber ärgerst, will ich zufrieden sein.«

Die Opéra wurde erreicht, und Pierre stieg aus. Jean-Paul setzte sich zu Monique.

Pierre reichte ihr die Hand. »Gegen fünf treffen wir uns im Bistro. Ich schätze, daß es heute zu einer heißen Debatte kommen wird.«

Sie winkte ihm zu, als der Wagen anfuhr, doch kaum war er ihrem Gesichtsfeld entschwunden, wandte sie sich an Jean-Paul: »Irgend etwas ist los. Wenn Pierre der Redaktion den Vorrang gibt, wittert er eine Sensation.«

»Dafür spricht auch sein Hinweis, daß wir auf der Rückfahrt eine Erklärung für sein Verhalten finden werden. Aber zerbrechen wir uns nicht den Kopf. Genießen wir die Fahrt in diesem wirklich höchst komfortablen Wagen.« Er wandte sich an den Chauffeur, der mit steinerner Miene hinter dem Steuer saß. »Kennen Sie Raincy, Eugène?«

»Sogar sehr gut, Monsieur. Mein früherer Chef, der vor kurzem verstorbene Comte de Lameth, dem ich vierunddreißig Jahre dienen durfte, besuchte im Sommer des öfteren einen Freund, der in Raincy eine Villa besitzt.«

Nach diesem Hinweis verstummte das Gespräch für eine Weile, bis der Fahrer kurz vor Raincy die Geschwindigkeit verringerte und auf die Ruine eines Schlosses wies. »Dort residierte zur Zeit Napoleons der Kriegsgewinnler Ouvrard.«

Monique wurde lebhaft. »Richtig, dieser Emporkömmling hat hier seine rauschenden Feste gefeiert. Halten Sie einen Augenblick an, Eugène.«

Jean-Paul blickte zu dem verfallenen Bauwerk hinüber. »Ist es eine Bildungslücke, wenn man von diesem Monsieur Ouvrard nichts weiß?«

»Gott bewahre«, antwortete Monique. »Ich bin zufällig in einem alten physikalischen Buch auf seinen Namen gestoßen. In der Abhandlung wurde eine für die damalige Zeit recht komplizierte Anlage geschildert, die dafür sorgte, daß Ouvrards Gäste in ihren Zimmern Tag und Nacht heißen Kaffee, Punsch, gekühlte Limonade und Mandelmilch aus silbernen Leitungen zapfen konnten.«

»Das hat der Comte de Lameth auch gesagt«, fügte Eugène treuherzig hinzu. »Ouvrard soll so vermögend gewesen sein, daß er nicht hätte sagen können, ob ihm zwanzig oder dreißig Millionen Francs gehören.«

»Stimmt«, bestätigte Monique. »Er hatte so viel Geld zusammengescheffelt, daß es ihm möglich war, Napoleons Feldzug nach Ägypten vorzufinanzieren. Für den Korsen muß es bitter gewesen sein, gerade ihn um Unterstützung zu bitten, denn er konnte es nicht verwinden, daß Ouvrard in jungen Jahren ein Verhältnis mit seiner Frau Joséphine gehabt hatte.«

»Und wodurch kam dieser Mensch zu seinem Reichtum?« erkundigte sich Jean-Paul.

Monique schnippte mit dem Finger. »Auf ganz simple Weise. Als zu erkennen war, daß Frankreich durch Napoleon in Kriege verstrickt werden würde, lieh Ouvrard sich mit Hilfe von korrupten Staatsbeamten, die Bürgschaften für ihn ausstellten, horrende Geldbeträge, mit denen er an Lebensmittel und Getreide aufkaufte, was zu bekommen war. Dann wartete er in Ruhe ab, bis das Volk anfing zu hungern und er das Gehortete zum hundert- und zweihundertfachen Preis veräußern konnte. Damals wie heute: Immer wieder verlangen Kriege und deren Vorbereitungen von der Masse Opfer über Opfer. Einige Privilegierte aber verdienen unvorstellbare Summen.«

Jean-Paul wies auf die Ruine. »Ein Glück, daß am Schluß auch deren Paläste verfallen.«

»Meinen Sie, daß das diejenigen tröstet, die ausgepowert wurden?« ereiferte sich Monique und forderte den Chauffeur auf weiterzufahren.

Jean-Paul wies voraus. »Das offene Tor dort drüben ist schon der Eingang zur Besitzung von Doktor Raihani.«

Kurz darauf fuhren sie durch einen Park mit weiten, gepflegten Rasenflächen und hohen Ulmen und Buchen, deren Blätter sich bereits verfärbten. Vereinzelt standen in würdevoller Gelassenheit alte Koniferen mit geschwungen herabhängenden Ästen. Bunte Beete mit kugel- und flachblütigen Dahlien, karminroten, blauen und violetten Astern sowie orangefarbigen Zinnien wechselten in rascher Folge. Zur vorgelagerten Terrasse des im französischen Stil erbauten Landhauses führte ein breiter Aufgang, der von wunderschönen wuscheligen Chrysanthemen flankiert wurde.

Dr. Raihani ging seinen Gästen mit vor der Brust gefalteten Händen entgegen. Er war nach indischer Sitte gekleidet, mit röhrenartiger heller Leinenhose und einem halblangen Kamiz aus gleichem Material. Seine dunklen Augen strahlten Wärme und Güte aus. Ein gepflegter, fast weißer Bart zierte seine Oberlippe. Den Kopf bedeckte ein Leinenkäppi, wie Nehru es getragen hatte. Er war dem einstigen Ministerpräsidenten überhaupt sehr ähnlich.

Jean-Paul machte Dr. Raihani mit Monique bekannt und fügte hinzu: »Mademoiselle Darimont ist eine Freundin meines Bruders Pierre, der leider umdisponieren mußte und nicht mitkommen konnte.«

Der Inder reichte ihr überrascht, wie es schien, die Hand. »Sind Sie etwa die Tochter des berühmten Professors Darimont?«

»Ja«, antwortete Monique. »Kennen Sie meinen Vater?«

»Nicht persönlich. Aber ich habe viel von ihm gehört und gelesen. Zuletzt in Verbindung mit den Ereignissen in Orly.« Er wandte sich Jean-Paul zu. »Ich hätte Ihren Bruder gerne kennengelernt und hatte mich schon auf ein Gespräch mit ihm gefreut. Sein Zeitungsartikel hat mich in Erstaunen versetzt. Wie ist er bloß der ganzen Sache auf die Spur gekommen?«

»Durch mich«, bekannte Monique.

Dr. Raihani sah sie verblüfft an. »Durch Sie?«

»Was ist daran so verwunderlich?« fragte Monique unwillkürlich. »Ich kannte Pierre Massol von früher und wandte mich an ihn, als ich in einer Zeitung von der Explosion eines Flugzeuges in Orly las. Mein Vater war gerade bei uns gewesen ... Sie haben Pierres Artikel ja gelesen und kennen somit die Geschichte.«

Der Inder nickte. »Gewiß. Mir war jedoch nicht bekannt, daß ausgerechnet die Tochter Professor Darimonts ...« Er unterbrach sich. »Es ist aber gut, daß Ihr Freund den aufschlußreichen Artikel geschrieben hat. Nachdem allen Nationen der Zerfall von Materie in gleicher Weise vorexerziert wurde, wie er sich in Orly ereignet hatte, kann als gesichert angesehen werden, daß die verschwundenen Wissenschaftler, und wahrscheinlich auch noch andere, mit den außerirdischen Wesen zusammenarbeiten.«

»Wieso auch noch andere?« fragte Jean-Paul verblüfft.

»Deutet nicht einiges darauf hin, daß die Unbekannten aus dem All sehr genau wissen, welche Reaktionen die von ihnen ergriffenen Maßnahmen auslösen? Es muß also Informanten geben. – Aber jetzt möchte ich Sie erst einmal in mein Heim führen. Sie werden sich gewiß erfrischen wollen.«

Beim Betreten der Empfangshalle schlug ihnen der so gar nicht in ein französisches Landhaus passende intensive Duft von Räucherstäbchen entgegen. Noch überraschender war für Monique die völlig im Jugendstil gehaltene Diele. Türen, Fenster, Lampen und Vasen zeigten jene typischen, an Pflanzenmotive erinnernden linearen Ornamente und Konturen.

Ein junger Inder im Dhoti – einer hosenartigen Bekleidung, die von einem mehrfach um die Hüfte gewundenen und am Schluß durch die Beine hochgebundenen Tuch gebildet wird – geleitete Monique in ein im oberen Stockwerk gelegenes Damenzimmer, das zum Teil mit schrägen Wänden ganz im Biedermeierstil eingerichtet war. Der Raum strahlte lichte Freundlichkeit aus, obwohl ihn nur ein halbrundes Fenster, das ›Œil de boeuf‹, erhellte. Das Muster der gestreiften und geblümten Tapete wiederholte sich im Bezug des Sofas und auf der Polsterung der Stühle.

Einen Moment blieb Monique wie gebannt stehen, dann schritt sie, als bewege sie sich auf zerbrechlichem Boden, zum halbrunden Fenster, das dem Raum erst die besondere, intime Note verlieh.

Ihr Blick fiel auf den gepflegten Rasen, doch ihre Gedanken kreisten um Dr. Raihani. Sie hatte ihn sich anders vorgestellt. Seine Art zu sprechen war ohne Wärme und Güte gewesen. Auch konnte sie sich nicht erklären, warum er sie so entgeistert angesehen hatte, als sie offen bekannte, daß sie es gewesen war, die Pierre auf die Ereignisse in Orly aufmerksam gemacht hatte. Seine Formulierung ›ausgerechnet die Tochter Professor Darimonts‹, war ihr ebenfalls unbegreiflich.

Aber machte sie nicht den Fehler, jedes Wort auf die Goldwaage zu legen? Schon im Wagen hatte eine Bemerkung Jean-Pauls sie nervös gemacht. Wehte im Süden der Mistral? Zerrten seine Ausläufer an ihren Nerven?

Monique nahm sich vor, nicht mehr an das Gespräch zu denken, sondern sich lieber an die hübsche Geschichte von der sanften Gewalt zu erinnern, die Dr. Raihani Jean-Paul erzählt hatte.

Nach einer kurzen Erfrischung verließ sie das Zimmer.

Dr. Raihani und Jean-Paul saßen in bequemen Gartensesseln auf der Terrasse. Beide erhoben sich, als sie Monique kommen sahen.

Unwillkürlich breitete sie die Arme aus. »Ich bin begeistert, Monsieur! Schon die Diele im Jugendstil hatte es mir angetan. Wie aber erst das entzückende Damenzimmer! Sie haben sehr viel Geschmack.«

»Und einen erstklassigen Architekten«, erwiderte der Inder lachend und forderte Monique auf, Platz zu nehmen. »Hoffentlich bleiben Sie bei Ihrer guten Meinung, wenn Sie gehört haben, welche Auffassungen ich vertrete. Mein Denken ist nicht in jedem Fall prowestlich.« Er wies auf ein silbernes Tablett mit Gläsern und gekühlten Getränken. »Bitte, bedienen Sie sich selbst. Dann brauche ich nicht um Ihr Wohlbefinden besorgt zu sein. Ich hoffe, Sie haben Verständnis dafür.«

»Aber gewiß.«

»Wir sprachen gerade von den Fehlern, die zu allen Zeiten gemacht werden. Da erscheint es mir wichtig, an die materialistische Zivilisation des neunzehnten Jahrhunderts zu erinnern, die sich ohne Kultur über die ganze Erde ausgebreitet hat. In Amerika führte sie zur Ausrottung der Indianer, in Asien kam es zur Ausdehnung des russischen Reiches bis an den Pazifik, und in Afrika, Indien, Australien und Indonesien schufen Briten, Franzosen, Italiener, Deutsche, Holländer und Belgier mit mehr oder weniger rüden Methoden ihre Kolonialreiche. Dann kam der Erste Weltkrieg, in dem farbige Truppen von Weißen gegen Weiße eingesetzt wurden. Doch ich will über die bedauerlichen Entwicklungen dieser Art nicht länger sprechen, wollte nur aufzeigen, daß der Ursprung vieler Mißverständnisse, die heute zwischen Weiß, Gelb und Schwarz, also zwischen den reichen und armen Völkern bestehen, zum großen Teil auf Ereignisse zurückzuführen ist, die über ein Jahrhundert und länger zurückliegen.«

»Ich stimme Ihnen mit einer Einschränkung zu«, entgegnete Monique. »Haben nicht erst die Fehler, die von den Alliierten nach dem Zweiten Weltkrieg gemacht wurden, den russischen Imperialismus gefördert und das immer größer werdende Elend in den unterentwickelten Ländern in hohem Maße mitverschuldet?«

»Mir scheint, wir haben die gleiche Wellenlänge«, antwortete Dr. Raihani. »Allerdings bin ich der Meinung, daß die Alliierten das kommunistische Weltreich nicht gefördert haben, wie Sie sich ausdrückten, sondern es effektiv mitbegründeten. Denn der den Sowjets geleistete Handlangerdienst erfolgte bereits im Zweiten Weltkrieg, als man der russischen Armee Waffen lieferte. Doch das ist nur einer der vielen Fehler, die gemacht wurden. Man fand sich mit der Atomaufrüstung der UdSSR ab und verlor zwangsläufig die eigene Überlegenheit. Aber wozu weitere Aufzählungen? Viel wichtiger ist es, die tiefere Ursache dieser Fehleinschätzungen zu erkennen. Sie ist in der krank gewordenen Seele des weißen Menschen zu suchen. Im Westen gilt nur das jeweils Heutige. Alles Streben wird von Zweckmäßigkeit diktiert.«

»Das klingt, als sähen Sie das Ende der weißen Kultur voraus«, warf Monique betroffen ein.

Dr. Raihani zuckte die Achseln. »In gewissem Sinne tue ich das auch. Europäer und Amerikaner werden weiterhin unendlich viel Überflüssiges herstellen, wir Inder hingegen hüten und schützen alte, ewige Weisheiten. Wir sind dadurch gegen vielerlei Anfechtungen gefeit. Je mehr Besitz er hat und je geringer seine geistige Ausbildung ist, um so überheblicher wird der Mensch. Der Stolz der Europäer und Amerikaner auf ihre zivilisatorischen Erfolge resultiert aus der Unkenntnis dessen, was wir hegen und pflegen. Uns ist es beispielsweise unverständlich, wie man unter den nicht endenwollenden verlogenen Reden von Politikern und falschen Berichten in den Zeitungen zu leben vermag. Dies scheint uns ein Beweis für den Seelenverfall der weißen Rasse zu sein.«

»Jetzt muß ich protestieren, Doktor Raihani!« erklärte Jean-Paul mit Nachdruck. »Wenn Sie mit den Männern der Force de frappe sprechen würden, gleichgültig ob mit Offizieren oder Mannschaften, dann fänden Sie sehr bald heraus, daß von einem Verfall der weißen Seele nicht die Rede sein kann.«

»Möglich, daß ich mich täusche«, räumte der Inder ein. »Aber bei uns wird sich niemand vom kosmisch-universellen Leben ausschließen. Wir ruhen in der Mitte unseres Wesens, ein Zustand, der dem Westmenschen unbekannt ist. Ich kann mich daran erinnern, daß mir Mitte der dreißiger Jahre zwei buddhistische Mönche erklärten, ein neuer Weltkrieg stehe allein deshalb bevor, weil es Eigenart der weißen Rasse sei, ständig neue Forderungen zu erheben und sofort nach der Waffe zu greifen, wenn ihre Wünsche nicht erfüllt würden.«

Monique glich einem gespannten Bogen. »Einspruch! Und das, obgleich die Prophezeiung der Mönche traurige Wirklichkeit geworden ist. Nicht die Eigenart der weißen Rasse, sondern die Rücksichtslosigkeit eines Usurpators führte zum Zweiten Weltkrieg. Und den unmenschlichsten Kriegsseligen hat Asien hervorgebracht: Dschingis-Khan! Ich würde es deshalb begrüßen, wenn wir die Vergangenheit hinter uns ließen und uns der Gegenwart zuwendeten. Wie beurteilen Sie unsere derzeitige Lage, Doktor Raihani? Laufen wir Gefahr, von den außerirdischen Wesen unterworfen zu werden?«

»Keineswegs«, antwortete der Inder, ohne zu zögern. »Das Wettrüsten hat angefangen, sich zu verselbständigen. Vernunft ist längst nicht mehr im Spiel. Nur noch Angst. Und sie ist es, die uns eines Tages in die Katastrophe treiben könnte. Natürlich ist zuzugeben, daß das Wissen um den bestehenden Overkill einen Krieg zwischen den Supermächten bisher verhindert hat. Der ideologische Kriegsgrund aber wurde nicht ausgeräumt.«

»In diesem Punkt sind wir uns einig«, erklärte Jean-Paul. »Doch wir sind von der Frage abgekommen, ob Gefahr besteht, daß wir von den Wesen aus dem All unterworfen werden. Nach den uns bislang zugemuteten Demonstrationen bin ich der Meinung, daß wir einer würdelosen Knechtschaft entgegengehen.«

Monique glaubte erläutern zu müssen: »Diktatur ist für ihn eine Schreckensvision.«

»Das ist sie auch für mich«, versicherte Dr. Raihani. »Ich gewann jedoch die Überzeugung, daß alles, was jetzt auf uns zukommen mag, nichts mit einer Diktatur im herkömmlichen Sinne des Wortes zu tun hat. Wenn ich einen verzweifelten Menschen daran hindere, sich das Leben zu nehmen, dann handle ich eigenmächtig über seinen Kopf hinweg. Möglich, daß er mich später verflucht. Aber die Wahrscheinlichkeit, daß er mir eines Tages dankbar sein wird, halte ich für ungleich größer. Es gibt Situationen, in denen man mit normalen Spielregeln nicht mehr weiterkommt und durchgreifen muß. Unabhängig davon läßt uns das gradlinige, in sich logische Vorgehen der Wesen aus dem All erkennen, daß sie nicht unüberlegt handeln, sondern ihre Kräfte gezielt einsetzen. Ich blicke deshalb hoffnungsvoll in die Zukunft, obwohl ich mir darüber im klaren bin, daß unsere Staatsmänner sich auflehnen und versuchen werden, das Steuer ihres Schiffes in der Hand zu behalten. Es wird ihnen nichts nützen. Meng-tse lehrte: ›Das Volk ist am wichtigsten. Der Staat kommt in zweiter Linie. Der Fürst erst danach.‹«

Monique klatschte Beifall. »Ich staune immer wieder über die Erkenntnisse der alten asiatischen Weisen.«

»Dann werden Sie sich freuen zu hören, daß diese nicht nur im ethischen Bereich zu finden sind«, erwiderte Dr. Raihani. »In meiner Heimat wird auf einer Tafel, die aus dem sechsten Jahrhundert stammt, bereits die Größe des Atoms angegeben.«

»Wie ist das möglich?« fragte Jean-Paul verwundert.

»Es gibt nur Vermutungen«, antwortete der Inder. »Sie basieren darauf, daß unsere gelehrten Brahmanen, die seit etlichen Jahrhunderten verpflichtet sind, alles aus grauer Vorzeit überlieferte Wissen selbst dann zu bewahren, wenn sie seinen Sinn nicht verstehen, die Angaben für die Varahamira-Tafel gemacht haben. Auch spricht vieles dafür, daß es eine Periode gegeben hat, in der – ähnlich wie jetzt – hochintelligente außerirdische Wesen, die bezeichnenderweise in der Bibel ›überirdisch‹ genannt werden, unsere Erde aufsuchten und einigen Auserlesenen jene Gelehrsamkeit vermittelten, über die wir heute staunen.«

»Sie glauben ernstlich, daß früher schon einmal Wesen aus dem All ...?«

»Wie soll man es sich sonst erklären, daß im Siddhanta-Ciromani, einer uralten Schrift, die Zeiteinteilung wie folgt angegeben wird: Der Tag hat sechzig Kala à vierundzwanzig Minuten. Diese wiederum unterteilen sich in sechzig Vikala zu je vierundzwanzig Sekunden. So geht es weiter und weiter, bis man zum Kashta kommt, dem 1/300-millionsten Teil der Sekunde. Ich frage Sie: Was kann man mit Mikromikrosekunden anfangen, wenn man über kein entsprechendes Präzisionsinstrument verfügt, das sie zu messen vermag? Man muß diese Kleinsteinheit aber benötigt haben, denn weshalb hätte man sie sonst erdacht? Und nun kommt etwas Erstaunliches: Eine 1/300-millionstel Sekunde entspricht in etwa der Lebensdauer mittelschwerer instabiler Elementarteilchen, die bei Kernreaktionen auftreten und in Elektronen und Neutronen zerfallen. Nach diesem Hinweis werden Sie nicht sonderlich erstaunt sein, wenn ich Ihnen sage, daß es in meiner Heimat vor Jahrtausenden Kernreaktionen gegeben haben muß. Diese werden durch Skelette belegt, deren Radioaktivität das normale Niveau um das Fünfzigfache übersteigt.«

»Daraus kann nicht ohne weiteres geschlossen werden, daß die

Menschen, deren Überreste man gefunden hat, zu Lebzeiten einer atomaren Strahlung ausgesetzt waren«, erklärte Monique.

Dr. Raihani lächelte. »Als Physikerin werden Sie das besser wissen als ich. Aber es gibt einen eindeutigen Hinweis darauf, daß über der Wüste Gobi schon in sehr früher Zeit atomare Explosionen stattgefunden haben. Die heutigen Atomversuche der Chinesen, die am Lob Nor-See stattfinden, haben den Boden dort auffällig verändert. Der Sand ist glasartig geworden. Seit Jahrtausenden aber weiß man, daß der Sand in anderen Teilen der Gobi ebenfalls glasartig ist. Man maß diesem Umstand nur keine Bedeutung bei. Erst als in unseren Tagen die chinesischen Atomtests begannen und die dabei frei werdende große Hitze den Sand zum Schmelzen brachte, beschäftigte man sich mit diesem Phänomen. Das Geheimnis der glasartigen Veränderung war plötzlich gelöst, und seitdem kann kein Zweifel mehr darüber bestehen, daß viele Schilderungen in den heiligen Schriften meines Landes, die unglaubwürdig angemutet hatten, ernst zu nehmen sind und auf Tatsachen basieren. Da heißt es zum Beispiel, ein greller Blitz habe ganze Heere vernichtet, den Überlebenden die Haare und Nägel geraubt und alle Lebensmittel so verändert, daß ihr Genuß tödlich gewesen sei. Flammende Geschosse mit unheimlicher Strahlungskraft seien abgeschossen worden. Wolken seien senkrecht emporgestiegen, und rote Glut habe die Erde versengt.«

Monique schauderte. »Die von Ihnen zitierte Schilderung könnte sich direkt auf Hiroshima beziehen.«

»Sie nehmen mir das Wort aus dem Mund«, pflichtete ihr Jean-Paul bei. »Ich verstehe nur nicht, warum man nie zuvor von diesen Berichten gehört hat.«

»Wer hatte schon ein Interesse daran, über ein Geschehen zu schreiben, das nicht gedeutet werden konnte? Das gilt für alle Aussagen über Flüge in den Weltraum. Bei den Babyloniern war es Etana, der mit ›Fremden‹ in riesige Höhen aufstieg. Die Bibel berichtet von Hennoch, der in den Himmel hinaufgetragen wurde und die Gefilde der Himmelskörper erblickte. Und im Samaranagana Sutradhara, einem uralten indischen Buch, wird angeführt, daß in ferner Vergangenheit, als himmlische Wesen in phantastischen Fahrzeugen auf die Erde herabkamen, es das Privileg nur weniger Menschen gewesen sei, die Unsterblichen im Himmel zu besuchen.«

»Sie scheinen vom Wahrheitsgehalt der Überlieferungen sehr überzeugt zu sein«, wagte Monique einzuwerfen.

»Ja, das bin ich«, antwortete Dr. Raihani. »Und ich will Ihnen sagen, warum. Weil es zu den alten Schriften Ergänzungen gibt, die man flankierende Beweise nennen könnte.« Der Inder entnahm einer silbernen Dose eine Papirossa und drückte das hohle Mundstück über Kreuz zusammen. »So stieß man vor ungefähr zwanzig Jahren in Australien auf uralte Höhlenmalereien, die eindeutig dafür sprechen, daß es in grauer Vorzeit schon Raumschiffe gegeben hat. Denn es wurden in der Höhle schlanke Frauen dargestellt, wie es sie unter den Aborigines, der Urbevölkerung dieses Kontinents, niemals gegeben hat. Und es ist eine Schlange abgebildet, die den Urbewohnern des Landes als Symbol für weit zurückliegende Vergangenheit gilt. Der Sage nach kam einst die Göttin Guriguda auf geheimnisvolle Weise nach Australien. Sie wird als ein Wesen beschrieben, das in der Lage war, Lichtstrahlen auszusenden. Ich halte es für möglich, daß die Höhlenmalerei die Phase der Ankunft dieser Göttin wiedergibt. Über dem Bild befinden sich Hieroglyphen, die ebensowenig gedeutet werden können wie zwei unterschiedlich große Kugeln, die durch eine unendliche Spirale miteinander verbunden sind. Es könnte sich um die Versinnbildlichung zweier in ihrer Größe verschiedene Planeten sowie des weiten Weges handeln, der überwunden werden mußte, um von der einen Welt in die andere zu gelangen.«

»Das ist wirklich hochinteressant«, räumte Monique ein. »Ich meine aber, daß Höhlenmalereien nicht, wie Sie es nannten, als flankierende Beweise zu den Schriften aus alter Zeit angesehen werden dürfen. Wenn außerirdische Wesen tatsächlich einmal auf die Erde gelangt sein sollten, dann müßte meines Erachtens irgendwo etwas Konkretes zu finden sein, das ihre hohe Intelligenz und technische Überlegenheit dokumentiert.«

»Zeugnisse dieser Art gibt es in vielen Variationen«, erwiderte der Inder. »Aber bleiben wir noch einen Moment bei der Höhlenmalerei. Sind Sie etwa in der Lage, mir zu erklären, wie es möglich gewesen sein könnte, in dem Labyrinth des französischen Kalksteingebirges von Lascaux bei völliger Dunkelheit annähernd tausendfünfhundert Ritzzeichnungen und sechshundert farbige Malereien zu schaffen? Licht gibt es weder in den unterirdischen Gängen von Lascaux noch in den spanischen Höhlen der Pyrenäen, in denen sich ebenfalls viele Bilder befinden. Man muß also künstliches Licht benutzt haben. Bis heute wurde jedoch trotz unserer großartigen Mittel zur genauen Bestimmung jeglicher Stoffe und Rückstände nicht das kleinste Partikelchen von Ruß oder Asche gefunden, das eine Öllampe oder Feuerstelle hätte zurücklassen müssen. Das wirft die Frage auf: Welche Beleuchtung hat den Künstlern, die vor siebzehntausend Jahren in den Höhlen malten, zur Verfügung gestanden? Können Sie mir darauf eine Antwort geben?«

»Nein, das kann ich nicht«, bekannte Monique. »Aber alles, was Sie anführen, sind Vermutungen, jedoch keine Beweise dafür, daß in grauer Vorzeit außerirdische Wesen der Erde einen Besuch abgestattet haben.«

»Dann wird es Zeit, stärkere Geschütze aufzufahren«, entschied Dr. Raihani. »Zum Beispiel das Bauwerk von Saqsaywamán. Es befindet sich in Peru oberhalb von Cuzco und gibt uns schier unlösbare Rätsel auf. Allerdings nur, wenn wir uns weigern, die Möglichkeit in Betracht zu ziehen, daß in Saqsaywamán die hochentwickelte Technik außerirdischer Wesen zur Anwendung gelangte. Die Zeit, in der die angebliche Festung erbaut wurde, ist unbekannt. Zweck und Sinn des Bauwerkes sind ebenfalls ungeklärt. Militärischen Zwecken kann es nicht gedient haben, denn es liegt hoch über Cuzco und hätte der Stadt keinen Schutz bieten können. Und nun kommt das absolut Unerklärbare: Die riesigen Quader der fast vierhundert Meter langen Anlage, die bis zu neun mal fünf mal vier Meter messen und ein Gewicht aufweisen, das bei den größten Brocken auf dreihundertsechzig Tonnen geschätzt wird, stammen aus einem Steinbruch, der vierzig Kilometer entfernt in einem Seitental liegt. Muß man sich da nicht fragen: Wie konnten solche Kolosse über Berg und Tal in eine Höhe von dreitausendfünfhundert Meter geschafft werden? Und mit welchem Werkzeug – Eisen war in jener Zeit noch unbekannt – wurden die gewaltigen Blöcke so millimetergenau bearbeitet, daß nirgendwo eine Fuge zu finden ist, in die sich auch nur eine Rasierklinge schieben ließe? Müssen einem Volk, das solche Leistungen vor Jahrtausenden erbrachte, nicht übernatürliche Hilfsmittel zur Verfügung gestanden haben?«

»Ihre Ausführungen sind faszinierend«, räumte Monique ein. »Die genannten Fakten erlauben aber nicht den Rückschluß, daß hier außerirdische Wesen am Werke waren.«

»Man kann sich natürlich gegen alle Argumente sperren«, erwiderte der Inder. »Auf jeden Fall würden wir trotz der vielen technischen Hilfsmittel, die uns heute zur Verfügung stehen, es nur mühsam fertigbringen, ein zweites Saqsaywamán zu bauen.«

Monique nickte zustimmend. »Da haben Sie gewiß recht.«

Dr. Raihani deutete eine Verneigung an. »Das gibt mir den Mut, noch ein Beispiel zu nennen. In Peru stieß man auf ein Plateau, aus dessen Felsen die Skulpturen von Tieren herausgearbeitet wurden, die es nach Meinung aller Experten zu keiner Zeit in Südamerika gegeben hat. Zum Beispiel Löwen, Pferde, Elefanten und Kamele. Die Künstler aber, die das gewaltige Werk schufen, müssen die genannten Tiere gekannt haben und können somit nicht aus Peru stammen. Daraus ist zu schließen, daß vor vielen Tausenden von Jahren Menschen nach Peru kamen, denen Löwen, Pferde, Elefanten und Kamele vertraut waren und die darüber hinaus die Fähigkeit besaßen, diese Tiere darzustellen. Vielleicht trieb sie die Sehnsucht nach der verlorenen Heimat, dieses einmalige Werk zu schaffen. Wir kennen ihre Motive nicht. Mit einiger Wahrscheinlichkeit aber standen ihnen eiserne Bearbeitungswerkzeuge zur Verfügung, die es nach Auffasssung unserer Wissenschaftler zu jener Zeit weder dort noch anderswo gegeben hat. Daraus ergibt sich die Frage: Von wem stammt das Werkzeug? Ferner: Wer brachte diese schöpferisch veranlagten Menschen nach Peru? Und auf welchem Wege? Eine Antwort darauf vermag niemand zu geben. Sollten jedoch irgendwann einmal außerirdische Wesen zur Erde herabgestiegen sein, dann wären viele Rätsel mit einem Schlag gelöst.«

»Ja, wenn!« mokierte sich Monique. »Dem kann ich bedenkenlos beipflichten.«

»Lassen Sie mich noch ein letztes Argument hinzufügen«, bat der Inder. »Es hat zwar nicht die geringste Beweiskraft, könnte Ihnen jedoch zu denken geben. Ich möchte über die einmalige, bei keinem anderen Volk der Erde anzutreffende Art der Fürsorge für alle Mitglieder des Inka-Staates sprechen. Diese ist so ungewöhnlich, daß man meinen könnte, sie stamme aus einer anderen Welt. Bei den Inkas konnte niemand reich und niemand arm werden. Jeder war angehalten, zum Wohle des Staates und seiner Mitbürger zu arbeiten. Fleiß war das oberste Gebot. Geriet jemand unverschuldet in Not, dann waren alle Menschen gesetzlich verpflichtet, ihm beizustehen. Nicht aber in Form von Almosen. Eine großzügige Hilfe, die nicht demütigte, mußte den in Not

Geratenen schnellstens wieder auf die gleiche Höhe mit seinen Landsleuten stellen. Begriffe wie Ehrgeiz und Habsucht waren fremd. Jeder bewegte sich im Kreis seiner Väter, lebte im Geist des Gehorsams und des sich Einfügens in die vom Staat diktierte Ordnung. Die Felder wurden gemeinsam bestellt. Für die Nahrung und Kleidung der Alten und Kranken war gesorgt. Ich frage Sie: Hat es solche Weitsicht jemals in einem anderen Staat der Erde gegeben? Die hier zur Anwendung gekommenen Gesetze lassen eine Moral erkennen, wie sie in keinem anderen Land zu finden ist. Wie ist das möglich? Ging die Initiative zur Schaffung so sozialer Lebensbedingungen womöglich von jenen Wesen aus, die Saqsaywamán erbauten?«

Jean-Paul blickte gedankenverloren vor sich hin. »Ich bin beeindruckt. Ihrer Schilderung nach gibt es in Peru auf engstem Raum so viele unerklärliche Dinge, daß man in der Tat glauben könnte, es hätten dort außerirdische Wesen geschaltet und gewaltet.«

»Ich gestehe, daß Ihre Ausführungen auch mich sehr nachdenklich stimmen«, bekannte Monique. »Vieles paßt nahtlos zusammen. Doch die staatliche Fürsorge der Inkas will mir nicht gefallen, wenngleich sie zweifellos erstaunlich positive Elemente enthält. Ich habe unwillkürlich an den sogenannten Edelkommunismus denken müssen. Als Sie aber vom Geist des Gehorsams und des sich Einfügens in die vom Staat diktierte Ordnung sprachen, begann ich zu frieren. Eine staatliche Fürsorge, die mit einem Sklavendasein verbunden ist, kommt einer Vergewaltigung ohne sichtbare Körperverletzung gleich.«

Dr. Raihani erhob sich. »Der Soziologe Louis Baudin wartete mit einer anderen überspitzten Aussage auf. Er bezeichnete die Inkas der Vorzeit als eine ›Menagerie glücklicher Tiere‹. Aber mir geht es in diesem Fall nicht um den Inhalt der Staatsform, sondern um deren Einmaligkeit.« Er legte die Hand auf Moniques Schulter. »Und damit wollen wir das Thema beenden. Es ist höchste Zeit, den Lunch einzunehmen.«

Während der leichten Mahlzeit, die sie in einem dunkel getäfelten Speisezimmer einnahmen, war Dr. Raihani völlig verändert. Er versuchte nicht mehr zu überzeugen, sondern lenkte das Gespräch in die Gegenwart zurück und erkundigte sich angelegentlich nach Moniques Aufgabenkreis.

Jean-Paul erleichterte es, daß sein väterlicher Freund sich wieder als der in sich ruhende Mensch erwies, den er so sehr schätzte und den Monique nach der Erzählung von der sanften Gewalt unbedingt hatte kennenlernen wollen. Die Überlegungen und Betrachtungen des Inders waren jetzt frei von Exzentrik. Er verzichtete darauf, jedem schemenhaften Umriß am Horizont gleich eine phantastische Deutung zu geben. Es genügte ihm nun, eigene Lebenserfahrung und Kenntnisse zu vermitteln, die er beim Studium der Weisen des Altertums und aus buddhistischen und taoistischen Schriften gewonnen hatte. Als hätte er sich nie mit der Frage beschäftigt, ob außerirdische Wesen bereits einmal auf der Erde gewesen seien, sprach er über die Einseitigkeit des Denkens und die daraus resultierenden Fehlschlüsse. Und bei der Verabschiedung schien er das Bedürfnis zu haben, den Tag durch ein versöhnliches Wort zu krönen. Mit warmer Stimme sagte er:

»Wir haben über vielerlei gesprochen, glücklicherweise nicht über Himmel und Erde. Da hätte einer behaupten können, daß beide eines Tages untergehen. Er behielte wohl nicht recht. Und wer eine gegenteilige Auffassung vertreten und erklären würde, daß Himmel und Erde nicht untergehen, unterläge wahrscheinlich ebenfalls einem Irrtum. Niemand kann ja wissen, ob es einen Untergang geben wird oder nicht. Dennoch behauptet der eine dies und der andere das. Man kann daraus nur eine Lehre ziehen: sich keine Gedanken darüber zu machen, ob Himmel und Erde jemals untergehen oder ewig bestehen bleiben werden. Ich meine dies im übertragenen Sinne und hoffe, daß Sie mich verstehen.«

Als der Wagen das Tor zum Park passiert hatte, seufzte Monique wie erlöst.

Jean-Paul legte seine Hand auf ihren Arm. »Manchmal habe ich mich in den letzten Stunden gefragt: Was mögen Sie von mir denken? Ich schilderte Ihnen einen ausgeglichenen, durchgeistigten Menschen und führte Sie zu einem Ausbund an Besessenheit.«

Monique lachte. »Wahrhaftig, das ist die richtige Bezeichnung.«

»Nie zuvor habe ich Doktor Raihani so erlebt wie heute«, versicherte Jean-Paul. »Schon bei der Begrüßung war er anders als sonst.«

»Vielleicht, weil Sie ihm bei der Ankündigung unseres Besuches gesagt haben, daß ich die Tochter des, wie er sich ausdrückte, *berühmten* Professors Darimont bin«, gab sie zu bedenken.

»Kein Wort habe ich darüber verloren«, erklärte Jean-Paul.

»Ihr Name ist gar nicht gefallen. Ich habe lediglich gefragt, ob mein Bruder seine Freundin, eine charmante junge Studentin, mitbringen dürfe.«

Von diesem Augenblick an stand für Monique fest, daß die Nennung ihres Namens Dr. Raihani verwirrt hatte. War er womöglich in einen Konflikt geraten, den er durch hektische Geschäftigkeit zu überspielen versuchte? Als sie das hübsche Biedermeierzimmer aufgesucht hatte, um sich zu erfrischen, war sie über einige seiner Formulierungen schon beunruhigt gewesen. Sie wußte nun, daß sie sich nicht getäuscht hatte. Irgendetwas stimmte nicht.

Um nicht vorschnell zu urteilen, vergegenwärtigte sie sich nochmals die Begrüßungsszene. Deutlich hörte sie den Inder sagen: ›Ich habe viel von Professor Darimont gehört und gelesen. Zuletzt in Verbindung mit den Ereignissen in Orly.‹ Der Name ihres Vaters war aber in Pierres Zeitungsartikel überhaupt nicht genannt worden! Woher also wußte Dr. Raihani, daß ihr Vater an jenem Tag in Orly gewesen war?

Unabhängig davon gab es ein Indiz, welches eindeutig belegte, daß es Dr. Raihani bekannt war, wen er vor sich hatte. Als das Gespräch auf die Anwendung von Kernenergie in früherer Zeit gekommen war, hatte sie den Hinweis des Inders auf die Radioaktivität der gefundenen Skelette mit der sachlichen Feststellung abgeblockt: ›Daraus kann nicht ohne weiteres geschlossen werden, daß die Menschen, deren Überreste man gefunden hat, zu Lebzeiten einer atomaren Strahlung ausgesetzt waren.‹ Daraufhin hatte Dr. Raihani erwidert: ›Als Physikerin werden Sie das besser wissen als ich.‹ Ihm war also bekannt, daß sie Physik studierte!

Monique war nahe daran, sich Jean-Paul anzuvertrauen, doch eine innere Stimme hielt sie zurück. Hatte der Inder nicht die Vermutung ausgesprochen, daß es Informanten gebe, die alles Wissenswerte an die Unbekannten aus dem All weiterleiten? War er womöglich einer dieser Übermittler? Wußte er deshalb, daß ihr Vater in das Geschehen in Orly verstrickt gewesen war?

Sie lehnte den Kopf zurück. Nicht mehr denken! Allem Anschein nach hatten die phantastischen Erzählungen Dr. Raihanis ansteckend auf sie gewirkt.

Jean-Paul riß sie aus ihren Grübeleien. »Ich habe eben gedacht, daß es doch hochinteressante Stunden waren, die hinter uns liegen. Es ist kaum zu glauben, wieviel unerklärbare Dinge es auf dieser

Erde gibt. Zum Beispiel das Bauwerk von Saqsaywamán. Wie mögen die schweren Basaltsteine wohl den Berg hinaufgeschafft worden sein?«

»Ja, es wäre interessant, das zu erfahren«, entgegnete Monique. »Mich hat an den Erzählungen Ihres Freundes nur gestört, daß er alles Unerklärbare durch hypothetische Fähigkeiten zu erklären versucht, die er außerirdischen Geschöpfen beimißt.«

»Verleitet das derzeitige Auftreten der Wesen aus dem All nicht dazu?«

»Gewiß. Und dennoch: Mein Vater pflegte zu sagen: ›Wer Unerklärbares ergründen will, muß damit rechnen, daß er sein Ziel nicht erreicht. Der Geist erschöpft sich schnell, wenn wir uns an Dinge heranwagen, die sich unserem Erkenntnisvermögen entziehen.‹ Ich erinnere mich, daß Papa sich nach einer Studienreise, die ihn in die uralte syrische Stadt Baalbek führte, lange mit der Frage beschäftigte, wie die Araber es fertiggebracht haben könnten, die drei größten Marmorblöcke für den Unterbau ihrer Tempelanlage aus den Felsen herauszuschlagen, zu bearbeiten und zu transportieren. Jeder der drei Kolosse ist zwanzig Meter lang, fünf Meter breit und vier Meter dick! Die einäugigen Zyklopen der griechischen Heldensage werden sie gewiß nicht auf die Schulter genommen haben. Und selbst wir wären mit unseren größten Kränen vielleicht noch nicht in der Lage, solche Kaliber zu transportieren. Hunderterlei Überlegungen und Berechnungen stellte mein Vater an. Doch als er erkannte, daß nur Levitation derartige Brocken vom Boden heben könnte, gab er schleunigst auf. Er hatte ermittelt, daß vierzigtausend Arbeiter zwar über die erforderliche Kraft verfügen würden, doch wie soll man so viele Menschen an das zu transportierende Gut heranbringen?«

»Was ist Levitation?« erkundigte sich Jean-Paul.

»So nennt man die angebliche Fähigkeit, die Schwerkraft der Erde zu überwinden. Für mich ist das spiritistischer Nonsens.«

Jean-Paul gab sich nicht zufrieden. »Ich habe aber gelesen, daß es irgendwo in Kanada einen Berg gibt, an dem Autos mit ausgeschalteter Zündung die Straße hinauffahren.«

»Stimmt. Das ist am Magnetic Hill in der Nähe von Moncton tatsächlich der Fall. Mit der Aufhebung der Schwerkraft hat das jedoch nichts zu tun. Der Name des Berges weist schon darauf hin, daß stark magnetisches Eisen in ihm lagert. Dies zieht die Autos an und läßt sie ohne Motorkraft die Steigung überwinden.

Wenn Doktor Raihani das hört, wird er vielleicht vermuten, daß außerirdische Wesen einen Hypermagneten in die Erde gebuddelt haben.«

Jean-Paul lachte. »So weit würde er wohl nicht gehen. Die von ihm genannten Beispiele hatten schließlich Hand und Fuß.«

»Moment«, ereiferte sich Monique. »Bei Delhi gibt es eine fast acht Meter hohe eiserne Säule, deren Umfang über anderthalb Meter beträgt. Sie wiegt sechs Tonnen, steht nachweislich seit Anfang des fünften Jahrhunderts im Freien und zeigt bis heute nicht das geringste Rostpartikelchen. Sie wurde also aus nichtrostendem Metall gefertigt. Bis zu dieser Feststellung hat meine Erzählung Hand und Fuß. Daran ändert sich auch nichts, wenn ich die Frage stelle: Woher hatte derjenige, der diese Säule errichtete, die metallurgischen Kenntnisse, die erforderlich sind, um eine nichtrostende Legierung zu schaffen? Und was setzte ihn in die Lage, eine sechs Tonnen schwere Säule *in einem Stück zu schmieden*? Wir hätten diese Fähigkeit vor fünfzig bis sechzig Jahren noch nicht gehabt. So weit, so gut. Wenn ich jetzt aber die Vermutung ausspreche, da habe womöglich ein außerirdisches Wesen seine Hand im Spiel gehabt, dann verlasse ich den Boden der Realität – und nichts mehr hat Hand und Fuß! Diesen Fehler begeht Doktor Raihani in seiner Besessenheit, alles erklären zu wollen. Das geht nicht. Gewisse Dinge muß man nehmen, wie sie sind. Und ich bin froh darüber, daß es Fragen gibt, die wir nicht beantworten können.«

Jean-Paul wies auf einen Zeitungskiosk, an dem sie gerade vorbeifuhren. »Da hängt...« Er unterbrach sich erschrocken. »Mein Gott, das darf nicht wahr sein!«

»Was?« fragte Monique irritiert.

»Ein Extrablatt des ›Le Grand Pharisien‹! Die Überschrift lautet: *Kriegserklärung!*«

3

Während Jean-Paul zum Kiosk lief, um das Extrablatt zu kaufen, saß Monique wie gelähmt im Wagen. Ihre Gedanken wirbelten wie Blätter im Sturm. Kriegserklärung? War ihre Überzeugung, die fremde Macht aus dem Universum werde das Geschehen auf der Erde positiv beeinflussen, eine Illusion? Sie hatte bereits von einer Entideologisierung der Ideologien geträumt. Und von dringend erforderlichen, in aller Offenheit geführten Diskussionen, die allein noch in der Lage sein würden, der Jugend Hoffnung und Auftrieb zu geben. Das Geschwafel der Politiker traf auf taube Ohren. Nur ein geistiger Wandel konnte eine grundlegende Änderung herbeiführen.

Jean-Paul kehrte mit zwei Extrablättern zurück.

Monique las mit klopfendem Herzen:

Vor einer Stunde, um elf Uhr GMT, gab der Sprecher der außerirdischen Wesen über die Fernsehgeräte Australiens, Koreas und Ostrußlands eine Proklamation bekannt, die an Deutlichkeit nicht zu überbieten ist. Unter Androhung einschneidender Maßnahmen im Falle der Nichtbefolgung wurden Vorschriften gemacht, deren Auswirkungen sich jetzt noch nicht übersehen lassen. Die Proklamation der AIWes (Kürzel für: Außerirdische Wesen) hat nachstehenden Wortlaut:

›Wir, die wir aus einer fernen Welt kommen, haben für den Verlauf der politischen und rüstungsprogressiven Entwicklung auf der Erde kein Verständnis. Dies nicht zuletzt, weil Aggression für uns ein unbekannter Begriff ist. Wir kennen keinen Krieg und betrachten Wohlstand als etwas Selbstverständliches. Unser Denken ist von Vernunft diktiert, für die es nur eine Wahrheit gibt, die immer und überall die gleiche ist: Kriege sind vernichtende Beweise für vorherrschende Unvernunft. Der ewige Frieden hingegen ist das Maß, an dem die Handlungen aller Staaten und Völker, wie unterschiedlich sie auch sein mögen, zu messen sind. Diese Erkenntnis erlegt uns die Verpflichtung auf, in die zunehmend bedrohlicher werdenden Verhältnisse auf der Erde einzugreifen. Ihre Bewohner – vor allen Dingen deren Anführer – sind sich offenbar nicht bewußt, daß der Menschheit ein grauenvoller Untergang bevorsteht. Den gilt es zu verhindern. Da dies in der gegenwärtigen Phase nur noch unter Aufbietung aller Kräfte möglich sein wird, verfügen wir folgende Erstmaßnahmen:

Innerhalb der nächsten drei Wochen sind uns die Standorte aller Waffendepots nach Längen- und Breitengraden bis auf die Bogensekunde genau bekanntzugeben. Waffen und Munition, die nicht in großen Arsenalen lagern, müssen auf entlegene Plätze geschafft werden, deren Koordinaten ebenfalls exakt zu nennen sind. Heute in drei Wochen um Punkt zwölf Uhr GMT geben wir das uns gemeldete Kriegsgerät dem molekularen Verfall preis, der jede gefährliche Explosion ausschließt. Selbst atomare Waffen werden keine Wirkung zeigen und sich in Nichts auflösen. Nationen, die unsere Weisung nicht befolgen, werden dies bitter bereuen. Denn einen Tag nach Ablauf der genannten Zeit bringen wir die gesamte dann noch auf der Erde befindliche Munition einschließlich aller Raketen, gleichgültig wo diese aufbewahrt werden, zur Explosion. Dies gilt auch für gewerblich benötigte Sprengstoffe, für Polizei- und Jagdmunition. Patronen aller Art sind deshalb im ureigensten Interesse entweder sofort zu vernichten oder an Orte zu bringen, wo sie keinen Schaden anrichten können. Das Verlagern von Waffen und Zündstoffen unter die Erde oder in tief gelegene Höhlen ist sinnlos. Getauchte U-Boote sind gleichfalls nicht geschützt. Die Neuanfertigung von Sprengstoffen und Munition für unumgänglich erforderliche Sonderzwecke wird sofort nach Durchführung unserer Vernichtungsaktion durch spezielle Weisungen geregelt.

Des weiteren ordnen wir an: Sämtliche Kampfflugzeuge, wie Starfighter, Tornado, Mirage, MIG und andere Typen, müssen nach dem Ausbau von Motoren, die geeignet sind, anderweitig Verwendung zu finden, binnen drei Wochen verschrottet werden. Bomber sind zu Transportmaschinen umzubauen. Ihre Bewaffnung ist ebenfalls innerhalb der genannten Zeit zu vernichten.

Gleiches gilt für Hubschrauber, Panzerfahrzeuge, Kriegsschiffe und U-Boote, die so umzurüsten sind, daß sie in irgendeiner Form in zivilen Bereichen eingesetzt werden können.

Die militärischen Einheiten aller Länder, die durchweg bewiesen haben, daß sie hinsichtlich Disziplin, Tatkraft und Einsatzfreudigkeit absolut zuverlässig sind, werden nicht aufgelöst. Sie sollen mit all ihren Gliederungen und Organisationen in vollem Umfang bestehen bleiben. Ihnen werden wichtige Aufgaben wie die Bewässerung von Wüsten, die Wiederurbarmachung von versteppten Zonen und der Bau von gewaltigen Gezeitenkraftwerken in den dafür geeigneten Buchten Kanadas, Argentiniens, Australiens, Rußlands und Koreas übertragen, von denen eine summierte Leistung in Höhe von 500000 Megawatt zu erwarten ist. In Afrika sind große Anlagen zur Gewinnung von Solarenergie zu bauen, mit deren Hilfe Meerwasser entsalzt, beziehungsweise Wasserstoff gewonnen werden soll, der umweltfreundlich und geeignet ist, schon in relativ kurzer Zeit die Kohlenwasserstoffe wie Erdgas und Erdöl zu ersetzen. Das wiederum bedingt die Verlegung von Pipelines, über die Wasserstoff in Gasform – zum Beispiel nach Europa – transportiert werden kann. In Indien und vielen anderen noch nicht voll industrialisierten Staaten ist schnellstens eine Infrastruktur zu erstellen, die eine technische und ökonomische Entwicklung ermöglicht.

An Geld wird es nicht fehlen. Ab sofort haben alle Länder jene Mittel, die bisher für die Rüstung aufgebracht wurden, an die Weltbank zu überweisen. Diese erhält hiermit den Auftrag, in den nächsten Jahren die Durchführung aller Projekte, die der Menschheit dienen und die von nun an global zu planen sind, voll zu finanzieren.

Die derzeit grassierende Arbeitslosigkeit wird durch die von uns angeordneten Maßnahmen sehr schnell zurückgehen. Dennoch erscheint es uns ratsam, den in den letzten Jahren erlittenen Devisenverlust der Entwicklungsländer durch eine sofortige Zahlung von mindestens zweihundert Milliarden Dollar auszugleichen. Ebenso sind Regierungen und internationale Institutionen zu unterstützen, die Schuldnerländern der Dritten Welt und des Ostblocks Gelder geliehen haben.

Daß unsere Vorschläge keine finanziellen Probleme aufwerfen, wird jedem einleuchten, der weiß, welche Mittel bislang weltweit für die Rüstung ausgegeben wurden: pro Tag 1,9 Milliarden

Dollar! Diese Summe steht künftig zur Beseitigung der Hungersnot in den technisch unterentwickelten Ländern, ferner zur Wiederankurbelung der Wirtschaft und zum Aufbau neuartiger Projekte zur Verfügung.

Zur Bewältigung der geplanten gigantischen Aufgaben halten wir besonders in der ersten Phase die militärischen Einheiten für hervorragend geeignet. Wir verweisen in diesem Zusammenhang auf die großartigen Leistungen, die einst von der französischen Fremdenlegion in Afrika und Südostasien erbracht wurden. Die Besoldung der Mannschaften und Offiziere verlangt selbstverständlich eine den gestellten Forderungen entprechende Verbesserung. Sie ist jenen Vergütungen anzugleichen, die in zivilen Berufen gewährt werden.

Soweit in den industrialisierten Ländern keine Militärdienstpflicht besteht, ist diese im Interesse der Menschheit, deren Existenz in weit höherem Maße bedroht ist, als gemeinhin angenommen wird, unverzüglich anzuordnen. Seit langem schon haben namhafte Wissenschaftler darauf hingewiesen, daß bis zum Jahre zweitausend über eine Milliarde Menschen an Unterernährung sterben werden, falls nicht schnellstens Hilfe gewährt wird. Ihre warnenden Rufe wurden in den Wind geschlagen. Uns bleibt heute nichts anderes übrig, als drakonische Maßnahmen zu ergreifen und einen erbitterten Kampf gegen die in vielen Ländern verbreitete Hungersnot zu führen.

Es geht nicht an, daß zu einem Zeitpunkt, da eine Milliarde Menschen dem sicheren Tod entgegensehen, 550 000 Wissenschaftler und hochdotierte Spezialisten beauftragt sind, die vorhandenen und kaum noch zu zählenden Waffen zu verbessern, ihre Wirkung zu verdoppeln und zu verdreifachen und, wenn irgend möglich, der gesamten Vernichtungsmaschinerie unter Einbeziehung des Weltraums völlig neue Dimensionen zu geben. *Vierzig* Prozent aller Wissenschaftler und Techniker des Blauen Planeten, dessen Schönheit uns immer wieder fasziniert, haben im Augenblick keine andere Aufgabe, als das Kriegsgerät zu vervollkommnen.

Wir erklären deshalb der auf der Erde weitverbreiteten Unvernunft den Krieg, und wir zweifeln nicht daran, daß es uns gelingen wird, die Hungersnot zu bannen, unter der Millionen und Abermillionen gegenwärtig zu leiden haben.

Nationen, die uns nicht voll unterstützen oder sich unseren

Bemühungen gar widersetzen, betrachten wir als außerhalb der menschlichen Gemeinschaft stehend. Ihnen wird der Zündfunke genommen! Das Desaster, das dann über sie kommt, haben sie sich selbst zuzuschreiben.

In drei Wochen, wenn alle Waffen vernichtet sind, folgen der heutigen grundsätzlichen Proklamation laufend detaillierte Weisungen, die bewirken werden, daß es in zwei Jahren keine Hungernden und in spätestens fünf Jahren keine Arbeitslosen mehr gibt. In zehn Jahren schließlich soll eine Revolutionierung der gesamten Technik und Wirtschaft durchgeführt sein. Zunächst aber gilt es, einen gnadenlosen Krieg gegen Hunger und Unvernunft zu führen. Und wie in Kriegszeiten bedingungsloser Gehorsam erforderlich ist, verlangen wir die sofortige Beachtung und Durchführung unserer Anordnungen. Allen Staaten, wir betonen dies noch einmal, die sich ausschließen, nehmen wir den Zündfunken!‹

Monique, die während der Lektüre schon mehrfach begeistert Zustimmung geäußert hatte, ließ das Extrablatt sinken und umarmte Jean-Paul. »Es ist geschafft! Die herrlichste aller Zeiten liegt vor uns!«

Monique und Jean-Paul wurden im weiteren Verlauf des Gesprächs von Emotionen erfaßt, die phantastische Zukunftsbilder entstehen ließen. Dies war um so verwunderlicher, als der sonst wenig lebhafte Stabsoffizier der Force de frappe bisher die Meinung vertreten hatte, von den außerirdischen Wesen sei nichts Gutes zu erwarten. Nun sah er die Welt in einem neuen Licht. Seine oft gehegte Befürchtung wurde von der Überzeugung verdrängt, daß Verantwortungsbewußtsein und hohe Moral die fremde Macht bewogen hatten, in das Geschehen auf der Erde einzugreifen. Auch zweifelte er nicht mehr daran, daß hinter dem proklamierten Diktat der Geist jener angesehenen Wissenschaftler stehe, die im Laufe der letzten vier Jahre spurlos verschwunden waren. Sorge bereitete ihm jedoch die Frage, wie die Staatsmänner der führenden Nationen, die sich unversehens zu Statisten degradiert sahen, mit den veränderten Verhältnissen fertig werden würden. Wenn nur einer von ihnen die Nerven verlor und die ihm zur Verfügung stehenden atomaren Waffen zum Einsatz brachte, gab es wahrscheinlich selbst für die mächtigen Wesen aus dem All keine Möglichkeit mehr, die Erdbevölkerung vor der totalen Vernichtung zu bewahren. Es drängte ihn, mit Pierre zu sprechen. Womöglich war es ihm schon gelungen, das eine oder andere Regierungsmitglied zu interviewen.

Aber so schnell, wie Jean-Paul es sich vorgestellt hatte, kam er an Pierre, der wie verabredet unter der Markise des Bistros am Boulevard Saint Michel auf sie wartete, nicht heran. Denn kaum hatte der Wagen gehalten, da lief Monique auf seinen Bruder zu, packte ihn bei den Ohren und fuhr ihn an: »Warum hast du das getan?«

Pierre stand wie entgeistert da. »Ich weiß nicht, wovon du redest?«

»Du hast deinen Artikel mit einem Wort überschrieben, das mich fast hätte sterben lassen: ›Kriegserklärung!‹«

»Fast!« betonte er lachend.

Monique ließ seine Ohren nicht los. »Das Herz wäre mir beinahe stehengeblieben!«

»Beinahe!« flötete er. »Es tut mir leid, daß die Überschrift dich erschreckt hat. Doch habe ich gelogen? Wohl kaum. Im übrigen ist es mir mit Hilfe dieser gewiß nicht schönen Schlagzeile gelungen, über zwei Millionen Exemplare zu verkaufen.«

Sie zog ihn an sich. »Du bist und bleibst ein Teufelskerl!«

Er umarmte sie. »Kann ich etwas für dich tun?«

»Bestell Champagner! Der Krieg gegen Hunger und Unvernunft muß gefeiert werden. Finden Sie nicht auch, Jean-Paul?«

Pierre gab dem Kellner den Auftrag und reichte dem Bruder die Hand. »Befürchtest du etwa nicht mehr, daß die Außerirdischen ...?«

»Erraten«, fiel Jean-Paul ein. »Jetzt scheint festzustehen, daß uns wirklich geholfen werden soll.«

»Erstaunlich, was eine Gehaltsaufbesserung bewirken kann«, mokierte sich Pierre. »Natürlich wird auch die Gewißheit, nicht mehr den Heldentod sterben zu müssen, ihre Wirkung getan haben. Was meinst du, wieviele Arbeitslose sich morgen in aller Welt bemühen werden, in irgendeinem Truppenteil unterzukommen?«

Jean-Pauls Augenbrauen hoben sich. »Daran habe ich noch gar nicht gedacht.«

»Wie ist die Stimmung in Paris?« erkundigte sich Monique.

»Bestens! Die Depression ist wie weggeblasen. Alle blicken hoffnungsvoll in die Zukunft. Aber ist das ein Wunder? Raffinierter konnten die AIWes nicht vorgehen. Hunger und Arbeitslosigkeit sollen beseitigt, die Wirtschaft soll angekurbelt werden! Jede Menge Geld steht zur Verfügung! Man greift den verschuldeten Banken unter die Arme! Projekte ungeahnten Ausmaßes werden der Industrie riesige Aufträge bescheren! Da halten sich sogar diejenigen mit ihrer Kritik zurück, die befürchten, eine generelle Abschaffung der Waffen würde das Heer der Arbeitslosen nur noch vergrößern.«

Monique machte eine wegwerfende Handbewegung. »Das ist blanker Unsinn. Ein einziger Düsenjäger kostet fast hundert Millionen Francs! An solchen Flugzeugen werkeln aber, wenn's hoch kommt, nur dreihundert Menschen. Mindestens fünfhundert bis tausend werden jedoch Arbeit und Brot finden, wenn die vielen Millionen sinnvoll angelegt werden: für den Bau von Wohnungen, Krankenhäusern, Untergrundbahnen, Straßen, Fernheizungen, Wärmedämmung, et cetera, et cetera.«

»Einige Industrielle sind da anderer Meinung«, warf Pierre ein. »Sie sehen dunkle Wolken am Himmel. Nun ja, mit unserem lukrativen Waffenexport ist es endgültig aus.«

»Dafür werden wir andere Dinge herstellen«, entgegnete Monique. »Zum Beispiel Rohre für Pipelines.«

»Dieses Geschäft dürften die Deutschen machen.«

»Dann liefern wir eben Turbinen und das Know-how für die geplanten Gezeitenkraftwerke. Auf dem Sektor sind wir Franzosen führend. Unabhängig davon läßt sich noch gar nicht übersehen, was wir alles brauchen, wenn verwirklicht wird, was die Proklamation vorschlägt.«

»Hast du schon Gelegenheit gehabt, mit führenden Persönlichkeiten zu sprechen?« erkundigte sich Jean-Paul.

Pierre grinste. »Die Regierung ist auf Tauchstation gegangen. Niemand wagt zur Zeit, Stellung zu beziehen. Das gleiche gilt für die Generalität. Alle denken: Jetzt bloß keinen Fehler machen!«

Monique nickte. »Dafür habe ich Verständnis. Zunächst müssen die sich alle erst einmal untereinander besprechen.«

Jean-Paul zupfte an seinem Bärtchen. »Sprachregelung nennt man das.«

»Hoffentlich halten die Herren nicht zu lange mit ihrer Meinung zurück.«

»Was willst du damit sagen?« fragte Monique.

Pierre zögerte mit der Antwort. »Wir debattierten darüber in der Redaktion. Charles Paré fürchtet, die Androhung von Strafmaßnahmen für den Fall, daß die Weisungen nicht befolgt werden, könnte schlimme Konsequenzen haben. Er sieht Duckmäusertum und Speichelleckerei voraus, wie sie unter fast allen Diktatoren gang und gäbe waren und schließlich ganze Völker in den Abgrund führten. Fehlender Widerspruch erzeugt nun einmal Selbstherrlichkeit!«

Monique wollte etwas erwidern, doch das unerwartete Erscheinen Tatues hinderte sie daran.

»Setzen Sie sich zu uns«, forderte Pierre den Sekretär Rastignacs auf. »Ich bin gespannt zu erfahren, wie Ihr Chef das Diktat aus dem All aufgenommen hat.«

Tatue blieb unschlüssig stehen. »Champagner?« fragte er fast aggressiv.

Monique lachte ihn an. »Wir feiern die Kriegserklärung gegen Hunger und Unvernunft.«

Der Blick des Sekretärs wurde stechend.

Pierre packte Tatue beim Ärmel und zog ihn in einen Sessel. »Seien Sie kein Frosch!« Er wandte sich an den Kellner. »He, Garçon! Noch ein Glas.«

»Ich hätte es mir ja denken können«, schnaubte der Sekretär.

»Was?«

»Daß Sie, Monsieur Massol, der Sie aus dem Vorgehen der Außerirdischen rücksichtslos Kapital schlagen, gemeinsam mit Mademoiselle Darimont, der Tochter jenes Mannes, dem Machtausübung wichtiger zu sein scheint, als der Wissenschaft zu dienen, in dieser Stunde Champagner trinken!«

Sekundenlang herrschte betretenes Schweigen. Dann aber brauste Pierre auf: »Sind Sie verrückt geworden, Monsieur Tatue?«

Der Sekretär hob die Schultern. »Vielleicht. Wundern würde es mich nicht. Denn was wir im Augenblick erleben, kann einen pflichtbewußten Erdenbürger wirklich verrückt machen.« Er wandte sich voll dem Journalisten zu. »Sie kennen die Zusammenhänge und wissen genau, daß hinter der heutigen Proklamation Männer stehen, deren Ehrgeiz so grenzenlos ist, daß sie ihre Familien verließen, nur um ihre utopischen Träume verwirklichen und eines Tages die Menschheit beherrschen zu können. Das ist doch das Ziel all jener angeblich gekidnappten Gelehrten. Sie wollen uns unterjochen! Unter dem Mantel der Moral streben fast dreihundert extrovertierte Wissenschaftler, die den lieben Gott spielen möchten, unbegrenzte politische Macht an. Und Ihr Vater, Mademoiselle Darimont, dürfte der Anführer dieser Herren Gelehrten sein.«

Monique lehnte sich zurück. »Woraus schließen Sie das?«

»Stand ihm nicht zum alleinigen Gebrauch ein Düsenflugzeug zur Verfügung?«

»Und daraus schließen Sie...?«

»... daß Ihr Vater sich bereits die Bedeutung eines Staatsoberhauptes anmaßt!« fiel Tatue bissig ein. »Er muß maßlos ehrgeizig sein.«

Monique wurde ratlos. »Ich weiß nicht, ob ich versuchen soll, Ihnen das Gegenteil zu beweisen. Wahrscheinlich wäre es zwecklos. Dennoch möchte ich Ihre Attacke nicht unbeantwortet lassen.«

»Das ist Ihr gutes Recht«, erwiderte der Sekretär und scheuchte den Kellner fort, der ein Glas vor ihn hinstellen wollte.

»Mein Vater hat niemals Macht angestrebt«, versicherte Monique. »Gerade wenige Tage, bevor er uns verließ, besorgte er sich eine Schrift des Deutschen Carl Friedrich von Weizsäcker, aus der er mir einige Passagen vorlas. Der Philosoph zitiert darin den Knittelvers: ›Was du nicht willst, daß man dir tu, das füg auch keinem anderen zu.‹ Und er konstatiert, daß dieser Satz lediglich aussagt, wie man handeln soll, jedoch keinen Hinweis auf das Warum gibt. Der Spruch gewinne seinen eigentlichen Sinn erst, wenn auch der Grund genannt wird, der das Handeln bestimmt.«

Jetzt steht sie wieder auf dem Katheder, dachte Pierre unwillig. Ich werde ihr bei Gelegenheit eine Nickelbrille schenken.

»In diesem Zusammenhang«, fuhr Monique fort, »verweist Weizsäcker auf Immanuel Kant, der in Form des kategorischen Imperativs definierte: ›Handle so, daß die Maxime deines Willens jederzeit zugleich als Prinzip einer allgemeinen Gesetzgebung gelten kann.‹«

Tatue hob abwehrend die Hand. »Wenn Sie glauben, mit Kants kategorischem Imperativ belegen zu könnnen, daß Ihr Vater und all die anderen Wissenschaftler nicht nach Macht streben, dann täuschen Sie sich.«

»Ich will auf etwas ganz anderes hinaus«, erklärte Monique unbeirrt. »Mir geht es darum, Ihnen zu zeigen, daß mein Vater den Philosophen Weizsäcker, der für eine auf dem Boden der

Wissenschaft basierende internationale Friedenspolitik plädiert, ganz außerordentlich schätzt. Das aber ist nur möglich, wenn er sich zu den Maximen des deutschen Gelehrten bekennt und wie dieser davon überzeugt ist, daß erst der Weltfriede dem technischen Zeitalter echte Impulse zu geben vermag. Wie sollte sich mein Vater angesichts dieser Auffassung einer Gruppe anschließen können, die nach Macht strebt?«

»Mit gelehrtem Gerede können Sie mich nicht umstimmen. Ich bleibe dabei, daß Ihr Vater...«

Pierre sprang auf. »Kein weiteres Wort, Monsieur Tatue! Wenn Sie gekommen sind, um zu stänkern, dann verlassen Sie diesen Tisch!«

Tatue erhob sich. »Passen Sie nur auf, daß ich nicht eines Tages auspacke! Der Glanz Ihres Erfolges würde dann in Sekundenschnelle verblassen!«

Monique glaubte nicht richtig zu hören.

Jean-Paul sah seinen Bruder an, der sichtlich mit sich rang, um nicht handgreiflich zu werden.

Pierres Backenknochen traten hervor. »Machen Sie, daß Sie fortkommen! Aber schnell!«

Tatue rümpfte die Nase und ging davon, als sei er der Sieger.

»Dieses Schwein!« empörte sich Pierre und ließ sich krachend in den Sessel fallen.

Jean-Paul musterte ihn prüfend. Wieder überkam ihn das ungute Gefühl, das ihn früher schon einige Male beschlichen hatte. Waren dem Sekretär Rastignacs Dinge bekannt, die Pierre belasteten? »Ich verstehe das Ganze nicht«, sagte er bedrückt.

»Die Sache ist einfacher, als du denkst« erklärte Pierre. »Der Kerl ist eifersüchtig auf meinen Erfolg. C'est tout!«

Monique spürte, daß Pierre nicht die Wahrheit sagte. Dennoch griff sie nach ihrem Glas. »Trinken wir nochmals auf den Krieg gegen Hunger und Unvernunft!«

Ihr Toast klang nicht mehr überzeugend.

Die Auseinanderetzung mit Tatue ging an Monique, Jean-Paul und Pierre nicht spurlos vorüber. Doch nicht die Feststellung, daß dieser Mann sich entschieden gegen die Weisungen der Außerirdischen auflehnte, setzte ihnen zu. Es waren Tatues Worte: ›Passen Sie nur auf, daß ich nicht eines Tages auspacke!‹

Jean-Paul machte sich am meisten Sorge. Er sah nicht nur den

Bruder, sondern auch Monique gefährdet. Und das an einem Tag, der Wünsche in ihm geweckt hatte, die er verdrängen mußte.

Für Pierre lag es auf der Hand, worauf Tatue hinauswollte. Wenn der reden würde, konnte er nicht leugnen, daß er es gewesen war, der die Sécurité auf Professor Darimont aufmerksam gemacht hatte.

Monique ahnte, daß Pierre ihr etwas verschwieg. Sie verübelte ihm dies aber nicht, weil sie überzeugt war, daß er sie vor irgendeiner Gefahr beschützen wollte. Ihr blieb nichts anderes übrig, als zu verbergen, was sie dachte und empfand. Sie konnte nur hoffen, daß Pierre ihr über kurz oder lang reinen Wein einschenken würde. Bedrängen wollte sie ihn nicht.

»Der Tag hat mich angestrengt«, sagte Jean-Paul. Er wollte den Bruder und Monique sich selbst überlassen. »Ihr nehmt's mir hoffentlich nicht übel, wenn ich schon gehe.«

»Warum sollten wir?« erwiderte Pierre und streckte dem Bruder so spontan die Hand entgegen, daß Monique die Beherrschung verlor.

»Taktloser geht's wirklich nicht!« wies sie ihn zurecht.

Jean-Paul warf ihr einen Kuß zu. »Sie sind viel zu gut für diesen Burschen. Adieu bis morgen.«

Pierre rückte näher an Monique heran. »Jetzt erzähl mal von dem Inder. Hat er dich beeindruckt?«

Sie antwortete nicht gleich und war betroffen über sich selbst, als sie, nicht ganz der Wahrheit entsprechend, sagte: »Um ehrlich zu sein – ich muß dich aber bitten, dies unter uns zu belassen –, mit Doktor Raihani werde ich nicht so recht fertig.«

»Dann hab' ich ja nichts verpaßt.«

»Bestimmt nicht.«

Pierre tätschelte ihre Hand. »Gehen wir noch etwas zu dir?«

»Heute nicht«, bat sie. »Auch mich hat der Tag angestrengt. Weißt du, das Gerede dieses Inders...«

»Schon gut«, unterbrach er sie. »Ich bringe dich nach Hause.«

Gleich am nächsten Morgen suchte Pierre den Chef des Sicherheitsdienstes auf. Tatues Drohung saß ihm wie ein Gespenst im Nacken. Die Vorstellung, Monique verlieren zu können, hatte ihn nicht ruhig schlafen lassen. Der Sekretär mußte einen Denkzettel erhalten, der ihm ein für allemal die Lust nahm, ihn unter Druck zu setzen.

Rastignac empfing ihn wie einen hochgeschätzten Freund. »Was führt Sie zu mir?« fragte er und ging ihm mit lebhafter Geste entgegen. »Etwa die Proklamation der AIWes, wie Sie die Außerirdischen getauft haben? War übrigens eine großartige Idee, dem Fernsehen mit einem Extrablatt die Schau zu stehlen.«

Pierre gab sich bescheiden. »Man tut, was man kann.«

»Und kassiert und kassiert!« Rastignac klopfte ihm auf die Schulter. »Ich gönne es Ihnen von Herzen. Es ist immer erfreulich, wenn man sieht, wie junge Kräfte nach oben streben.«

»Und dann kommt so ein Würstchen wie Tatue und droht aus Wut über meinen Erfolg, Interna, die nur die Sécurité etwas angehen, der Öffentlichkeit preiszugeben«, fiel Pierre wie auf ein Stichwort ein. »Vermutlich will er Mademoiselle Darimont, die mir sehr ans Herz gewachsen ist, gegen mich aufbringen.«

Rastignac rang die Hände. »Aber, aber! Tatue kann doch nicht... Nein, ich bin überzeugt, daß Sie sich täuschen.«

»Abwarten«, erwiderte Pierre und schilderte, was sich zugetragen hatte. Und er schloß mit den Worten: »Sollte Tatue jemals ausplaudern, daß ich Ihnen seinerzeit das Foto von Professor Darimont gebracht habe, dann wäre das ein Vertrauensbruch, der mich in Wahrung meiner Interessen berechtigte, andere Interna auf den Tisch zu legen. Im Klartext: zu veröffentlichen!«

Rastignacs Augen weiteten sich. »Welche Interna...?«

»Sie können unbesorgt sein, Monsieur«, fiel Pierre ein. Er hatte geblufft, um seine Position zu verbessern.

Rastignac konnte seine Verwirrung nicht verbergen. »Ich schwöre Ihnen: Tatue wird niemals den Mund aufmachen! Das wäre eine Verletzung des Dienstgeheimnisses, die ihm viele Jahre einbringen würde.«

»Dann wollen wir das Thema fallenlassen«, erwiderte Pierre zufrieden. »Zumal es im Moment interessanteren Gesprächsstoff gibt. Was sagen Sie zu der Proklamation?«

Rastignac wiegte den Kopf. »Ich bin noch zu keinem endgültigen Urteil gelangt. Es gibt positive und negative Elemente. Heute morgen zum Beispiel, als ich einen Bericht über den schwerfälligen EG-Apparat in Brüssel las, dachte ich: Es ist gut, wenn mal kräftig Dampf gemacht wird. Stellen Sie sich vor: Die Beamten der Europäischen Gemeinschaft ließen im letzten Jahr für Vorschriften, Empfehlungen und Kommentare fünfzig Millionen Seiten im Din A4-Format bedrucken!«

»Und was mißfällt Ihnen an der Proklamation?«

Rastignac hob die Schultern. »Mein Gott, es wäre schade, wenn Frankreich, das sich in zunehmendem Maße als Alternative zu den Großmächten verstand, nicht mehr die Brücke zwischen Nord und Süd bilden könnte. Jahrhundertelang waren wir das Zentrum der Zivilisation. Die Werke von Rousseau, Montesquieu, Voltaire, Proust und Sartre beweisen, daß der Freiheitsgedanke auf französischem Boden gewachsen ist.«

»Richtig«, stimmte Pierre ihm zu. »Niemand hat sich für die Rechte unterdrückter Völker so eingesetzt wie wir. Andererseits gibt es keinen Staat, der, pro Kopf der Bevölkerung gerechnet, so viele Waffen exportiert hat wie Frankreich.«

Rastignac zuckte die Achseln. »Damit dürfte es nun wohl vorbei sein.«

»Und was sagen die hohen Herren? Haben Sie über die Reaktion der Regierung schon etwas gehört?«

»Nur Vages und Unzuverlässiges«, antwortete der Leiter der Sécurité. »Einem Ondit zufolge soll der Generalsekretär der UdSSR dem Präsidenten der Vereinigten Staaten vorgeschlagen haben, im gegenseitigen Einvernehmen so schnell wie möglich einige Raketen mit Atomsprengköpfen an geheime Plätze tief unter die Erde zu verlagern. Es könnte ja sein, daß sie dort nicht explodieren. Und wenn doch – es würde niemand dabei umkommen und auch keine Verseuchung der Atmosphäre stattfinden.«

»Und welchen Zweck soll das haben?«

Rastignac breitete die Arme aus. »Was weiß ich? Angeblich, um in der Lage zu sein, das Nest der Wissenschaftler, die mit den AIWes zusammenarbeiten und irgendwo auf der Erde eine Kommandozentrale haben müssen, ausräuchern zu können, sofern es eines Tages gelingt, ihr Versteck ausfindig zu machen. Der US-Präsident soll abgewinkt haben. Ich verstehe das, obwohl die Überlegung als solche gar nicht so übel ist. Ohne diese Wissenschaftler wären die Außerirdischen mit ziemlicher Sicherheit aufgeschmissen. Die Verhältnisse auf unserer Erde sind ihnen gewiß nicht in ausreichendem Maße bekannt. Daraus ergibt sich: Wenn man die von Erdbewohnern besetzte Befehlszentrale ausschalten könnte, wären die AIWes höchstwahrscheinlich machtlos. Sie würden dann ihre Pläne aufgeben und sich auf ihren Planeten zurückziehen müssen.«

Pierre war verblüfft. Rastignacs Überlegung – sofern sie überhaupt von ihm stammte – hatte gewiß einiges für sich. Insgesamt gesehen erschien sie ihm allerdings reichlich naiv. Interessant hingegen war, daß diese verrückte Idee ihm, dem erfolgreichen Journalisten, vorgetragen wurde. Was führte der alte Fuchs im Schild? Wollte er gewisse Dinge veröffentlicht haben?

»Die damals ausgesetzte Belohnung wurde inzwischen auf zehn Millionen Dollar erhöht!« fuhr Rastignac wie im Plauderton fort.

Die Katze ist aus dem Sack, dachte Pierre. Um mich für irgendeinen Plan zu gewinnen, erhielt Tatue den Auftrag, mich zu provozieren, damit ich mich beschwerdeführend an seinen Chef wende und dieser unauffällig seinen Köder auslegen kann. Beiss' ich an, okay. Beiss' ich nicht an, hat der smarte Herr sich keine Blöße gegeben. »Zehn Millionen sind ein ganz schöner Brocken«, erwiderte er nach kurzer Überlegung. »Schade, daß Mademoiselle Darimont das Versteck der verschwundenen Wissenschaftler nicht kennt. Ich würde mir die Belohnung gerne verdienen und mir eine Insel in der Südsee kaufen.«

»Sie wissen, daß ich Sie sehr schätze und überzeugt bin, daß Sie einen außergewöhnlichen Riecher haben«, lockte Rastignac, fügte jedoch gleich darauf hinzu: »Ich wage freilich zu bezweifeln, daß Sie das Versteck ausfindig machen könnten.«

Der Schlaumeier kann mich nicht düpieren, dachte Pierre und erwiderte: »Was meinen außergewöhnlichen Riecher anbelangt, da muß ich leider bekennen, daß der im Moment ganz auf Mademoiselle Darimont ausgerichtet ist. So sorry, Sir! Ich werde Sie aber gerne wieder einmal aufsuchen. Auf Ihren Ideenreichtum möchte ich nicht verzichten.«

Pierre war in bester Stimmung, als er das Haus am Quai d'Orsay verließ. Tatue würde niemals reden. Sein Auftritt im Bistro war ein abgekartetes Spiel gewesen, das Rastignac sich ausgedacht hatte. Aber er, der zum geheimen Mitarbeiter der Sécurité aufgestiegene Reporter, hatte ihn durchschaut. Und sein am Schluß ausgedrücktes Bedauern würde dem Glatzkopf zu denken geben. Bewußt hatte er die gleichen Worte gewählt, mit denen Rastignac den britischen und deutschen Agenten einst in wenig schöner Form den Laufpaß erteilt hatte.

Pierre nahm sich vor, Monique wieder einmal mit einem Blumenstrauß von der Sorbonne abzuholen. Bis zum Nachmittag war er vollauf beschäftigt. Um über die Reaktion möglichst vieler

Völker und ihrer Regierungen informiert zu sein, hatte er einige Fremdsprachenkorrespondenten beauftragt, Berichte und Kommentare zur Proklamation der Außerirdischen aus rund dreißig ausländischen Zeitungen zu übersetzen. Bis er diese gelesen und zu einem großen Bericht unter dem Titel ›Was sagt die Welt zu den AIWes?‹ verarbeitet hatte, würde ihm gerade noch so viel Zeit verbleiben, daß er rechtzeitig zur Universität gelangen konnte.

Als er die Redaktion erreichte, lief er Charles Paré in die Arme. Erregt bestürmte ihn der Chefredakteur: »Haben Sie schon gehört, was an der Börse los ist? Die Wertpapiere steigen in schwindelerregende Höhen! Nicht nur hier in Paris. In Frankfurt, London, Brüssel, Rom, Amsterdam – überall das gleiche Bild.«

Pierre drängte Charles Paré in sein Büro. »Das müssen wir sofort analysieren.«

»Gibt es da noch Zweifel?« fragte der Chefredakteur amüsiert. »Der enorme Kursanstieg ist für unsere Politiker eine schallende Ohrfeige, denn er beweist, daß Banken, Industrie und die breite Masse zu den AIWes mehr Vertrauen haben, als zu denen, die uns regieren. Und das in einer Phase, in der noch nichts Handfestes geschehen ist, sondern lediglich angekündigt wurde, was in Zukunft unternommen werden soll!«

Pierre nickte lebhaft. »Der Vertrauensschwund tritt nun zu Tage. Mich wundert das nicht. Abend für Abend sieht man im Fernsehen die gleichen Visagen, und Abend für Abend hört man den gleichen Mist. Welcher Partei die Quasselbrüder auch angehören, alle schwören, daß sie unverzüglich einschneidende Maßnahmen gegen die Arbeitslosigkeit ergreifen wollen. Und daß man, klarer Fall, besonders an die bemitleidenswerte Jugend denken werde. Natürlich wird auch immer und immer wieder versichert, das ganze Unglück sei ausschließlich der Partei zuzuschreiben, die vorher an der Regierung war.«

»Dabei weiß das Volk sehr genau, daß der Kladderadatsch in dem Augenblick begann, da die Ölpreise in den Himmel stiegen«, ereiferte sich der Chefredakteur. »Ist doch klar, daß man in die roten Zahlen kommt, wenn derart horrende Summen ins Ausland abfließen. Die jeweilige Regierung aber wundert sich, wenn das für blöd gehaltene Volk mißtrauisch wird und, hoffnungslos in die Zukunft blickend, jeden Sou dreimal umdreht, bevor es ihn ausgibt. Zwangsläufig wird die Flaute dadurch immer größer.«

»Genauso ist es«, bekräftigte Pierre. »Der Kursanstieg beweist aber auch, daß im Grunde genommen schon ein bißchen Hoffnung und Vertrauen genügen, um Vitalität zu fördern und einen fast schon dahinsiechenden Körper zu neuem Leben zu erwekken.«

Charles Paré stieß ihn vor die Brust. »Das muß der Tenor unseres Leitartikels sein!«

Moniques Herz schlug schneller, als sie Pierre mit einem kleinen Strauß blaßroter Rosen vor der Sorbonne stehen sah. Sie zweifelte nicht daran, daß er gekommen war, um ihr reinen Wein einzuschenken, und sie war überglücklich, als er ihr nach einer chevaleresken Begrüßung sagte:

»Dieser Tatue hat mir heute nacht so sehr die Ruhe geraubt, daß ich Rastignac gleich in der Frühe aufgesucht habe, um mich zu beschweren. Und was stellte sich heraus? Tatue mißgönnt mir meinen Erfolg tatsächlich. Er hat zugegeben, daß er seit geraumer Zeit danach trachtet, mich zu schädigen. Und weißt du, was er sich ausgedacht hatte? Ihm war eine Notiz zu Gesicht gekommen, derzufolge mir Spesen in jeder Höhe zugebilligt worden waren – ich hätte mit dir sogar nach New York oder Monte Carlo fliegen und dir einen Nerzmantel kaufen dürfen –, sofern ich versuchen würde, aus dir herauszubekommen, wo sich dein Vater versteckt hält. Dieser Idiot Tatue war nun der Meinung, ich hätte das Angebot akzeptiert und munter abkassiert. Das gab ihm die Hoffnung, uns trennen zu können, wenn du erfährst, daß ich dich für Geld aushorche und gegen deinen Vater arbeite.«

Monique sah ihn entgeistert an. »Du hast wirklich nicht...?«

Pierre ergriff ihren Arm. »Aber Monique! Wo sind deine Gedanken? Habe ich je versucht, von dir zu erfahren, wo sich dein Vater aufhält? Und bin ich mit dir nach New York oder Monte Carlo gereist? Habe ich dir einen Nerz gekauft?«

Sie strich sich über die Stirn. »Entschuldige. Ich bekam plötzlich einen solchen Schrecken...« Sie umarmte ihn.

Er zog sie an sich. »Nun weißt du wenigstens, wer mich auf den Gedanken gebracht hat, mit dir nach Monaco zu fahren. Nächste Woche geht's los! Charles Paré ist einverstanden.«

»Flunkerst du jetzt nicht?«

»Nein!«

»Und was ist mit dem Mantel?«

»Den bekommst du natürlich auch.«

»O Pierre!« Sie blickte suchend die Straße entlang. »Wo hast du deinen Wagen?«

»Fortgeschickt. Den Weg zum Bistro können wir doch zu Fuß gehen.«

»Das schon. Ich würde aber gerne... Weißt du, die Rosen sollten baldmöglichst Wasser bekommen.«

Er hakte sich bei ihr ein. »Eine glänzende Idee! Hinterher bestellen wir uns ein Taxi.«

Bei der Ausfahrt aus Paris kündeten duftige Nebelschleier das Ende des Herbstes an. Das Laub der Wälder leuchtete in gelben und roten Farben. Aus den schon umbrochenen Feldern stieg der schwere Atem müde gewordener Erde auf. Das matte Grün der Wiesen schmückte sich mit dem flüchtigen Silber zarten Taus. Es herrschte ein ideales Reisewetter. Die Sonne vergoldete die Landschaft und gab selbst kraftlos herabhängenden Zweigen das Flair erhabener Gelassenheit.

Monique genoß die Fahrt an Pierres Seite. Seit Jahren hatte sie sich keine Urlaubsreise gegönnt. Nun saß sie in einem weich dahingleitenden Straßenkreuzer und durfte sich jeden Wunsch erfüllen.

Eugène, der Fahrer des Cadillac, wies zur linken Seite der Autobahn. »Dort drüben liegt Fontainebleau.«

Monique wandte sich an Pierre. »Hast du das berühmte Lustschloß mal besichtigt?«

»Das haben mir meine Eltern schon gezeigt, als ich fünf oder sechs Jahre alt war«, antwortete er. Es klang, als wollte er sagen: Damals wie heute habe ich für Lustschlösser nichts übrig. »Wenn ich mich recht erinnere, hat dort die Dubarry residiert.«

»Unter vielen. So auch Königin Christine von Schweden, die dort ihres Stallmeisters überdrüssig wurde und ihn kurzerhand hinrichten ließ.«

»Man soll sich eben mit Königinnen nicht einlassen.«

»Meinst du, die männlichen Herrscher wären besser gewesen?«

»Natürlich nicht. Aber alle, gleichgültig welchen Geschlechts, haben es verstanden, ihr Leben auf Kosten anderer zu genießen.«

Eine Weile plätscherte das Gespräch so dahin. Dann entsann sich Pierre einer Überlegung, die er – angeregt durch seine Unterredung mit Rastignac – am vergangenen Abend angestellt hatte, als er nicht einschlafen konnte. »Weißt du, was ich mich gestern gefragt habe? Kann ein so gravierender Eingriff, wie ihn die AIWes angekündigt haben, wirklich reibungslos über die Bühne gehen? Besteht nicht die Gefahr, daß sich die Staatsmänner dieser Erde dem bevorstehenden Wandel mit allen Mitteln entgegenstemmen werden? Und zwar auch dann, wenn das ihrer eigenen Auffassung widerspräche. Denn genau betrachtet sind sie doch nur Marionetten, die den Wünschen der schätzungsweise sechzigtausend Geldbonzen zu entsprechen haben, die über das große Kapital verfügen und kalten Herzens bestimmen, wie die rund fünf Milliarden Erdbewohner dirigiert werden sollen. Ich könnte mir vorstellen, daß diese Clique nicht einfach hinnimmt, was die Außerirdischen befehlen.«

»Da bin ich anderer Meinung«, widersprach Monique. »Zunächst einmal, weil die angedrohte Maßnahme, aufsässigen Ländern den Zündfunken zu nehmen, für kühle Köpfe sorgen wird. Dann aber auch, weil zu den Bonzen die Multis zählen. Und das sind nüchterne Rechner. Die werden in jedem Fall ihren Reibach machen. Selbst unter dem Diktat der AIWes. Was meinst du, wieviel Patentschriften in den Safes der großen Konzerne liegen! Ich bin überzeugt, daß es Tausende von epochemachenden Erfindungen gibt, die nur aufgekauft wurden, um ihre Realisierung zu verhindern. Wozu etwas produzieren, das zwar billiger und zweckmäßiger ist, den Gewinn aber schmälert? So dachte man bis heute. Nun dürfte sich das ändern. Denn der Eigennutz, der bisher manche technische Neuerung unterband, wird es von dem Augenblick an, da die Weltbank über immense Summen verfügt, meisterhaft verstehen, den Geldstrom anzuzapfen, um die Verwirklichung von Projekten zu betreiben, die bis dato unterdrückt wurden. Von den mächtigen Drahtziehern wird sich also keiner auflehnen. Im Gegenteil, die werden das Ziel der AIWes in den höchsten Tönen loben – und weiterhin absahnen!«

»Möglich, daß du recht hast.«

»Mensch, das sind doch Realisten!«

»Die bis jetzt alles, was ihnen nicht in den Kram paßte, als unrealistisch bezeichneten.«

»Genau wie die Politiker«, ergänzte Monique. »Wenn man denen mit neuen Ideen kommt, heißt es immer gleich: ›Sie leben im Wolkenkuckucksheim! Mit Träumereien ist uns nicht gedient. Sie müssen realistisch denken!‹«

»Und diese Brüder sind sogar überzeugt von dem, was sie

sagen. Für Politiker ist es realistisch, einen bombastischen Etat aufzustellen, obwohl sie genau wissen, daß die eingesetzten Beträge nicht zur Verfügung stehen. Und sie betrachten es als absolut realistisch, Schulden in Höhe von ein paar hundert Milliarden zu machen. Ebenfalls realistisch ist es für sie, einen Nachtragshaushalt zu präsentieren, wenn sie sich geirrt haben und ein neues Minus in der Kasse den veranschlagten Etat zur Farce werden läßt.«

Monique schüttelte den Kopf. »Jetzt unterliegst du einer bösen Täuschung. Politiker irren nie! Allenfalls haben sich die Verhältnisse geändert.«

Pierre deutete eine Verneigung an. »Ich danke dir für diese Belehrung.«

Der Fahrer zeigte erneut nach draußen. »Dort drüben, das ist Sens.«

Monique schaute in die gewiesene Richtung. »Eine Stadt mit aufregender Vergangenheit. Abaelard wurde in ihr als Ketzer verurteilt.«

»Was weißt du eigentlich nicht?« hänselte Pierre.

Es war gewiß gut gemeint, aber der spontan vom Fahrer Eugène gegebene Hinweis, der Comte de Lameth habe ebenfalls sehr viel gewußt, hatte eine Wirkung, die beide zwang, die Lippen zusammenzupressen, um nicht aufzulachen.

Dennoch gab Monique weiterhin preis, was sie über diese und jene Stadt wußte, bis sie Macon erreichten und Pierre erfreut feststellte, daß dieser Ort seiner hochgelehrten Freundin unbekannt war.

»Du hast noch nie von Macon gehört?« fragte er erstaunt. »Die Stadt ist doch berühmt durch ihren herrlichen Burgunderwein! Ich wäre dafür, daß wir hier übernachten.«

Diesen Vorschlag akzeptierte Monique auf der Stelle. Sie hoffte, in Macon ein kleines Hotel zu finden, das es ihr gestatten würde, zum Abendessen im Reisedreß zu bleiben. Und sie täuschte sich nicht. Schon vor der Ortschaft fanden sie eine idyllisch an einem Bach gelegene Auberge, deren Wirt, ausgestattet mit einem Lederschurz wie ein Kellermeister, ihnen beflissen entgegeneilte und sogleich versicherte, daß er ihnen ein wunderschönes Zimmer anbieten und mit einer Küche aufwarten könne, die höchsten Ansprüchen gerecht werde. Über eine Garage verfüge er zwar nicht, doch hinter dem Haus befinde sich eine Scheune, in der schon einmal ein Rolls-Royce gestanden habe. Ja, höchste Herrschaften übernachteten bei ihm, und alle seien überaus zufrieden gewesen.

Nach diesem Sermon führte er seine Gäste durch eine Bogentür in eine Halle, deren Wände mit vielen, zum Teil vergilbten Fotos von Piloten und Flugzeugen aus den ersten Jahren der Fliegerei bedeckt waren.

»Woher haben Sie die Aufnahmen?« fragte Pierre fasziniert.

Das hätte er nicht tun sollen, denn der redselige Gastronom begann in aller Ausführlichkeit das Leben seines Großvaters zu schildern, bis Monique schließlich darauf hinwies, daß sie mächtigen Hunger habe und das Zimmer aufsuchen möchte, um sich erfrischen zu können.

Ihr Wunsch sollte dennoch nicht gleich in Erfüllung gehen. Der Wirt gab zu verstehen, daß es besser sei, wenn das junge Paar mit dem Essen noch etwas warten würde, da um diese Zeit ein an Spasmophilie erkranktes zwölfjähriges Mädchen von seiner Pflegerin im Speisesaal versorgt werde. Es passiere dabei immer wieder, daß das arme Geschöpf einen Schreikrampf bekomme. Die Eltern kümmerten sich nicht um das bedauernswerte Kind. Früher seien sie des öfteren gekommen, aber in den letzten Jahren nur noch am Weihnachtstag. Das Geld überwiesen sie pünktlich, aber...

Pierre hätte am liebsten gesagt: Mir wird's zuviel. Laß uns abhauen. Wir finden auch anderswo ein Quartier.

Monique hingegen dachte anders. »Führen Sie uns auf unser Zimmer«, sagte sie mild gestimmt. »Uns stört es nicht, in Gegenwart des kranken Mädchens zu essen. Findest du nicht auch, Pierre?«

»Gewiß«, antwortete er ergeben.

Beide ahnten nicht, daß sie nach dem Essen, das trotz einiger Zwischenfälle am Tisch der Kranken, vorzüglich schmeckte, mit der Erzieherin in ein interessantes Gespräch kommen würden.

Monique hatte die Pflegerin angesprochen, als diese nach der Versorgung des Mädchens noch einmal in der Halle erschien. Sie war einfach auf sie zugegangen und hatte gefragt: »Dürfen wir Sie zu einem Glas Wein einladen?«

Die junge Erzieherin hatte verwundert aufgeblickt. »Sehr gerne. Hier finde ich nur selten Gesprächspartner. Das Kind verlangt meine ganze Aufmerksamkeit.«

»Das kann ich mir denken. Sie haben es gewiß nicht leicht. Mein Name ist übrigens Monique.«

»Ich heiße Stéphanie.«

Pierre trat hinzu, stellte sich vor und fragte: »Wollen wir uns drüben hinsetzen?« Er wies auf einen Tisch im Hintergrund der Halle.

Der Wirt eilte mit einer behutsam gehaltenen Flasche Wein herbei. »Ich habe hier einen ganz edlen Tropfen aus einem besonders guten Jahrgang. Darf ich...?«

»Ja!« fiel Pierre unfreundlich ein. »Und dann brauchen Sie sich nicht mehr um uns zu kümmern.«

»Wir möchten in Ruhe etwas plaudern«, fügte Monique verbindlich hinzu.

Als der Gastronom eingeschenkt hatte, hob Pierre sein Glas. »Auf Ihr Wohl, Mademoiselle!«

»Ich weiß gar nicht, wie ich zu der Ehre komme.«

Monique stieß mit ihr an. »Wir haben Sie beobachtet und gesehen, welche Mühe Sie sich mit dem Kind machen. Es ist gewiß nicht ganz einfach mit dem Mädchen.«

»Ach, da täuschen Sie sich«, entgegnete Mademoiselle Stéphanie. »Zu Anfang war es freilich schwer. Aber dann kamen die Eltern nicht mehr, und Madeleine hatte nur noch mich. Da fing ich an umzudenken. Ich streifte die Rolle der Pflegerin ab und wurde gewissermaßen Mutter. Heute bin ich wirklich Madeleines Mutter. Nichts ist mehr schwer für mich. Ich bin glücklich, eine Tochter zu haben, die zwar krank ist, aber erfüllt von Liebe zu mir. Täglich versucht sie, mir eine Freude zu bereiten, mir irgendeinen Wunsch zu erfüllen. Sie sollten nur sehen, wie ihre Augen leuchten, wenn sie mir im Sommer von der Wiese einen kleinen Blumenstrauß bringt.«

Monique streichelte die Hand der Pflegerin. »Sie sind ein wundervoller Mensch. Ich wollte, ich könnte etwas für Sie tun.«

»Oh, mir fehlt nichts. Aber ich würde gerne eine Frage an Sie richten, die zur Zeit alle Gemüter bewegt. Mußten wirklich erst außerirdische Wesen kommen und uns zwingen, alle Waffen abzuschaffen, wie es nun ja geschehen soll? Hätten wir das nicht selbst tun können? Wenn eine der beiden Großmächte erklärt hätte: Schluß, wir sind das ewige Aufrüsten leid, verschrotten jetzt sämtliche Waffen und stecken jene Beträge, die wir bisher dafür ausgegeben haben, künftig in die Produktion von Dingen, die dem Volk zugute kommen, dann wäre doch der Wohlstand dieses Volkes gegenüber dem anderen ganz rapide gestiegen.«

»Gratuliere!« begeisterte sich Pierre. »Eine phantastische Idee! Aber leider ist sie unrealistisch und läßt sich nicht verwirklichen.«

»Nicht so voreilig!« warnte Monique und wandte sich an Stéphanie. »Wir haben uns auf der Herfahrt darüber unterhalten, daß Politiker viele vernünftige Vorschläge als unrealistisch abtun. Und jetzt begeht Pierre den gleichen Fehler.«

Die Pflegerin sah ihn erwartungsvoll an. »Warum sind Sie der Meinung, daß sich die Idee nicht verwirklichen ließe?«

»Überlegen Sie!« antwortete er. »Wenn eine der beiden Großmächte total abrüstet, fällt doch die andere über den verteidigungsunfähig gewordenen Gegner her!«

»Das glaube ich nicht«, erwiderte Stéphanie mit erstaunlicher Selbstsicherheit. »Ich halte das sogar für völlig ausgeschlossen. Denn wer möchte etwas mit einer Nation zu tun haben, die ein Land überfällt, das restlos abgerüstet hat, also wehrlos ist? Die Empörung würde grenzenlos sein! Ein solcher Staat würde boykottiert werden. Seine Bürger würden das Kainsmal tragen. Nein, das könnten sich weder Amerika noch Rußland leisten. Alle Nationen der Erde würden sich erheben und den Aggressor in Bedrängnis bringen.«

»Schön wär's«, entgegnete Pierre. »Ich könnte mir allenfalls denken, daß Amerika die Sowjetunion nicht überfallen würde, wenn die den Mut und das Herz hätte, total abzurüsten. Ich bin aber überzeugt, daß es im umgekehrten Fall zu einem großen Desaster käme. Die Russen würden die Chance ausnutzen, die sich ihnen bietet.«

»Nein, das würden sie nicht«, protestierte Monique. »Auch bei hypothetischen Betrachtungen darf man nicht mit zweierlei Maß messen, und das hast du eben getan. Die UdSSR würde die Vereinigten Staaten schon deshalb nicht überfallen, weil sie sich nichts Besseres wünschen könnte, als im Gefühl absoluter Sicherheit über die Fließbänder laufen zu lassen, was sie ihrem Volk seit Ewigkeit versprochen hat: Konsumgüter!«

Stéphanie stimmte ihr mit geröteten Wangen zu. »Es freut mich, daß Sie denken wie ich.« Ihre Stimme klang nun genauso weich wie in dem Augenblick, da sie von Madeleine gesprochen hatte. »Es ist natürlich schwer, von einer einmal gefaßten Meinung abzurücken. Wenn man jedoch umdenkt, wie ich es bei meiner

Tochter getan habe, können große Probleme zur Bedeutungslosigkeit herabsinken.«

Sie sprach von *ihrer* Tochter und projizierte, ohne sich dessen bewußt zu sein, ein Bild von der Würde des Menschen.

Die Weiterfahrt zur Côte d'Azur verlief anders als geplant. Nach dem Gespräch mit Mademoiselle Stéphanie widerstrebte es Monique, in das turbulente und mondäne Monte Carlo zu fahren. Sie bat Pierre, davon Abstand zu nehmen und einige Tage mit ihr in Nizza zu verbringen, wo ihre Eltern wiederholt gewesen waren und sich sehr wohl gefühlt hatten.

Pierre entsprach ihrer Bitte schon deshalb gerne, weil er als Sportflieger einige Male in Nizza gelandet war und wußte, daß er dort eine Cessna oder Piper chartern konnte. Falls das gute Wetter anhielt, wünschte er mit Monique nach Rom zu fliegen. An diese Möglichkeit hatte er vorher nicht gedacht, nun aber wollte er sich die Chance nicht entgehen lassen. Denn es war damit zu rechnen, daß die AIWes in vierzehn Tagen, wenn alle Waffen vernichtet sein würden, auch Maßnahmen einleiteten, die den privaten Sektor betrafen. Zumindest eine starke Drosselung des Benzinverbrauchs mußte einkalkuliert werden, und wenn dieser Fall eintrat, durfte er gewiß nicht mehr nach Lust und Laune mit einem Sportflugzeug umherkutschieren.

Die gleiche Überlegung hatte ihn schon bewogen, die Fahrt in den Süden so schnell wie möglich anzutreten. Es war nicht auszudenken, was die Zukunft noch alles bringen würde. Er bezweifelte, daß jeder Bürger weiterhin nach eigenem Gutdünken über die Gestaltung seines Lebens würde entscheiden können. Das unbeugsame Vorgehen der Außerirdischen deutete eher darauf hin, daß sie manche demokratische Spielregel im Interesse der Allgemeinheit außer Kraft setzen würden. Daß es sehr schwer sein würde, sich mit Einschränkungen abzufinden, lag auf der Hand. Aber vielleicht half dann jenes Umdenken, von dem Mademoiselle Stéphanie gesprochen hatte. Ihre Auffassungen beschäftigten ihn noch immer, und er fand, daß ein Umdenken so oder so notwendig werden würde.

Doch was helfen Erkenntnisse, wenn plötzlich unüberwindbare Widerstände auftreten? Schon vierundzwanzig Stunden später sah Pierre sich in eine unangenehme Lage gedrängt. Dabei hatte die Ankunft in Nizza so verheißungsvoll begonnen.

Er war mit Monique am Boulevard des Anglais im Hotel ›Westminster‹ abgestiegen, wo ihnen der Empfangschef das schönste Appartement, wie er betonte, zur Verfügung stellte, als er aus Pierres Paß ersah, daß er es mit dem über Nacht berühmt gewordenen Journalisten zu tun hatte. Und sie erhielten wirklich ein bezauberndes Zimmer mit Blick auf das Meer, dazu einen abgetrennten Wohnraum, in dem weder Fernsehapparat noch Minibar fehlten. Aber so komfortabel sie auch untergebracht waren, Monique drängte es nach draußen. Sie wünschte in der noch herrlich milden Luft des Seebades am Meer zu promenieren. Pierre hätte gerne irgendwo einen Drink genommen, aber Monique trieb es weiter und weiter, bis sie die von Arkaden eingefaßte Place Masséna erreichten, den Mittelpunkt des Fremdenverkehrs. Und hier entdeckte sie im Schaufenster eines Pelzgeschäftes genau das, was sie sich vorgestellt hatte. Es war ein reversibler Mantel, ein grauer, auf beigefarbenem Nappaleder gearbeiteter Persianer, dessen Fell mal innen oder außen getragen werden kann. Sein hochstehender Kragen gefiel ihr besonders gut.

Wie gebannt blieb sie stehen. »Pierre, das wäre mein Traum!«

Im ersten Moment war er enttäuscht. »Aber ich wollte dir einen Nerz ...«

»Den kannst du mir in zehn Jahren verpassen«, unterbrach sie ihn. »Für einen Nerz bin ich noch zu jung.«

»Vielleicht hast du recht«, lenkte er ein. »Machen wir kurzen Prozeß: rein in den Laden!«

Als Monique in den Mantel geschlüpft war, erkannte Pierre mit Vergnügen, welch guten Geschmack sie hatte. Er wollte mit einer Kreditkarte zahlen, doch die Verkäuferin wies auf ihre Armbanduhr und bat um Verständnis dafür, daß sie um eine andere Art der Regulierung bitten müsse. In der Pariser Zentrale der Kreditkartengesellschaft sei nach fünf Uhr niemand mehr erreichbar, und somit könne sie keine Erkundigung über die Deckung des geforderten Betrages einziehen.

»Dann gebe ich Ihnen eben einen Eurocheque«, erklärte er.

Der Verkäuferin war es peinlich, nochmals einen abschlägigen Bescheid geben zu müssen. »Es tut mir leid, Monsieur, auch die Banken haben schon geschlossen. Zudem ist heute Freitag. Vor Montag kann ich Ihnen, was Sie gewiß verstehen werden, den Mantel nicht aushändigen.«

»Zu dumm, daß ich das nicht bedacht habe«, erwiderte er und

zog seine Brieftasche. »Ich habe den Betrag glücklicherweise in bar bei mir. Wenn ich jetzt zahle, sitze ich zwar ziemlich auf dem Trockenen, doch das macht nichts. Im Hotel werde ich erst bei der Abreise zur Kasse gebeten, und Montag kann ich bei der Bank nachtanken.«

»Warum so umständlich?« warf Monique ein. »Wir können den Mantel doch am Montag holen.«

Pierre winkte ab. »Ich möchte, daß du ihn noch heute trägst.«

»Bei der Wärme, die hier herrscht?«

Er flüsterte ihr zu: »Heute abend, wenn wir allein sind!«

Monique erhob keinen weiteren Einspruch. Männer können allem Anschein nach an nichts anderes denken, ging es ihr durch den Kopf.

Diese Überlegung hinderte sie jedoch nicht, in ausgelassener Stimmung mit Pierre ins Hotel zurückzukehren. Nachdem sie einen Aperitif getrunken und sich umgezogen hatten, fuhren sie im Taxi zum kleinen Hafen Le Limpia, um in einem exquisiten Fischrestaurant zu Abend zu essen. Der Oberkellner empfahl ihnen Austern oder kalten Hummer als Vorspeise, danach eine köstliche Bouillabaisse und zum Abschluß einen milden Ziegenkäse. Sie folgten seinem Vorschlag und bereuten es nicht.

»Heute war alles wie im Traum«, sagte Monique, als sie gegen Mitternacht in weinseliger Laune ihr Zimmer aufsuchten, wo Pierre aus Gewohnheit den Fernseher einschaltete. Im nächsten Moment war er stocknüchtern. Der Ansager meldete gerade, daß auf Weisung der Außerirdischen ab sofort alle Banken und Börsen geschlossen bleiben müßten. Am Montag hätten sich die Finanzminister der fünfzig größten Staaten der Erde auf Puerto Rico zu einer Konferenz einzufinden, in der die Parität der Währungen festzulegen sei. Erst wenn man sich verbindlich geeinigt habe, dürfe die Konferenz sich auflösen. Achtundvierzig Stunden später sei es den Banken und Börsen gestattet, ihre Tore wieder zu öffnen, wobei allerdings schon jetzt als angeordnet gelte, daß jeder Devisenhandel in Zukunft ausgeschlossen werde. Kursschwankungen dürfe es im Interesse aller Nationen nicht mehr geben. Der im gegenseitigen Einvernehmen von den Finanzministern festgelegte Wert einer jeden Währung bleibe bis auf Widerruf unverändert bestehen. An den Börsen sei nur noch der Handel mit Wertpapieren erlaubt. Staaten, die sich dieser Weisung widersetzten, werde der Zündfunke genommen.

Pierre ließ sich wie erschöpft in einen Sessel fallen. »Jetzt sitzen wir fest! Ich dürfte gerade noch so viel Geld haben, daß wir uns mit Würstchen durchschlagen können.«

Monique beugte sich über ihn. »Ich lasse mir deshalb den Tag nicht verderben. Und du auch nicht! Du wolltest doch, daß ich dir den Mantel vorführe, wenn wir allein sind!«

Während die Nachricht über die Schließung der Banken und Börsen Pierre im ersten Moment einen Schock versetzt hatte, rieben sich auf dem amerikanischen Kontinent einige Offiziere des Pentagon sowie höhere Beamte verschiedener Organisationen verstohlen die Hände. Sie befanden sich in einer geheimen Sitzung, an der Angehörige der ONI, des Nachrichtendienstes der Marine, des Militärischen Abschirmdienstes DIA, des Nationalen Sicherheitsdienstes NSA und des allbekannten Zentralen Nachrichtendienstes CIA teilnahmen.

»Gentlemen«, frohlockte einer von ihnen. »Die Schließung der Geldinstitute und Börsen ist für uns ein Geschenk des Himmels!«

»Ich würde sagen: ein Geschenk der AIWes!« scherzte ein anderer.

»Jedenfalls wird das generelle Verbot des Geldhandels alle Banker zu unseren Verbündeten machen.«

»Dies um so mehr, als ich etwas von großer Wichtigkeit zu berichten habe«, erklärte der Beamte des Nachrichtendienstes der Marine. »Ich glaube kaum, daß es ein stärkeres Argument für die unbedingt notwendige Durchführung des geplanten Unternehmens geben kann als die letzte Meldung unseres Agenten.«

»Abwarten, mein Lieber«, sagte einer der Beamten. »Wir haben schließlich auch noch was in petto.«

»Entscheidend wird die Aussage des Atomphysikers sein, den wir für unseren Plan gewinnen konnten«, versicherte der Beamte des Nationalen Sicherheitsdienstes.

»Was Sie *unseren* Plan nennen, ist die Idee zweier U-Boot-Kommandanten«, wies ihn der Angehörige der CIA zurecht.

»Aber, Gentlemen!« begehrte ein General des Pentagon auf. »Wir verfolgen doch alle nur ein Ziel! Da erscheint es mir höchst unangebracht, den einzelnen Sparten unterschiedliche Bedeutung zuzumessen. Stimmen wir uns lieber ab, damit wir nachher, wenn der Präsident uns zu sprechen wünscht, koordiniert vorgehen können.«

Knapp eine Stunde später wurde die unter dem Tarnnamen ›Deepsea‹ gebildete Kommission ins Weiße Haus beordert.

Der Präsident der Vereinigten Staaten begrüßte die in seinem Arbeitsraum versammelten Herren, und schon bald wurde deutlich, daß ihn der Verteidigungsminister über den Stand der Dinge nicht vollständig informiert hatte. Allem Anschein nach wünschte dieser gerissene Fuchs Überraschungen auszuspielen, die den Präsidenten, der den Plan bereits beim ersten Anlauf entrüstet zurückgewiesen hatte, umstimmen sollten.

»Mister President!« eröffnete der Verteidigungsminister das Gespräch. »Ich schilderte Ihnen bereits den Plan der U-Boot-Kommandanten Colonel Irwing und Lieutenant-Colonel Johnson, die versuchen möchten, mit zwei atomgetriebenen Booten der ›Ohio‹-Klasse unter dem Eis des Polarmeeres in großer Tiefe den Zeitpunkt abzuwarten, an dem alle Waffen, die nicht weisungsgemäß zerstört respektive durch die Außerirdischen zum molekularen Zerfall gebracht wurden, zur Explosion gelangen sollen. Würde dem von den beiden Kommandanten geplanten Unternehmen Erfolg beschieden sein, blieben den Vereinigten Staaten wenigstens achtundvierzig Langstreckenraketen mit je acht Atomsprengköpfen der vielfachen Hiroshima-Stärke erhalten.«

Der Präsident schüttelte den Kopf. »Ich sehe keinen Sinn darin, insgeheim einige Raketen zu horten. Zumal die Gefahr besteht, daß das Unternehmen in einer Katastrophe endet. Auf Grund vieler inzwischen durchgeführter Versuche wissen wir, daß beispielsweise der Elektromagnetische Puls bis in große Tiefen eindringt. Sogar unsere Hunderte von Metern unter der Erde liegende, hermetisch abgeschlossene Kommandozentrale würde betroffen sein. Wer garantiert mir, daß die Zündung der AIWes, von der wir nicht einmal wissen, wie sie arbeitet und gesteuert wird, die U-Boote nicht erreicht, wenn sie unter der Eisdecke des Polarmeeres auf größtmögliche Tiefe getaucht sind?«

Der vom Nationalen Sicherheitsdienst als Gutachter herangezogene Atomphysiker hob die Hand. »Eine hundertprozentige Garantie kann niemand geben, Mister President. Meine Mitarbeiter und ich sind jedoch nach Laborversuchen, die wir jeweils unternahmen, wenn die Außerirdischen den Zündfunken der Motoren eliminierten, zu der Überzeugung gelangt, daß eine Tauchtiefe von hundert bis zweihundert Metern und die mächtige Eisdecke des Polarmeeres eine neunundneunzigprozentige Garantie dafür bieten, daß es zu keiner Explosion kommen wird.«

»Das eine fehlende Prozent kann aber den sofortigen Tod von einigen hundert U-Boot-Fahrern bedeuten!« erklärte der Präsident.

»Dieses Risiko ließe sich auf vierzig Mann pro Boot reduzieren«, gab Colonel Irwing zu bedenken. »Wir müssen ja nicht in voller Gefechtsstärke ausfahren. Es geht darum, einige Raketen zu erhalten, damit wir nicht angegriffen werden können, wenn die AIWes jemals ausfallen sollten. Denkbar ist alles. Die Russen könnten uns dann ...«

»Nein«, fiel der Präsident unwillig ein. »Die Sowjets können uns dann ebensowenig angreifen wie wir sie. Auch ihnen werden die erforderlichen Waffen fehlen.«

»Das ist nicht gewiß«, widersprach der Verteidigungsminister. »Bekanntlich hat der Generalsekretär der UdSSR angefragt, ob wir nicht gemeinsam den Versuch machen sollten, einige Raketen in Sicherheit zu bringen. Wir haben selbstverständlich abgelehnt. Ich bin aber überzeugt, daß die Russen nun ohne uns handeln werden.«

Der Mund des Präsidenten verzog sich. »Diese Gefahr dürfte geringer sein als das Risiko, das wir eingehen, wenn wir die U-Boote unter das Polareis schicken. Vergegenwärtigen Sie sich, was passieren würde, wenn es entgegen der Auffassung unseres Wissenschaftlers doch zur Explosion kommen sollte. Achtzig Menschen wären auf der Stelle tot!«

»Dieses Risiko nehmen Offiziere und Mannschaften im Interesse unserer Heimat freiwillig in Kauf, Mister President«, versicherte Lieutenant-Colonel Johnson.

»Und wer steht dafür ein, daß die nachfolgende Atomverseuchung nicht verheerende Folgen hat?«

Der Physiker ergriff wieder das Wort. »Mister President! Diese Gefahr erachte ich nicht für größer als jene, die wir bei jeder unterirdischen Versuchsexplosion eingegangen sind. Außerdem sollen die U-Boote ja weit entfernt von allen bewohnten Zonen, nämlich ziemlich genau unter dem Nordpol, ihre Wartestellung beziehen.«

Der Präsident nagte an seiner Lippe. »Nein, meine Herren, ich kann es mit meinem Gewissen nicht vereinbaren, ein so risikoreiches Unternehmen gutzuheißen.«

Der Verteidigungsminister hatte auf diesen Augenblick gewartet. Er warf dem Beamten des Nachrichtendienstes der Marine einen aufmunternden Blick zu.

Dieser räusperte sich. »Mister President! Unser Agent in Murmansk hat einwandfrei ermittelt, daß vier russische U-Boote mit Fernraketen an Bord, die mit Atomsprengköpfen bestückt sind, den Hafen zu einer Fahrt unter die Eisdecke des Polarmeeres verlassen haben.«

Der Präsident war wie erstarrt. »Eine Täuschung ist ausgeschlossen?«

»Absolut, Mister President.«

»Damit ergibt sich für uns eine völlig neue Situation«, triumphierte der Verteidigungsminister. »Unter diesen Umständen sind wir gezwungen gleichzuziehen. Auch auf die Gefahr hin, achtzig heldenmütige U-Boot-Fahrer zu opfern. Wir dürfen nicht untätig bleiben, wenn wir erkennen, daß unser Erzfeind nichts unversucht läßt, um für den hypothetisch angenommenen Fall gerüstet zu sein. Wenn wir nicht unverzüglich handeln, haben wir so oder so verloren. Entweder wir unterliegen, wie leider Gottes zur Zeit den Außerirdischen, oder wir haben uns den Sowjets zu beugen, sofern es bei den Größenwahnsinnigen aus dem All zu einer Panne kommen sollte. Und damit ist zu rechnen. Denn die AIWes arbeiten zweifellos mit jenen Professoren und Gelehrten zusammen, die seit Jahren als vermißt gelten. Fast dreihundert sind das! Bei so viel Menschen treten zwangsläufig Meinungsverschiedenheiten auf, und die können sehr bald zu Zwistigkeiten führen. Die Russen scheinen das einzukalkulieren. Deshalb plädiere ich dafür, alles nur Erdenkliche zu tun, damit wir nicht eines Tages auf den Knien nach Moskau kriechen müssen. Mister President! Dies ist eine historische Stunde! Seien Sie sich der hohen Verantwortung bewußt, die Ihnen auferlegt ist! Erteilen Sie den beiden U-Boot-Kommandanten die Genehmigung, ihren Plan durchzuführen.«

Der Präsident der Vereinigten Staaten erhob sich und reichte Colonel Irwing und Lieutenant-Colonel Johnson die Hand. »Ich befördere Ihre Mannschaften für erwiesene Tapferkeit um je einen Dienstgrad. Das gilt selbstverständlich auch für Sie beide, Herr General, Herr Colonel!«

Die Schließung der Banken brachte Pierre in keine prekäre Lage. Ein kurzes Gespräch mit dem Chefportier des Hotels genügte, um sicherzustellen, daß er die Rechnung bei der Abreise mit der Kreditkarte regulieren konnte. Aber ihm fehlte plötzlich die innere Ruhe. Immer wieder hatte er das Gefühl, daß ihm etwas Wichtiges entgehe.

Da Monique dies spürte, war sie keineswegs überrascht, als er ihr am Montag erklärte, ihm würde ein Stein vom Herzen fallen, wenn sie mit einer baldigen Rückkehr nach Paris einverstanden sei.

»Das ist doch selbstverständlich«, antwortete sie. »Die Tage waren so schön, daß ich sie nie vergessen werde. Außerdem habe ich längst mit einem Aufbruch gerechnet.«

Er legte den Arm um sie. »Du bist ein prächtiges Mädchen. Trotz deiner zuweilen extremen Auffassungen gibt es nie Probleme mit dir.«

»Herzlichen Dank für die Blumen.«

»Ja, dann wäre ich dafür, daß wir den heutigen Abend ordentlich genießen.«

»Und morgen fahren wir so früh los, daß du am Spätnachmittag noch in die Redaktion hineinschauen kannst.«

»Ein großartiger Vorschlag!«

Sie überhörte das Kompliment. »Nach der Stippvisite in deinem Büro setzen wir uns mit Jean-Paul zusammen. Wenn er nicht im Bistro hockt, holst du ihn aus der Wohnung.«

»Okay! Ich bin gespannt, wie er das Börsen-Diktat beurteilt. Wichtiger sind allerdings die morgigen Abendnachrichten. Heute, am ersten Tag des Treffens der fünfzig Finanzminister, werden die sich bestimmt noch nicht geeinigt haben. Ein Boulevardblatt veröffentlichte übrigens eine Blitzumfrage, derzufolge es fast neunzig Prozent der Bürger begrüßen, daß die Werte der Währungen untereinander festgelegt werden sollen. Fast der gleiche Prozentsatz ist der Meinung, der bisher an der Börse übliche Geldhandel habe ausschließlich Banken, Spekulanten und Gangstern gedient.«

»Das stimmt auch«, erklärte Monique.

»Dennoch würde ich gerne wissen, warum die AIWes, wenn wir von der Vernichtung der Waffen einmal absehen, die Festlegung der Währungen ganz oben auf ihre Liste gesetzt haben. Dafür muß es einen gewichtigen Grund geben.«

Monique hakte sich bei Pierre ein und führte ihn aus der Hotelhalle. »Besprich das morgen mit Charles Paré. Bis dahin möchte ich dich nur noch ›turtelnd‹ erleben.«

Auf der Fahrt nach Paris gefielen sich beide in der Rolle des verliebten Paares. Nur etwas gab es, das Monique zeitweilig stark ablenkte: das im Instrumentenbrett des Cadillac eingebaute Thermometer für die Außentemperatur. Sie wünschte sich, es möge im Laufe der Fahrt nach Norden so kalt werden, daß in Paris höchstens noch zehn bis zwölf Grad herrschten. Dann könnte sie ihren Wendemantel anziehen und ihn sogar anbehalten, wenn sie unter der Markise des Bistros Platz nahm.

Pierre amüsierte sich über Moniques Sorgen. Doch er fand es großartig, daß sie trotz ihrer Gescheitheit fraulichen Schwächen erlag.

Das Glück war Monique gewogen. In Paris war es empfindlich kühl geworden. So schlüpfte sie voller Wonne in ihren ›Reversiblen‹ und führte ihn während der Zeit, die Pierre in der Redaktion verbrachte, von der Place Vendôme zum Boulevard des Capucines spazieren. Vor manchem Schaufenster blieb sie stehen und tat so, als betrachte sie die Auslagen. Der Mantel war wirklich schick.

Als Pierre zurückkehrte, war ihm anzusehen, wie wohl es ihm getan hatte, in den Zeitungsbetrieb hineinzuschnuppern. »Kaum war ich in dem Saftladen, da hab' ich schon eine zugkräftige Überschrift für eine neue Spalte ersinnen müssen«, brüstete er sich.

»Haben sich die AIWes etwa wieder gemeldet?«

»Ihr Sprecher hat vor zwanzig Minuten verkündet, daß in den nächsten Wochen laufend bekanntgegeben wird, welche Maßnahmen im Kampf gegen Hunger und Unvernunft von den Außerirdischen eingeleitet werden. Und nun halte dich fest: Bis zum ersten Dezember, also in knapp vier Wochen, müssen alle in den Regenwäldern Brasiliens und Ostasiens tätigen Menschen ihr Arbeitsgebiet samt ihren Maschinen und Geräten verlassen haben. Von diesem Zeitpunkt an wird es in den großen Wäldern keinen Zündfunken mehr geben. Jeder weitere Raubbau ist damit gestoppt!«

»Phantastisch!« jubelte Monique. »Damit wäre auch die Gefahr einer Klimaveränderung gebannt! Aber der finanzielle Ausfall ... Die Länder tun mir leid.«

»Keine Sorge«, erklärte Pierre und bat Eugène, zum Boulevard Saint Michel zu fahren. »Die Weltbank ist angewiesen, Ersatzansprüche, die Brasilien, Borneo und die anderen betroffenen Länder stellen sollen, nach genauer Prüfung zu regulieren. Denn, so die AIWes, da die Abholzung im Interesse der Menschheit unterbunden wird, muß diese für einen entsprechenden Ausgleich sorgen.«

Moniques Augen glänzten. »Das nenne ich Gerechtigkeit. Wenn ich bedenke, wieviel Jahre in den genannten Zonen Raubbau getrieben wurde ...! Und obwohl jeder wußte, welche Gefahr daraus für alle Völker erwächst, war es nicht möglich, zu einer vernünftigen Vereinbarung zu kommen.«

Pierre spottete: »Ça, c'est la démocratie! Wie angenehm diese Staatsform auch ist, in Notsituationen kann ihre Stärke zur Schwäche werden. Eben weil Demokraten niemals autoritär handeln. Da tun sich die Diktatoren leichter. Man müßte ein Zwischending schaffen. Dann wäre dafür gesorgt, daß nicht zu hart vorgegangen wird, und es würde eine Garantie dafür gegeben sein, daß die Freiheit, die uns die Demokratie bietet, nicht schändlich ausgenutzt wird.«

»Kein schlechter Gedanke«, erwärmte sich Monique. »Aber er ist unrealistisch.«

»Wie auch immer. Auf alle Fälle ist es gut, daß endlich frischer Wind aufkommt und klar gesagt wird, was zu tun ist.«

Der Chauffeur hielt vor dem Bistro.

»Dein Bruder ist da!« rief sie erfreut.

Jean-Paul ging ihnen entgegen. »Schon zurück?« fragte er verwundert.

Pierre schnippte mit den Fingern, als zähle er Geld. »Ping ping futschi würden die Japaner sagen.«

Jean-Paul beugte sich über Moniques Hand. »Wenn mir die Schließung der Banken nicht bekannt wäre, würde ich vermuten, die vorzeitige Rückkehr sei Ihrem ungewöhnlich schicken Mantel zuzuschreiben.«

Sie deutete einen Knicks an. »Herzlichen Dank für das Kompliment.«

»Bildschön, dieser hohe Kragen.«

Pierre reichte dem Bruder die Hand. »Ich hab' eben Geschmack!«

»Freches Mundwerk und viel Glück, fertig ist der Journalick!«

Monique lachte hell auf. »Das Dichtertum liegt offensichtlich in eurer Familie.«

Es wurde gealbert und geblödelt, bis sie auf das in diesen Tagen unvermeidliche Thema kamen.

»Hast du schon gehört, daß die AIWes die Regenwälder schützen wollen?« fragte Pierre den Bruder.

»Das Radio gab es vorhin bekannt. Eine tolle Sache!«

»Ich warte auf den Pferdefuß.«

Monique knöpfte ihren Mantel auf. »Pierre kann das Unken nicht lassen, obwohl er die Maßnahmen für richtig hält.«

»Ich unke nicht«, protestierte er. »Mir geht es lediglich darum, keine allzu euphorische Stimmung aufkommen zu lassen. Wir müssen mit Verordnungen rechnen, die uns schwer gegen den Strich gehen werden. Aber die AIWes sind verdammt geschickt. Alles, was sie bis jetzt eingeleitet haben, bringt ihnen Pluspunkte ein. Doch der Tag, an dem man uns Galeerenkugeln an die Füße ketten wird, kommt so sicher wie das Amen in der Kirche. Dann werden wir lernen müssen umzudenken, wie Mademoiselle Stéphanie sich ausdrückte.«

»Wer ist denn das?« erkundigte sich Jean-Paul.

Monique übernahm es, das Gespräch zu schildern, das sie in Macon geführt hatten. »Die Gedanken und Überlegungen dieser jungen Pflegerin haben uns stark beeindruckt«, sagte sie abschließend. »Aber ich gebe Pierre recht. Es ist damit zu rechnen, daß die Außerirdischen über kurz oder lang Weisungen erteilen, die nicht einfach zu verkraften sein werden. Dann müssen wir umdenken und uns sagen: Lieber heute diese und jene Einschränkung, als morgen ein grausiges Ende.«

»Was ist los mit euch?« wunderte sich Jean-Paul. »Bis vor kurzem war ich derjenige, der besorgt in die Zukunft blickte, und nun, da ich mir keine Sorgen mehr machen, seht ihr dunkle Wolken heraufziehen.«

»Übertreib nicht«, widersprach Pierre. »Wir wollen uns nur nicht überraschen lassen. Wie findet sich übrigens die Force de frappe mit der bevorstehenden Zerstörung der Waffen ab?«

Jean-Paul lehnte sich zurück. »Wir sind in bester Stimmung.«

»Wie bitte?«

»Man kann jetzt ja darüber reden. Unsere anfängliche Begeisterung für die Truppe war im Laufe der Jahre in Resignation umgeschlagen. Wir sahen keinen Sinn mehr in der uns zugeteilten

Aufgabe. Heute weiß doch jeder, daß ein Atomkrieg der Anfang vom Ende sein würde. Also, wofür waren wir noch da? Um modernste Waffen in Empfang zu nehmen und so zu tun, als würden wir sie gegebenenfalls einsetzen? Die Widersinnigkeit unseres Handelns begann uns zu erdrücken. Obwohl ein atomarer Krieg undenkbar ist, bekamen wir immer gefährlicheres Material zugeschanzt. Milliarden wurden zum Fenster hinausgeschmissen! Das war freilich auch allen führenden Persönlichkeiten bekannt. Aber die meinten ja, es sei besser, Kriegsgeräte zu schaffen, von denen man weiß, daß man sie nie brauchen wird, als keine zu produzieren und eines Tages überfallen zu werden.«

Pierre betrachtete seinen Bruder entgeistert. »Ich kenne dich nicht wieder.«

»Weil ich nicht mehr in mich hineinfressen muß, womit ich nicht fertig werde – wurde, kann ich jetzt sagen.«

Moniques Wangen waren vor Erregung gerötet. »Ihre Worte ließen das deutlich spüren.«

»Und dann kam die Umstellung«, fuhr Jean-Paul fort. »Die Industrie hatte erkannt, daß Atomwaffen den Krieg praktisch verhindern. Also schickte sie ihre Lobby los. Es dauerte nicht lange, bis erst dieser, dann jener General erklärte: Wir müssen unbedingt den Bestand an konventionellen Waffen vergrößern! Die Russen könnten sonst mit ihren Panzern ... Seitdem flutschte der Laden wieder. Und je mehr nichtatomares Gerät produziert wurde, um so mehr alte Klamotten konnten an die Dritte Welt verhökert werden.«

»Dein Urteil ist verdammt hart geworden.«

»Mag sein. Aber die Tatsache, daß uns eine völlig neuartige, dazu noch unkriegerische Aufgabe zugeteilt werden soll, hat uns den Elan zurückgegeben. Natürlich wurden im ersten Moment auch bei uns Krisenstäbe gebildet. Doch daraus sind inzwischen Arbeitsstäbe geworden. Wir hocken jetzt über Landkarten, um uns beispielsweise mit der Sahara vertraut zu machen. Wir studieren Bücher über Agrikultur und Agrochemie. Ja, wir haben uns schon mit Panzerverbänden in Verbindung gesetzt, mit deren Hilfe wir Sanddünen einebnen und zu bebaubaren Flächen umgestalten wollen.«

»Und dann kommt der böse Wind und weht die feinen Körnchen wieder zu Dünen zusammen«, neckte Pierre.

»Eben nicht!« triumphierte Jean-Paul. »Ein deutscher Chemiekonzern hat einen Stoff entwickelt – er heißt Curasol –, der von Flugzeugen über den anbaufähig gemachten Flächen versprüht werden kann und der verhindert, daß der Wind den Sand wieder fortweht. Tausend Dinge gibt es, von denen wir nichts wußten, weil wir nur sture Kriegsspielerei betrieben hatten. Ihr macht euch keinen Begriff, was alles nicht getan wurde und längst hätte getan werden können und müssen, um uns aus der Misere herauszubringen, in die wir geraten sind. Wir hätten es allein schaffen können, ganz ohne die AIWes. Was uns fehlte, war der eiserne Wille, der die Amerikaner beflügelte, als John F. Kennedy ihnen gesagt hatte: ›Wir werden in spätestens einem Jahrzehnt auf dem Mond gelandet sein.‹«

»Bravo!« fiel Monique begeistert ein.

»Hinzukommt, daß viele anstehende Probleme im Falle ihrer Realisierung sogar klingende Münze einbringen. Ein Beispiel nur: Im Gegensatz zur Kohleverbrennung wird bei der Kohle*vergasung* jener Schwefel, der unsere Atmosphäre am meisten verpestet und in erster Linie den sauren Regen verursacht, der Steinkohle entzogen. Unbegreiflicherweise veranlaßte das gewisse Industriekreise, die andere Energien fördern möchten, gegen die Kohlevergasung zu wettern und auf die riesigen Schwefelmengen hinzuweisen, die dabei anfallen. In Wirklichkeit gerät dieser Stoff jedoch nicht in die Luft, wie bei den meisten Abgasen, sondern es handelt sich um *unverbrannten* Schwefel. Und der läßt sich leicht verkaufen, weil weltweit Schwefelknappheit herrscht.«

Monique breitete die Arme aus. »Jetzt sollte ich Ihnen um den Hals fallen. Sie sind ja überhaupt nicht wiederzuerkennen.«

»Ist das ein Wunder? Die Zeit der Unzufriedenheit ist vorbei. Meine Kameraden und ich haben wieder eine Aufgabe, für die es sich lohnt, die Ärmel hochzukrempeln.«

»Und wie sieht es höheren Orts aus?« fragte Pierre. »Lehnen sich Generalität und Staatsführung nicht gegen die AIWes auf?«

Jean-Paul hob die Schultern. »Wahrscheinlich. Es ist ja nicht einfach, erkennen zu müssen, daß man vieles falsch gemacht hat. Anfangs sollen einige der Herren so durchgedreht gewesen sein, daß sie ernstlich überlegten, einen Teil unserer Langstreckenraketen in den Höhlen von Lascaux in Sicherheit zu bringen. Für den äußersten Fall – was immer man darunter verstehen mag. Der Premierminister soll den Betreffenden aber gründlich den Marsch geblasen haben.«

Monique tat einen Seufzer. »Dem Herrgott sei Dank dafür!«

Pierre blickte vor sich hin. »Es setzt mich immer wieder in Erstaunen, daß Staatsmänner, die über Krieg und Frieden entscheiden und, wenn es darauf ankommt, Hunderttausende oder gar Millionen ins Jenseits schicken, zu besorgten Mitbürgern werden, wenn es um das Leben von nur wenigen Menschen geht. Der Tod eines Kindes kann sie erschüttern, doch die Lieferung von Waffen, die ungezählte Leben vernichten werden, bereitet ihnen kein Kopfzerbrechen.«

»Das gehört zu ihrem Geschäft«, erklärte Jean-Paul. »Aber handeln Bomberpiloten anders? Deren Beruf ist es, ein Ziel anzuvisieren und im richtigen Augenblick aufs Knöpfchen zu drücken. Hinterher schlafen einige vielleicht schlecht, das ist alles. Bei Staatsmännern dürfte das nicht anders sein.«

Die fünfzig nach Puerto Rico befohlenen Finanzminister hatten das Ergebnis ihrer Konferenz kaum bekanntgegeben, da verkündete der Sprecher der Außerirdischen über die Fernsehschirme:

›Wir akzeptieren die in San Juan gefaßten Beschlüsse und sind davon überzeugt, daß sie der Wirtschaft Auftrieb und Sicherheit geben werden. Die Festlegung der Parität reicht aber nicht aus. Jeder Tag, der nicht genutzt wird, bedeutet für Zehntausende, die in der Dritten Welt leben, den Hungertod. Diesen Ärmsten der Armen kann erst richtig geholfen werden, wenn in den Industrieländern die Arbeitslosigkeit überwunden ist. Um dieses Übel schnell zu beseitigen, verfügen wir über folgende flankierende Maßnahmen:

Der Zinssatz wird ab kommender Woche, in der die Banken und Börsen wieder geöffnet sein werden, weltweit auf fünf Prozent festgelegt. Banken, die diese Anordnung nicht befolgen, sind unter staatliche Aufsicht zu stellen und zu liquidieren. Greift die zuständige Behörde nicht energisch genug durch, wird ihr Bezirk mit einer Zündfunkensperre belegt.

Löhne, Gehälter und Preise dürfen bis auf weiteres keine Veränderung erfahren. Zuwiderhandlungen werden entsprechend den für die Banken erlassenen Bestimmungen geahndet.

Die Gewerkschaften, denen bisher die schwierige Aufgabe zuteil geworden war, Tarife auszuhandeln, die den jeweiligen Preiserhöhungen entsprachen, übernehmen nunmehr die Kontrolle der Einhaltung aller von uns gegebenen Anordnungen. Dies macht es notwendig, ihren Funktionären den Status von Staatsbeamten zu geben. Die Besoldung übernehmen die Städte beziehungsweise die Gemeinden. Diesen werden die Auslagen über die zuständigen Finanzministerien von der Weltbank ersetzt. Konten der Gewerkschaften sind abzuschließen, ihre Liegenschaften zu veräußern und die daraus resultierenden Beträge den zuständigen Finanzämtern zu überweisen.

Die wichtigste Aufgabe der Gewerkschaften aber wird sein, dem arbeitslos gewordenen Teil der Bevölkerung zu helfen, eine dem jeweiligen Beruf adäquate Stellung zu finden. Wo dies nicht möglich ist, sind die Bewerber in unverzüglich einzurichtenden Umschulungslehrgängen auf eine andere Tätigkeit vorzubereiten. Anfallende Kosten übernehmen die Finanzämter aus dem ihnen zur Verfügung gestellten Vermögen der Gewerkschaften und aus den künftig ebenfalls an sie abzuführenden bisherigen Gewerkschaftsbeiträgen, die jedoch um die Hälfte reduziert und als ›Solidaritätsbeiträge‹ zu vereinnahmen sind. Dieser neu geschaffene Beitrag ist von *allen* im vollen Lohn stehenden Arbeitern und Angestellten zu zahlen; ferner von *allen* freiberuflich Tätigen, deren Solidaritätsleistung mit zwei Prozent ihres Einkommens zu bemessen ist.

Weitere Anordnungen ergehen zu einem späteren Zeitpunkt. Heute sei jedoch noch darauf hingewiesen, daß die Flüge der Finanzminister, die durchweg in Regierungsmaschinen nach Puerto Rico reisten, allein an Kerosin-, Lande- und Startgebühren et cetera, vier Millionen Dollar gekostet haben – Personalkosten nicht eingerechnet. Wir ermittelten, daß drei Millionen Dollar hätten eingespart werden können, wenn die Minister mit jeweils fünf Experten, die wir ihnen zubilligen, in Linienmaschinen nach San Juan geflogen wären. Und das bei Buchung der Ersten Klasse! Angesichts der verheerenden Wirtschaftslage ist das Verhalten der Minister als unverantwortlich zu bezeichnen.

Wir erwähnen in diesem Zusammenhang, daß der Papst bei seinen Flügen stets nur Linienflugzeuge benutzt, und zwar jeweils die Maschine einer Fluggesellschaft des Landes, in dem gestartet wird. So fliegt er von Italien nach Brasilien mit der ALITALIA, und von Brasilien nach Italien mit der VARIG. Was dem Papst recht ist, muß Ministern und Staatsoberhäuptern billig sein. Wir ordnen deshalb an, daß sich in Zukunft keine Regierung eines Sonderflugzeuges bedienen darf. Die Anzahl der Begleiter eines

Ministers legen wir mit fünf, die eines Staatsoberhauptes mit höchstens zehn Personen fest.

Und noch eins: Da nun *wir* die Richtlinien der Politik bestimmen, dürften große Gipfeltreffen nur noch sehr selten erforderlich werden. Dennoch halten wir es für notwendig, schon jetzt zu erklären, daß wir einen Aufwand, wie er beispielsweise vor Jahren in Versailles getrieben wurde, keinesfalls mehr dulden. Wie vielen hungernden Kindern hätte mit den *achtzig* Millionen Francs, die der damals veranstaltete Weltwirtschaftsgipfel gekostet hat, das Leben erleichtert werden können! Nec plus ultra! Bis hierher und nicht weiter! Wir werden künftig Verschwendung jeder Art auf das härteste bestrafen.‹

Die letzten Tage vor der Zerstörung aller Waffen durch die AIWes verliefen anders, als zu erwarten gewesen war. Die Feuerwerksindustrie räumte ihre Lager zu Spottpreisen. Dies hatte zur Folge, daß plötzlich Millionen von Knallfröschen und Raketen umherzischten. Aber dabei blieb es nicht. Die pyrotechnische Industrie verkaufte für geringe Beträge auch die bei Großfeuerwerken üblichen, in der Luft explodierenden und dann in vielen Farben versprühenden Leuchtkörper, die, wenn sie in die Hände von Laien geraten, großes Unheil anrichten können. So kam es in zahlreichen Städten und Dörfern zu schweren Unfällen mit tödlichem Ausgang – nicht zu reden von den ungezählten Häusern und Autos, die in Brand gerieten.

Im Gegensatz hierzu führten die Außerirdischen ohne jeden Zwischenfall zum genau festgesetzten Zeitpunkt die Vernichtung jener Waffen durch, die weisungsgemäß auf Sammelplätzen hatten deponiert werden müssen. Es war faszinierend und beklemmend zugleich, auf dem Bildschirm zu erleben, wie sich riesige Mengen von Kriegsmaterial durch molekularen Zerfall fast geräuschlos in Nichts auflösten.

Am folgenden Tag aber, an dem die nicht freiwillig zerstörten oder nicht gemeldeten Waffen global durch Fernzündung vernichtet wurden, gab es neben vielen kleinen Explosionen auch einige gewaltige Detonationen. Diese erfolgten zumeist dort, wo Freiheitskämpfer oder Rebellen fern jeder Zivilisation in unwegsamen Bergen oder Wäldern untergetaucht waren und von der Weisung der AIWes nichts erfahren hatten.

Unter ihnen erlitten die Restverbände der einstigen nationalchinesischen Kuomintang-Armee Tschiang Kai-scheks besonders hohe Verluste an Menschen und Material. Es handelte sich um Einheiten, die immer noch im Dschungel Burmas operierten. Zur Finanzierung ihrer Waffen unterhielten die ehemaligen Truppen Tschiang Kai-scheks Opiumkarawanen, die im klassischen Mohnanbaugebiet zwischen Burma, Thailand und Laos die gesamte Ernte einsammelten und an zwielichtige Organisationen verkauften.

Als die Außerirdischen auf dem üblichen Weg über den Fernsehapparat die Verluste der Guerrillaeinheiten bekanntgeben ließen, blieb die burmesische Regierung, die seit Jahren vergeblich gegen die chinesischen Restverbände gekämpft hatte, erstaunlich gelassen. Das gehörte zur Mentalität dieses Volkes. Keisamechibabu! Nichts ist wichtig!

Daraufhin verkündete der Sprecher der AIWes: ›Da die Bewohner der Hauptanbaugebiete des Schlafmohns über nur wenige Fernsehgeräte verfügen, machen wir ab sofort die zuständigen Regierungen für die umgehende Vernichtung aller Mohnkulturen verantwortlich. Dies gilt besonders für das Gebiet des Goldenen Dreiecks, das von den nun waffenlos gewordenen Guerillaverbänden nicht mehr terrorisiert werden kann. Es genügt aber nicht, daß die Pflanzen – wie es in Mexikos Sierra Madre geschah – von Flugzeugen aus mit chemischen Sprühstoffen zum Absterben gebracht werden. Wir verlangen die Ausrottung des Mohns bis auf die Wurzel, ferner die Bepflanzung dieser Gebiete mit Naturalien, welche geeignet sind, der Bevölkerung, die bis jetzt vom Mohnanbau gelebt hat, ein ausreichendes Einkommen zu sichern. Diese Aufgabe ist unter Hinzuziehung entsprechender Experten den Militärs folgender Länder zu übertragen: Türkei, Iran, Rußland, Afghanistan, Pakistan, Burma, Thailand, Laos, China und Kolumbien. Der Einsatz der militärischen Einheiten hat spätestens in vierzehn Tagen zu erfolgen. Die Beseitigung der Mohnkulturen muß drei Wochen danach durchgeführt sein.

Nach dem Anbau von geeignet erscheinenden Nahrungsmitteln haben ausreichende Teile der eingesetzten Formationen zur Betreuung der Bevölkerung und Überwachung der neu geschaffenen Plantagen im Anbaugebiet zu bleiben und dort die erste Ernte und ihren Abtransport zu überwachen. Da unsere Anordnung im Interesse aller Völker erfolgt, übernimmt die Weltbank die anfallenden Kosten.‹

Verständlicherweise fand diese Weisung bei allen Nationen große Zustimmung. Sie erhöhte das Ansehen der Außerirdischen um so mehr, als keine Regierung zögerte, der getroffenen Maßnahme nachdrücklich Beifall zu zollen. Das Bestreben der AIWes, der Menschheit zu dienen, konnte nicht mehr geleugnet werden.

Aber dann ereignete sich etwas, das die Welt erschütterte. Nur wenige Tage nach der Vernichtung aller Feuerwaffen drang eine unübersehbare Menge von Arabern in jene Siedlungen ein, welche die Israelis nach dem Motto: ›Sprich und frage nicht viel, schaffe Tatsachen!‹ in der Westbank und im Gazastreifen errichtet hatten. Nun fielen die aufgebrachten Palästinenser über die Siedler her. Binnen weniger Minuten entwickelte sich ein Gemetzel, das Tausenden das Leben kostete. Mit Messer und Beil, mit Knüppeln, Brechstangen und Spaten schlugen alt und jung, Männer, Frauen und Halbwüchsige aufeinander ein, bis die Luft sich plötzlich rot verfärbte. Innerhalb weniger Sekunden sanken die Kämpfenden wie ermattet zu Boden. Niemand begriff, was geschehen war. Bei allen setzte das Denken aus. Die Lebenden lagen bewegungslos neben den Toten.

Das schreckliche Geschehen und sein unerklärliches Ende würde wahrscheinlich erst am nächsten Tag publik geworden sein, wenn nicht schon nach kurzer Zeit auf den Bildschirmen der eingeschalteten Fernsehgeräte jenes bekannte Flimmern eingetreten wäre. Diesmal erklärte der Sprecher der Außerirdischen:

›Wir haben nicht bedacht, daß Menschen, denen die Feuerwaffen genommen sind, in ihrer Unvernunft zu Äxten, Stangen und Messern greifen, um mit Gewalt zu erzwingen, was auf dem Verhandlungsweg errungen werden muß, falls herbeigewünschte Veränderungen von Bestand sein sollen. Araber haben Israelis in den von diesen errichteten Siedlungen überfallen und ein Blutbad angerichtet, das einer unübersehbaren Menge von Menschen das Leben gekostet hat. Die Zahl der Toten wäre auf beiden Seiten noch größer geworden, wenn wir nicht sofort eingegriffen hätten. Eine *Rote Wolke*, die wir über die Streitenden sandten, hat alle in einen winterschlafähnlichen Zustand versetzt, der Wochen andauern wird.

Wir fordern hiermit Israelis wie Palästinenser auf, sich unverzüglich in das Kampfgebiet zu begeben und sich der Toten und der im Tiefschlaf befindlichen Angehörigen beider Volksstämme anzunehmen. Dabei darf nicht der Versuch gemacht werden, die noch Lebenden aus dem tranceähnlichen Zustand herauszureißen, in den sie mit Hilfe eines hormonartigen Eiweißstoffes versetzt wurden. Sie bedürfen keiner Nahrung. Es ist auch nicht erforderlich, für Wärmezufuhr zu sorgen. Und über die geringe Pulsfrequenz braucht sich niemand Sorge zu machen; sie ist für die Zeit des Schlafes um fast fünfzig Prozent verringert. Es genügt, die Betreffenden an irgendeinen geschützten Platz zu bringen.

Wir bekennen, daß dies Geschehen, das wir nicht vorhergesehen haben, unsere Gesamtplanung durcheinander bringt. Wir proklamierten den Krieg gegen Hunger und Unvernunft, werden nun aber zuerst die Unvernunft bekämpfen müssen, damit auf breiter Basis dafür Sorge getragen ist, daß sich nicht auch anderswo ereignet, was sich in den Siedlungen der Israelis zugetragen hat. Wir können die Rote Wolke überall und zu jeder Zeit einsetzen, um Aufstände und Gefechte mit Handwaffen zu unterbinden. Doch das würde zu nichts führen. Wir wollen Aufbauarbeit leisten und nicht Negatives bekämpfen müssen.

Wir ändern deshalb unsere Planung, wenngleich dies einige Schwierigkeiten mit sich bringen wird. Wir werden in vielen Punkten zunächst auf Unverständnis stoßen, aber das wird schwinden, wenn sich erweist, daß unser Vorgehen allen Völkern Gerechtigkeit widerfahren läßt und im Endeffekt positive und dauerhafte Ergebnisse erbringt.

Die durch menschliche Unvernunft erforderlich gewordene Umstellung unserer Planung geben wir morgen bekannt. Bis dahin warnen wir davor, es zu weiteren Ausschreitungen kommen zu lassen. Denn schneller, als es diesmal geschah, werden wir die Rote Wolke einsetzen und den betreffenden Distrikt gegebenenfalls für längere Zeit mit einer Zündfunkensperre belegen. Für dadurch entstehende Schäden sind nicht wir verantwortlich. Wir haben auf die Folgen aufmerksam gemacht!‹

Die neuerliche Botschaft aus dem All löste leidenschaftliche Debatten aus. Es gab jedoch nur wenige, die den Überfall der Palästinenser nicht scharf verurteilten. Unüberhörbar war aber auch, daß die Schuld an den immer größer werdenden Spannungen im Nahen Osten zu wesentlichen Teilen den Juden angelastet wurde. Das Verhalten der israelischen Regierung während der letzten Jahre hatte dem hohen Ansehen, das dieses so vielfach unterdrückte und fleißige Volk in aller Welt genoß, empfindlichen

Schaden zugefügt. Selbst den toleranten Franzosen fiel es schwer, Verständnis für das oftmals rigorose Vorgehen der israelischen Führung aufzubringen. Dazu mochte beigetragen haben, daß diese ihrer Luftwaffe mitten im Frieden befohlen hatte, ein von der französischen Industrie erbautes Kernkraftwerk im Irak zu bombardieren. Steuerten Israels Politiker nicht einen allzu gefährlichen Kurs? War ihnen der von der Bevölkerung erarbeitete großartige Erfolg zu Kopfe gestiegen? Was hätte sie so blind machen können?

»Es ist zum Heulen«, sagte Monique, die sich mit Pierre und Jean-Paul im Bistro getroffen hatte, um die für den Abend angekündigte Großproklamation der Außerirdischen zu hören. »Schockiert vom gestrigen Geschehen habe ich noch zu später Stunde in Theodor Herzls Werk gelesen. Es ist bewegend, wie dieser ›Prophet von Erez Israel‹ die Zionisten einst beschwor, nicht nur eine neue Heimat, sondern auch einen neuen Menschen und eine neue solidarische Gesellschaft zu schaffen, die unter Beweis stellen werde, wozu Juden imstande sind. Er schwärmte von der Bewässerung der Wüste – ein Projekt, das mit der Jordan-Ableitung in den Negev realisiert wurde. Er plante einen Tunnel vom Mittelmeer zum Toten Meer, um dessen beängstigend niedrig gewordenen Wasserspiegel zu heben und die Stromversorgung sicherzustellen – ein grandioses Projekt, das gerade jetzt in Angriff genommen werden soll. Und dann kommt diese vermaledeite widerrechtliche Errichtung von Siedlungen dazwischen.«

»Das mußte die Palästinenser in Rage bringen«, ergänzte Pierre. »Es ist jammerschade, daß Golda Meir nicht mehr lebt. Sie war ihres Volkes würdig. Und das Volk war ihrer würdig. Sie prägte einen Satz, der mich stark beeindruckt hat: ›Daß unsere Jungens getötet werden, ist weniger schlimm, als daß wir sie selber zum Töten zwingen.‹«

»Golda Meir war wahrhaftig eine bedeutende Frau!« stimmte Monique zu. »Aber wem hilft ihre Größe, die in der humanitären Tradition ihres Volkes wurzelte, wenn Kriegsherren, die keine Skrupel kennen, sich über das Völkerrecht hinwegsetzen?«

»Das dürfte nun wohl vorbei sein«, gab Jean-Paul zu bedenken. »Nachdem die AIWes allen Nationen die Waffen genommen haben, wird die israelische Führung von ihrem hohen Roß herabsteigen müssen. Und dann wird sich erst richtig erweisen, zu welchen Leistungen die Juden fähig sind. Wenn die Außerirdischen, wie ich vermute, den Palästinensern einen autonomen Staat zusprechen – irgendwas muß ja geschehen, so wie bisher kann es unmöglich weitergehen –, dann wird die Zeit kommen, da wir Vergleiche anstellen können. Und ich bin überzeugt, daß sich auf dem Gebiet der Araber nicht viel tun wird. Das Land der Israelis aber wird einem Paradies gleichen.«

»Ich sehe das etwas anders«, entgegnete Monique. »Bei den Palästinensern hat sich ein neues Selbstbewußtsein gebildet. Sie wollen sich nicht länger als Vertriebene erniedrigt sehen. Ihr Verlangen nach einem eigenen Staat ist grenzenlos geworden, und ich könnte mir gut vorstellen, daß sie ebenso fleißig und ehrgeizig wie die Juden sein werden, wenn sie erst einmal eigenen Boden unter den Füßen haben.«

Pierre nickte zustimmend. »Es ist eine Schande, daß Araber und Israelis nicht zusammenfinden. Die Herzen der einen sind verhärtet, weil sie sich ihres Landes beraubt sehen. Die Herzen der anderen sind zu Stein geworden, weil ihr Weg seit Generationen durch Höllen von Not, Mord, Unterdrückung und Demütigung führte. Zwei verwundete Völker stehen sich gegenüber, und im Bemühen, ihr Gleichgewicht zu finden, stolpern beide über ihre eigene Uneinsichtigkeit.«

Monique wies auf ihre Armbanduhr. »Wir sollten uns im Lokal einen Platz sichern.«

Pierre winkte ab. »Die Zeiten haben sich geändert. Es gibt keinen Andrang mehr. Mitteilungen aus dem All sind alltäglich geworden.«

»Aber für heute ist eine Sonderproklamation angekündigt!« beharrte Monique.

»Wie war es denn bei der dritten Landung auf dem Mond?« fragte Pierre. »Da haben sich nur noch wenige die Live-Übertragung angesehen. Wir Menschen sind nun mal so. Nur Fußball bleibt ewig attraktiv.«

Monique erhob sich. »Ich gehe dennoch jetzt hinein. Wenn schon, dann möchte ich nicht in einer Ecke hocken.«

Sie hatte sich nicht getäuscht. Das Lokal füllte sich sehr bald, und es gab keinen Platz mehr, als nach dem üblichen Flimmern auf dem Bildschirm der Sprecher der Außerirdischen verkündete:

›Ursprünglich sollte nach der Vernichtung aller Feuerwaffen die Ankurbelung der Wirtschaft das Primat erhalten. Nach den Vorgängen in der Westbank und im Gazastreifen müssen wir jedoch befürchten, daß die Unvernunft einzelner Gruppen auch in anderen Ländern zu Mord und Totschlag führt. Um dies zu verhindern, lassen wir heute einige grundsätzliche Anordnungen ergehen und weisen nochmals darauf hin, daß jede Nichtbeachtung mit dem Entzug des Zündfunkens über einen *längeren* Zeitraum geahndet wird.

Es liegt uns fern, für diese oder jene Nation Partei zu ergreifen. Uns geht es ausschließlich darum, bestehende Differenzen zwischen den Völkern zu beseitigen und dafür zu sorgen, daß Eintracht einkehrt.

Zur Beseitigung der unhaltbar gewordenen Verhältnisse im Nahen Osten verfügen wir: Die Palästinenser und alle arabischen Länder erkennen den Staat Israel an. Dieser erklärt sich damit einverstanden, daß in der Westbank und im Gazastreifen ein autonomer palästinensischer Staat gegründet wird. Das genannte Territorium ist von den Juden unverzüglich zu räumen.

Innerhalb von vier Wochen schließen Israelis, Palästinenser und der Verband der arabischen Länder einen Vertrag ab, in dem die Grenzen Israels und des palästinensischen Staates festgelegt werden. Wir machen in dieser Hinsicht keine Vorschriften, schlagen aber vor, daß Jordanien dem neugegründeten Staat einen angemessenen Landstrich verkauft. In früheren Zeiten waren Landverkäufe ja ebenfalls möglich. Die Zahlung sollten die ölexportierenden Länder übernehmen, denn sie waren es, die immer dafür plädiert haben, daß den Palästinensern ein eigener Staat zugestanden werden muß.

Nach Abschluß des Vertrages haben Israelis und Palästinenser im Verlaufe eines Jahres alle Kriegsschäden zu beseitigen, die im Libanon angerichtet wurden. Die Juden werden bei ihren amerikanischen Glaubensbrüdern die notwendige finanzielle Unterstützung finden, die Palästinenser bei den Scheichs von Kuwait.

Der Libanon wird viel Geld benötigen, um Anschluß an die fortgeschrittene Technik und Zivilisation zu gewinnen. Wir würden es deshalb begrüßen, wenn die Libanesen sich entschließen könnten, Israel einen zwanzig bis vierzig Kilometer breiten Landstreifen zu verkaufen. Die Juden aus aller Welt werden gewiß bereit sein, den dafür aufzubringenden Betrag zur Verfügung zu stellen. Beiden Staaten wäre dann entscheidend geholfen, und es würde der Grundstein für eine künftige ersprießliche Zusammenarbeit gelegt sein.

Um mögliche Unruheherde in aller Welt zu entschärfen, verfügen wir des weiteren: Sämtliche militärischen Einheiten, die in fremden Staaten stationiert sind, haben sich innerhalb von vier Wochen in ihre Heimat zurückzuziehen. Gleiches gilt für die Truppen jener Nationen, die im Einvernehmen mit ihren verbündeten Großmächten in befreundeten Ländern eingesetzt wurden.

Ferner bestimmen wir: Rußland hat Afghanistan binnen vier Wochen zu räumen und danach zivile Arbeitskommandos in das Land zu schicken, die alle angerichteten Kriegsschäden zu beseitigen haben. Darüber hinaus ist eine Infrastruktur aufzubauen, die es ermöglicht, in Afghanistan viele Kleinbetriebe einzurichten. Die Kosten gehen zu Lasten der Sowjetunion.

Großbritannien, das seine Kolonien in bewunderungswürdiger Haltung aufgab, handelte im Streit um die Zukunft der Falklandinseln wenig großzügig. Wir verfügen daher: England schließt in den nächsten Wochen mit Argentinien einen Vertrag ab, demzufolge die Malwinen in argentinischen Besitz übergehen, jedoch für die nächsten dreißig Jahre mit allen Hoheitsrechten an Großbritannien verpachtet werden. Die dafür jährlich zu zahlende Gebühr ist nach dem Betrag zu errechnen, den England im Kampf um die Falklandinseln investierte; er dürfte jenem Wert entsprechen, der den Inseln zubemessen wurde, als man sich zu der kriegerischen Aktion entschloß.

Eine ähnliche Regelung ist zwischen China und Taiwan zu treffen. Es wäre jedoch nicht gut, zum gegenwärtigen Zeitpunkt hier drastische Veränderungen herbeizuführen. Wir bestimmen deshalb: Die Regierung von Formosa erkennt an, daß das von ihr verwaltete Gebiet ein Teil des Großchinesischen Reiches ist. China verpachtet das bisher umstrittene Land mit allen Hoheitsrechten für dreißig Jahre an die derzeitige Regierung von Taiwan. Der Pachtzins hat sich nach dem Bruttosozialprodukt dieses Landes zu richten.

Nord- und Südkorea haben innerhalb von vier Wochen die zwischen ihren Verwaltungsgebieten errichteten Bollwerke zu beseitigen und einen Vertrag abzuschließen, in dem gegenseitige Anerkennung zum Ausdruck gebracht und versichert wird, daß sich keiner der beiden Partner in die Politik des anderen einmischt. Die Bevölkerung darf sich in Zukunft frei zwischen Nord- und Südkorea bewegen.

Für West- und Ostdeutschland gilt das gleiche. Sie haben innerhalb von vier Wochen eine Abmachung zu treffen, in der die Partner sich gegenseitig als autonomen Staat anerkennen und erklären, nichts zu unternehmen, was das Ansehen des anderen Staates schmälern könnte. Die zwischen West- und Ostdeutschland errichtete Sperrzone ist, ebenso wie die Berliner Mauer, noch vor Abschluß des Kontraktes zu beseitigen. Der Bevölkerung ist absolute Bewegungsfreiheit in beiden Teilen ihres Landes zu garantieren.

Die Vereinigten Staaten von Amerika werden hiermit verpflichtet, binnen vier Wochen militärische Einheiten in der Stärke von hunderttausend Mann nach Vietnam und Kambodscha zu entsenden. Ihre Aufgabe ist es, die während des Krieges dort angerichteten Schäden voll zu beseitigen. Spätestens in drei Jahren müssen Vietnam und Kambodscha wieder aufgebaut sein. Sollte die Arbeitskraft einer hunderttausend Mann starken Truppe nicht ausreichen, so ist für entsprechende Verstärkung zu sorgen. Die Kosten gehen zu Lasten Amerikas.

China hat innerhalb von vier Wochen eine militärische Einheit von zwanzigtausend Mann nach Nordvietnam zu schicken, um die von seinen Truppen im Grenzgebiet angerichteten Verwüstungen binnen eines Jahres zu beheben.

Die in Tibet stationierten chinesischen Verbände sind in den nächsten vier Wochen abzuziehen. Für den 14. Dalai Lama ist damit der Weg nach Lhasa frei.

Wir nennen heute nur die wichtigsten Maßnahmen, die wir treffen, um einen Ausgleich für jene Schäden zu schaffen, die in der vergangenen Zeit angerichtet wurden. Weitere Anordnungen werden in den nächsten Tagen folgen. Wir betonen nochmals, daß die Nichtbefolgung unserer Weisungen mit einem langfristigen Entzug des Zündfunkens bestraft wird.‹

Erstaunlicherweise gab es nach diesem aufrüttelnden und nicht leicht zu verdauenden Manifest im Bistro keine Unruhe. Monique, Pierre und Jean-Paul kehrten zu ihren Plätzen im Freien zurück, um sich ungestört unterhalten zu können.

Jean-Paul eröffnete das Gespräch mit dem aufmunternden Hinweis: »Wir Franzosen haben ja Glück gehabt. Nicht den geringsten Tadel mußten wir einstecken.«

»Bei der Erhabenheit und Größe unseres Volkes konnte das nicht anders sein«, witzelte Pierre.

Monique fröstelte. »Sag mir lieber, was du über die Proklamation schreiben wirst.«

»Nichts!« antwortete er ohne Zögern. »Kein einziges Wort! Das Thema ist mir zu heiß. Wie komme ich dazu, mir die Schnauze zu verbrennen? Lobe ich das Vorgehen der AIWes, dann werden viele meiner Leser unzufrieden sein. Attackiere ich die heutige Anordnung, dann enttäusche ich die anderen. Nein, danke! Den Kommentar überlasse ich meinen Kollegen.«

Monique sah ihn verwundert an. »Seit wann bist du feige?«

»Das bin ich keineswegs«, widersprach Pierre. »Ich würde es schon auf mich nehmen, die eine oder andere Gruppe zu vergällen, wenn ... – ja, wenn mich das neuerliche Diktat nicht hin und her reißen würde. Ich kann die jetzt erteilte Anordnung einfach nicht ernst nehmen. Da ist mir zuviel Utopie drin. Außerdem war es reichlich billig, zu erklären, die Juden werden bei ihren Glaubensbrüdern die notwendige finanzielle Unterstützung finden. Es ist ...«

»Moment«, unterbrach ihn Monique. »Jahrelang haben die in Amerika lebenden Juden voller Stolz verkündet, daß sie die Kosten für diesen und jenen Krieg übernommen haben. Da kann es doch nicht billig sein, wenn unterstellt wird, daß sie nun auch helfen werden, einen Ausgleich für die angerichteten Schäden zu schaffen.«

»Und obendrein sollen sie vom Libanon noch Land kaufen?«

»Warum nicht? Du unterschätzt die Israelis. Wenn der Libanon den Plan aufgreifen sollte, wird es keinen Juden geben, der nicht freudigen Herzens in die Tasche greift, um seinem Volk zu dienen. Nebenbei gesagt: Ich würde es für eine phantastische Lösung halten, wenn Israel sein Territorium auf diese Weise vergrößern könnte.«

»Das ist doch alles Utopie!«

»Und wie bezeichnetest du die Vernichtung des gesamten Kriegsgerätes?« fragte Monique. »Und den Schutz der Regenwälder? Das war für dich keine Utopie. Du machst erneut den Fehler, mit zweierlei Maß zu messen.«

»Das tu' ich in diesem Fall bestimmt nicht«, ereiferte sich Pierre. »Es ist einfach absurd zu glauben, daß sich amerikanische Juden, der König von Jordanien und die arabischen Ölscheichs zusammentun, um den Israelis und Palästinensern hübsche Bettchen aufzustellen.«

Jean-Paul schaltete sich ein. »Die Scheichs, die den Krieg Iraks gegen den Iran finanzierten, wird es ein Lächeln kosten, für die Palästinenser ein Stück Land zu erwerben.«

»Vielleicht hast du recht«, lenkte Pierre ein. »Dennoch bin ich der Meinung, daß es zur Zeit wichtigere Dinge zu tun gibt, als diejenigen zu bestrafen, die irgendwann Krieg geführt haben.«

»Erstens ist das keine Bestrafung, sondern eine Wiedergutmachung«, fiel Jean-Paul ein. »Die hatten die Deutschen auch zu leisten. Und zweitens finde ich es durchaus in Ordnung, wenn diejenigen, die etwas kaputt gemacht haben, den angerichteten Schaden beheben müssen. Das ist ein besseres Verfahren, als sich jenes Tribunals zu bedienen, das die Alliierten damals in Nürnberg aus der Taufe gehoben haben. Ein paar gehängte Generale und Politiker schrecken nicht ab.«

»Zumal es kein zweites Nürnberg gegeben hat!« ergänzte Monique. »Und das, obwohl seit jenen Tagen über *hundertdreißig* Kriege stattgefunden haben, die insgesamt *fünfunddreißig Millionen* Menschenleben forderten! Hinzu kommen die unzähligen Fälle, in denen aufgeputschte Massen wahllos lynchen und morden. In Beirut haben christliche Milizen Hunderte von Männern, Frauen und Kindern erschossen. In Assam knüppelten Hindus über dreitausend Flüchtlinge aus Bangladesch zu Tode. Und nun das Massaker in der Westbank und im Gazastreifen! Da kann man doch nur dankbar dafür sein, wenn eisern durchgegriffen wird. Die Menschheit muß endlich zur Vernunft kommen!«

Pierre schlug sich vor die Stirn. »Nun weiß ich, worüber ich zu schreiben habe. Über die Aufhebung des Todesstreifens im geteilten Deutschland. Da dürfte sich jetzt einiges abspielen. So was will man lesen! Morgen in aller Herrgottsfrühe brause ich los. Hast du Lust mitzukommen?«

»In die Bundesrepublik?«

»Irgendwohin an die Sperrzone! Live-Bericht mit prächtigen Fotos!«

Monique dachte unwillkürlich: Er wird immer der Nutznießer aufregender Ereignisse sein.

4

Noch während Pierre und Monique über Reims, Metz, Saarbrükken und Heilbronn nach Nürnberg fuhren, übermittelten die Radiostationen weitere Weisungen der Außerirdischen, die denen des Vortages an Rigorosität nicht nachstanden. Wo immer Krieg, Terror und Unterdrückung geherrscht hatten, gab es Anordnungen zur Wiedergutmachung. Die Maßnahmen zeugten von hohem Gerechtigkeitssinn, wurden jedoch von vielen Menschen als zu weitgehend empfunden.

»Die Strafkampagne – anders kann man es nicht nennen – wird unerträglich«, erregte sich Pierre und wies den Fahrer an, den Radioapparat auszuschalten. »Bei den AIWes stimmt's nicht mehr. Erst so sinnvolle Maßnahmen wie die Vernichtung der Waffen, die Sicherung der klimawichtigen Regenwälder, die weltweite Festlegung der Währungen und die radikale Ausrottung der Mohnpflanzen aus allen Anbaugebieten – und dann wird plötzlich verrückt gespielt, nur weil Palästinenser auf Israelis losgegangen sind.«

»Jetzt hörst du aber auf!« empörte sich Monique. »Vier- bis fünftausend Tote soll es gegeben haben!«

»Das ist gewiß schrecklich, doch was kann die Welt dafür, wenn Erzfeinde sich gegenseitig umbringen?«

Sie legte ihre Hand auf seinen Arm. »Bitte überlege, was du sagst! Ich gebe zu, daß die neuen Weisungen auch mir überhastet erscheinen. Aber was hätten die AIWes denn tun sollen? Ihnen blieb nichts anderes übrig, als konsequent durchzugreifen. Nur einigen Ländern Wiedergutmachung aufzuerlegen, wäre unrecht. Wenn schon, dann mußten sie auf der ganzen Linie vorgehen.«

»Aber nicht auf diese Weise«, widersprach Pierre. »Innerhalb von vier Wochen lassen sich Verträge von so eminenter Bedeutung einfach nicht abschließen. Das geht nicht von heute auf morgen. Das braucht seine Zeit!«

Monique entnahm ihrer Handtasche ein Tuch. »Die Geschichte lehrt, daß wichtige Ziele oft nicht erreicht wurden, weil man glaubte, sich Zeit lassen zu können. ›Dum Roma deliberat, Saguntum perit! – Während Rom beratschlagt, geht Sagunt zugrunde!‹ Bei fehlendem Druck kommen gewisse Projekte nicht zustande. Im Nahen Osten sind Jahrzehnte vergangen, ohne daß etwas geschah. Die UNO steht mit leeren Händen da, weil ihre Abgeordneten nicht verpflichtet sind, sich *um jeden Preis* zu einigen. Ich will nicht abstreiten, daß es heute viele Leute gibt, die mit den drastischen Anordnungen der Außerirdischen nicht oder nur zum Teil einverstanden sind. Aber Millionen Drangsalierte, Geknechtete und Gefolterte werden aufleben und wieder hoffnungsvoll in die Zukunft blicken. Denk nur an die ungezählten Menschen, die in totalitären Staaten Tag für Tag spurlos verschwanden. Das wird es nicht mehr geben.«

Pierre tätschelte Moniques Hand. »Du hast recht. Es war gedankenlos von mir.«

Sie legte ihm den Finger auf den Mund. »Eine Einsicht, über die man spricht, zerrinnt wie Butter in der Sonne.«

»Hast du noch weitere Lebensweisheiten anzubieten?«

Monique erinnerte sich daran, daß sie am Abend zuvor gedacht hatte: Er wird immer der Nutznießer aufregender Ereignisse sein. So wie jetzt. Höchst komfortabel läßt er sich zum innerdeutschen Sperrgebiet kutschieren, um einen Sensationsbericht schreiben zu können, aber keine Sekunde denkt er daran, sich einmal für eine gute Sache einzusetzen. Wenn es doch gelingen könnte, seinen Ehrgeiz und seine Tatkraft in eine andere Bahn zu lenken... Der Gedanke ließ sie nicht mehr los. Fieberhaft suchte sie nach irgend etwas, das es wert wäre, weltweit publiziert zu werden. Ihre Gedanken kreisten, bis sie glaubte, das richtige Thema gefunden zu haben. »Einen Rat könnte ich dir schon geben«, antwortete sie verhalten. »Ich weiß nur nicht, ob es klug ist, einen Menschen wie dich, der gerne nach den Sternen greift, auf etwas aufmerksam zu machen, das ihn an die Erde bindet.«

»Komm, spuck's aus«, forderte er ungeduldig.

»Ja, weißt du, ich dachte eben an diese Kinderdörfer. Dafür

wird viel zu wenig getan, darüber müßte mal ausführlich geschrieben werden. Wenn es gelänge, die AIWes zu interessieren ...«

»Nun nicht alles auf einmal«, unterbrach er sie. »Kinderdörfer? Davon habe ich mal gehört. Ist das ein soziales Unternehmen?«

»Es ist wesentlich mehr. ›SOS-Kinderdorf-International‹ ist eine Organisation, die ein Österreicher schuf, um verlassenen Kindern eine echte Heimstatt zu bieten. Heute existieren über hundertdreißig Dörfer dieser Art, in denen Kinder, die durch widrige Umstände ihre Eltern verloren haben, eine hervorragende Erziehung erhalten. Und zwar wie in einer richtigen Familie. Ein Dorf besteht aus fünfzehn bis zwanzig Häusern, in denen jeweils sieben bis acht Buben oder Mädchen verschiedenen Alters unter der Aufsicht einer eigens dafür ausgebildeten Kinderdorf-Mutter wie Geschwister zusammenleben. In über sechzig Ländern haben inzwischen fünfzehntausend Kinder ein vorbildliches Zuhause gefunden. Jetzt stell dir mal vor, man würde zehnmal soviel Dörfer bauen, dann wären hundertfünfzigtausend Kinder glänzend versorgt, und etwa zwanzigtausend Erzieherinnen hätten eine sinnvolle Aufgabe – ganz zu schweigen von dem Nutzen, den die Bauindustrie daraus ziehen würde. Denn bei einer Verzehnfachung müßten ja zwanzigtausend Häuser gebaut werden. Wenn jede mittlere und größere Stadt der Erde bereit wäre, die Kosten für eines dieser gar nicht so teuren Häuser zu übernehmen, ließe sich ein solcher Plan schnell realisieren.«

Pierre erkannte augenblicklich die Chance, von sich reden zu machen. Er lachte. »Verzehnfachen? Das ist nichts. Verhundertfachen muß man! Wenn schon, dann muß geklotzt und nicht gekleckert werden. Zweihunderttausend Häuser sollten gebaut werden. Anderthalb Millionen Kinder hätten dann ihre Heimstatt. Natürlich müßte man die AIWes einspannen. Die würden die Weltbank anweisen, die Kosten zu übernehmen. Ein grandioses Projekt im Interesse der Menschheit! Was sagst du dazu?«

Jetzt geht die Phantasie wieder einmal mit ihm durch, dachte Monique. Aber wie auch immer: es wäre großartig, wenn er umschalten würde. Selbst dann, wenn es ihm nur darum gehen sollte, sein Image aufzupolieren.

»Noch heute werde ich Charles Paré anrufen und ihn bitten, sofort alle Unterlagen über diese Kinderdorf-Organisation zusammenzutragen. Wie hat die sich bis jetzt finanziert?«

»Ausschließlich mit freiwilligen Spenden und Patenschaften.«

»Dann werde ich wohl auch was stiften müssen.«

»Das will ich meinen. Und ich bin überzeugt, daß du es gern tun wirst, wenn du aus den Unterlagen ersiehst, wie durchdacht bei dieser Organisation alles ist. So verbringen die Kinder jedes Jahr einige Wochen in eigenen Ferienheimen, damit die Kinderdorf-Mütter Gelegenheit finden, ihren wohlverdienten Urlaub zu nehmen.«

Seltsam, dachte Pierre. Mit vier Augen sieht die Welt viel besser aus.

Als der Fahrer Eugène den Wagen in das Stadtzentrum von Nürnberg steuerte, zeigte der Himmel bereits erste graue Fäden. Da Monique und Pierre das dringende Bedürfnis hatten, vor Einbruch der Dunkelheit wenigstens noch etwas von der ehemaligen deutschen Reichsstadt zu sehen, suchten sie ihr Hotelzimmer gar nicht erst auf, sondern begaben sich gleich in die nahe gelegene Königsstraße, die zur berühmten Sankt Lorenzkirche führt, deren Besichtigung Monique sich keinesfalls entgehen lassen wollte. Doch als sie vor dem gotischen Prachtbau standen, gestattete ihnen das Tageslicht gerade noch, das figurenreiche Portal und die darüber befindliche riesige Fensterrose zu erkennen.

»Wir sollten einen Tag hierbleiben und uns die Stadt ansehen«, sagte Monique in ihrer Enttäuschung.

Davon wollte Pierre nichts wissen. Städte besichtigen und Museen besuchen war nicht nach seinem Geschmack. Er war jedoch klug genug, dies nicht zu bekennen, erwiderte vielmehr: »Unsere Fahrt wird witzlos, wenn wir zu spät zum Sperrgebiet kommen. Seit gestern dürfte der Stacheldrahtzaun schon zusammengerissen werden. Wir können uns keine Pause leisten.«

So kam es, daß sie in Nürnberg eigentlich nur die wohlschmekkenden Rostbratwürstl und das süffige Tucher-Bier richtig kennenlernten.

Da es bis zur innerdeutschen Grenze nicht mehr allzu weit war, ließen sie sich am nächsten Morgen etwas Zeit und stiegen erst kurz vor neun Uhr in den Wagen. Die Fahrt durch Oberfranken begeisterte sie, doch noch vor Hof gerieten sie in einen unerwarteten Verkehrsstau. Den Grund erfuhren sie später an der Grenzstation, wo west- und ostdeutsche Beamte Verbrüderung feierten und mit der Bierflasche in der Hand an den geöffneten Schlagbäumen standen. Kontrollen gab es nicht mehr. Aber die

Autos von Tausenden, die helfen wollten, die Zäune verschwinden zu lassen, verstopften die Straßen.

Pierre zeigte einem Grenzsoldaten seinen Presseausweis und erkundigte sich radebrechend, wo man am günstigsten die Autobahn verlassen könne, um zum Sperrgebiet zu gelangen.

»Wenn ich Ihnen einen guten Rat geben darf«, antwortete der Uniformierte, erfreut, einem Franzosen zu begegnen, »dann machen Sie hier bei uns kehrt. Sagen Sie Ihrem Fahrer, er soll die Karosse in Richtung Nürnberg auf dem Randstreifen der Autobahn abstellen. Das ist zwar verboten, doch im Augenblick ist alles erlaubt. Auf der Rückfahrt kommen Sie dann nicht erneut in einen Stau.«

»Und wie kommen wir zu dem berüchtigten Todesstreifen?«

»Zu Fuß. Mit dem Wagen ist nicht durchzukommen.«

»Wie weit ist es bis dorthin?«

»Höchstens anderthalb Stunden. Ist ein schöner Weg.«

Pierre sah Monique fragend an. »Kommst du mit? Ich habe Verständnis dafür, wenn du unter diesen Umständen hierbleiben möchtest.«

»Für wen hältst du mich?« protestierte sie und blickte zu den Wolken hoch. »Haben wir einen Schirm an Bord, Eugène?«

»Gewiß, Mademoiselle. Ich glaube aber nicht, daß es regnen wird.«

Wenig später gingen sie über einen Waldweg schnurstracks in Richtung Osten. Ihr Ziel konnten sie nicht verfehlen. Irgendwann mußten sie die ›Todeszone‹ erreichen. Sie waren auch nicht allein. Viele Gruppen und Paare, zumeist mit prall gefüllten Rucksäcken, benutzten den gleichen Weg, der im hügeligen Gelände zeitweilig herrliche Ausblicke bot.

Nach einer guten Stunde entdeckten sie in der Ferne einen Wachturm, der von Kindern, die lauthals schrien, tobten und sangen, eingenommen worden war. Bald darauf lag das einstige Sperrgebiet unmittelbar vor ihnen. Darin wogte eine unübersehbare Menschenmenge. Fahnen wurden geschwenkt. Man stieß Hochrufe auf die AIWes aus, stimmte die westdeutsche und die ostdeutsche Nationalhymne an, fiel sich um den Hals, lud einander zum Picknick ein und tauschte Hofer Exportbier gegen Wernesgrüner Pils. Auf keinem Volksfest hatte jemals eine so fröhliche Stimmung geherrscht. Vom Stacheldrahtzaun war nichts mehr zu sehen; der war längst niedergerissen.

Ein alter Mann ging mit erhobenen Armen auf Monique und Pierre zu und umarmte beide. »Ist das nicht eine Freude?« jubelte er im sächsischen Tonfall. »Wir können wieder rübermachen! Nee, nee, nee! Ach, wenn meine Frau das noch erlebt hätte! Nee, würde die sich gefreut haben.« Er griff nach Moniques Hand. »Können Sie das verstehen?« Ihm kamen die Tränen.

Sie deutete auf sich. »Ich Französin. Nur schwer verstehen.«

»Ah, kenn' ich. Bei Ihnen, Sie heißen Madamchen!« Er wandte sich an Pierre. »Und sie Musjöh!«

»Richtig. Sind Sie aus der DDR?«

»Aus Triebel. Ich kann's noch gar nicht fassen, daß wir wieder rübermachen dürfen. Es war schrecklich. Besonders für meine Frau. Sie stammte aus Saaldorf.« Er zeigte nach Westen. »Das liegt da drüben. Ihr Elternhaus hat sie nie wieder gesehen.«

»Wie ist das Leben heute in der DDR?«

»Nu, so weit ganz gut. Wir haben kaum Arbeitslose. Aber immer Angst im Nacken. Und mit dieser Grenze sind wir nie fertig geworden, obwohl wir wußten, daß es damals nicht anders ging. Ein bißchen guter Wille, und man hätte sie längst beseitigen können.«

Pierre horchte auf. »Ich verstehe Sie nicht ganz. Was wollen Sie damit sagen?«

»Nu, als der Krieg zu Ende war, da mußten wir den größten Teil unserer Produktion an die Sowjetunion abliefern. Die Westdeutschen hatten es da besser. Denen half der Marshallplan. Dadurch waren drüben die Schaufenster bald wieder voll, bei uns aber blieben sie leer. Klar, daß alle jungen Leute rübergemacht haben. Nur waren es so viele, daß in unseren Betrieben eines Tages die Arbeitskräfte fehlten. Da hat Ulbricht mit Chruschtschow gesprochen, und der hat dann in Wien mit Kennedy vereinbart, daß unsere Regierung ihr Gebiet abriegeln darf. Wir haben das zunächst auch eingesehen, später aber, als auf Menschen geschossen wurde, die von uns nach drüben rübermachen wollten ... Stellen Sie sich vor: Deutsche schossen auf Deutsche!«

»Das ist fast nicht zu glauben«, sagte Pierre. »Gewiß sind Sie jetzt sehr froh, daß alles vorbei ist.«

»Froh?« Der Alte hob die Stimme. »Überglücklich bin ich! Wenn ich wüßte, daß morgen die Welt unterginge, dann würde ich, wie Martin Luther sagte, heute noch ein Apfelbäumchen pflanzen.« Seine Augen bekamen einen fast beschwörenden Ausdruck. »Hört mal!« rief er den in der Nähe Stehenden zu. »Wir müssen aus diesem Grenzgebiet einen wunderschönen Spazierweg machen, der von der Tschechoslowakei bis zur Ostsee führt! Hundertsechzig Kilometer lang! Mit Weihern, Sitzbänken, kleinen Ausflugstätten und Kinderspielplätzen! Und mit vielen bunten Beeten, blühenden Büschen und prächtigen Bäumen. Kein Wachturm, sondern die größte Fußgängerzone der Erde soll für alle Zeiten daran erinnern, daß sich hier einmal ein Todesstreifen befand, den die Unvernunft von Politikern geschaffen hatte. Macht mit! Laßt uns das Sperrgebiet in eine Parkanlage verwandeln!«

»Mensch, Opa, du bist Spitze!« rief ein junges Mädchen.

Im nächsten Moment schrien alle durcheinander.

»Am besten beginnen wir gleich damit, den Weg abzustecken.«

»Aber der muß ordentlich breit sein, damit man sich bequem begegnen kann.«

»Ein Radfahrweg wäre auch nicht schlecht.«

»Nee, wenn schon, dann zwei! Einer nach Norden und einer nach Süden. Sonst rempelt man zusammen.«

»Und den nach Norden nennen wir Adenauer-Weg, den nach Süden Ulbricht-Weg!«

Die phantastischsten Pläne wurden geschmiedet. Am meisten aber waren Monique und Pierre davon beeindruckt, daß es nichts gab, was die Bewohner West- und Ostdeutschlands voneinander trennte. Über die Politiker der beiden so unterschiedlich regierten deutschen Staaten wurde nicht gesprochen. Man war froh, wieder zusammen zu sein und sich frei bewegen zu dürfen. Was wollte man mehr?

Monique hakte sich bei Pierre ein. »A quelque chose malheur est bon!«

Er nickte. »Ja, auch Unglück hat seinen Nutzen.«

Nach Paris zurückgekehrt, erlebte Pierre eine große Enttäuschung. Sein Bericht über das Freudenfest der Deutschen im ehemaligen Sperrgebiet fand nur geringe Resonanz. Von ihm erwartete man Sensationen, nicht rührselige Szenen. Nach einer heißen Debatte mit Charles Paré zog er es deshalb vor, den schon geplanten Artikel über die SOS-Kinderdörfer zunächst zurückzustellen.

Monique bedrückte das, aber sie sah ein, daß der gegenwärtige

Zeitpunkt nicht günstig für eine solche Publikation war. Die Außerirdischen, die tagelang nur Wiedergutmachungsforderungen gestellt hatten, veröffentlichten nun Weisungen, die der Ankurbelung der Wirtschaft und Beseitigung der weltweiten Arbeitslosigkeit dienen sollten. Das drängte jedes andere Thema in den Hintergrund.

Zumal die AIWes sehr geschickt vorgingen. Sie proklamierten als erstes, daß jedem Hausbesitzer, der binnen vier Wochen bei seiner Gemeinde die verbindliche Erklärung abgebe, sein Anwesen renovieren und mit einer Wärmedämmung versehen zu wollen, fünfzig Prozent der Kosten von der Weltbank erstattet würden.

Aber das war nicht die einzige Vergünstigung, die in Aussicht gestellt wurde. Alle in der Wärmedämmungs-Branche Tätigen, die den Meistertitel erworben hatten, erhielten die Zusage, auf drei Jahre ein mit vier Prozent zu verzinsendes Darlehen in Höhe von fünfzigtausend Dollar eingeräumt zu bekommen, wenn sie bei der Gründung eines eigenen Unternehmens mindestens zehn Arbeitskräfte und einen Lehrling einstellten; das entsprach hundertfünfundzwanzigtausend Deutsche Mark respektive Schweizer Franken, die als Währungen auf der Konferenz der Finanzminister gleichgestellt worden waren.

›Subventionen‹, hatte der Sprecher der Außerirdischen verkündet, ›lehnen wir grundsätzlich ab, weil sie zu Wettbewerbsverzerrungen führen. Das gilt auch für große Betriebe, denen in Zukunft ein ebenso günstiges Darlehen gewährt werden kann, sofern die Beschäftigung einer gewissen Anzahl von Arbeitskräften garantiert wird. Dabei ist es Aufgabe der zu Staatsbeamten aufgestiegenen früheren Funktionäre der Gewerkschaften, entsprechende Anträge zu begutachten und dafür zu sorgen, daß die Höhe des beantragten Darlehens im richtigen Verhältnis zu den zu sichernden beziehungsweise neu zu schaffenden Arbeitsplätzen steht.‹

Dieser Passus erweckte den Unwillen vieler Unternehmer, doch der in Aussicht gestellte geringe Zinssatz wirkte wie Salbe auf eine offene Wunde. Dies um so mehr, als nicht daran gezweifelt werden konnte, daß die proklamierten Maßnahmen sich konjunkturbelebend auswirken würden. Allein die vor Wochen erfolgte Ankündigung einiger Großprojekte hatte bereits einen spürbaren Wirtschaftsaufschwung herbeigeführt.

Die nächste, nur wenige Tage später erteilte Weisung hatte wieder einen unangenehmen diktatorischen Charakter. Kurz und bündig wurde angeordnet:

›Ab ersten Januar ist das Betanken von Autos durch Selbstbedienung untersagt. Wir haben Verständnis dafür, daß sich die Industrie aus Wettbewerbsgründen immer häufiger der Mikrochips und Roboter bedient. Dies wird der Arbeiterschaft in wenigen Jahren sogar zustatten kommen. Denn warum sollen Maschinen dem Menschen das Leben nicht erleichtern, wenn für das Auskommen aller gesorgt ist? Und das wird in absehbarer Zeit der Fall sein. Aber es geht nicht an, daß um des Vorteils einiger weniger willen Arbeitsplätze beseitigt werden. In Europa gibt es annähernd hunderttausend Selbstbedienungs-Tankstellen. Wenn an jeder nur zwei Tankwarte Beschäftigung finden, ist das Heer der Arbeitslosen schlagartig um zweihunderttausend Mann verringert. Und das ohne jede Investition!

Den Tankstellenbesitzern kann freilich nicht zugemutet werden, daß sie die dadurch entstehenden Mehrkosten übernehmen. Wir verfügen deshalb: Alle Staaten haben von dem Steuerbetrag, der pro Liter Benzin und Dieselöl vereinnahmt wird, zwei Cents respektive fünf Pfennig oder fünf Rappen an den Tankstellenbesitzer abzuführen, damit dieser in der Lage ist, eine seinem Umsatz entsprechende Anzahl von Arbeitskräften einzustellen.

Da ein Tankwart auch die Aufgabe hat, den Reifendruck, Ölstand und das Kühlwasser zu kontrollieren, wird damit gleichzeitig eine Gefahr beseitigt, die aus der Nachlässigkeit vieler Autobesitzer resultiert.

Für den Fall, daß es nicht genügend Bewerber in dieser Berufssparte geben sollte, bestimmen wir, daß Arbeitslose, die sich weigern, die Tätigkeit eines Tankwarts zu übernehmen, vom gleichen Tage an ihr Auto nicht mehr benutzen dürfen. Führerschein und Zulassung sind einzuziehen.‹

Verständlich, daß sich über diese Anordnung mancher Arbeitslose höllisch erregte. Aber auch für sie gab es eine Genugtuung. Denn in der nächsten Proklamation wurde die Schwarzarbeit unter drastische Strafe gestellt.

›Wer bei der Ausübung von Schwarzarbeit ertappt wird, hat ein Bußgeld von fünfzehntausend Dollar zu entrichten‹, hieß es in der Anordnung. ›Wer Schwarzarbeit in Auftrag gibt, hat fünfundzwanzigtausend Dollar zu zahlen. Und wer Schwarzarbeit vermittelt, hat fünfzigtausend Dollar abzuführen. Außerdem ist allen drei Gruppen der Führerschein auf fünf Jahre zu entziehen. Zu überwachen sind diese Bestimmungen durch die Ortspolizei. Wo nicht unnachsichtig durchgegriffen wird, belegen wir den betreffenden Bezirk mit der Zündfunkensperre.‹

»Jetzt ziehen die AIWes die Zügel aber tüchtig an«, sagte Jean-Paul, als er mit Monique und seinem Bruder wieder einmal im Bistro zusammentraf.

»Wie nennst du das?« brauste Pierre auf. »Das ist doch reinste Vergewaltigung! Du scheinst vergessen zu haben, daß du vor noch gar nicht langer Zeit mit glühender Zunge gegen jede Art von Diktatur gewettert hast.«

»Und du hast damals...«

»Mit Vorhaltungen ist niemandem gedient«, fiel Monique ein. »Es ist das Recht eines jeden, seine Meinung zu korrigieren, wenn eingetretene Veränderungen eine neue Lage geschaffen haben. Und das ist heute der Fall.«

»Na, bitte!« triumphierte Pierre.

Monique betrachtete ihn abschätzend. Sie ahnte, daß er die Panne, die er mit seinem Artikel über das Freudenfest im einstigen deutschen Sperrgebiet erlitten hatte, nicht verwinden konnte. Er war der Überzeugung gewesen, wie kein anderer zu wissen, was beim Zeitungsleser ankommt. Nun aber, da er sich geirrt hatte, haderte er mit Gott und der Welt und suchte die Schuld an seiner Fehleinschätzung nicht bei sich, sondern beim Publikum, auf das, wie er jetzt sagte, nicht der geringste Verlaß sei. Ja, er war so sehr mit sich zerstritten, daß er den AIWes, denen er seinen Aufstieg gewissermaßen zu verdanken hatte, nur noch Machtgelüste unterstellte. Es war ihm allerdings zuzubilligen, daß er sich von Anfang an gegen die Wiedergutmachungspläne aufgelehnt hatte. Aber er erkannte nicht, daß er den Boden der Objektivität in zunehmendem Maße verließ und so empfindlich wurde, wie amerikanische Politiker, wenn man mit ihnen über sowjetische Funktionäre spricht.

Monique bereitete dies Sorge. Sie entgegnete deshalb nachsichtig: »Lassen wir die Frage einmal beiseite, ob die Außerirdischen uns diktatorisch kujonieren wollen oder ob sie versuchen, uns Erdbewohner auf autoritärem Weg aus der Misere zu befreien, in die wir geraten sind. Du wirst zugeben müssen, daß die Menschheit, falls es jetzt nicht zu einem grundlegenden Wandel gekommen wäre, in spätestens zwei bis drei Generationen einer Katastrophe entgegengehen müßte.«

»Das streite ich nicht ab. Aber die Methoden der AIWes verletzen die menschliche Würde; sie berauben uns unserer individuellen Lebensform.«

»Und wie soll vorgegangen werden? Mit demokratischen Glacéhandschuhen? Bleib auf dem Teppich, Pierre! Zur Debatte steht einzig und allein, ob wir egoistisch nach dem Motto leben wollen: ›Nach uns die Sintflut!‹ oder ob wir verpflichtet sind, unser Leben so einzurichten, daß unsere Nachkommen vorfinden, was wir vorgefunden haben: eine Existenzgrundlage! Ich garantiere dir, daß sie uns verfluchen werden, wenn wir nicht bereit sind, in ihrem Interesse auf ein paar Kleinigkeiten zu verzichten, die zwar angenehm sind und an die wir uns gewöhnt haben, ohne die wir jedoch immer noch ein wesentlich aufwendigeres Leben führen können, als unsere Vorfahren es jemals konnten.«

»Das brauchst du mir nicht vorzubeten«, verteidigte sich Pierre. »Aber mit subventionierter Wärmedämmung und verbotener Schwarzarbeit wird nichts erreicht. Wenn wir etwas für die kommende Generation tun wollen, müssen wir beim Natur- und Umweltschutz beginnen. Das ist wichtiger, als sich Sorgen um den richtigen Reifendruck unserer Autos zu machen. Immer wieder sollten wir uns vergegenwärtigen, daß durch die Nichtbeachtung der Ökologie tagtäglich eine Tierart ausstirbt!«

»Ja, das ist sehr schlimm«, ereiferte sich Monique. »Aber wieviel Menschen sterben täglich an Hunger? Zum Beispiel alle zwei Sekunden ein Kind! Hast du das vergessen? O Pierre, ich verstehe dich nicht mehr. Was ist nur in dich gefahren? Nach deinem Gerede würde es mich nicht wundern, wenn du morgen in einem Artikel das Aussterben der Blaumeisen als Gotteslästerung anprangertest.«

Pierre verlor die Beherrschung. Er sprang auf und wollte gehen.

Jean-Paul hielt ihn am Ärmel zurück. »Da nicht anzunehmen ist, daß dich eine Tarantel gestochen hat, setzt du dich wieder hin!«

Monique war blaß geworden. »Ich stehe vor einem Rätsel. Was haben dir die Außerirdischen getan, daß du dich plötzlich so gegen sie auflehnst?«

»Ich lehne mich nicht auf«, entgegnete er. »Aber ich habe gerade heute morgen in einer Schrift von Solschenizyn gelesen, daß es in der Weltgeschichte nie eine Macht gegeben hat, für die keine Gegenmacht existierte. Das leuchtet mir ein, darauf baue ich jetzt. Und das tröstet mich, wenn ich höre, daß unsere Ordnungshüter in Zukunft Schwarzarbeiter aufzuspüren haben und ehemalige Gewerkschaftsfunktionäre über die Höhe eines Darlehens entscheiden sollen, das ein Unternehmer beantragt. Siehst du denn nicht, daß da ein Polizeistaat aufgezogen wird!«

»Schluß mit dem Streit, der zu nichts führt«, bestimmte Jean-Paul. »Dies ist – ich fand bis jetzt ja keine Gelegenheit, es euch zu sagen – für voraussichtlich lange Zeit der letzte Abend, an dem wir zusammensitzen. Schon morgen fahre ich mit meiner Einheit los. Nach Algerien!«

Monique und Pierre vergaßen augenblicklich ihren Zwist.

»Gemeinsam mit einer deutschen Panzerbrigade und italienischen Pionieren beginnen wir mit den Vorarbeiten zur Bewässerung der Sahara. Dazu gehört der Bau von Straßen und das Einleiten all jener Maßnahmen, die geeignet sind, die Infrastruktur zu verbessern.«

»Und wer hat euch den Auftrag gegeben?« fragte Pierre verblüfft.

»Na, wer schon? Die AIWes! Oder hast du ihre erste Großproklamation vergessen?«

»Natürlich nicht. Aber da wurde nur allgemein darauf hingewiesen, daß das Militär solche Aufgaben übernehmen soll.«

»Unserer Truppe und der Industrie hat das genügt. Wir haben uns zusammengesetzt und überlegt, was man benötigt, um ein Projekt wie die Bewässerung der Sahara zu verwirklichen. Dann haben wir bei der Weltbank angefragt, ob die Finanzierung übernommen wird. ›Selbstverständlich‹, wurde uns erklärt. Ja, meine Lieben, Initiative zahlt sich aus! Täglich stehen jetzt fast zwei Milliarden Dollar zur Verfügung, die früher weltweit für die Rüstung ausgegeben wurden.«

Moniques Wangen röteten sich. »Ist ja sagenhaft! Ohne eine eindeutige Weisung erhalten zu haben, legt ihr los?«

»Nicht nur wir«, versicherte Jean-Paul. »Überall ist das Militär dabei, den Anfang zu machen.«

Pierre mäkelte: »Na ja, wenn Soldaten einen Befehl erhalten, dann wird der – zack, zack – auf der Stelle durchgeführt. Ziel erkannt – Feuer frei!«

Jean-Paul ließ sich nicht provozieren. »Genauso ist es«, bestätigte er. »Und das haben die AIWes Gott sei Dank nicht übersehen.«

»Sie erwähnten auch die Industrie«, sagte Monique. »Wieso arbeiten Sie mit der zusammen? Ich erinnere mich, daß Sie keine große Meinung von ihr hatten.«

»Weil wir zu Marionetten degradiert waren, die nach deren Pfeife zu tanzen hatten. Heute ist es umgekehrt. Man hängt sich an unsere Rockschöße, um Aufträge zu erhalten. Wir brauchen ja enorm viel Maschinen und Geräte.«

Monique blickte gedankenverloren vor sich hin. »Mir ist zumute, als erlebte ich ein Wunder.«

»Wir haben nur damit begonnen umzudenken, wie jene Mademoiselle Stéphanie das nannte. Es ist wirklich phantastisch, wenn man sich von alten Zöpfen befreit und beginnt, global zu denken. Ich weiß, daß das Leben in der Wüste kein Zuckerschlecken für mich sein wird, doch die Vorstellung, daß durch meine Arbeit hungernde Menschen eines Tages Nahrung erhalten werden, ist überaus befriedigend.«

»Auch dann noch, wenn du erfährst, daß die Welt nahe daran ist, im Getreide zu ersticken?« fragte Pierre, weniger aus Überzeugung als im Bestreben, nicht ganz an die Wand gespielt zu werden. »Animiert durch Anbau- und Exportsubventionen produzieren die Länder der Europäischen Gemeinschaft schon seit Jahren mehr Getreide, als sie benötigen. Und das wird gehortet. Auch die US-Farmer wissen nicht, wohin mit ihren Ernten, obwohl sie der Aufforderung des amerikanischen Landwirtschaftsministeriums entsprochen und ihr Anbaugebiet gegen Erhalt einer Prämie um fünfzehn Prozent verringert haben.«

Monique saß plötzlich steil aufgerichtet. »Das wird ein Rohrkrepierer! Denn deine Feststellung belegt eindeutig, wie wichtig es ist, daß die AIWes eingegriffen haben. Es ist doch widersinnig, Prämien für die Verringerung von Getreideernten zu zahlen, nur um den Preis hochzuhalten. Und zur gleichen Zeit verhungern Millionen Menschen! Behörden, die so etwas tun, verstoßen gegen die Würde des Menschen, nicht aber die Außerirdischen, die zugegebenermaßen hart, jedoch gerecht vorgehen.«

»Gut, diesmal ist es an mir, dir zuzustimmen«, entgegnete Pierre und wandte sich an seinen Bruder. »Vergessen wir unsere unterschiedlichen Auffassungen. Aber erkläre mir folgendes: Woher wißt ihr, Männer der Force de frappe, deutsche Panzerbesatzungen und italienische Pioniereinheiten –, wie man es anstellt, die Sahara zu bewässern? Man kann doch nicht einfach an allen möglichen Stellen Bohrungen vornehmen in der bloßen Hoffnung, auf Wasser zu stoßen. Oder?«

»So geht das natürlich nicht«, antwortete Jean-Paul. »Wir beschäftigen uns schon seit Wochen sehr intensiv mit der Frage, auf welche Weise man vorgehen könnte. Zuerst dachten wir daran, an den Küsten Entsalzungsanlagen zu errichten und diese mit Solarenergie zu betreiben. Doch dann wies uns ein glücklicher Zufall einen weitaus besseren Weg. Wir besuchten einen Vortrag über das Thema ›Menschheit am Wendepunkt‹. Bei der Gelegenheit kamen wir mit Forschern zusammen, die sich ausschließlich mit den Problemen arider Gebiete beschäftigen. Unter ihnen befand sich ein sehr eigenwilliger deutscher Wissenschaftler, der im Bestreben, trockene Gebiete Griechenlands mit Wasser zu versorgen, einen höchst unorthodoxen Weg beschritten hatte. Davon ausgehend, daß es eine Reihe von Bergen gibt, in deren Tälern oder Randgebieten sich trotz häufiger Regenfälle keine Flüsse bilden, fragte er sich: Wo bleibt das Wasser? Verschwinden kann es nicht. Also muß es durch unterirdische Kanäle in die nächstgelegenen Meere abfließen. Diese Überlegung ließ ihn nicht mehr zur Ruhe kommen. Nach vielen Bemühungen fand er vor der griechischen Küste einige Zonen, in denen der Salzgehalt des Wassers geringer war als anderswo. Drei Jahre lang zog er in diesen Gebieten mit einem kleinen Nachen seine Kreise, bis es ihm schließlich gelang, eine Stelle zu lokalisieren, an der eindeutig Süßwasser aus dem Meeresboden heraustritt. Daraufhin verhandelte er mit den Behörden, erwirkte, daß eine Betonmauer um die gefundene Quelle gelegt wurde, und – heute wird das so eingefangene kostbare Naß an Land gepumpt.«

»Phantastisch!« begeisterte sich Monique.

»Die libysche Regierung hörte vom Erfolg des Professors und bat ihn zu prüfen, ob es auch in ihrem Land unterirdische Wasseradern gebe. Und siehe da, er fand eine solche, allerdings auf noch verrücktere Weise als in Griechenland. Bei einem Flug, den er unmittelbar vor Sonnenaufgang über der Sahara durchführte, sah er etwas, das bisher niemandem aufgefallen war: Die Sebhkahs, wie die vielfach anzutreffenden fast weißen Salzbecken genannt werden, zeigten sich als dunkle Flächen, die jedoch unmittelbar nach Einstrahlung der Sonne wieder ihre bekannte helle

Farbe annahmen. Und er kombinierte: Da muß Feuchtigkeit aufsteigen, die den Boden nachts näßt und ihm ein dunkles Aussehen gibt. Dann kommen die ersten Sonnenstrahlen und bewirken, daß die geringe Wassermenge binnen kürzester Frist verdunstet. Es entstehen winzige Salzkristalle, und die Sebhkah erhält erneut ihr helles Aussehen. So also haben sich im Laufe der Jahrtausende die großen Salzbecken gebildet!«

»Das hat man vorher nicht gewußt?« fragte Pierre verblüfft.

»Nein. Und dann tat dieser von seinen Ideen besessene Wissenschaftler etwas Frappierendes. Immer wieder flog er über die Wüste, registrierte die Lage und Ausmaße der Sebhkahs, fuhr schließlich mit dem Wagen noch vor Sonnenaufgang zu jeder einzelnen von ihnen, nahm monatelang eine Verdunstungsmessung nach der anderen vor, trug die ermittelten Werte in die Landkarte ein, verband sie zu guter Letzt miteinander, ähnlich wie Isobaren in einer Wetterkarte, und erklärte seinen staunenden Auftraggebern: ›Woher das Wasser kommt, weiß ich noch nicht. Ich vermute, daß es aus dem weit entfernt gelegenen Tschadsee stammt. Mit Bestimmtheit aber kann ich heute sagen, daß ich einen unterirdischen Flußlauf ausfindig gemacht habe, der meinen Messungen zufolge vor der Stadt Tripolis ins Mittelmeer mündet.‹«

»Ist ja sagenhaft!«

»Der Deutsche hatte den Mund nicht zu voll genommen. Schon wenige Wochen später fand er die Austrittsstelle des unterirdischen Flusses, ließ wiederum eine Betonmauer um die Quelle errichten und – Tripolis ist seitdem mit bestem Süßwasser versorgt.«

Moniques Augen glänzten. »Das ist die aufregendste Forscher-Story, die ich je gehört habe. Wird dieser Wissenschaftler dem Militär bei der Bewässerung der Sahara helfen?«

»Ja. Wenn ich ihn richtig verstanden habe, will er dabei ein neues, ebenfalls absonderliches Verfahren zur Anwendung bringen. Ihm schwebt vor, seismische Messungen mit hochfrequenten Scherwellen vorzunehmen. Die Methode kann ich nicht erklären. Aber ich bin glücklich, diesen Mann kennengelernt und von ihm die Zusage erhalten zu haben, daß er uns in jeder Hinsicht unterstützen wird. Wir treffen uns in Bône.«

»Ich gratuliere!« sagte Pierre. »Mich setzt allerdings in Erstaunen, daß so gravierende Entdeckungen nicht bekannt wurden.«

»Das hat viele Gründe«, erwiderte Jean-Paul. »Vor allen Dingen sind die Kosten für ein weltweites Patentrecht viel zu hoch, als daß ein Wissenschaftler sie aufbringen könnte.

Monique wandte sich an Pierre. »Mein Vater sagte einmal wörtlich das gleiche.«

Um sein krasses Urteil über die Außerirdischen vergessen zu machen, antwortete er: »Dann finde ich, daß diese Gemeinsamkeit zwischen deinem Vater und meinem hochlöblichen Bruder Grund genug für euch wäre, das förmliche ›Sie‹ fallen zu lassen.«

Monique deutete einen Kuß an. »Endlich ein vernünftiger Vorschlag. Bestell eine Flasche Champagner! Abschied und Brüderschaft – das muß gefeiert werden.«

Monique hatte sich einen beschwingten Anschein gegeben, um nicht erkennen zu lassen, wie sehr ihr Jean-Pauls Fortgang zu schaffen machte. Beide waren sich in einer Weise nahegekommen, die sie eng miteinander verband. Vielleicht würden sie ein anderes Verhältnis zueinander gefunden haben, wenn Pierre nicht Jean-Pauls Bruder gewesen wäre. Monique war in einen Strudel von Empfindungen geraten, als sie erkannte, daß es letztlich nur Pierres jungenhafte Forschheit und Unbekümmertheit gewesen war, die sie betört hatte. Erst seit sie Jean-Paul kannte, war ihr klar, daß sie sich nach etwas ganz anderem sehnte, eben nach jener verhaltenen Männlichkeit, die Pierres Bruder auszeichnete. Doch wie die Dinge lagen, hatte es kein Zurück für sie gegeben, und es entsprach ihrer Geradlinigkeit, daß sie sich nun erst recht Pierre zuwandte. Dabei hatte ihr der Elan geholfen, mit dem er sie aus der Versponnenheit ihres Studiums herausgerissen und in eine Welt gestellt hatte, die nicht nur wissenschaftliche Probleme kennt.

Wie paradox es Monique auch erschien, sie spürte, daß mit der räumlichen Trennung von Jean-Paul ihre Bindung zu ihm wachsen und somit auch ihr Leben an Pierres Seite eine Veränderung erfahren würde. Sie waren im Grunde genommen zu verschieden – selbst dort, wo sie übereinstimmten. So war für Pierre die Abschaffung der Waffen eine Tat gewesen, die seine Vernunft guthieß. Monique hingegen empfand diesen Vorgang mit dem Herzen. Sie hatte im Rüstungswahn die Einleitung eines weltweiten Bethlehemitischen Mordes gesehen; es war ihr von jeher unbegreiflich gewesen, daß christliche Staatsmänner, die Atombomben herstellen ließen, den Mut aufbrachten, an einer Heiligen Messe teilzunehmen. Für sie war das Blasphemie.

Zum Glück gab es nun keine Bedrohung durch Waffen mehr. Aber wie sollten sie, bei der Verschiedenheit ihres Denkens und Empfindens, gut miteinander auskommen in einer Zeit, da die AIWes Weisungen erteilten, die leicht zu konträren Auffassungen führen konnten? Jean-Paul hatte oft ausgleichend gewirkt. Bestand nun nicht die Gefahr, daß die Streitgespräche ausuferten und sie endgültig entzweiten? Sie beide waren nicht mehr von jenem inneren Frieden beseelt, der Anfechtungen abwehrt und unsichtbare Brücken schlägt.

Doch Monique machte sich unnötig Sorgen. Pierre bemühte sich nach Jean-Pauls Abreise so sehr um sie, daß sie sich fragte, ob er ahne, was sie beschäftigte. Und die Außerirdischen erließen in jenen Tagen Anordnungen, die nicht nur vom Volk, sondern auch von den Regierenden aller Staaten begrüßt wurden. So hieß es in einer Weisung:

›Industrieabgase, die Menschen erkranken und Wälder absterben lassen, sind innerhalb von zwei Jahren soweit zu entgiften, daß von einem Industrieofen keinesfalls mehr als hundert Milligramm Schwefeldioxid pro Kubikmeter Abluft in die Atmosphäre gelangen. Dabei ist das umweltfreundliche Wirbelschichtverfahren in Anwendung zu bringen, bei dem der Entschwefelungsgrad auf mehr als fünfundneunzig Prozent gesteigert werden kann.

Da diese Anordnung im Interesse aller gegeben wird, weisen wir die Weltbank an, die hierfür aufzubringenden Kosten aus dem Fond der früheren Rüstungsausgaben ebenso zu erstatten wie im Fall der Sicherung der Regenwälder. Industrieöfen, deren Alter eine Umrüstung nicht mehr möglich macht, sind innerhalb der nächsten drei Jahre durch neue Anlagen zu ersetzen.

In diesem Zusammenhang empfehlen wir allen in der Rüstungsindustrie freigewordenen Wissenschaftlern und Ingenieuren, sich umgehend mit den Verwertungsmöglichkeiten der Kohle zu befassen. Dabei sollte jener Weg nicht außer acht gelassen werden, der einst über Synthesegas, Steinkohlenteer und Zellulose hervorragende Bausteine für andere Stoffe lieferte. Dieser Weg muß neu beschritten und unter Hinzuziehung der überall vorhandenen Abfälle mit der heutigen Petrochemie verknüpft werden, um zu energiesparenden und umweltschonenden Zwischenprodukten zu gelangen. Denn nicht nur das Erdöl, auch die Kohle ist zu schade, um verbrannt zu werden. Es ist erstaunlich, wie wenig dieser Rohstoff bis heute erforscht wurde.‹

Eine andere Weisung der AIWes lautete: ›Sämtliche in Angriff genommenen Autobahnen sind *umgehend* fertigzustellen. Das gleiche gilt für den Ausbau von Flughäfen, sofern es sich nicht um Projekte handelt, die sich noch in der Planung befinden. Auch alle im Entstehen begriffenen Kernkraftwerke sind so *schnell wie möglich* zu vollenden und ihrer Bestimmung zuzuführen. Auf diesen drei Sektoren dürfen jedoch keine neuen Vorhaben konzipiert werden. Es ist vielmehr dafür zu sorgen, daß das Vorhandene im besten Zustand erhalten bleibt.

Diese Mahnung richten wir speziell an die Vereinigten Staaten von Amerika, deren nahezu sechshunderttausend Autobahnbrükken und Überführungen so schwere Mängel aufweisen, daß US-Experten zu der Auffassung gelangt sind, jede zweite von ihnen stehe praktisch vor dem Einsturz. Schlimmer noch sind die Sicherheitsverhältnisse auf den amerikanischen Eisenbahnstrecken, deren Gleiskörper so ausgefahren sind, daß Güter- und Personenzüge ihre Geschwindigkeit streckenweise auf Fahrradtempo reduzieren müssen. Wir verfügen deshalb, daß das Autostraßen- und Eisenbahnnetz der Vereinigten Staaten – wie überhaupt auf der ganzen Erde – innerhalb von fünf Jahren in einen ordnungsgemäßen Zustand gesetzt werden muß. Die Zahl der Arbeitslosen wird sich dadurch drastisch reduzieren.

An dieser Stelle halten wir es für notwendig, eine Verordnung hinsichtlich der Unterstützung von Arbeitslosen zu erlassen. Bisher sind diesbezügliche Bestimmungen in allen Ländern verschieden. Das ist unfair. Der Mensch muß überall die gleichen Rechte genießen. Wir ordnen deshalb an, daß, beginnend mit dem nächsten Monat, folgendes Gesetz, dem in etwa das Schweizer Modell zugrunde liegt, global zur Anwendung gelangt: Arbeitslosenunterstützung wird bis zu einem halben Jahr gewährt, sofern der Arbeitsuchende bereit ist, in dieser Zeit an einem Fortbildungs- oder Umschulungskurs teilzunehmen. Arbeitslose, die sich weigern, Ausbildungslehrgänge zu besuchen oder eine Arbeit zu verrichten, die nicht dem von ihnen erlernten oder ausgeübten Beruf entspricht, erhalten keine Unterstützung.

Diese Bestimmung mag hart anmuten, doch wer sich über die Bedürfnisse der Gemeinschaft hinwegsetzt, kann nicht erwarten, daß diese für ihn eintritt.‹

Das für alle Staaten der Erde proklamierte Gesetz über die Arbeitslosenunterstützung machte in einigen Ländern böses Blut. Allgemein jedoch fand die Anordnung großen Anklang, da die meisten Staaten bislang Unterstützungszahlungen nur für eine wesentlich geringere Periode gewährt hatten. In den USA war es fast schon selbstverständlich, daß arbeitslose Akademiker sich als Taxifahrer verdingten und hochqualifizierte Facharbeiter Dachrinnen reinigten, um sich ihren Lebensunterhalt zu verdienen.

Gerade weil die Amerikaner bewundernswert realistisch denken und handeln, fiel es ihnen schwer, sich damit abzufinden, daß der miserable Zustand der Straßen und Eisenbahnlinien ihres Landes weltweit publik gemacht worden war. Dies umso mehr, als in der Folge viele Zeitungen, im Bestreben von eigenen Mißständen abzulenken, in aufgebauschter Form über weitere unhaltbare Zustände in ›God's own country‹ berichteten. So wurde darauf hingewiesen, daß allein im New Yorker Bezirk zehntausend Kilometer Straßen, tausend Brücken, ja neuntausend Kilometer Trink- und Abwasserleitungen sich in einem kaum reparablen Zustand befinden.

»Es will mir nicht in den Kopf, wie so etwas möglich ist«, sagte Monique, als sie einen dieser Berichte gelesen hatte.

»Meinst du den abfälligen Tenor des Artikels, oder denkst du an die geschilderten Zustände?«

»Mir mißfällt beides. Der unbegreifliche Verfall beschäftigt mich im Moment natürlich mehr.«

Pierre zuckte die Achseln. »Der Niedergang in den amerikanischen Großstädten – und nur dort herrschen derart katastrophale Verhältnisse – ist darauf zurückzuführen, daß es die Stadt- und Bundesverwaltungen in den vergangenen Jahrzehnten vorgezogen haben, den Rahmen der Städte durch Neubauten auszuweiten, anstatt instand zu halten, was vorhanden war. Da blieb den Amerikanern nichts anderes übrig, als sich mit Flickwerk zu begnügen und Trost in sarkastischen Redensarten zu suchen. So geben sich die Autofahrer den Tip: ›Immer schön in der Straßenmitte bleiben! Die Außenbahnen der Brücken brechen zuerst weg!‹«

Monique schüttelte den Kopf. »Wenn ich das alles höre, danke ich dem Schöpfer, daß er uns die AIWes geschickt hat.«

Pierre verzog den Mund. »Da stimme ich nur mit halbem Herzen zu. Für mich ist zum Beispiel die Regelung der Arbeitslosenunterstützung ein unstatthafter Eingriff in die persönliche Freiheit des Menschen. Ich gebe zu, daß Zahlungen über ein halbes Jahr einen segensreichen Fortschritt darstellen, denn es gibt viele Länder, in denen, wenn überhaupt, eine Unterstützung höchstens für sechs bis acht Wochen gewährt wurde. Es geht aber nicht an, von einem Arbeiter oder Angestellten, der seinen Posten verloren hat, zu verlangen, daß er an Ausbildungskursen teilnimmt, die ihn überhaupt nicht interessieren. Was meinst du, was im Kopf eines Anstreichers vorgeht, wenn er an einem Unterricht über Elektrotechnik teilnehmen muß?«

»Die Bestimmung über die Teilnahme an einem Unterricht ist überhaupt nicht so gemeint«, entgegnete Monique. »Betrachte die Sache einmal von einer anderen Seite. In Deutschland gibt es fast zwanzigtausend stellungslose Lehrer. Die könnte man doch auf bestimmte Sachgebiete umschulen. Außerdem werden sich unter ihnen viele befinden, die über Sprachkenntnisse verfügen. Warum erteilt man ihnen nicht den Auftrag, Arbeitslosen – und unter diesen vorrangig den Jugendlichen – ihr Wissen zu vermitteln? Die Kosten wären gering, da die stellungslosen Lehrer ohnehin Unterstützung erhalten.«

»Einverstanden, aber nur auf freiwilliger Basis. Mit Zwang legt man Feuer, das eines Tages gelöscht werden muß.«

»Was die AIWes fordern, ist kein Zwang in dem von dir unterstellten Sinn«, widersprach Monique. »Man könnte allenfalls von einem milden Zwang sprechen.«

Pierre rang die Hände. »Jetzt packst du auf die *weiche* Diktatur und die *sanfte* Gewalt auch noch den *milden* Zwang!«

»Meines Erachtens zu Recht. Denn wenn wir von denen, die keine Kündigung erhalten haben, Solidarität mit den Arbeitslosen erwarten, dann ist es nicht mehr als recht und billig, die Entlassenen zur Solidarität mit ihren arbeitenden Kollegen aufzufordern. Wir müssen lernen, auf allen Gebieten umzudenken, wie Mademoiselle Stéphanie sich ausdrückte. Dann bildet sich von selbst jene Einsicht, die Einbildung verdrängt und Freude an jeglicher Weiterbildung weckt.«

Erneut trafen sich im Pentagon jene höheren Offiziere und Beamten, die vor geraumer Zeit an der geheimen Sitzung teilgenommen hatten, deren Thema die Stationierung zweier U-Boote unter der Eisdecke des Nordpols gewesen war. Das damals zur Debatte gestellte Unternehmen ›Deepsea‹ war mit Erfolg durchgeführt worden. Die Fernzündung der AIWes hatte die achtundvierzig Langstreckenraketen, die sich an Bord der beiden U-Boote befanden, in der Tiefe des Polarmeeres nicht zur Explosion gebracht. Für die Vereinigten Staaten bestand nun die Möglichkeit, im äußersten Notfall dreihundertvierundachtzig Atomsprengköpfe abzufeuern. Doch es war weder damals beabsichtigt gewesen, noch dachte man jetzt daran, den Versuch zu wagen, gegen die unbekannten Wesen aus dem All vorzugehen. Wie hätte man das auch bewerkstelligen können? Die Raketen waren lediglich in Sicherheit gebracht worden, damit man nicht wehrlos war, wenn Meinungsverschiedenheiten unter den Wissenschaftlern beziehungsweise den Außerirdischen zu einer bedrohlichen Veränderung der Verhältnisse führen sollten.

»Gentlemen«, sagte der General, der in der früheren Besprechung für Besonnenheit plädiert hatte, »ich habe Sie zu diesem Gespräch gebeten, um mit Ihnen ein Problem zu erörtern, das über unsere Kompetenz hinausgeht und außerhalb unseres Kreises nicht bekannt werden darf. Es geht um die Frage: Wo befindet sich die Zentrale der offensichtlich im Einvernehmen mit den Außerirdischen operierenden Gelehrten? Ich bin mir darüber im klaren, daß ihr Versteck ebenso schwer gefunden werden kann wie jene berühmte Stecknadel im Heuhaufen. Aber es gibt etwas, das die Suche erleichtern wird. Im Gegensatz zu der unbeweglichen Nadel sind die Wissenschaftler gezwungen, mit der Welt in Kontakt zu bleiben. Und ihr Quartier läßt sich gewiß nicht in einem kleinen Haus unterbringen. Wir haben einen Computer mit all den Weisungen und Aktionen gefüttert, die von den Außerirdischen erteilt wurden beziehungsweise durchgeführt worden sind, und wir ermittelten, daß eine Schaltstelle mit mindestens tausend Akteuren existieren muß.«

»Und die möchten Sie eliminieren, Sir?« fragte der Beamte vom Nationalen Sicherheitsdienst.

Der General antwortete nach kurzem Zögern: »Ich halte es lediglich für meine Pflicht herauszufinden, wo sich der Sitz jener Organisation befindet, die sich das Recht anmaßt, entscheidend in das Leben auf der Erde einzugreifen.«

»Bis jetzt geschah das durchweg im positiven Sinn«, warf der Vertreter der ONI, des Nachrichtendienstes der Marine ein.

Der General straffte sich. »Ihr Hinweis und die zuvor von

Ihrem Kollegen gestellte Frage zwingen mich zu klären, welche Einstellung jeder von Ihnen zu den außerirdischen Wesen hat.«

»Ich glaube dazu folgendes im Namen aller zum Ausdruck bringen zu dürfen«, ergriff der Beamte des Zentralen Nachrichtendienstes CIA das Wort. »Von der Auswirkung einiger weniger Weisungen einmal abgesehen, sind wir durchweg verblüfft über die noch vor kurzem für völlig unmöglich gehaltene Konjunkturbelebung. Viele der Direktiven müssen als sinnvoll angesehen werden. Wir selbst verspüren die Auswirkungen am eigenen Leib. Unser Verteidigungsministerium wurde zur Koordinationszentrale jener Länder, in denen Gezeitenkraftwerke gebaut werden sollen. Niemand ist brotlos geworden. Marine und Luftwaffe haben ihre Chance ergriffen. Die Weltbank gab grünes Licht. Jetzt fahren und fliegen US-Navy und Air Force mit Unterkunftsbaracken und Planungsstäben, Lebensmitteln und Wissenschaftlern, Technikern und Ingenieuren an all jene Plätze, wo in kanadischen, australischen, argentinischen, koreanischen, russischen, französischen und englischen Meeresbuchten der Gezeitenhub besonders hoch ist und zur Energiegewinnung genützt werden soll. Unverkennbar ist, daß es wirtschaftlich bergauf geht. Wir werden aber das ungute Gefühl nicht los, geknebelt zu sein und eines Tages Ähnliches erleben zu müssen wie das, was sich einst in Deutschland abgespielt hat. Dort schmolz die Zahl der Arbeitslosen nach Hitlers Machtergreifung innerhalb von zwei Jahren von sechs Millionen auf Null! Was aber kam dann?«

»Das ist es in der Tat, was uns mit großer Sorge erfüllt«, stimmte ihm der Angehörige des früheren Militärischen Abschirmdienstes zu. »Sir, wir sind mit Ihnen der Meinung, daß das Hauptquartier der Mitarbeiter der AIWes im Interesse unserer Sicherheit unbedingt aufgespürt werden muß!«

Der General blickte in die Runde. »Denkt jemand anders?«

Es meldete sich keiner.

»Dann, Gentlemen, stehen wir vor der schwierigen Frage: Wo beginnen?«

»Vielleicht wird es einfacher, wenn wir umformulieren«, sagte der Beamte der CIA. »Wo *können* wir beginnen?«

Der Beauftragte des Nachrichtendienstes der Marine verblüffte mit der Antwort: »Vielleicht bei den Sowjets. Warum in einem solchen Fall nicht mit den Russen zusammenarbeiten? Die würden bestimmt auch gerne wissen ...«

»Ausgeschlossen!« unterbrach ihn der General. »Nicht ohne Grund betonte ich eingangs, daß dieses Gespräch über unsere Kompetenz hinausgeht und kein Wort nach draußen dringen darf. Die Außerirdischen haben lange Ohren. Wenn die erfahren, welche Frage wir erörtern, werden sie unser Land mit einer Zündfunkensperre belegen.«

»Mir fällt da gerade etwas ein«, sagte der CIA-Beamte. »Hat damals nicht der Leiter der Direction Générale de la Sécurité Extérieure unseren Präsidenten über die Vorgänge in Orly informiert? Der Franzose war der erste, der darauf hinwies, daß die vermißten Wissenschaftler höchstwahrscheinlich mit den Außerirdischen zusammenarbeiten.«

»Ausgezeichnet!« Der General fuhr sich über den Kopf. »Beim Chef des französischen Geheimdienstes müssen wir einhaken. Natürlich unter Beachtung aller Vorsichtsmaßregeln. Wie ist der Mann nur so früh auf die Idee gekommen, daß die beiden Gruppen zusammenarbeiten?«

»Das unglaubliche Geschehen auf dem Flugplatz von Paris wird ihm die Augen geöffnet haben.«

Der General horchte auf. »Da war doch noch etwas, das mächtigen Staub aufwirbelte. Irgendein Journalist veröffentlichte zu der Zeit, da unser Präsident informiert wurde, detailliert die unbegreiflichen Ereignisse, die sich in Orly abgespielt hatten.«

Der CIA-Beamte schlug sich vor die Stirn. »Natürlich! Und er wurde nicht zur Rechenschaft gezogen! Das muß einen gewichtigen Grund gehabt haben.«

»Ich glaube, wir sind auf dem richtigen Weg«, begeisterte sich der General. »Wollen Sie die Sache übernehmen?«

»Yes, Sir!«

»Dann erteile ich Ihnen den Auftrag, sofort nach Paris zu fliegen.«

»Einen Moment noch, Sir«, bat der Angehörige des Marine-Nachrichtendienstes. »Wir konnten inzwischen ermitteln, daß die russischen U-Boote, die seinerzeit mit Raketen zur Fahrt unter das Polareis ausliefen, wieder in Murmansk liegen. Offensichtlich befürchtet die sowjetische Führung nicht, daß sich die AIWes nochmals der Fernzündung bedienen. Und ich bin der gleichen Meinung. Denn warum sollte nach der Zerstörung aller Waffen ein zweites Mal...«

»Es ehrt Sie, daß Sie an den Lufthunger unserer U-Boot-Besatzungen denken«, fiel der General ein. »Darauf wollen Sie doch hinaus, nicht wahr?«

»Gewiß, Sir.«

»Die Russen mögen machen, was sie wollen, ich aber werde es nicht zulassen, daß unsere Boys ihre Schutzstellung aufgeben. Im Einvernehmen mit dem Präsidenten habe ich angeordnet, daß beide U-Boote in ihrer derzeitigen Position am Rand der Eisdecke verharren und nur alle acht Tage, getrennt voneinander, des Nachts das offene Meer ansteuern und dort ihre Luken öffnen. Die Engländer pflegen zu sagen: ›A fool's bolt is soon shot! – Eines Narren Pulver ist bald verschossen!‹ Ich möchte die Russen die Narren sein lassen.«

Die Außerirdischen steigerten ihre Forderungen in einem Maße, daß selbst Optimisten anfingen, sich zu fragen, woher die Staats-, Stadt- und Gemeindekassen das viele Geld nehmen sollten, um all die Bauvorhaben durchzuführen, die zur Auflage gemacht wurden.

Zwar hatte die Weltbank Order erteilt, bei allen Projekten, die der Entlastung der Städte dienen, zinsgünstige Darlehen in Höhe von siebzig Prozent der anfallenden Baukosten zu gewähren. Das war gewiß eine nicht zu unterschätzende Hilfe, aber kein Darlehensnehmer kam daran vorbei, den großzügig zur Verfügung gestellten Betrag zurückzahlen zu müssen. Mancher Bürgermeister fragte sich deshalb, ob es nicht übertrieben sei, Millionen und Milliarden hinauszufeuern, nur um die Luft von Schadstoffen freizuhalten und den Stadtverkehr in andere Bahnen zu lenken. Natürlich war nicht zu leugnen, daß die getroffenen Maßnahmen auch zu einem enormen Aufschwung der Wirtschaft führen und die Steuereinnahmen beträchtlich erhöhen würden. Dieser Hoffnungsschimmer verblaßte jedoch, als die AIWes die globale Herabsetzung der Steuer in allen Einkommensklassen um zwanzig Prozent anordneten.

»Wer jetzt unkt, wird nicht recht behalten«, prophezeite Pierre, der nach vielen kalten Wochen, die das Sitzen im Freien nicht gestattet hatten, zum ersten Mal wieder mit Monique unter der Markise des Bistros saß, wo sie die milde Luft des herannahenden Frühlings genossen. »Es ist absolut richtig, angesichts der Konjunkturbelebung die Steuern zu senken. Das fördert den Konsum und gibt dem bereits eingetretenen Auftrieb zusätzliche Impulse.«

»Schön, daß du die Entwicklung einmal positiv beurteilst«, freute sich Monique.

»Ich tue es nicht in allen Punkten«, widersprach Pierre und schlug eine Zeitung auf, die das von den Außerirdischen bekanntgegebene Aufbauprogramm in allen Teilen publizierte. »Fangen wir ganz oben an. Jede Stadt mit über dreihunderttausend Einwohnern wird verpflichtet, vor ihren Toren an mindestens vier Hauptstraßen möglichst in der Erde liegende Parkhäuser mit einer riesigen Aufnahmekapazität zu erstellen. Von dort sollen Anreisende mit U- oder S-Bahnen die Zentren der Städte in wenigen Minuten erreichen können. Oberleitungs-Omnibusse sollen eine reibungslose Verbindung zu weiteren Plätzen garantieren. Darüber hinaus sind bei den Parkhäusern regelrechte Taxibahnhöfe zu schaffen, um jedem die Möglichkeit zu geben, zu günstigen Tarifen auf individuelle Weise an sein Ziel zu gelangen. Denn spätestens in fünf Jahren, so haben es die himmlischen Heerscharen beschlossen, gibt es in den Großstädten keine freie Fahrerlaubnis mehr.«

»Ich finde das ganz in Ordnung«, sagte Monique. »Du etwa nicht?«

»Teils, teils. Mir bleibt nichts anderes übrig als zuzustimmen, weil ich keinen besseren Vorschlag machen könnte und Tag für Tag erlebe, daß die Blechlawine zu einem echten Verkehrshindernis geworden ist. Auf die Dauer konnte es so nicht weitergehen. Es mag unsinnig klingen, aber nichts behindert den Verkehr mehr als das Auto.«

Monique blickte zum Wärmestrahler unter der Markise hoch und öffnete ihren Mantel. »Wenn ich auf der Mattscheibe die endlosen Kolonnen sehe, die sich an Feiertagen und in Ferienzeiten auf den Autobahnen stauen, denke ich oft, daß die Gewerkschaften Zeter und Mordio schreien würden, wenn Unternehmer von ihren Angestellten und Arbeitern verlangten, sich in solche Autoschlangen einzureihen.«

Pierre lachte. »Tempi passati! Gewerkschaften gibt es nicht mehr. Aber ist dir bei der Verfügung zur Entlastung der Städte nichts aufgefallen?«

Sie sah ihn fragend an.

»Denk mal an deinen Vater! Der neue Erlaß trägt doch eindeutig seine Handschrift! Oder hast du mir nicht erzählt, er habe vorausgesagt, daß man, ebenso wie in den Fußgängerzonen, in absehbarer Zeit ganze Städte vom motorisierten Verkehr wird freimachen müssen?«

Moniques Augen leuchteten. »Ja, das predigte er. Und ich bin überzeugt, daß es seine seherische Kraft war, die ihn zwang, sich mit anderen Wissenschaftlern zusammenzutun. Nach Kierkegaard kann ein einzelner seine Zeit nicht retten; er vermag allenfalls zu prognostizieren, daß sie untergeht. Das aber war meinem Vater zu wenig. Er verbündete sich mit Gleichgesinnten, wollte sich nicht länger von Politikern vorschreiben lassen, welche Richtung seine Forschung zu nehmen hat. Papas Fortgang war schmerzlich für mich; er stellte aber unter Beweis, daß Vernunft sich durchzusetzen vermag.«

Wenn ich jetzt nicht energisch zum Thema zurückkehre, dominiert ihr Vater bis in die Nacht hinein, dachte Pierre und wies auf die Zeitung. »Mit dem nächsten Punkt der neuen Anordnung bin ich voll und ganz einverstanden. Wenn schon U-Bahnen gebaut werden müssen, dann ist es folgerichtig, in die Tunnelstollen auch gleich die stählernen Rohre zu verlegen, die ein Ausbau der ›Fernwärme‹ verlangt. Denn die soll ja nun groß geschrieben werden.«

»Endlich!« bekräftigte Monique. »Bisher verpufft aus den Schornsteinen unserer Fabriken eine Energiemenge, mit der Millionen Haushalte beheizt werden könnten. Es ist kaum zu glauben, wieviel da an Wärme verlorengeht. Bei den Kraftwerken zum Beispiel wird die Kohle nur zu *einem Drittel* ausgenutzt; in den Atommeilern das Uran nur zu *einem* Prozent. Der Rest geht als Abfallwärme in die Luft und in die Flüsse. Ein Tausend-Megawatt-Meiler verlangt jährlich einen Kühlwasserstrom, der etwa der gesamten Wassermenge der Seine entspricht. Wir heizen die Landschaft anstatt unsere Wohnungen.«

»Und der wichtigste Nebeneffekt wäre, daß die Ölabhängigkeit gewaltig reduziert würde. In dem Artikel hier heißt es, daß Frankreich nach Einführung der Fernwärme pro Jahr bis zu zwanzig Milliarden Francs Devisen einsparen wird. Und die Luft über den Städten verbessert sich unvergleichlich, wenn die Haushalte nicht mehr einzeln beheizt werden.«

»Setzen die Außerirdischen Termine?« erkundigte sich Monique.

»Anders geht's bei denen doch nicht. In fünf Jahren müssen sechzig Prozent der Heizwärme und Warmwasserversorgung aus dem Rohr kommen. Die AIWes schlagen den verstärkten Bau von kleinen, dezentralen Heizkraftwerken vor, die Versorgungsinseln mit eigenem Rohrnetz bilden sollen.«

Monique frohlockte. »Mein Vater wird recht behalten. Er sagte: ›Das Öl hat in nur zwanzig Jahren den Wärmemarkt erobert; sein Rückzug wird nicht länger dauern.‹«

Pierre blickte nachdenklich vor sich hin. »Und was ist mit denen, die sich schon auf Gas umgestellt haben?«

»Die werden nochmals in die Tasche greifen müssen. Aber dieser Tag wird ohnehin irgendwann kommen, denn Erdgas ist noch knapper als Öl.«

»Ein schlechter Trost für all jene, die sich frühzeitig an das Gasnetz angeschlossen haben.«

»Bis dahin vergehen noch viele Jahre. Den Schornsteinfegern wird es freilich bald mies ergehen. Mit Einführung der Fernwärme haben Millionen und aber Millionen Schlote ausgeraucht.«

Pierre seufzte. »Auch für mich sieht die Zukunft nicht rosig aus. Die Zeit der Sensationen ist passé. Mit ihren dauernden Bekanntgaben und Anordnungen haben die AIWes den ganzen Markt kaputt gemacht. Ihre abendlichen Durchsagen sind am nächsten Morgen in jeder Zeitung zu lesen.«

»Dann solltest du eigentlich jetzt den Bericht über die Kinderdörfer schreiben.«

»Ich denke nicht daran«, erwiderte er. »Einen ungünstigeren Augenblick könnte es nicht geben. Ich hab' schon daran gedacht, Jean-Paul aufzusuchen. Ein Artikel über ... Die Headline müßte lauten: Kampf an der Saharafront!« Im nächsten Moment faltete er die Zeitung zusammen. »Mensch, da kommt mir eine tolle Idee! Ich reise von einem Truppenteil zum anderen und schildere deren Aufbautätigkeit! Was hältst du davon?«

Monique nickte zustimmend. »Nicht schlecht. Das Schwergewicht solltest du aber auf die Information und nicht auf billige Sensation legen.«

»Das laß nur meine Sorge sein«, entgegnete Pierre. »Ich weiß haargenau, was ankommt.«

O je, dachte Monique. Hoffentlich täuscht er sich nicht wieder. Ihn warnen? Es wäre sinnlos. Er würde sich glatt darauf versteifen, daß das Ei klüger ist als die Henne.

Es war endlich wieder soweit, daß die Bürger von Paris in leichter Kleidung über die Boulevards flanieren und sich vor den verführerisch gestalteten Schaufenstern der großen Geschäfte über die Sommer-Novitäten informieren konnten. Nach den windigen, oft stürmischen Tagen des Aprils zeigte sich der Mai von seiner angenehmsten Seite, und Monique genoß es, im Jardin des Plantes auf einer Bank sitzend nochmals das Schreiben zu lesen, das Jean-Paul ihr gesandt hatte. Sie war überglücklich, einen ausführlichen Brief von ihm erhalten zu haben. Er schrieb:

›Liebe Monique! Schon lange ist es mein Wunsch, Dir eine Plauderstunde zu widmen. Doch bisher hauste ich mit meinen Kameraden in einem Zelt, wo mir nur eine wackelige Kiste als Schreibunterlage hätte dienen können. Nun endlich haben wir eine Baracke bezogen, in der mir ein eigener Raum mit Feldbett, Tisch, Stuhl und Kleiderspind zur Verfügung steht. Sei also gegrüßt aus meinem noblen Quartier, das in Ermangelung von Blumen ein Palmenzweig schmückt.

Wie mag es Dir und Pierre ergehen? Mit Freude vernahm ich aus dem Radio, daß der Winter Europa endgültig verlassen hat. Im Geiste sehe ich euch in den Korbstühlen vor dem Bistro sitzen – ein wahrlich beneidenswerter Platz. Allerdings kommen mir Bedenken, wenn ich mich an die Dunstglocke erinnere, die oftmals über Paris liegt. Die Reinheit der hiesigen Atmosphäre ist unbeschreiblich. Im europäischen Sinn gibt es hier überhaupt kein Wetter. Der Himmel ist ohne Wolken, die Sonne brennt trotz der fortgeschrittenen Jahreszeit (noch) nicht allzu stark, und der Feuchtigkeitsgehalt der Luft ist äußerst gering. Und die Nächte unter dem phantastisch klaren Sternenhimmel sind herrlich kühl.

Ich persönlich fühle mich ausgezeichnet, und die Arbeit befriedigt mich sehr. Dies um so mehr, als ich durch den deutschen Professor, den ich in Paris kennenlernte, des öfteren Gelegenheit habe, an interessanten Flügen teilzunehmen, über die ich noch berichten werde.

Wie geplant, traf ich den Wissenschaftler in Bône, doch leider war er in einer miserablen Verfassung. Er kam von Griechenland, wo er, wie ich euch erzählte, zum ersten Mal eine Quelle im Meer gefunden hat, die er mit einer Betonmauer umfrieden ließ. Als er das Land vor drei Jahren verließ, trugen ihn die dankbaren Bauern auf den Schultern zum Schiff, mit dem er die Heimreise antrat. Er war nun in hochgespannter Erwartung zurückgekehrt und hatte angenommen, daß man ihn freudig empfangen würde. Schließlich hatte er die Zone von der Dürre befreit und den Boden fruchtbar gemacht. Doch es kam anders. Die ersten Frauen, denen er begegnete, fuhren ihn gleich ungnädig an. Sie nannten ihn einen hinterhältigen Gelehrten, der nur um seines Ansehens willen Süßwasser gesucht, sich aber nicht dafür interessiert habe, welch schlimme Folgen für die Bevölkerung daraus erwachsen würden. In allen Ortschaften ihres Distriktes herrschte jetzt Unfriede. Die Männer säßen von morgens bis abends in den Tavernen und kümmerten sich einen Dreck um ihre Ehefrauen. Wo früher ein bis zwei Zentner Apfelsinen eingebracht worden seien, betrage die Ernte nun zehn bis zwölf Zentner. Das Pflücken und Verpakken gehe über ihre Kräfte. So, wie sie seit zwei Jahren schuften müßten, bereite ihnen das Leben keine Freude mehr.

Bestürzt suchte der Wissenschaftler die Männer in den Weinschenken auf, aber auch sie grollten mit ihm. Es wäre besser gewesen, wenn er sich nie in ihrem Land hätte blicken lassen, beschimpften sie ihn. Seit es genügend Wasser gebe, wachse alles so üppig, daß sie Kisten über Kisten kaufen müßten, um die Ernte fortschaffen zu können. Früher hätten sie ein geruhsames, beschauliches Leben geführt und nie Streit mit ihren Frauen gehabt, die ihnen jetzt nicht einmal das Schach-, Domino- oder Kartenspiel gönnten und behaupteten, sie lungerten den ganzen Tag über in Tavernen herum. Was hätten sie schließlich von dem vielen Geld, das sie nun kassierten, wenn sie sich nicht einmal die kleinsten Freuden leisten dürften?

Um es kurz zu machen: Der deutsche Professor wurde förmlich davongejagt, und seitdem stellt sich für ihn die bange Frage: Werden wir dereinst in der Sahara die gleiche Erfahrung machen müssen? Werden die Menschen auch hier lieber mit weniger auskommen, wenn das Mehr ihnen zusätzliche Arbeit abverlangt?

Ich habe den Deutschen davon zu überzeugen versucht, daß das, was er erlebt hat, nicht verallgemeinert werden darf. Er tat mir so leid, daß ich ihn in irgendeiner Form trösten mußte.

Der Professor ist ein ebenso interessanter wie skurriler Mensch. Seine Erzählungen aber sind oft deprimierend. Ich kann manchmal kaum glauben, wieviel Fehler überall gemacht werden.

Um mir dies zu demonstrieren, flog er mit mir zum Assuan-Staudamm, an dem fünfzehn Jahre gebaut wurde, ohne daß man zuvor ökologische Überlegungen angestellt hätte. Die Folgen sind so verheerend, daß es am besten wäre, den Damm, der Milliarden gekostet hat, in die Luft zu sprengen. Denn im Gegensatz zu früher ist das gestaute Wasser absolut nährstoff- und schlammarm, so daß die Felder im heutigen Niltal kostspielige Düngung erhalten müssen. Jahrtausendelang war das nicht erforderlich gewesen. Was jedoch noch fataler ist: Die künstliche Düngung zerstört die Flußufer, und die Dauerbewässerung hat die Felder bereits restlos versalzt. Auch dehnt sich das einst überaus fruchtbare Delta an der Flußmündung nicht mehr aus, weil der Schlamm im Staudamm zurückbleibt und diesen in etwa fünfzig Jahren bis obenhin angefüllt haben wird. Doch obwohl das ›Aus‹ eindeutig vorprogrammiert ist, unternimmt die Regierung kaum etwas, um den dringend notwendigen Wandel herbeizuführen. Den Mut, den Assuan-Staudamm in die Luft zu sprengen, kann sie natürlich nicht aufbringen. Eine andere Lösung dürfte es aber fast nicht mehr geben.

Der nährstoffhaltige Schlamm fehlt jedoch nicht nur auf den Feldern. Die einst blühende Küstenfischerei hat ihn ebenfalls dringend nötig. Mit dem Rückgang des Schlamms verschwanden die Sardinenschwärme vor der Mündung des Nils. Und selbst das Bauen wurde zum Problem, da ohne Schlamm keine Ziegel hergestellt werden können.

Katastrophal wirkt sich auch die rasche Ausbreitung der Wasserhyazinthen in den Kanälen aus, die vom Staudamm zu den Feldern führen. Dieses üppig wuchernde Gewächs wurde zur Brutstätte jener Schnecken, die den Erregern der Bilharziose als Zwischenwirte dienen. Weit über eine Million Menschen sind von dieser Krankheit bereits befallen. Solange der Nil floß, gab es diese Plage nicht.

Und was wird gegen die gefährlichen Brutstätten unternommen? Man setzt Giftstoffe ein, die das ökologische Gleichgewicht noch weiter verschlechtern, anstatt die Wasserhyazinthen zur Gewinnung von Biogas und Proteinen zu ernten.

Leider werden aus den gemachten Erfahrungen keine Konsequenzen gezogen. Dabei hat es schon vor zwei- bis dreitausend Jahren Projekte gegeben, die beweisen, daß unsere Vorfahren wesentlich umsichtiger zu Werke gingen, als wir es heute tun. In der Wasseraufbereitungsanlage der alten Griechen im Tholos-Bauwerk von Epidauros wurde durch die Kombination eines entsprechenden Mauerwerks mit Durchlüftungs- und Belichtungsschächten ein vielstufiges Verbundsystem geschaffen, das ohne Energieaufwand arbeitete.

Es ist kaum zu glauben, über welch erstaunliche Errungenschaften unsere Vorfahren schon verfügten. Ich frage mich in letzter Zeit oft, was dazu geführt haben mag, daß ihre imponierenden Kenntnisse völlig in Vergessenheit gerieten. Haben wir die Verbindung zur Natur so sehr verloren, daß wir selbst die elementaren Dinge übersehen? Ein Beispiel nur: Wir vernichten heute im Getreideanbau, mit dem ich mich nun ja auch beschäftigen muß, die Blattläuse mit chemischen Mitteln und sehen geflissentlich darüber hinweg, daß die Populationsdichte auf chemisch nicht behandelten Flächen unser Tun zur Farce werden läßt. Immer und immer wieder müssen Chemikalien versprüht werden. Dabei würden Marienkäfer eine dauerhafte Sicherung darstellen, denn jeder dieser kleinen hübschen Käfer vertilgt pro Tag bis zu dreitausend Blattläuse!

Aber jetzt bin ich abgeschweift. Kehren wir also schnell zurück zur Wüste, in der nicht nur spektakuläre Sandstürme, sondern auch kaum wahrnehmbare Vorgänge aufregende Stunden bereiten können.

Da gibt es beispielsweise die Wüstenassel, ein winziges Tierchen, dem man es nicht zutrauen möchte, daß es den Boden auf erstaunliche Weise völlig durchlüftet. Diese kleinen Lebewesen bohren bis zu fünfzig Zentimeter tiefe Löcher in die Erde und schleusen dabei den Sand, der nach unten hin etwas feucht wird, auf der ganzen Strecke durch ihren Leib. Sie fressen, trinken und verdauen gewissermaßen in einem Arbeitsgang.

Ein anderes Phänomen: Ich schrieb eingangs, daß die Luftfeuchtigkeit hier sehr gering ist. Dennoch schenkt der Tau beachtliche Wassermengen, die man dem Boden zuführen könnte. Mein deutscher Freund hat nachgewiesen, daß es möglich ist, mit Hilfe von Plastikfolien im Jahr bis zu dreißig Liter Tauwasser pro Quadratmeter aufzufangen. Dieses Prinzip bringt er selbst allerdings nicht zur Anwendung. In einer von ihm errichteten Musterfarm inmitten der Wüste nimmt er die Bewässerung der Pflanzen von unten vor, indem er Schläuche verlegt, die feine Schlitze aufweisen, durch die bei einem genau berechneten Druck Wasser austritt, das mit Nährstoffen angereichert ist. Das Verlegen der Schläuche erfolgt in einer Tiefe, die gewährleistet, daß die Feuchtigkeit nicht höher als bis etwa fünfzehn Zentimeter unter die

Erdoberfläche dringt. Die Wurzeln der Pflanzen können das Wasser nicht aufnehmen. Gleichzeitig wird damit erreicht, daß sich auf der Anbaufläche keine Salzkruste bildet. Übrigens wächst alles, was auf der Musterfarm gepflanzt wurde, pro Tag um sechs bis sieben Zentimeter!

Doch nun muß ich meinen ersten Brief an Dich beenden. Ich hoffe, Dir vermittelt zu haben, daß ich körperlich, geistig und seelisch in bester Verfassung bin. Wir sind stolz, eine Pionierarbeit ersten Ranges zu leisten, und ich denke manchmal, daß es gut wäre, wenn alle Völker ihren Nationalstolz, der leider oft mißbraucht wurde, in einen globalen Stolz einbetten und zum Kern einer Kraft machen würden, die Großes für die Menschheit vollbringen könnte.

Bitte, grüß Pierre sehr herzlich von mir und sage ihm, daß meine Briefe an Dich auch ihm gelten.

Adieu, Monique! Ich umarme Dich. Es war schön, mit Dir zu plaudern. Dein Jean-Paul.‹

Pierre blickte unwillig auf, als Monique das Bistro am Boulevard Saint Michel erreichte. »Wo hast du gesteckt?« fragte er, ohne sich zu erheben, und wies auf seine Armbanduhr. »Wir hatten uns für fünf Uhr verabredet!«

»Na und?« Sie nahm Platz. »Ich werde mich ja wohl noch um zehn Minuten verspäten dürfen.«

»Vierzehn Minuten!« konstatierte er.

»Stimmt«, entgegnete sie gelassen. »Diese Zeit habe ich gebraucht, um einen Brief zu lesen, den Jean-Paul mir sandte. Darum die Verspätung. Ich soll dich von ihm grüßen.«

»Geht's ihm gut?«

»Ausgezeichnet.«

»Was schreibt er so?«

Monique entnahm ihrer Handtasche ein Kuvert und reichte es Pierre. »Lies selber. Der Brief ist auch für dich bestimmt. Hochinteressant! Jean-Pauls Ausführungen vermitteln eindrucksvoll, was an Material auf dich zukommt, wenn du die beabsichtigte Reise zu den Truppenteilen antrittst.«

»Die fällt vorerst ins Wasser«, entgegnete er und schaute, während er das Schreiben dem Umschlag entnahm, erneut auf die Uhr. »Wir haben plötzlich die Chance, in Marseille ein Boulevardblatt mit Druckerei zu kaufen. Ich bin auf dem Sprung dorthin.

Charles Paré möchte, daß ich den Laden begutachte. Eugène wird mich um sechs abholen und zum Flugplatz fahren. Meine Maschine geht um sieben.«

Monique sah ihn entgeistert an. »Du fliegst nach Marseille?«

»Ist etwas dagegen einzuwenden?«

»Allerdings!« antwortete sie aufgebracht. »Du hattest versprochen, daß wir morgen abend in einem erstklassigen Restaurant soupieren!«

»Nicht morgen, sondern an meinem Geburtstag«, widersprach Pierre.

»Wenn du dich im Kalender nicht auskennst, dann erlaube ich mir festzustellen, daß du morgen Geburtstag hast!«

Er warf den Kopf in den Nacken. »Ach du lieber Gott! Das hatte ich total vergessen.«

»Dann lies den Brief und rausch ab nach Marseille.«

»Den kann ich auch im Flugzeug lesen.«

»Nein, der Brief bleibt bei mir. Wenn du schon nicht Wort hältst...«

»Ich stehe zu meinem Versprechen«, unterbrach er sie. »Laut Flugplan landet die Maschine, mit der ich zurückfliege, morgen nachmittag um fünf. Verspätung einkalkuliert, werde ich dich also bequem um sieben abholen können.«

Monique griff nach seiner Hand. »Entschuldige meine Kurzsichtigkeit. Ich war so enttäuscht...«

Er strich ihr über die Wange. »Und ich war nervös wegen der unvorhergesehenen Reise. Vergessen wir's also. Du mußt mir nur noch sagen, in welchem Restaurant ich einen Tisch reservieren soll.«

»Wär' dir Maxim's recht?«

»Bißchen alter Hut. Aber bitte, das Essen ist dort ausgezeichnet.«

»Dann mach dich jetzt über den Brief her, denn den gebe ich dir auf keinen Fall mit.«

»Okay«, erwiderte er und winkte den Kellner herbei. »Das Übliche!«

Monique griff nach einer Zeitung, die auf dem Tisch lag. Sie überflog aber nur die Überschriften und wartete gespannt auf Pierres Reaktion.

»Und das nennst du hochinteressant?« fragte er, als er ausgelesen hatte und den Brief zurückreichte. »Du kannst doch nicht ernstlich glauben, daß man solches ›Material‹, wie du dich ausdrücktest, aufbereiten und publizieren könnte. Über Tiere kann man natürlich jederzeit schreiben; das hat immer seinen Wert. Aber Schnecken und Wüstenasseln ...? Mon Dieu! Wie komme ich dazu, mich unglücklich zu machen? Allenfalls den hübschen Marienkäfer dürfte ich erwähnen. Wenn ich aber hinzufüge, daß das kleine Biest pro Tag dreitausend Blattläuse vertilgt, dann bin ich weg vom Fenster. Wehe dem Journalisten, der seinen Lesern Illusionen nimmt! Noch dazu mit Blattläusen! Igitt-igitt!«

In ihrer Empörung über diese Glosse verzichtete Monique darauf, Pierre zum Flugplatz zu begleiten. Und er war stocksauer, weil Jean-Paul geschrieben hatte: ›Ich umarme Dich.‹

Der soll gefälligst seine Wüstenasseln und den spinnerten deutschen Professor umarmen, hätte er am liebsten hinausgeschrien. Doch dann würde Monique glauben, er sei eifersüchtig. Er und eifersüchtig? Niemals!

Zum Glück war für den nächsten Tag alles besprochen und festgelegt. Und die Geburtstagsstimmung würde das ihre tun. Da fliegen einem die gebratenen Tauben von selbst in den Mund.

Früher als sonst verließ Monique die Universität. Sie freute sich auf das festliche Abendessen mit Pierre, und um die zwischen ihnen aufgekommene Spannung vergessen zu machen, hatte sie sich vorgenommen, ihn mit einem Geburtstagsstrauß zu überraschen, den er bei seiner Rückkehr in seinem Zimmer vorfinden sollte. Auch ein kleines Geschenk wollte sie dazulegen. Sie begab sich deshalb zu einem Juwelier, bei dem sie einen silbernen Christophorus für seinen Wagen erstand. Sie ließ das Präsent dekorativ verpacken und so einschnüren, daß sie es am Blumenbouquet befestigen konnte. Anschließend kaufte sie einen Strauß Rosen und ging – nun allerdings etwas befangen – in Richtung Rue Lacépède, in der sich Pierres Wohnung befand, die sie noch nie betreten hatte.

Er war so ehrlich gewesen, ihr schon wenige Tage nach ihrem Zusammentreffen vor dem Jardin des Plantes zu sagen, daß er im Gegensatz zu seiner früheren Behauptung weder über eigene Möbel noch über eine Haushälterin verfüge, sondern zwei Zimmer gemietet habe, von denen ihm eines als Archiv und Dunkelkammer diene. Versorgt werde er von seiner Wirtin, die ihm nicht nachtrage, daß er mit ihrer Tochter liiert gewesen sei. Das liege jedoch weit zurück, und die von ihm betörte Filia hospitalis habe inzwischen geheiratet.

Monique war so vernünftig, Pierre nicht etwas nachzutragen, das vor ihrer Zeit lag. Nun aber fiel es ihr doch nicht ganz leicht, seine Wohnung aufzusuchen, um Blumen auf seinen Arbeitsplatz zu stellen. Glücklicherweise begegnete ihr die Wirtin so freundlich, daß sie alle Hemmungen überwand.

»Sie sind gewiß Mademoiselle Darimont«, wurde sie von der adretten Frau begrüßt. »Ich wünsche mir schon seit langem, Sie kennenzulernen. An Ihrer Seite ist Monsieur Massol ein anderer Mensch geworden. Früher war er ein Hallodri. Nun ja, junge Männer müssen sich die Hörner abstoßen, finden Sie nicht auch?«

»Gewiß«, antwortete Monique. »Ich wollte ihn zu seinem Geburtstag mit ein paar Blumen überraschen.«

Die Wirtin schloß die Wohnungstür. »Ich werde Ihnen gleich eine Vase geben. Monsieur Massol sagte mir, daß er spätestens gegen sechs zurückkehrt. Kommen Sie, ich führe Sie in sein Zimmer, und dann hole ich Wasser für die Blumen.«

Die Größe des Raumes und seine moderne Einrichtung überraschten Monique. Ihr wurde augenblicklich klar, warum Pierre nie das Verlangen gehabt hatte, sich ein anderes Quartier zu suchen. Eine der Wände war von einem Bücherregal verdeckt, aus dem sich ein Bett herausklappen ließ. Drei Ledersessel, die um eine niedrige Glasablage gruppiert waren, bildeten eine gemütliche Sitzecke, und ein frei stehender Schreibtisch gab dem Zimmer eine großzügige Note.

Während Monique sich noch umschaute, erschien die Wirtin mit einer Vase. »Ich glaube, diese ist richtig«, sagte sie. »Am besten plazieren wir die Rosen auf Monsieur Massols Arbeitsplatz neben Ihrem Foto.«

Monique blickte überrascht zum Schreibtisch hinüber.

Im Hintergrund der Wohnung schrillte das Telefon.

Die Wirtin stellte die Vase ab. »Das wird meine Tochter sein. Sie wollte mich um diese Zeit anrufen. Darf ich Sie allein lassen?«

»Selbstverständlich«, antwortete Monique und ging mit den Blumen um den Schreibtisch herum. Doch als sie das Bild erblickte, blieb sie wie angewurzelt stehen. Das Foto war ihr unbekannt. Woher hatte es Pierre? Als sie näher trat, glaubte sie, das Herz bleibe ihr stehen. Sie wollte nach dem Rahmen greifen, aber ihre Hand sank kraftlos herab. Die Kehle war ihr plötzlich wie zugeschnürt. Die Blumen fielen auf den Boden. Narrte sie ein böser Traum? Den Kragen des Kleides, das sie auf dem Bild trug, schmückte eine mit kleinen Brillanten besetzte Bourbonen-Lilie, die der Vater ihr erst bei seinem letzten Besuch geschenkt hatte. Und über ihrem Kopf war ein Teil des Namens jener Buchhandlung zu sehen, die sie wenige Tage vor seinem Fortgang mit ihm aufgesucht hatte. Kein Zweifel konnte darüber bestehen, daß sie beim Verlassen des Geschäftes heimlich fotografiert worden waren. Und nur Pierre konnte die Aufnahme gemacht haben.

Monique hielt sich an der Schreibtischplatte fest. Pierre mußte sie an jenem Tag gesehen und kombiniert haben, daß der alte Mann an ihrer Seite ihr Vater war. Es konnte nicht anders sein. Und den Teil des Fotos, das ihren getarnten Vater zeigte, hatte er kaltschnäuzig der Sécurité übergeben und sich dann in heuchlerischer Weise an sie herangemacht. Ihr wurde schlagartig alles klar. Deshalb also hatte man ihren Vater auf der Fahrt nach Orly beschattet, und darum hatte Pierre die Zusammenhänge so schnell aufklären können. Um eine Sensation zu schaffen, hatte er ihren Vater verraten. Schnöde Belohnung hatte ihn getrieben. Und auf diesen Menschen war sie hereingefallen.

Wie aus weiter Ferne hörte Monique die Stimme der Wirtin. Ihre Gedanken kreisten. Sie wußte nicht, was sie tun sollte. Es war unrecht, jetzt einfach davonzulaufen, aber...

Sie raffte sich auf und lief aus dem Zimmer.

Die Wirtin telefonierte immer noch.

Leise öffnete Monique die Wohnungstür und schlich auf den Flur hinaus. Dann hastete sie die Treppe hinunter, als stürze das Haus hinter ihr zusammen.

5

Charles Paré stutzte, als er das Büro seines engsten Mitarbeiters aufsuchte, um sich über dessen Ermittlungen in Marseille berichten zu lassen. »Nanu«, sagte er, kaum daß er den Raum betreten hatte. »Wie sehen Sie denn aus? Haben Sie etwa durchgezecht?«

Pierre stemmte sich von seinem Schreibtisch hoch. »Im Gegenteil! Alles ist aus! Monique hat erfahren, daß ich Rastignac über ihren Vater informiert habe.«

Die Augen des Chefredakteurs weiteten sich. »Wer hat ihr das gesteckt?«

»Moi-même!« Pierre schlug auf den Tisch. »Ich konnte ja nicht ahnen, daß sie mir zu meinem Geburtstag Blumen auf die Bude bringen würde. Da sah sie die Vergrößerung eines der von mir geschossenen Fotos... Ihren getarnten Vater hatte ich natürlich abgetrennt, so daß nur noch sie zu sehen war. Aber leider auch der Name der Buchhandlung, in der die beiden an jenem Tag gewesen sind.«

Charles Paré holte tief Luft. »Haben Sie mit ihr gesprochen?«

Pierre schüttelte den Kopf.»Keine Sekunde würde sie mich anhören.«

Der Chefredakteur klopfte ihm auf die Schulter. »Tut mir leid für Sie.«

»Wenn ich mir vorstelle, wie es jetzt in Monique aussehen muß! Von dem Schock wird sie sich so schnell nicht erholen.«

»Schicken Sie ihr Blumen.«

»Etwa Vergißmeinnicht?«

»Entschuldigen Sie. War ein blöder Vorschlag.«

»Reden wir über Marseille. Den Flug hätte ich mir ersparen

können. Total veraltete Druckerei. Und das Durchschnittsalter der Redaktionsmitglieder liegt bei siebenundvierzig Jahren! Natürlich alles ›Privilegierte‹. Wie überall in unserem Gewerbe bestimmt die Gewerkschaft trotz ihrer Auflösung immer noch, wer welchen Job erhält.«

»Daran wird sich wahrscheinlich nie etwas ändern. Das Korruptionskarussell dreht sich auch unter den AIWes munter weiter.« Charles Paré griff nach einem Brieföffner. »Rastignac hat übrigens gestern angerufen und wünscht Sie dringend zu sprechen.«

»Der soll mir den Buckel runter rutschen.«

»Nun mal langsam«, wies ihn der Chefredakteur zurecht. »Damals, als Sie etwas von ihm wollten, hat er Sie noch in der Nacht empfangen. Sie werden ihm also nicht die kalte Schulter zeigen! Schon morgen können wieder wir auf ihn angewiesen sein. Also: Allez, hopp! Ich habe versprochen, daß Sie ihn gleich nach Ihrer Rückkehr anrufen.«

Pierre hob den Telefonhörer ab. »Helfen wird es ihm nicht. Denn wenn er erfährt, daß Monique über alles Bescheid weiß, legt er bestimmt keinen Wert mehr darauf, mich zu interviewen.«

»Das ist seine Sache«, entgegnete Charles Paré und verließ den Raum.

Pierre wählte Rastignacs Geheimnummer.

Der Leiter der Sécurité meldete sich.

»Massol«, sagte Pierre kurz angebunden. »Sie wünschen mich zu sprechen?«

Rastignac überhörte den unfreundlichen Ton. »Ah, mein Lieber, sind Sie aus Marseille zurück?«

»Sie sagen es, Monsieur.«

»Sind Sie verstimmt?«

»Nicht Ihretwegen.«

»Das beruhigt mich. Ich hätte mich nämlich gerne mit Ihnen unterhalten.«

»In welcher Angelegenheit?«

»Die Sache läßt sich am Telefon nicht erledigen. Bitte, kommen Sie zu mir.«

Pierre zögerte. »Mit der damaligen Geschichte möchte ich nichts mehr zu tun haben.«

»Darüber bin ich mir im klaren. Es geht um etwas ganz anderes. Mich suchte ein Amerikaner auf, der nach dem zweiten Flugzeug fahndet, das seinerzeit mit falschem Hoheitszeichen landete. Der Betreffende, er gehört der CIA an, stieß bei seinen Nachforschungen auf Ihre Ermittlungen und würde Sie gerne konsultieren. Ihm geht es darum herauszufinden, woher die beiden Maschinen kamen. Seine Bemühungen müßten für Sie doch auch von Interesse sein, oder?«

Pierre wurde hellwach. Aber war Rastignac zu trauen? Bluffte der alte Fuchs nicht? Erst hat er behauptet, am Telefon nicht reden zu können. Und dann deckt er plötzlich die Karten auf? Doch wie dem auch sei: wenn die Herkunft des Flugzeuges geklärt würde, gäbe das einen tollen Sensationsbericht. Zumal ein Zusammenhang mit den AIWes evident war. Er mußte sich unbedingt das Exklusivrecht für die Publizierung einräumen lassen.

Monique war vergessen. Und wie Pierre vor vielen Monaten, nach seinem Gespräch mit Jean-Paul über Monique, mittels einer kühnen Volte seine schon halb eingestandene Niederlage in einen Sieg umgemünzt hatte, verstand er es auch in dieser Minute, sich einzureden, daß nichts verloren sei, er vielmehr einen großen Fehler machen würde, wollte er jetzt nur Trübsal blasen und in reumütigen Betrachtungen verharren. Sein Vater hatte ihm einmal gesagt: ›Wenn du zwanzig Pfund tragen mußt und machst deshalb Gezeter, dann drückt das Gewicht doppelt schwer. Pfeifst du aber ein Liedchen, spürst du die Last nicht mehr.‹

»Sind Sie noch da?« fragte Pierre, halb in Gedanken versunken.

»Gewiß«, antwortete Rastignac.

»Also gut, ich werde Sie aufsuchen, Monsieur. Welche Zeit schlagen Sie vor?«

»Ich erwarte den amerikanischen Kollegen in einer halben Stunde. Wenn Sie dann ebenfalls kommen könnten, wäre mir das sehr lieb, da ich später an einer Konferenz teilnehmen muß.«

»Gut, ich nehme gleich ein Taxi.«

»Ich freue mich auf das Wiedersehen.«

Das ist ein Ding, dachte Pierre, als er den Hörer auflegte. Unter Umständen kann die Sache verdammt lukrativ werden.

Nachdem er Charles Paré von seiner Verabredung verständigt hatte, fuhr er zum Quai d' Orsay, wo er es als angenehm empfand, wieder einmal das Knarren der breiten Holztreppe zu vernehmen.

Der Leiter der Sécurité erwartete ihn mit einem jungen Amerikaner von athletischem Aussehen. Seine stahlblauen Augen wirkten durchdringend.

»Mister Harrison«, stellte Rastignac vor. »Und dies ist mein Freund Pierre Massol.«

»Very glad to meet you«, begrüßte ihn der Amerikaner. »Mein Kompliment! Sie haben damals großartige Arbeit geleistet. Nennen Sie mich Cliff. Ich hoffe, daß es zwischen uns zu einer guten Zusammenarbeit kommt.«

»Wenn die Möglichkeit dazu besteht...«, erwiderte Pierre irritiert.

Rastignac wies auf zwei Sessel, die vor seinem Schreibtisch standen. »Bitte, nehmen Sie Platz, Gentlemen.«

»Wir werden schon einen Weg finden«, fuhr Cliff Harrison fort und fügte breit lachend hinzu: »Wichtiger ist natürlich herauszubekommen, wohin das verdammte Flugzeug geflogen ist.«

»Of course«, stimmte Pierre ihm zu.

Der Amerikaner musterte ihn ungeniert. »Wissen Sie zufällig, ob Professor Darimont seiner Tochter etwas über die Landschaft erzählt hat, in der er nun lebt?«

Pierre stutzte. »Worauf wollen Sie hinaus?«

»Bei der Suche nach dem Start- und Landeplatz der Maschine mit dem falschen Hoheitszeichen würde es uns enorm helfen, wenn wir wüßten, ob in deren Heimathafen beispielsweise Palmen oder Eichen wachsen, ob es dort Berge oder weite Ebenen gibt, stille Seen oder ein wildes Meer.«

Pierre rieb sein Kinn. »Mit solchen Angaben kann ich leider nicht dienen. Miß Darimont erwähnte nie, daß sie eine Vorstellung von der Gegend hat, die ihrem Vater zur neuen Heimat geworden sein dürfte.«

»Und sie hat sich auch nie gefragt, in welcher Umgebung und Atmosphäre er sich aufhalten könnte?«

»Nein.«

Der Amerikaner wandte sich an Rastignac. »Das ist verdächtig. Wenn eine Tochter sich keine Gedanken über das Land macht, in das ihr Daddy verschlagen wurde, dann weiß sie über die dortigen Verhältnisse Bescheid.«

»Ihre Schlußfolgerung hat etwas für sich«, gab Pierre zu. »Dennoch darf ich Ihnen versichern, daß Miß Darimont vom Aufenthaltsort ihres Vaters nicht die geringste Ahnung hat. Das hätte sie mir bestimmt anvertraut.«

»Trotzdem möchte ich Sie bitten, mal auf den Busch zu klopfen. Natürlich unauffällig. Vielleicht, indem Sie behaupten, von Mister

Darimont geträumt und ihn auf einem einsamen Atoll in der Südsee mit Hula-Hula-Mädchen gesehen zu haben. Daraus ergibt sich dann ein Gespräch ...«

»Genug!« unterbrach ihn Pierre. »Mir wurde gesagt, Sie fahnden nach dem Flugzeug, das damals hier aufkreuzte. Sie reden aber unentwegt von Professor Darimont!«

»Weil der haargenau dort sein wird, wo sich die Maschine befindet! Verstehen Sie das nicht?«

»Schon. Aber da kann ich Ihnen nicht helfen. Ich habe keinen Kontakt mehr zu Miß Darimont, und es wird auch nie wieder einen geben. Sie hat herausgefunden, daß ich ihren Vater der Sécurité gemeldet habe.«

Rastignac starrte ihn entgeistert an. »Seit wann weiß sie das?«

»Seit gestern«, antwortete Pierre. »Wie Ihnen bekannt ist, war ich in Marseille. Miß Darimont wollte mir zu meinem Geburtstag Blumen aufs Zimmer stellen und entdeckte ein Foto von sich, das ich von der Aufnahme ihres Vaters abgetrennt hatte. Doch der obere Teil war nicht abgedeckt wie bei dem Bild, das ich Ihnen übergab. Somit war der Name der Buchhandlung, die sie mit ihrem Vater aufgesucht hatte, deutlich zu sehen.«

Der Leiter des Sicherheitsdienstes stöhnte. »Wie konnte Ihnen ein so gravierender Fehler unterlaufen! Sie sind doch sonst mit allen Wassern gewaschen.«

»Haben Sie noch andere Aufnahmen?« erkundigte sich der CIA-Mann.

Pierre war auf der Hut. »Nein«, antwortete er. »Alle Fotos, die ich in Orly machte, erhielt die Sécurité.«

Rastignac erläuterte dem Amerikaner: »Es handelt sich um die Aufnahmen, die ich Ihnen gestern vorlegte.«

Cliff Harrison knirschte mit den Zähnen. »Das ist ein harter Brocken. Ich hatte gehofft, daß wir über Miß Darimont weiterkommen würden.«

Pierre sah seine Felle davonschwimmen. Fieberhaft suchte er nach einem Ausweg. Er erinnerte sich an den feinen Sand, der den blauen Veloursteppich des ominösen Flugzeuges bedeckt hatte. »Es gibt einen Anhaltspunkt, der uns den richtigen Weg weisen könnte«, sagte er nach einer Weile. »Aber darüber möchte ich jetzt noch nicht sprechen.«

»Warum nicht?« fragte der Amerikaner.

»Weil ich es für richtig halte, mir nochmals in aller Ruhe zu vergegenwärtigen, was ich damals im Flugzeug gesehen habe. Sie könnten sonst eine falsche Fährte aufnehmen. Außerdem muß ich meine Interessen wahren. Das habe ich seinerzeit auch getan. Mister Rastignac sicherte mir das Exklusivrecht für alle Publikationen zu, die sich aus meinem Hinweis ergeben.«

»Das Recht können Sie von mir ebenfalls erhalten.«

Pierre war es, als wehe ihm eine frische Brise ins Gesicht. »Well, dann bitte ich um eine schriftliche Bestätigung.«

Harrison sah zu Rastignac hinüber.

Der nickte. »Ich bin einverstanden und – seit einigen Sekunden sogar davon überzeugt, daß mein Freund Pierre Massol mehr weiß, als er uns sagt. Er ist und bleibt ein Filou.«

Als Monique ihre Wohnung erreichte, verschloß und verriegelte sie die Tür so heftig, daß ein Beobachter hätte glauben können, sie verbarrikadiere sich gegen einen hinter ihr herstürmenden Feind. Gleich darauf schien alle Kraft aus ihr zu weichen. Fast wankend begab sie sich in ihr Schlafzimmer, das sie erst am nächsten Mittag wieder verließ.

Ihre Augen hatten allen Glanz verloren. Ihr war anzusehen, wie sehr sie litt. Trotz aller Überlegungen war es ihr nicht gelungen, eine Erklärung für Pierres unglaubliches Verhalten zu finden. Der Schmerz saß zu tief, als daß er sich jetzt schon hätte verdrängen lassen. Für sie war es im Moment das Wichtigste, keinem Menschen zu begegnen und mit niemandem sprechen zu müssen. Sie zog das Telefonkabel aus der Anschlußdose und entfernte die Sicherung, über die der Strom für die Hausklingel lief.

Drei Tage blieb Monique in ihrer Wohnung, ohne einen Schritt nach draußen zu tun. Dann hatte sie sich soweit gefangen, daß sie Jean-Paul in sachlicher Form einen Brief schreiben konnte. Sie hielt es für notwendig, ihn über ihre Trennung von Pierre zu unterrichten, wollte jedoch weder eine Anklage erheben noch Mitleid erwecken. Den Mut, sich an ihn zu wenden, hatte sie aus einem Buch geschöpft, das sie in diesen Tagen las, um sich abzulenken. Und um Trost zu suchen. Sie fand ihn seltsamerweise in den Schlußworten von Dostojewskis Roman ›Erniedrigte und Beleidigte‹, obwohl es dort heißt: ›Wir hätten für ewig miteinander glücklich werden können.‹

Nein, das hätten wir eben nicht, dachte sie voller Auflehnung. Dafür waren wir zu verschieden. Irgendwann hätten wir uns doch getrennt. Wahrscheinlich ist es gut, daß es jetzt schon passiert ist.

Aber es gab einen Punkt, über den meinte sie, nie hinwegzukommen. In ihrem Brief brachte sie dies zum Ausdruck:

›Lieber Jean-Paul! Zunächst danke ich Dir sehr herzlich für Deine ausführlichen Zeilen, über die ich mich ganz außerordentlich gefreut habe. Ich würde Dir gern ein ebenso positives Lebenszeichen senden, bin jedoch im Augenblick nicht dazu in der Lage. Denn ich mußte die schmerzliche Feststellung machen, daß Pierre es war, der die Sécurité über die Anwesenheit meines Vaters in Paris verständigt hat. Deine Überlegung war richtig, als Du seinerzeit die Frage stelltest: ›Und was veranlaßte den Geheimdienst, Ihren Vater zu beschatten und ihm nach Orly zu folgen, wenn seine Identität nicht bekannt war?‹ In jener Stunde hat uns Dein Bruder mit einer wahrscheinlich aus dem Stegreif erfundenen Geschichte von einer Schmugglerbande gründlich getäuscht.

Tagelang hat mich die Frage gequält: Ist Pierre wirklich ein Schurke, der gewissenlos zu Werke geht? Vielleicht will ich es nicht wahrhaben und klammere mich an alles, was mir helfen kann. So an die Worte Tolstois: ›Es gibt keine Bösewichter. Was es gab und gibt, ist der Kampf zweier Urelemente. Und wenn man den Kampf vom moralischen Standpunkt aus betrachtet, kann man nur überlegen, welche der beiden Seiten weiter vom Guten und von der Wahrheit entfernt ist als die andere!‹

Der Dichter hatte recht. Vermutlich war es ein Zufall, daß Pierre mich mit meinem durch eine dunkle Brille getarnten Vater auf der Straße sah. Er erkannte die Gelegenheit, über Nacht berühmt zu werden. Da mußte er handeln; es war gewissermaßen der Sieg des einen Urelementes. Aber auch das zweite meldete sich. Ich war ihm bestimmt nicht gleichgültig. Wie schön, das Nützliche mit dem Angenehmen verbinden zu können! Pierre ergriff die Chance und suchte meine Nähe, um mich auszuhorchen.

Bis hierher ist mir sein Vorgehen einigermaßen verständlich. Sein Herz hatte ja noch nicht gesprochen, und es ging ihm darum, Karriere zu machen. Du selbst sagtest einmal: »Als Journalist geht Pierre über Leichen.« Es klang, als seiest Du mit seinem Tun einverstanden. Oder hast Du Dich in jener Minute über Pierre empört? Wohl kaum.

Für mich gilt das gleiche. Ergo kann ich Pierre nichts vorwerfen. Ich muß versuchen, ihn zu verstehen.

Doch nun kommt der Punkt, den ich ihm nie verzeihen werde: Er hat mich auch noch belogen, als wir bereits zusammengehörten. Natürlich hätte er schon früher reden müssen. Aber da bei einer ersten Umarmung Emotionen die Vernunft verdrängen, will ich auch hier noch Verständnis dafür aufbringen, daß Pierre zuvor keine Beichte abgelegt hatte. Völlig unbegreiflich ist mir jedoch, daß ein Mann eine Frau, die sich ihm hingegeben hat und die er vorgibt zu lieben, weiterhin Tag für Tag belügt. Über diese Mißachtung komme ich nicht hinweg. Ich schäme mich, Pierre geboten zu haben, was ich ihm als Frau geben konnte. Hoffentlich vergesse ich das einmal. Es ist nicht gut, mit verhärtetem Herzen zu leben.

Ich umarme Dich, Jean-Paul. Deine Monique.‹

Erfüllt von dem Gedanken, als Starreporter womöglich schon bald wieder in aller Munde zu sein, eilte Pierre nach dem Gespräch mit Rastignac und dem Amerikaner in seine Wohnung, wo er der Wirtin auf dem Korridor begegnete.

»Monsieur!« flehte sie ihn an. »Bitte, verschweigen Sie mir nicht länger, was Mademoiselle Darimont veranlaßt hat, Hals über Kopf davonzulaufen.«

»Ich weiß es nicht«, fuhr er sie an. »Im übrigen habe ich Ihnen gestern bereits erklärt, daß Sie sich um Ihre und nicht um meine Angelegenheiten kümmern sollen! Und in der nächsten Stunde möchte ich nicht gestört werden. Haben Sie mich verstanden?«

Die Wirtin schüttelte verständnislos den Kopf.

Pierre ließ sie stehen und begab sich in sein Zimmer. Hier zog er das Jackett aus, warf es auf einen Sessel und suchte den Raum auf, der ihm als Archiv und Dunkelkammer diente. Er entnahm einer Schublade jenen Plastikbeutel mit dem feinen Sand, der seinerzeit den Veloursteppich des Flugzeuges bedeckt und ihn veranlaßt hatte, vorsorglich eine Probe sicherzustellen. Später hatte ihn eine Trotzreaktion bewogen, seine Feststellung der Sécurité zu verschweigen und den Beutel nicht abzuliefern. Dieser Umstand kam ihm jetzt zustatten. Doch er mußte vorsichtig zu Werke gehen. Rastignac war nicht zu trauen. Wenn der erfuhr, daß er einem Institut Sand zur Analyse übergab, kam er nicht daran vorbei, seine Karten aufdecken zu müssen. Das aber wollte er auf keinen Fall. Wenigstens vorerst noch nicht. Schließlich waren zehn Millionen Dollar für die Auffindung des Verstecks jener Wissenschaftler ausgesetzt, die aller Wahrscheinlichkeit nach mit den AIWes zusammenarbeiteten. Und es konnte kein Zweifel darüber bestehen, daß Rastignac und Harrison hofften, über das in keinem Land je wieder gesehene Flugzeug mit dem falschen Hoheitszeichen die Fährte nach dem Unterschlupf der Gelehrten aufnehmen zu können. Er mußte höllisch aufpassen und sich nach allen Seiten absichern. Außerdem ergab sich vielleicht sogar die Möglichkeit, Professor Darimont einen Dienst zu erweisen. Dann würde sein Verhalten Monique gegenüber ein ganz anderes Gesicht bekommen, und er würde sie davon überzeugen können, daß er ihr nicht alles hatte anvertrauen dürfen.

Moniques Fortgang bedrückte Pierre mehr, als er es sich anmerken ließ. Um jeden Preis wollte er sie wiedergewinnen. Zunächst aber kam es darauf an, die neue Chance wahrzunehmen und den Sand auf unverfängliche Weise einem mineralogischen Institut zuzuleiten. Die weiteren Schritte würden vom Untersuchungsergebnis abhängen.

Während Pierre überlegte, wie er vorgehen sollte, fiel ihm ein, daß ein Klassenkamerad, mit dem er sich gut verstanden hatte, Chemiker geworden war. Wenn der die Sache in die Hand nahm, er selbst nicht in Erscheinung zu treten brauchte, bestand kaum die Gefahr, daß der Sécurité eine Information zugeleitet wurde.

Pierre war in seinem Element. Phantastische Pläne schmieden, sich selbst als genialen Reporter sehen, raffiniert vorgehen und im Geist mit zehn Millionen Dollar jonglieren, das war nach seinem Geschmack. Endlich tat sich wieder etwas! So gesehen, war es gut, daß Monique die Konsequenzen gezogen hatte. Wenn sie noch an seiner Seite stünde, könnte er jetzt nichts unternehmen. Das würde sie zu verhindern wissen. Das Schicksal schien es so eingerichtet zu haben, daß er auf niemanden mehr Rücksicht nehmen mußte.

Der Name des Klassenkameraden war im Telefonbuch schnell gefunden. Seit Jahren hatten sie sich nicht mehr getroffen. Aber das spielte keine Rolle. Jules Sauvage war stets gefällig gewesen. Ohne lange zu überlegen, wählte Pierre die Rufnummer.

Eine dunkle Stimme meldete sich. »Hier Doktor Sauvage.«

»Hallo Jules! Dreimal darfst du raten, wer an der Strippe hängt.«

»Bist du es, Pierre?«

»Hab' ich immer noch die gleiche verrostete Krächze?«

»Auf Anhieb erkannt.«

»Wie geht's dir?«

»Beschissen. Während du Karriere machtest, verlor ich meinen Job.«

Das trifft sich gut, dachte Pierre und erwiderte: »Mensch, tut mir das leid. Aber vielleicht kann ich dir helfen. Wenigstens vorübergehend«, schränkte er ein.

»Wie soll ich das verstehen?«

»Komm zu mir. Ich werd's dir erzählen.«

»Wann?«

»Am besten gleich.«

Dr. Sauvage lachte. »Du bist der alte geblieben. Bei dir muß alles vorgestern erledigt sein.«

»Komm, übertreib nicht!«

»Darf ich daran erinnern, daß es mir zur Gewohnheit geworden war, dich mit ›Auf Wiedersehen!‹ zu begrüßen, wenn wir uns mal trafen? Du hattest ja nie Zeit, mußtest immer sofort wieder weg.«

Nun lachte auch Pierre. »Wirf dich in ein Taxi und komm rüber. Die Unkosten gehen zu meinen Lasten. Und die Angelegenheit, die du für mich erledigen könntest, wird schwarz honoriert.«

»Das fließt mir wie Öl durch die Kehle.«

»Ich ziehe einen weißen Burgunder vor.«

»Hört sich gut an. Ich brauch' nur noch deine Adresse.«

Pierre nannte Straße und Hausnummer. »Wann kann ich dich erwarten?«

»In einer Stunde.«

»Sag aber niemandem, daß du zu mir fährst!«

»Auch nicht meiner Frau?«

»Quatsch. Ich muß lediglich dafür sorgen, daß die Konkurrenz nicht erfährt, woran ich im Augenblick arbeite. Compris?«

»Alles klar!«

Das Gepräch mit dem Klassenkameraden stimmte Pierre froh. Um die Wartezeit auszunutzen, suchte er erneut seine Dunkelkammer auf und betrachtete mit Hilfe eines Vergrößerungsapparates die Negative all jener Fotos, die er seinerzeit zurückbehalten hatte. Etwas Besonderes entdeckte er aber erst, als er sich mehr bewundernd als kritisch die Aufnahmen vom Instrumentenbrett der Grumman Gulfstream ansah. Für einen Sportflieger war der

Anblick der vielen Anzeigegeräte faszinierend. Pierre fand es jedoch eigenartig, daß sich vor den beiden Pilotensitzen nicht zwei, sondern drei Höhenmesser befanden. Es gab den üblichen Grob-Höhenmesser, der vor jedem Flug auf den Luftdruck über dem Meeresspiegel justiert wird, damit die Höhe über NN abgelesen werden kann. Daneben der Fein-Höhenmesser, dessen Einstellung entsprechend dem atmosphärischen Druck erfolgt, der über dem anzusteuernden Flugplatz herrscht. Auf diese Weise wird gewährleistet, daß sein Zeiger genau in dem Moment auf die Nullmarke sinkt, wenn die Räder der Maschine die Rollbahn berühren. Für Pierre war es deshalb unverständlich, daß auf dem Foto vor beiden Führersitzen noch je ein dritter Höhenmesser zu sehen war. Und dieser zeigte, deutlich erkennbar mit einem Minuszeichen versehen, 4100 Meter an.

Was mag das zu bedeuten haben, fragte er sich. Minus 4100 Meter? Einen Flugplatz unter dem Meeresspiegel kann es ja wohl nicht geben.

Im Korridor läutete die Glocke.

Pierre schlüpfte ins Jackett und öffnete die Haustür.

Überschwenglich streckte ihm Jules Sauvage die Hand entgegen. »Sei gegrüßt, altes Haus!«

Pierre zog den Klassenkameraden in die Wohnung. »Du hast dich ja toll verändert.«

»Macht der buschige Schnäuzer. Ich hab' ihn mir stehen lassen, um älter auszusehen. Aber jetzt wär's vielleicht besser, ihn wieder abzunehmen. Junge Dachse werden eher eingestellt. Erfahrung ist nicht mehr gefragt.«

Pierre führte den Freund in seinen Wohnraum. »Wenn ich dich so betrachte, kann ich nicht verstehen, daß unsere Pauker immer behaupteten, sie verwechseln uns beide.«

Dr. Sauvage grinste. »Damals hatten wir tatsächlich eine gewisse Ähnlichkeit. Seit mich der Lippenbesen schmückt, ist das natürlich anders.«

Pierre forderte den Klassenkameraden auf, Platz zu nehmen, und entkorkte eine Flasche Wein. »Als ich dich anrief, wollte ich dich eigentlich nur bitten, mir einen kleinen Gefallen zu erweisen. Da du durch den Verlust deiner Stellung aber reichlich Zeit haben dürftest, engagiere ich dich vorerst für einen Monat.«

»Bei dir piept's wohl«, entrüstete sich der Chemiker. »Ich bin nicht gekommen, um Almosen zu empfangen!«

»Red keinen Stuß!« Pierre füllte die Gläser. »Nach unserem Gespräch kam mir der Gedanke … Aber erst mal: Prost! Ich freue mich, daß wir wieder zusammengefunden haben.«

Nachdem sie getrunken hatten, sagte der Freund: »Nochmals, Pierre, ich bin …«

»… kein Almosenempfänger! Ich hab's vernommen. Darum in medias res.« Er griff nach dem bereitgelegten Plastikbeutel. »Zur Aufdeckung einer Sache, über die ich mich jetzt nicht weiter auslassen möchte, brauche ich eine Analyse dieses sehr feinen, fast staubartigen Sandes, den ich an einem Platz fand, an dem es ihn eigentlich weder geben darf noch geben kann. Mir geht es darum, verläßlich herauszufinden, woher das Zeug stammt. Denn wenn uns seine Zusammensetzung bekannt ist, lassen sich daraus Schlüsse ziehen. Wir müssen dann nur noch einen Geologen konsultieren, der nach eingehender Prüfung in der Lage wäre, etwa zu sagen: Dieses Material enthält Muschelkalk, wie ihn die Küste von Argentinien aufweist. Oder: Es handelt sich um Basaltstaub, gemischt mit jenem Gneis und Porphyr, der die Felsen der Anden kennzeichnet. Du wirst also ein geeignetes Institut mit der Analyse beauftragen. Und zu gegebener Zeit wendest du dich an einen versierten Geologen. Kosten spielen keine Rolle. Ich selbst darf nicht in Erscheinung treten, weil es eifersüchtige Journalisten gibt, die versuchen, mir über die Schulter zu schauen.«

»Ich verstehe. Die sollen dir nicht zuvorkommen.«

»Genau. Und darum brauch' ich jemanden, von dem kein Aas weiß, daß er für mich tätig ist. Deshalb warnte ich dich auch gleich, als ich mit dir telefonierte. Und da es mindestens einen Monat dauern wird, bis wir herausgefunden haben, aus welcher Ecke der Welt dieser Sand zu mir herübergeweht ist, engagiere ich dich zumindest für diese Zeit. Honorar: dein bisheriges Einkommen als Chemiker. Spesen gehen zu meinen Lasten.«

»Ich möchte aber nicht, daß du …«

»Mensch, Jules! Ich krieg' doch alles von meinem Brötchengeber zurück!«

Es war ein glücklicher Zufall, daß Rastignac und Harrison just in dem Augenblick, als Pierre wieder mit ihnen zusammentraf, der Wortlaut einer neuen Proklamation der AIWes überbracht wurde, die am frühen Morgen über die Sender der östlichen Welt ausgestrahlt worden war. Pierre hatte die beiden Geheimdienstler nach reiflicher Überlegung um eine Unterredung gebeten, obwohl er ihnen nichts Neues berichten konnte. Es ging ihm darum, Vertrauen zu erwecken und Zeit zu gewinnen, doch war er sich bewußt, daß es nicht einfach sein würde, die versierten Experten hinters Licht zu führen. Aber er vertraute seiner Geschicklichkeit und dem Glück, das ihm in entscheidenden Augenblicken schon wiederholt geholfen hatte. Seine Zuversicht zahlte sich aus: Fortuna reichte ihm in dieser Stunde gleich zweimal die Hand. Denn die Proklamation blieb nicht ohne Einfluß auf das Gespräch, und es war ausgerechnet Tatue, der seinem Chef das bedeutungsvolle Fernschreiben brachte.

Die günstige Gelegenheit ausnützend, begrüßte Pierre den Sekretär, der beim letzten Treffen im Bistro so aggressiv geworden war, betont freundlich. »Ah, wir haben uns ja schon lange nicht mehr gesehen. Ich hoffe, es geht Ihnen gut.«

Tatue drehte den Kopf zur Seite wie ein Hund, der einmal Prügel bezogen hat. Pierre reichte ihm die Hand. »Wegen damals brauchen Sie sich keine Gedanken zu machen. Ihr Chef gab mir zu verstehen, daß er Sie beauftragt hatte, mich zu attackieren.« Er wandte sich an Rastignac. »War es nicht so?«

Der Leiter des Sicherheitsdienstes machte gute Miene zum bösen Spiel. »Lassen Sie sich nicht irritieren, Tatue. Unser Freund ist ein Spaßvogel.«

»In diesem Fall bin ich das ganz und gar nicht!« widersprach Pierre so energisch, daß ihn Rastignac entgeistert, der Amerikaner betroffen und Tatue erschrocken ansah. »Wenn es zwischen uns wieder zu einer ersprießlichen Zusammenarbeit kommen soll, muß ich darauf bestehen, daß die Wahrheit nicht verdreht wird. Bitte, erklären Sie Monsieur Tatue, daß Sie mich seinerzeit indirekt ins Bild gesetzt haben.«

Rastignacs dunkle Augenbrauen hoben sich. »Ich glaube, es gibt Wichtigeres zu besprechen.«

»Zweifelsohne«, stimmte Pierre ihm zu. »Zuvor aber bestehe ich auf Klärung des Sachverhaltes.«

Dem Leiter der Sécurité war anzusehen, daß er sich fragte, ob der von ihm so geschätzte Journalist zu bluffen versuchte oder über so gewichtiges Material verfügte, daß er derart auftrumpfen konnte. »Also gut«, sagte er, sich einen vergnügten Anschein gebend. »Ich habe Sie brühwarm über alles informiert. Auch über meine schlechte Verdauung.«

Pierre fiel ein Stein vom Herzen. »Na also! Das war's, was ich hören wollte.« Er war zu weit vorgeprescht. Mit seinem Vabanquespiel hatte er aber viel erreicht. Wenn er jetzt erklärte, über seine Ermittlungen noch nicht sprechen zu können, klang das nicht nach einer Ausrede. Um seine Selbstsicherheit noch mehr zur Schau zu stellen, warf er ungeniert einen Blick auf das Fernschreiben. ›Außerordentlich wichtig!‹ las er und sagte couragiert: »Sie sollten uns den Text nicht vorenthalten.«

Rastignac übergab ihm das Blatt. »Spielen Sie den Pressesprecher.« Er wies auf die Sessel, die vor seinem Schreibtisch standen. »Gentlemen, darf ich bitten, Platz zu nehmen.«

Das Schlitzohr ist nicht aus der Fassung zu bringen, dachte Pierre. Zurückstecken konnte er nicht mehr. »Einverstanden«, erwiderte er und las mit erhobener Stimme:

»›Unsere heutige Bekanntmachung wird das Leben auf der Erde in gewisser Hinsicht stark verändern. Allerdings nicht im negativen Sinn, wie es im ersten Moment den Anschein haben mag. Unser Ziel ist, mit wenigen Maßnahmen die unverantwortlich gewordene Verschuldung der Staaten zu beseitigen und den Verkehrswirrwarr auf den Straßen zu entflechten. Das verlangt freilich Opfer. Aber die sind zu ertragen und müssen im Interesse *aller* erbracht werden. Wir verfügen:

Erstens, die ölexportierenden Länder erhalten ab sofort nur noch US-Dollar 20.00 für das Barrel Rohöl. Damit wird der Abfluß von Devisen in beträchtlichem Maße reduziert, und die Konjunktur erhält neue Impulse.

Zweitens, der Verkaufspreis für einen Liter Normalbenzin beträgt in allen Ländern ab sofort US-Dollar 1.60; vergleichsweise sind das in anderen Währungen DM 4.00 oder sfr 4.00. Superbenzin kostet fünf Prozent mehr. Diese Preise stellen sicher, daß der Treibstoffverbrauch drastisch zurückgehen wird.

Öl ist ein zu kostbares Gut, um es zu verfeuern oder in Motoren zu verbrennen. Beim derzeitigen Verbrauch würde der gesamte Weltvorrat unter günstigen Umständen allenfalls noch für sechzig bis siebzig Jahre reichen. Es ist verantwortungslos, nur an sich und nicht an spätere Generationen zu denken. Und es ist krasser Egoismus, sich an der Niedlichkeit von Kindern zu erfreuen, aber nicht bereit zu sein, für ihr späteres Dasein im erforderlichen Maße zu sorgen.

Drittens, ölexportierende Länder wie Kuwait, die jahrein, jahraus eine starke Sonneneinstrahlung erfahren, haben schnellstens Solaranlagen zu installieren und mit der so gewonnenen Energie Wasserstoff herzustellen, der über Pipelines nach Europa geleitet werden muß. Auf diese Weise ist dafür Sorge getragen, daß die meisten der ölexportierenden Länder selbst dann noch wertvollen Treibstoff liefern können, wenn ihre Ölquellen eines Tages versiegen.

Viertens, in spätestens zehn Jahren muß die gesamte Autoindustrie auf Wasserstoffmotoren umgerüstet sein. Dieses Problem läßt sich ungleich leichter lösen, als von der Erde zum Mond zu gelangen. Und das damals gestellte Ziel wurde bekanntlich innerhalb eines Jahrzehnts erreicht! Die Schwierigkeit der Wasserstoffverwertung zum Antrieb von Motoren besteht nur noch im Betanken der Wagen. Seit es aber deutschen Wissenschaftlern gelungen ist, Magnesiumhydrid herzustellen, kann die Aufnahme von Wasserstoff in entsprechend gestalteten Tanks als gelöst angesehen werden. Das Auto der Zukunft wird kein Kohlendioxid ausstoßen, sondern Wasserdampf abblasen und die Luft nicht mehr verpesten.

Fünftens, die Erlöse aus den erhöhten Benzinpreisen fließen in die Staatskassen der jeweiligen Länder, damit diese in die Lage versetzt werden, ihre Schulden zu tilgen, Rentenansprüche zu sichern und ausreichende Unterstützung an Arbeitslose und Sozialempfänger zu zahlen. Vorab sind jedoch zehn Prozent der Einnahmen über die Weltbank an die Dritte Welt abzuführen.

Sechstens, wer sich angesichts der hohen Benzinpreise dazu entschließt, seinen Wagen nur noch an Sonn- und Feiertagen (einschließlich einen Tag zuvor und danach) sowie zur Fahrt in die Ferien (einmal vier Wochen im Jahr oder zweimal vierzehn Tage) zu benutzen und dies der für ihn zuständigen Behörde meldet, erhält eine dafür zu schaffende auffällige, nicht vom Nummernschild ablösbare Plakette und braucht keine Kraftfahrzeugsteuer zu entrichten.

Kilometergeld für Fahrten zwischen Wohnung und Arbeitsplatz darf nur in besonderen Fällen gezahlt werden.

Siebtens, das Eisenbahn- und Omnibusnetz ist weitgehend auszubauen. Hierfür sind nach Sanierung der Staatskassen und Sicherung der Renten et cetera die Erlöse aus den erhöhten Benzinpreisen voll heranzuziehen. Dabei sind die Verbesserung des Fahrkomforts und die Steigerung der Schnelligkeit vorrangig.

Die heutige Proklamation wird sich schon in wenigen Jahren als segensreich erweisen. Sie ist weniger hart, als es auf den ersten Blick erscheinen mag. Es ist zum Beispiel unnötig, daß jeder im eigenen Wagen zur Arbeitsstelle fährt. Wenn vier Arbeitskollegen sich zusammentun, wird das Fahren sogar billiger, als es bei den bis jetzt gültig gewesenen Benzinpreisen für jeden gewesen ist, der sich allein auf den Weg machte. Eine gewisse Einbuße an Bequemlichkeit muß in Kauf genommen werden, wenn dadurch für alle Zeiten die Versorgungsansprüche gesichert und die Staatskassen wieder so gefüllt sind, daß Krankenhäuser, Altersheime, Schulen, Sportstätten, Freizeitzentren und Theater gebaut werden können. Auch muß die Einkommensteuer baldmöglichst so weit gesenkt werden, daß kein Bürger mehr das Gefühl hat, er arbeite in erster Linie für den Staat und nicht für sich selbst. Auf die Dauer gesehen, müssen alle Länder und Regierungen einen großen Teil ihrer Unkosten aus Einnahmen bestreiten, die indirekt von jenen zu kassieren sind, die sich Luxusartikel kaufen können oder das Vergnügen leisten, auf höchst individuelle Weise durch die Lande zu fahren.‹«

Pierre legte das Telex auf Rastignacs Schreibtisch und lehnte sich zurück. »Gentlemen, ich danke Ihnen für Ihre Aufmerksamkeit. Die Pressekonferenz ist beendet.«

Der Chef des Sicherheitsdienstes bewunderte die Kaltschnäuzigkeit dieses Journalisten. »Einen Kommentar sind Sie uns eigentlich noch schuldig«, sagte er nicht ohne Hintergedanken.

»Den gebe ich gern«, antwortete Pierre, ohne zu zögern. »Nichts Neues von den AIWes! Wie immer servierten uns die himmlischen Heerscharen – prächtig garniert mit wild wucherndem Wahnsinn – einige phantastisch mundende Speisen.«

Cliff Harrison schlug sich auf den Schenkel. »Ausgezeichnet!«

»Merkwürdig, ich war der Meinung, Sie seien für die AIWes«, warf Rastignac ein.

Jetzt liefere ich's zum Aussuchen, dachte Pierre und antwortete: »Sie liegen ziemlich richtig, Monsieur. Aber ein Bonbon fürs Mäulchen läßt noch lange nicht den Tritt vergessen, den man in den Hintern bekommt.«

Der Amerikaner kniff die Augen zusammen. Es reizte ihn, den schlagfertigen Reporter in die Zange zu nehmen. »Ihre Einstellung ist erstaunlich. Schließlich waren Sie mit der Tochter eines Mannes liiert, den wir als unseren Gegner ansehen müssen.«

»Als unseren Gegner?« Pierre stellte sich verwundert. »Der Gedanke ist mir nie gekommen.«

»Haben Sie Professor Darimont als Ihren Freund betrachtet?«

»Ich sah in ihm eher meinen künftigen Schwiegervater.«

»Und Sie sind dennoch gegen ihn eingestellt?«

»Wie kommen Sie darauf? Ich gebe zu, daß ich mich bis vor drei Tagen recht wohl gefühlt habe, wenn ich an ihn dachte. Seit seine Tochter mir den Laufpaß gab, hat sich natürlich einiges geändert. Das ist doch verständlich, oder?«

Cliff Harrison erkannte, daß er so nicht weiterkommen würde. »Werden wir konkret! Wie beurteilen Sie die neue Proklamation?«

»Ich deutete schon an, daß sich in den sieben Punkten Vernünftiges und Wahnsinniges in beängstigender Form vermischen. Aber die Idee, in den Scheichtümern mittels Solarzellen Energie zu gewinnen und diese zur Herstellung von Wasserstoff einzusetzen, den man über Pipelines transportieren kann, ist große Klasse. Auch die Umstellung auf Wasserstoffmotoren ist zu begrüßen.«

Der Amerikaner empörte sich: »Mit der neuen Verfügung zerschlagen die Außerirdischen die gesamte Automobilindustrie!«

»Da bin ich anderer Meinung«, widersprach Pierre. »Höchstens die halbe Autoindustrie wird betroffen sein. Vielleicht sogar noch weniger. Denn die Aufsichtsräte der großen Firmen werden es sehr schnell verstehen, sich auf die geforderten komfortablen Omnibusse und Eisenbahnwagen umzustellen. Und die Entwicklung wird nicht stehenbleiben. Außerdem kann es nicht schaden, wenn Unternehmen, die mit immer mehr Robotern, Menschen wegrationalisieren, ihre dominierende Position in der Industrie verlieren. Machen wir uns doch nichts vor. Früher hat man gesagt: Wenn die Autofabriken nicht auf vollen Touren laufen, ist jeder siebte Arbeitsplatz gefährdet. Wie aber sieht es heute aus? Noch nie wurden so viele Wagen hergestellt wie in unseren Tagen, und dennoch ist jetzt schon fast jeder siebte Werktätige arbeitslos geworden. Das hat uns das Wirtschaftswachstum beschert. Arbeitgeber und Arbeitnehmer wollten immer größere Stücke vom Kuchen. Der ist nun ratzekahl verputzt. So sorry, Sir!«

Cliff Harrison wiegte den Kopf. »Eine verdammt schiefe Betrachtungsweise. Wenden wir uns lieber dem Thema zu, das mich nach Paris geführt hat. Sie deuteten an, daß es vielleicht etwas gebe, das uns auf der Suche nach dem verschwundenen Flugzeug weiterhelfen könnte.«

Pierre nickte lebhaft. »Ja, und ich glaube schon in vierzehn Tagen in der Lage zu sein, Ihnen einen hochinteressanten Hinweis zu liefern.«

Der CIA-Agent konnte seine Enttäuschung nicht verbergen. »In vierzehn Tagen?« fragte er gedehnt.

Pierre gefiel es, ihn noch mehr zu ärgern. »Vielleicht auch erst in drei Wochen. So genau läßt sich das nicht sagen. Die Recherchen sind eingeleitet, und wir müssen abwarten, was herauskommt. Ich bin aber zuversichtlich, weil mir das, woran ich mich glücklicherweise erinnern kann, überaus bedeutungsvoll zu sein scheint.«

Rastignac wurde hellhörig. »Was sind das für Recherchen?«

»Darüber möchte ich erst sprechen, wenn sich erweist, daß ich mich nicht getäuscht habe.«

»Und ich soll hier womöglich drei Wochen lang Däumchen drehen?« ereiferte sich der Amerikaner.

»Es zwingt Sie niemand, das Ergebnis meiner Ermittlungen hier in Paris abzuwarten«, erwiderte Pierre gelassen. »Sie können unbesorgt nach Hause fliegen. Mister Rastignac wird Ihnen ein Telex senden, sobald...«

»Ich denke nicht daran, mir vorschreiben zu lassen, was ich zu tun und zu lassen habe«, brauste Harrison auf.

Der Leiter des Sicherheitsdienstes versuchte ihn zu beruhigen. »Machen Sie jetzt nicht den Fehler, das Kind mit dem Bad auszuschütten.«

Pierre nutzte die Chance, massiv zu werden. »Offensichtlich möchte der Herr einen Streit vom Zaun brechen. Mir soll's recht sein. Wenn ihm meine Mitarbeit nicht paßt, kann ich meinen Weg auch ohne ihn finden.«

Rastignac faltete die Hände. »Aber, Gentlemen! Wir verfolgen doch alle das gleiche Ziel! Ihrer beider Erregung ist somit fehl am Platz.«

»Okay!« Die Zähne des Amerikaners mahlten. »Untätig bleibe ich aber nicht. Vierzehn Tage oder gar drei Wochen lege ich die Hände nicht in den Schoß. Ich werde...« Er unterbrach sich und starrte vor sich hin. »Wo wohnt diese Miß Darimont?«

Pierre beschlich ein ungutes Gefühl. Was plante Cliff Harrison?

Rastignac nannte die Anschrift und fügte hinzu: »Ich möchte Ihnen raten, die junge Dame nicht aufzusuchen. Es käme nichts dabei heraus. Bei Ihnen würde Sie noch verschlossener sein, als sie es Mister Massol gegenüber gewesen ist.«

»Möglich. Doch es gibt auch andere Wege, die zum Ziel führen. Und zwar schneller als in drei Wochen!«

Pierre mußte sich zwingen, gelassen zu bleiben.

Rastignacs kahler Schädel wurde rot wie ein Paprikaschote. »Ich möchte das nicht gehört haben, Mister Harrison! In Amerika mögen Sie *andere Wege* gehen, nicht aber in Frankreich!«

Der CIA-Agent erboste sich: »Was ich andere Wege nannte, hat nichts mit Gangstertum zu tun. Sie können unbesorgt sein. Ich werde jedem Versuch, Miß Darimont zu kidnappen, um ihr den Mund gewaltsam zu öffnen, energisch entgegentreten.«

Der Leiter der Sécurité wurde nervös. »Worauf wollen Sie hinaus? Von Kidnappen war nicht die Rede!«

»Ihre Worte ließen sich nicht anders deuten«, beharrte der Amerikaner. »Jedenfalls habe ich nichts damit zu tun, falls Miß Darimont plötzlich verschwunden sein sollte. Bei den Kindern berühmter Persönlichkeiten soll das ja zuweilen vorkommen. Es reizt mich nun allerdings, die Tochter des Professors kennenzulernen. Oder ist dagegen etwas einzuwenden?« fragte er spöttisch, an Pierre gewandt.

Der tat, als ginge ihn das Gespräch nichts an.

»He, ich hab' Sie was gefragt«, polterte Cliff Harrison, der es nun eindeutig darauf anlegte zu provozieren.

Warum tut er das, fragte sich Pierre und gab sich belustigt. »Was sollte dagegen einzuwenden sein, daß es Sie reizt, Miß Darimonts Bekanntschaft zu machen?«

Der Amerikaner grinste. »Well, dann stelle ich die Frage anders: Was würden Sie davon halten, wenn ich Ihre frühere Freundin zum Essen einlade?«

Pierre registrierte mit Genugtuung, daß Rastignac nahe daran war, die Beherrschung zu verlieren. »Warum nicht?« antwortete er so unbefangen wie möglich. »Sie müssen ihr nur rechtzeitig Bescheid geben, denn sie ist sehr beschäftigt. Ich weiß ja nicht, was Sie vorhaben.«

»Zumindest möchte ich die junge Dame mal richtig schön verführen. Würden Sie mir das verübeln?«

»Wie könnte ich? Miß Darimont geht ihre eigenen Wege.«

»Okay.« Harrison erhob sich. »Mister Tatue weiß, wo ich zu erreichen bin. Bis dahin hoffe ich, mir die Zeit auf möglichst angenehme und zugleich ersprießliche Weise vertreiben zu können.«

Rastignac verabschiedete ihn steif.

Auch Tatue verließ den Raum.

Pierre fragte sich verwirrt: Was wird hier gespielt? Dieser Amerikaner läßt mich doch nicht ohne Grund mit seinem Verbündeten allein. Soll ich getäuscht werden? Arbeiten die beiden Hand in Hand?

Rastignac legte die Finger gegeneinander und drückte sie durch, daß die Gelenke krachten. »Sie sind erstaunlich ruhig geblieben.«

»Was hätte mich denn aus der Fassung bringen sollen?«

»Das Gespräch über Mademoiselle Darimont!«

Pierre zuckte die Achseln. »Ach, wissen Sie, Monsieur, es gibt Dinge, da dreht sich einem der Magen um. Und dann ist einem plötzlich alles schnurzegal.«

»Und wenn Mademoiselle Monique nun etwas zustoßen sollte?«

Zum ersten Mal nennt er sie bei ihrem Vornamen, dachte Pierre. »Ihr etwas zustoßen? Halten Sie das für möglich?«

»Nein, nein«, antwortete Rastignac und wischte sich Schweißtropfen von der Stirn. »Anderswo wäre das vielleicht denkbar. Aber bei uns...« Er schüttelte den Kopf. »Nein, bei uns nicht. Bei uns nicht. Natürlich sollte man vorsichtig sein.«

Pierre erhob sich. »Ich danke Ihnen, Monsieur.«

Pierre war ziemlich ratlos, als er das Haus am Quai d'Orsay verließ. Er konnte sich nicht erklären, was Cliff Harrison veranlaßt hatte, Monique auf solche Weise in das Gespräch einzubeziehen. War die zwar nicht ausgesprochene, dennoch unüberhörbare Drohung, die Tochter des Professors Darimont auf ›anderem Weg‹ zum Reden zu bringen, ernst gemeint? Oder bluffte der Amerikaner? Sollte ihm, dem branchenfremden Journalisten, ein Denkzettel verpaßt werden, weil er seine Karten nicht aufdeckte? Das dumme Gerede, Monique einladen zu wollen und ›mal richtig schön zu verführen‹, sprach dafür, daß er gereizt werden sollte. Das andere aber, diese unvermittelt heraufbeschworene Gefahr für Monique, war mehr als eine gegen ihn gerichtete Attacke. Sonst hätte der Leiter des Sicherheitsdienstes sich nicht sofort eingeschaltet. Seine an den Amerikaner gerichtete Warnung bewies, daß er die Angelegenheit ernst nahm und nicht als Täuschungsmanöver betrachtete. Auch ging aus dem Gespräch, das Pierre am Schluß mit Rastignac geführt hatte, eindeutig hervor, daß dieser echt besorgt war. Denn hinter seiner Frage: ›Und wenn Mademoiselle Monique nun etwas zustoßen sollte?‹ stand unmißverständlich die Mahnung, auf der Hut zu sein.

Während Pierre dem Stadtzentrum entgegenstrebte, vergegenwärtigte er sich noch einmal die unangenehme Debatte, die hinter ihm lag. Zweifellos hatte der Chef der Sécurité, dem die rüden Methoden der Geheimdienste nur allzu bekannt waren, sofort erfaßt, welchen Weg der Amerikaner einzuschlagen gedachte und welche Gefahr Monique drohte.

Als Pierre die Place de la Concorde erreichte, war er zu der Überzeugung gelangt, daß der CIA-Agent rücksichtslos vorgehen würde. Er konnte es drehen und wenden, wie er wollte: Monique mußte sich in Sicherheit bringen. In ihrer Wohnung war sie gefährdet.

Im Geist sah Pierre die strahlend blauen Augen Cliff Harrisons. Sein Satz ›Zumindest möchte ich die junge Dame mal richtig schön verführen‹ schmerzte ihn und hatte ihn eifersüchtig gemacht.

Vor dem Eingang zu den Tuilerien stieg er in ein Taxi und gab als Ziel die Universität an. Er mußte Monique warnen, noch bevor sie überwacht wurde. Aber wie sollte er sich ihr nähern? Und was ihr sagen? Würde sie ihn überhaupt an sich herankommen lassen? Gab es Verwandte, bei denen sie unterkommen konnte? Ihm wurde erschreckend klar, daß er nicht das Geringste über ihre Familienverhältnisse wußte. Dabei waren sie neun Monate zusammen gewesen und hatten Probleme aller Art diskutiert, nie jedoch über die nächstliegenden Dinge gesprochen.

Das Taxi überquerte die Seine-Brücke und bog in den Boulevard Saint Germain ein.

Ein Schreibwarengeschäft brachte Pierre auf den Gedanken, Monique mit ein paar Zeilen in die Eingangshalle der Sorbonne zu bitten. »Halten Sie!« forderte er den Fahrer auf. »Ich muß schnell etwas aus dem Geschäft holen.«

Als Pierre zurückkehrte, hatte er die kurze Mitteilung bereits geschrieben: ›Ich muß Dich dringend sprechen. Deine Sicherheit ist gefährdet. Komm umgehend in die Halle. Ich werde Dich mit keinem unnötigen Wort aufhalten. Pierre.‹

Diese Nachricht gab er mit einem überzeugenden Trinkgeld

einem Universitätsdiener, und es dauerte nicht lange, bis Monique auftauchte. Über ihrem Kleid trug sie einen weißen Kittel. Ihre Augen waren wie starr.

Er ging ihr ein paar Schritte entgegen.

Sie blieb stehen und wandte sich um, so daß sie ihn nicht ansehen mußte. »Was hast du mir zu sagen?«

Pierre war es, als stecke ihm ein Kloß im Hals. Am liebsten hätte er Monique an sich gerissen. »Ein Agent der CIA hat vor knapp einer Stunde geäußert, daß er gewaltsam versuchen will, über dich den Aufenthaltsort deines Vaters in Erfahrung zu bringen. Wie er das anzustellen gedenkt, weiß ich nicht, Rastignac hat ihn in meinem Beisein gewarnt, doch der Amerikaner zeigte sich wenig beeindruckt. Du bist in höchster Gefahr, Monique! Noch heute mußt du verschwinden! Schon morgen könnte es zu spät sein. Verlaß sofort deine Wohnung und fahre irgendwohin. Zu Verwandten, besser noch zu Bekannten, damit Nachforschungen im Sand verlaufen. Ich würde dir gern meinen Wagen zur Verfügung stellen, aber das erscheint mir zu riskant. Wenn du Geld brauchst...«

»Nein«, unterbrach sie ihn abrupt.

»Wirst du meinem Rat folgen?«

Sie zögerte mit der Antwort.

»Bitte, Monique, bring dich in Sicherheit!«

»Gut«, sagte sie. »Ich danke dir.«

Pierre wollte ein Abschiedswort an sie richten, doch sie ging davon, als wäre er Luft.

In der folgenden Nacht fand Pierre keine Ruhe. Unentwegt fragte er sich, was Monique zugestoßen sein könnte. Er war gleich nach dem Gespräch zum Jardin des Plantes geeilt, um von dort aus ihre Wohnung im Auge zu behalten und sich davon zu überzeugen, daß ihr niemand folgte. Aber sie war nicht erschienen. Zunächst hatte er geglaubt, sie durch mißliche Umstände übersehen zu haben. Er gab deshalb seinen Beobachtungsposten nicht auf und wartete geduldig, bis es dunkel wurde. Vielleicht hielt sie es für richtig, das Haus möglichst unauffällig zu verlassen. Doch bis Mitternacht wartete er vergebens. Und während der ganzen Zeit wurde in ihrer Wohnung nicht ein einziges Mal ein Licht eingeschaltet.

Beunruhigt ging Pierre heim. Er hielt es für ausgeschlossen, daß Cliff Harrison schon in Aktion getreten sein könnte, denn ihm war nur Moniques Adresse bekannt. Der Amerikaner konnte nicht wissen, daß sie sich regelmäßig bis fünf Uhr in der Universität aufhielt.

Um sich abzulenken, betrachtete Pierre nochmals die Fotos vom Instrumentenbrett der Grumman Gulfstream. Dabei fragte er sich abermals, welche Bedeutung jene dritten Höhenmesser haben könnten, die minus 4100 Meter anzeigten. Kurz entschlossen machte er eine Vergrößerung der Aufnahme und nahm sich vor, am nächsten Morgen nach Orly zu fahren, um einen versierten Piloten zu befragen.

Nach der unruhigen Nacht bestellte er den Chauffeur Eugène für neun Uhr zu sich. Er wußte, daß Monique sich allmorgendlich pünktlich zur Sorbonne begab. Noch bevor er zum Flughafen fuhr, wollte er feststellen, ob sie wie üblich ihr Labor aufgesucht hatte. Doch der Bescheid, den er erhielt, half ihm nicht weiter: Mademoiselle Darimont scheine krank zu sein, denn sie sei an diesem Morgen nicht gekommen.

So fuhr Pierre mit gemischten Gefühlen nach Orly hinaus. Es erleichterte ihn, daß Monique auf ihn gehört hatte, aber es beunruhigte ihn, daß sie nicht in ihrem Heim gewesen war. Er hielt es für unwahrscheinlich, daß eine Frau, die plötzlich fort muß, sich nicht zuvor aus ihrer Wohnung einige Kleidungsstücke oder wenigstens eine Toilettentasche holt. Etwas Ungewöhnliches mußte geschehen sein.

Am Flughafen gab es für Pierre zwei Überraschungen, die seine Gedanken in eine andere Richtung lenkten. Als erstes erklärte ihm ein Linienpilot, dem er das Foto vom Instrumentenbrett vorlegte:

»Aber, Monsieur Massol! Wie kann ein Reporter, der den Flugzeugführerschein besitzt und bekannt dafür ist, daß er die tollsten Dinge herausbekommt, einen solchen Gedankenfehler machen? Strengen Sie Ihr Köpfchen mal an! Was passiert, wenn ein Flugzeug steigt?«

»Dann nimmt der Luftdruck ab.«

»Und wenn Sie den Fein-Höhenmesser am Boden auf Null stellen und klettern auf viertausendeinhundert Meter ...«

Pierre schlug sich vor die Stirn. »Dann zeigt das Ding natürlich viertausendeinhundert Meter! Der auf dem Foto würde in diesem Fall auf Null stehen.«

»Genau. Vermutlich ist die Maschine, in der Sie die Aufnahme gemacht haben, auf einem Flugplatz stationiert, der in viertausendeinhundert Meter Höhe liegt. Da Höhenmesser sich auf einen so niedrigen Millibarwert nicht einstellen lassen, scheint man sich eines dritten, eigens für die große Höhe geschaffenen Fein-Höhenmessers zu bedienen.«

Pierre stöhnte. »Ich muß mit Blindheit geschlagen gewesen sein.«

Der Flugkapitän schüttelte den Kopf. »Nein, Sie haben nur schlecht geschaltet.«

»Behalten Sie das bloß für sich! Der Konkurrenz würde es einen Mordsspaß bereiten, mir mangelnde Hirnmasse nachweisen zu können.«

Als Pierre sich verabschiedet hatte und den Aufenthaltsraum der Linienpiloten verließ, geschah etwas höchst Seltsames. Keine zwanzig Meter von der Tür entfernt saß jemand, der seine Zeitung plötzlich hochriß, als wollte er sein Gesicht verbergen. Hätte die Person nicht so spontan reagiert, würde er Pierre kaum aufgefallen sein. Nun aber war dem erfahrenen Reporter augenblicklich klar, daß er beschattet wurde. Und er handelte blitzschnell. Als hätte er etwas vergessen, drehte er sich um und kehrte in den Aufenthaltsraum zurück.

Der Flugkapitän, mit dem er eben gesprochen hatte, sah ihn verwundert an. »Noch ein Loch im Dachstübchen?«

»Im Gegenteil. Diesmal hat mein Hirn prima funktioniert. Draußen sitzt jemand von der Konkurrenz, der sein Gesicht allzu hastig hinter einer Zeitung verbarg, als ich ...« Er unterbrach sich, da er mit einemmal zu wissen glaubte, wen er vor sich gehabt hatte. Cliff Harrison hatte am Tag zuvor den gleichen, auffällig karierten Anzug getragen. Wie konnte einem Top-Agenten ein solcher Fehler unterlaufen?

»Was ist?« fragte der Linienpilot belustigt.

Pierre dämpfte die Stimme, als befürchte er, daß man ihn draußen hören könne. »Die grauen Zellen in meinem Schädel haben gerade wie ein Computer gesurrt und mir verraten, daß es nicht die Konkurrenz ist, die erfahren möchte, was mich zu Ihnen getrieben hat. Erinnern Sie sich an meine Story, die damals mächtig Staub aufwirbelte?«

»Natürlich.«

»Mit meinen Recherchen kam ich dem amerikanischen Geheimdienst seinerzeit so in die Quere, daß er noch heute herauszufinden sucht, wer mein Informant war. Der da draußen sitzt, gehört zur CIA.«

Der Flugkapitän ging auf Distanz. »Mit Agenten-Geschichten möchte ich nichts zu tun haben.«

»Sollen Sie auch nicht. Ich bitte Sie lediglich, dem Kerl, der sich bestimmt bei Ihnen erkundigen wird, was ich auf dem Herzen hatte, nichts von dem Foto und dem Höhenmesser zu sagen. C'est tout! Erzählen Sie ihm, was Sie wollen. Behaupten Sie, ich hätte mich nach der Landegeschwindigkeit der Grumman Gulfstream erkundigt und wissen wollen, ob es wirklich vorkomme, daß bei diesem Flugzeugtyp Vibrationserscheinungen auftreten.«

Der Pilot klopfte ihm auf die Schulter. »Von dem Höhenmesser weiß ich natürlich nichts.«

Als Pierre den Warteraum zum zweiten Mal verließ, saß der Wartende hinter einer weit auseinander gehaltenen ›New York Herald Tribune‹.

Zweiter Fehler, dachte Pierre zufrieden. An seiner Stelle hätte ich mir eine französische Zeitung gekauft.

Auf der Heimfahrt aber wurde Pierre sehr nachdenklich. Er hatte nicht nur herausgefunden, daß sich die Mitarbeiter der AIWes mit ziemlicher Sicherheit in einem hohen Gebirgsmassiv aufhielten und dort über eine Start- und Landebahn verfügen mußten, er hatte auch die fatale Feststellung gemacht, daß er beschattet wurde. Nach kurzer Überlegung wandte er sich an seinen Chauffeur. »Ist Ihnen vorhin aufgefallen, daß uns ein Wagen folgte?«

»Nein, Monsieur. Wie kommen Sie darauf?«

»Ich habe am Flughafen jemanden gesehen, der hinter uns hergefahren sein muß. Stellen Sie den Rückspiegel auf meiner Seite so, daß auch ich auf nachfolgende Wagen achten kann.«

»Sehr wohl, Monsieur.«

Pierre wurde es plötzlich siedend heiß. Mein Gott, dachte er. Wenn Harrison uns gefolgt ist, weiß er, daß ich die Sorbonne aufgesucht habe. Sollte dieser verdammte Amerikaner mir gestern schon auf den Fersen gewesen sein? Wurde es ihm dadurch möglich, Monique abzufangen?

Die Sorge um Monique veränderte Pierre. Er kaufte Rosen, die er neben ihr Foto stellen wollte, das weiterhin auf seinem Schreibtisch stand. Und für die Wirtin besorgte er einen bunten Sommerstrauß, der sein schlechtes Gewissen entlasten sollte.

»Ich war in den letzten Tagen sehr grob zu Ihnen«, sagte er ihr. »Vielleicht kann ich auf diesem Weg Abbitte leisten.«

Die adrette Frau schmolz dahin. »Blumen ...? Das wäre doch nicht nötig gewesen, Monsieur. Aber werden Sie mir jetzt anvertrauen, weshalb Mademoiselle Darimont ...?«

»Das weiß ich selbst noch nicht genau«, unterbrach er sie. »Sobald ich klar sehe, erfahren Sie alles.«

Pierre hatte das gespannt gewordene Verhältnis zu seiner Wirtin gerade noch zur rechten Zeit wieder ins Lot gebracht. Denn schon wenige Minuten später machte er eine Feststellung, die ihn zwang, ihre Hilfe in Anspruch zu nehmen.

Es begann damit, daß die Wirtin, als er auf sein Zimmer zuging, hinter ihm herrief: »Ach, Monsieur, ich habe ganz vergessen Ihnen zu sagen, daß die Telefon-Leute Ihren Apparat in Ordnung gebracht haben.«

Pierre stutzte. Er hatte weder eine Störung festgestellt noch gemeldet. »Das verstehe ich nicht«, sagte er. »Mein Apparat hat einwandfrei funktioniert.«

»Die beiden Männer sprachen von einer Kontrolle, die zur Zeit überall durchgeführt wird«, erklärte die Wirtin.

»Auch bei Ihrem Apparat?«

»Nein, der würde später geprüft. Das gehe nach einem bestimmten Schema.«

»Wie lange waren die Männer in meinem Zimmer?«

»Nur so lange wie sie brauchten, um den Apparat durchzusehen. Ein paar Minuten. Ich bin bei ihnen geblieben, hab' sie keine Sekunde aus den Augen gelassen.«

»Das war sehr klug von Ihnen«, lobte er. »Und was wurde an meinem Kasten gemacht?«

»Eigentlich sehr wenig«, antwortete sie. »Ich hab' noch gedacht: So leicht möchte ich mein Geld auch verdienen. Hörer aufschrauben, Hörer zuschrauben – Sprechmuschel aufschrauben, Sprechmuschel zuschrauben.«

Pierre ahnte, was geschehen war. Offensichtlich sollte er nicht nur draußen beschattet, sondern auch in der Wohnung kontrolliert werden. Er zweifelte nicht daran, daß sich in der Hör- oder

Sprechmuschel seines Apparates nun eine ›Abhörwanze‹ befand. Cliff Harrison schien ganze Arbeit leisten zu wollen.

Nach kurzer Überlegung ging er in seinem Zimmer mehrmals auf und ab, so daß derjenige, der mit seiner Überwachung beauftragt war, die Schritte hören mußte. Wie aber sollte er sich weiterhin verhalten? Sollte er die ›Wanze‹ in der Sprechmuschel belassen und so tun, als habe er ihre Installation nicht bemerkt? In diesem Fall konnte er seinen Widersacher durch fiktive Gespräche in die Irre führen. Entfernte er die ›Wanze‹, dann bot sich ihm die Chance, seinen Gegner bloßzustellen. Beides würde Folgen haben, die genau durchdacht werden mußten.

Es dauerte lange, bis Pierre einen Entschluß faßte. Doch er tarnte sein Vorhaben, indem er zunächst den Hörer abhob und die Telefonnummer von Monique wählte. Ohne Erfolg, wie zu erwarten stand. Dennoch versuchte er im Laufe der nächsten Stunde noch einige Male, eine Verbindung zu bekommen; immer mit dem gleichen negativen Ergebnis. Trotzdem war er zufrieden. Denn wer ihn abhörte, schöpfte jetzt nicht den Verdacht, daß die ›Wanze‹ entdeckt worden war.

Nach einer geruhsamen Nacht rief er Rastignac an und bat ihn um eine baldige Unterredung, da er ihm und Mister Harrison etwas Wichtiges mitzuteilen habe.

»Sind Sie fündig geworden?« erkundigte sich der Leiter der Sécurité erwartungsvoll.

»Meine Ermittlungen werden Sie in Erstaunen setzen!« prophezeite Pierre, legte den Hörer auf und bestellte seinen Fahrer Eugène zu sich. Danach zog er den Anschlußstecker des Telefonapparates aus der Steckdose, um die ›Wanze‹ geräuschlos aus der Sprechmuschel herausnehmen zu können. Nachdem er dies getan hatte, stellte er die Verbindung mit der Telefonleitung wieder her und bat die Wirtin, der er reinen Wein einschenkte, seine Gespräche künftig von ihrem Apparat aus führen zu dürfen. Diese Vorsichtsmaßnahme war übertrieben, aber er wollte selbst das geringste Risiko ausschalten. Deshalb rief er auch seinen Klassenkameraden Dr. Jules Sauvage von der Wirtin aus an, nannte ihm deren Rufnummer und forderte ihn auf, nur über diesen Apparat mit ihm zu telefonieren. Daß der Chemiker die Gelegenheit benutzte, ihm zu sagen, die Analyse des feinen Sandes könne unter Umständen schon in der nächsten Woche vorliegen, registrierte er kaum. In Gedanken weilte er bereits am Quai d'Orsay.

Und hier empfingen ihn Rastignac und der Amerikaner ungewöhnlich zuvorkommend.

Pierre irritierte das, weil er nach dem letzten Zusammentreffen zu der Überzeugung gelangt war, der Leiter des Sicherheitsdienstes traue dem CIA-Agenten nicht über den Weg.

»Nehmen Sie Platz, mein Lieber«, forderte Rastignac ihn auf. »Ich bin gespannt zu erfahren, was Sie uns zu berichten haben.«

Pierre wandte sich an Cliff Harrison. »Und wie sieht's bei Ihnen aus?«

»Bei mir? Ich weiß nicht, was Sie meinen.«

»Na, was schon? Ist es Ihnen gelungen, Miß Darimont mal richtig schön zu verführen?«

»Wir sollten bei der Sache bleiben«, antwortete der Amerikaner ausweichend.

»Ich bin bei der Sache!« trumpfte Pierre auf. »Die junge Dame ist nämlich spurlos verschwunden!«

Rastignacs dunkle Augenbrauen hoben sich.

»Ist Ihnen das etwa nicht bekannt gewesen?« fragte Pierre den Leiter der Sécurité, noch bevor dieser sich äußern konnte.

»Wie kommen Sie zu dieser Annahme? Ich hörte von Mister Harrison...«

»... daß er mich gestern morgen in der Halle der Sorbonne observiert hat?«

Rastignacs Augen weiteten sich.

»Ich bin genau im Bilde, war an der Sorbonne, um mich zu erkundigen, ob Miß Darimont am Morgen ihr Labor aufgesucht hat«, fuhr Pierre nachdrücklich fort. »Mich interessierte das, weil eine ihrer Freundinnen mir berichtet hatte, daß sie vorgestern abend nicht nach Hause gekommen ist«, flunkerte er hinzu. »Sie, Mister Harrison, hatten wenige Stunden vorher von *anderen Wegen* gesprochen, die man einschlagen könnte.«

»Jetzt behaupten Sie bloß noch, ich hätte die junge Dame gekidnappt«, brauste der CIA-Agent auf. »Es ist eine Infamie...«

»Haben Sie unsere Besprechung nicht in plötzlicher Eile verlassen?« unterbrach ihn Pierre.

»Sie unterstellen hier Dinge... Mister Rastignac, ich muß Sie bitten, mich vor haltlosen Verdächtigungen zu schützen!«

»Spielen Sie nicht den Unschuldsengel!« fuhr Pierre ihn in vorgetäuschter Erregung an. »Sie sind ein ganz hinterhältiger Mensch. Fordern mich auf, mit Ihnen zusammenzuarbeiten. Hetzen hinter mir her zur Sorbonne. Hängen sich an meinen Wagen, wenn ich nach Orly fahre, um gewisse Dinge abzuklären. Belauern mich in der Halle vor dem Aufenthaltsraum der Linienpiloten. Erkundigen sich dort, wofür ich mich interessiert habe. Beauftragen zwei Männer«, er griff in die Tasche, »diese ›Wanze‹ in meinen Telefonapparat zu praktizieren.«

Cliff Harrisons Backenknochen traten hervor.

Rastignac rang nach Luft.

»Verteidigen Sie sich, wenn ich nicht die Wahrheit sage!« schrie Pierre den Amerikaner an und wandte sich dem Leiter des Sicherheitsdienstes zu. »Entscheiden Sie, Sir, mit wem Sie in Zukunft zusammenarbeiten wollen. Mit dem da oder mit mir! Was immer ich unternommen habe, dieser unverschämte Zeitgenosse hat versucht, meine Bemühungen zu durchkreuzen. Ich versichere Ihnen, daß ich schon heute ziemlich genau weiß, wo das Versteck der Wissenschaftler zu finden ist. Aber ich lass' mir meine Ermittlungen nicht klauen. Schon gar nicht von einem Mann, der wie ein Dilettant zu Werke geht. Vielleicht ist er zu brauchen, wenn ich so weit bin, daß ich Ihnen sagen kann: Ich kenne den Standort des Flugzeuges. Bis dahin will ich ungestört arbeiten können. Und die ausgesetzte Belohnung werde ich mit Schnüfflern seiner Art nicht teilen. Schicken Sie ihn heim, bis ich meine Recherchen beendet habe. Dann mag er es übernehmen, die Maschine zu kapern. Dafür fehlen mir die Mittel und die Möglichkeiten. Ich poche allerdings auf das mir zugesicherte Exklusivrecht der Berichterstattung. – So, und jetzt entscheiden Sie sich, Monsieur!«

Cliff Harrison stand auf, bevor Rastignac Stellung nehmen konnte. »Sir«, preßte er mühsam hervor, »ich gebe mich geschlagen. Mister Massol kennt tatsächlich jeden meiner Schritte, und ich zweifle nicht mehr daran, daß die Verfolgung der von uns aufgezeigten Spur in besten Händen liegt. Ich gehe freiwillig und stehe Ihnen zur Verfügung, wenn Sie mich zu gegebener Zeit rufen.«

Auch Pierre erhob sich. »Ihre Haltung versöhnt mich«, entgegnete er konziliant. »Irgendwann sehen wir uns wieder. Mister Rastignac wird Sie verständigen, sobald ich das Versteck gefunden habe. Vielleicht gibt er Ihnen schon einen kleinen Zwischenbescheid, wenn er erfährt, daß ich mich auf den Weg mache.«

Als der Amerikaner gegangen war, trat Rastignac an Pierre heran. »Wie sind Sie ihm auf die Schliche gekommen?«

»Mon Dieu, ich hatte Glück.«

»Und was ist mit Mademoiselle Monique?«

»Ich weiß nicht, wo sie sich befindet, gebe aber zu, daß ich sie verständigt und beschworen habe, sich in Sicherheit zu bringen.«

Rastignac reichte ihm die Hand. »Ich verabschiede mich heute mit den Worten, die Sie vorgestern an mich richteten: Ich danke Ihnen, Monsieur!«

Monique hatte sich nicht anmerken lassen, wie es in ihr aussah, als Pierre sie aufforderte, sich sofort in Sicherheit zu bringen. Für sie brach eine Welt zusammen. Nach der großen menschlichen Enttäuschung, die sie erlebt hatte und die sie wohl nie ganz würde überwinden können, sollte sie nun auch noch fliehen? Was würde aus ihrem Studium werden?

In ihrer Ratlosigkeit lief sie planlos durch die Flure, Hallen und Gänge der Universität. Ihr Hirn rebellierte. War es denn wirklich möglich, daß man sich ihrer bemächtigen wollte, um sie in einem unfairen Kampf als Geisel zu benutzen? Wohin sollte sie sich wenden? Eine Spur durfte sie nicht hinterlassen. Das war sie ihrem Vater schuldig. Um jeden Preis mußte sie verhindern, daß er durch ihre Festnahme unter Druck gesetzt werden konnte. Niemand durfte erfahren, wo sie Unterschlupf fand. Auch Pierre nicht. Er würde sie gewiß nicht verraten. Sonst hätte er sie nicht informiert und geradezu angefleht, das Weite zu suchen. Dennoch besaß er nicht mehr ihr Vertrauen. Bestand nicht die Gefahr, daß er ihre Wohnung heimlich beobachten und ihr folgen würde, um irgendwann wieder Einfluß auf sie zu gewinnen? Sie mußte heraus aus der kaputten Welt, in die sie geraten war. Aber wie? Sie sah nur noch die Möglichkeit, gleich von der Sorbonne aus die Flucht zu beginnen. Etwas Geld und ihre Kreditkarte befanden sich glücklicherweise in ihrer Handtasche. Sie konnte somit ins Stadtzentrum fahren und sich die erforderlichen Reiseutensilien und einige Kleidungsstücke kaufen.

Monique überlegte nicht lange. Schon eine Viertelstunde später fuhr sie mit der Metro zur Place de l'Opéra, obwohl sie noch immer nicht wußte, wo sie sich verbergen könnte. Ihre Gedanken wanderten zu Jean-Paul. Er hätte jetzt Rat gewußt.

Bei dieser Überlegung erinnerte sie sich an seinen indischen Freund Dr. Raihani, den sie aufgesucht hatten. Sein gepflegtes Heim hatte ihr imponiert. Aber etwas war nicht in Ordnung gewesen. Der vermögende Inder hatte mehr über sie gewußt, als er eigentlich wissen konnte. Wie war das möglich? Fragen, die sie sich damals gestellt hatte, waren ohne Antwort geblieben, weil sie nicht mutig genug gewesen war, sie offen auszusprechen. Sie erinnerte sich genau daran, daß Dr. Raihani sich bei der Begrüßung gewundert hatte, der Tochter des ›berühmten‹ Professors Darimont zu begegnen.

Je mehr Monique sich an den Besuch in Raincy erinnerte, um so deutlicher wurde ihr, daß sich der Inder, der ihr so ganz anders erschienen war, als Jean-Paul ihn geschildert hatte, intensiv mit den Unbekannten aus dem All beschäftigt haben mußte. Schon damals hatte er die Vermutung ausgesprochen, die AIWes müßten über Informanten verfügen.

Als Monique die Metro verließ, war sie schon so gut wie entschlossen, sich Dr. Raihani anzuvertrauen. Er würde ihr gewiß helfen.

Nachdem sie ihre Einkäufe getätigt hatte, fuhr sie zur Gare de l'Est und ließ sich auf der Poststelle das Telefonbuch für Raincy geben, dem sie die Rufnummer Dr. Raihanis entnahm. Doch sie telefonierte vorsorglich nicht vom Bahngebäude aus, sondern suchte eine in der Nähe gelegene Fernsprechzelle auf.

Als die Verbindung hergestellt war, sagte sie mit dünner Stimme: »Hier spricht Monique Darimont.«

»Welch eine Überraschung!« rief Dr. Raihani erfreut. »Wie geht es Ihnen, Mademoiselle? Gerade gestern erhielt ich Post von Jean-Paul. Von wo rufen Sie an?«

»Von Paris. Ich bin an der Gare de l'Est und hätte Sie gerne gesprochen. Darf ich Sie aufsuchen?«

»Ja, natürlich. Aber ist etwas nicht in Ordnung?«

»Man kann es so nennen.«

»Dann bleiben Sie, wo Sie sind. Ich hole Sie ...« Er unterbrach sich. »Nein, das könnte falsch sein. Fahren Sie mit dem nächsten Zug nach Noisy le Sec. Auf der Strecke herrscht halbstündiger Verkehr. Ich stehe mit meinem Wagen, einem silbernen Citroën, auf dem Parkplatz vor dem Ausgang. Vorsorglich bleibe ich am Steuer sitzen, und ich bitte Sie, ohne Begrüßung einzusteigen. Haben Sie alles verstanden?«

»Ja, Monsieur.«

»Ich hoffe, daß ich Ihnen zu Diensten sein kann, Mademoiselle. Werden Sie Zeit haben, die Nacht in Raincy zu verbringen?«

»Ich wäre Ihnen dankbar, wenn sich das einrichten ließe.«

»Aber gewiß! Das Biedermeier-Zimmer, das Ihnen so gefallen hat, wird sofort hergerichtet. Und ich bin glücklich, den Abend mit Ihnen verbringen zu dürfen. Au revoir, Mademoiselle!«

Monique spürte ihr Herz klopfen, als sie den Hörer auflegte. Alles würde gut werden. Vor einer Stunde noch war sie verzagt gewesen, hatte sie nicht einmal gewußt, wohin sie sich wenden sollte. Und nun...? Das hübsche Zimmer mit dem herrlichen Ausblick auf den Park würde ihr als vorläufiges Domizil zur Verfügung stehen.

Die fast euphorische Stimmung, die über Monique gekommen war, hielt nicht lange an. Als sie in den Zug stieg, erdrückte sie wieder das Bewußtsein, sich auf der Flucht zu befinden. Was wird aus meinem Studium, fragte sie sich. Wie lange werde ich mich verstecken müssen? Die Vorstellung, vielleicht über Monate hinweg die Universität nicht aufsuchen zu können, versetzte sie in eine solche Auflehnung, daß sie am liebsten bei der nächsten Station ausgestiegen und nach Paris zurückgefahren wäre.

Zum Glück wurde Noisy le Sec schnell erreicht, und hier ging Monique mit einer Selbstverständlichkeit, als wäre es ihr täglicher Weg, auf den silbernen Citroën zu, der auf dem Parkplatz stand. Ohne zu zögern öffnete sie die hintere Tür, legte ihren Koffer auf den Sitz und fragte: »Soll ich vorn oder hinten Platz nehmen, Doktor Raihani?«

»Kommen Sie ruhig zu mir, Mademoiselle«, antwortete er väterlich. »Ich beiße nicht.«

Monique entsprach seiner Aufforderung. »Wie soll ich Ihnen dafür danken, daß Sie sofort bereit waren, mich zu empfangen?«

Der Inder ließ den Motor an. »Das ist doch selbstverständlich. Zumal Ihre Stimme verriet, daß Sie Hilfe brauchen. Aber darüber wollen wir jetzt nicht sprechen. Im I Ging, dem Buch der Wandlungen, heißt es, daß es dreierlei Erschütterungen gibt. Einmal die des Himmels, die durch den Donner gekennzeichnet ist. Dann die vom Schicksal bedingten Widrigkeiten. Und schließlich den Kummer des Herzens.«

»Und was glauben Sie, welche Erschütterung mich getroffen hat?« fragte Monique geradeheraus.

Der Inder zögerte mit der Antwort. »Für junge Menschen sind Herz und Schicksal gefühlsmäßig eng miteinander verbunden.

Wie soll ich da sagen können, welche Erschütterung Sie erlitten haben?«

Monique lenkte das Gespräch in eine andere Richtung. »Sie erwähnten am Telefon, daß Jean-Paul Ihnen geschrieben hat. Geht es ihm gut?«

»Für seine Gesundheit kann ich das bejahen. Aber seine Truppe erhielt aus Frankreich, Italien und Deutschland eine Verstärkung von annähernd sechstausend Arbeitslosen, die dienstverpflichtet wurden. Sie kennen ja die Bestimmungen der Außerirdischen. Unser Freund hat dadurch nun leider viel Ärger. Die neuen Arbeitskräfte leisten passiven Widerstand. Damit konnte niemand rechnen. Man ging davon aus und proklamierte dementsprechend, daß ein Krieg gegen Hunger und Unvernunft zu führen sei und auch geführt werden könne. Übersehen wurde jedoch, daß Einheiten, denen es nie an Nahrung gefehlt hat, keine überzeugten Streiter wider den Hunger sein werden. Das ist wie bei Söldnern, die weniger einsatzfreudig kämpfen als Männer, die zur Verteidigung ihrer Heimat angetreten sind und die genau wissen, daß ihre Familien zugrunde gehen, wenn der Sieg nicht errungen wird. Diese Tatsache scheint mir auch der Grund dafür zu sein, daß den hungernden Völkern nie ernstlich geholfen wurde. Deren Elend ist den meisten Menschen zu fremd, als daß sie das ganze Ausmaß der Not nachempfinden könnten.«

Monique war betroffen. »Resigniert Jean-Paul?«

»Das wäre zuviel gesagt. Er ist besorgt. Ich übrigens auch.«

»Dann will ich hoffen, daß die AIWes aus härterem Holz sind. Passiver Widerstand muß sich doch brechen lassen!«

»Gewiß. Aber nur mit drakonischen Maßnahmen. Möchten Sie eine *harte* Diktatur?«

»Natürlich nicht. Allerdings würde mir eine Demokratie, die sich nicht durchzusetzen vermag, ebenfalls gegen den Strich gehen; sie könnte nicht von Dauer sein.«

Der Inder wies auf die Anfahrt zu seinem Haus. »Wir sind am Ziel. Seien Sie herzlich willkommen in meinem Heim. Wenn Sie sich frisch gemacht haben, erwarte ich Sie in der Bibliothek. Ich stehe Ihnen dann voll und ganz zur Verfügung.«

Als Monique das im oberen Stockwerk des Landhauses gelegene Biedermeier-Zimmer betrat, war sie erneut von der lichten Freundlichkeit des Raumes begeistert. Durch das ›Œil de boeuf‹

fielen Sonnenstrahlen, die von den polierten Möbeln zurückgeworfen wurden und auf der zartgeblümten Tapete zu spielen schienen. Wie bei ihrem ersten Besuch blieb sie unwillkürlich einen Moment stehen, bevor sie auf das halbrunde Fenster zuging, das dem Raum die eigenartig intime Note verlieh.

Ihr Blick fiel auf den gepflegten Rasen, und wie vor vielen Monaten kreisten ihre Gedanken auch jetzt wieder um Dr. Raihani. Damals hatten sie gewisse Formulierungen, die ihren Vater, Pierre und sie selbst betrafen, unruhig gemacht. Diesmal beschäftigten sie einige Äußerungen, aus denen sich bestimmte Schlüsse ziehen ließen. Im Hinblick auf den passiven Widerstand der Arbeitskräfte, von dem Jean-Paul berichtete, hatte er wie selbstverständlich erklärt: ›Damit konnte niemand rechnen. Man ging davon aus und proklamierte dementsprechend ...‹ – ›Übersehen wurde jedoch ...‹ Das hatte ganz so geklungen, als kommentiere oder verteidige er eine Gruppe, der er selber angehörte. War er womöglich einer jener Informanten, von denen er seinerzeit gesprochen hatte? Wie es auch sein mochte, Monique fühlte sich mit einemmal erleichtert und begab sich in die Bibliothek, in der Dr. Raihani vor einem flackernden Kaminfeuer saß.

Er erhob sich und ging ihr entgegen. »Meine Begrüßung im Wagen war zu flüchtig. Ich heiße Sie nun in aller Form auf das herzlichste willkommen.«

Monique bedankte sich und nahm in einem Ledersessel Platz, der so gestellt war, daß beide während der Unterhaltung in die Flammen schauen konnten.

Ein Diener servierte Tee in hauchdünnen Schalen.

Sie blickte an den bis zur Decke reichenden Bücherregalen entlang. »Wenn der Anlaß meines Besuches weniger bedrückend wäre, würde ich Sie jetzt bitten, mich zunächst einige Ihrer Kostbarkeiten bewundern zu lassen.«

»Dazu werden Sie später genügend Zeit und Muße haben«, erwiderte er. »Sie können übrigens offen sprechen. Meine indische Dienerschaft beherrscht nur die heimatliche Sprache.«

Monique nippte an ihrem Tee. »Den Grund meines heute spontan gefaßten Entschlusses, mich an Sie zu wenden, werde ich Ihnen erst an zweiter Stelle nennen. Zuvor muß ich Sie über etwas informieren, das sich vor gut einer Woche zugetragen hat. Durch Zufall fand ich heraus, daß Jean-Pauls Bruder Pierre, mit dem mich seit Sommer letzten Jahres eine echte Freundschaft verband, meinen Vater auf einem Spaziergang mit mir erkannt und ihn daraufhin der Direction Générale de la Sécurité Extérieure gemeldet hat.«

Dr. Raihanis Finger krallten sich in die Armlehnen seines Sessels.

»Alles weitere ist Ihnen aus dem Zeitungsartikel bekannt, den Pierre Massol verfaßte.«

»So also war das!«

»Ihr damaliger Ausspruch: ›Ausgerechnet die Tochter...‹«

»Ich erinnere mich«, fiel der Inder ein. »Niemals hätte ich es jedoch für möglich gehalten, daß...« Er preßte die Hände gegen die Schläfen. »Mir bleibt der Verstand stehen. Wie muß Ihnen zumute gewesen sein, als Sie feststellten, daß der Mann an Ihrer Seite... Aber besteht nicht die Möglichkeit, daß Sie sich täuschen? Es kann doch nicht sein...«

»Jeder Zweifel ist ausgeschlossen!« unterbrach ihn Monique.

»Und warum sind Sie nicht gleich zu mir gekommen?«

Sie sah ihn verständnislos an. »Ja, glauben Sie etwa, eine Frau in meiner Lage hätte das dringende Bedürfnis, ihren Kummer und ihre Enttäuschung wie einen Gebetsteppich aufzurollen? Verkrochen habe ich mich, Doktor Raihani! Keinen Menschen wollte ich sehen! Wenn ich mich Ihnen jetzt offenbare, dann nur, weil ich plötzlich Hals über Kopf fliehen mußte!«

Der Inder sprang auf.

»Pierre Massol«, fuhr Monique fort, »den ich seit jenem Tag nicht mehr gesehen hatte, erschien heute morgen in der Sorbonne und beschwor mich, schnellstens zu verschwinden, weil man über mich den Aufenthaltsort meines Vaters herausbekommen will. Als Geisel sollte ich verschleppt werden.«

Dr. Raihani starrte Monique entgeistert an.

»Ich habe nicht gewußt, was ich tun soll. In meiner Verzweiflung dachte ich an Jean-Paul. Und somit auch an Sie; ich habe Sie ja durch ihn kennengelernt. Verstehen Sie, daß ich Sie in meiner Not angerufen habe?«

Der Inder ging auf Monique zu und strich ihr über den Kopf. »Der Himmel hätte Ihnen keinen besseren Rat erteilen können. Sie ahnen nicht, welch ein Glück es ist, daß Sie jetzt hier sind!«

Sie blickte fragend zu ihm hoch. »Wie meinen Sie das?«

Dr. Raihani entnahm einer silbernen Dose eine Papirossa. »Sie gestatten, daß ich rauche?«

Er überlegt, welche Erklärung er mir geben soll, registrierte Monique und nickte zustimmend. »Gewiß.«

Nachdem der Inder die Zigarette angezündet hatte, sagte er bedächtig: »Eine klare Antwort wage ich Ihnen in dieser Stunde noch nicht zu geben, weil ich nicht weiß, ob ich dazu berechtigt bin. Ich glaube zwar, daß nichts dagegen spricht, möchte mir die Angelegenheit aber erst in Ruhe durch den Kopf gehen lassen. So viel kann ich Ihnen jedoch anvertrauen: Als Sie mich bei Ihrem ersten Besuch fragten, ob ich Ihren Herrn Vater kenne, verneinte ich dies. Das entsprach nicht der Wahrheit. Der Zufall führte uns vor vielen Jahren in Delhi zusammen, und der Kontakt zwischen uns ist bis heute nicht abgerissen.«

Nichts konnte Monique mehr im Sessel halten. Mit einem Freudenschrei umarmte sie Dr. Raihani. »Bis heute? Mein Vater lebt also wirklich?«

»Haben Sie daran gezweifelt?«

»Nein. Dann hätte man in Orly ja eine Leiche finden müssen. Trotzdem konnte ich einen Rest von Angst nicht ganz verdrängen. Lieber Doktor Raihani...«

»Moment«, unterbrach er sie. »Wie Sie bemerkt haben, nahm ich mir auf Grund meines Alters das Recht heraus, Sie mit Ihrem Vornamen anzusprechen. Bitte, lassen auch Sie die förmliche Anrede fallen.«

»Ich danke Ihnen, Jara«, erwiderte Monique. »Doch nun zu Papa. Wie geht es ihm? Wo lebt er? Wie hat er es damals geschafft, sich unsichtbar zu machen?«

Der Inder rang die Hände. »Wenn ich sagte, der Kontakt zwischen Ihrem Vater und mir sei nicht abgerissen, so bedeutet das nicht, daß wir Details voneinander wissen.«

»Dann sind Sie einer jener Informanten, von denen Sie seinerzeit sprachen.«

»Ich bewundere Ihr Gedächtnis und Ihr Kombinationsvermögen.« Dr. Raihani führte Monique zu ihrem Sessel zurück. »Ihre Vermutung ist zutreffend. Dennoch muß ich Ihnen sagen, daß ich weder über das Verschwinden Ihres Vaters noch über den Sitz des Brain-Syndikats etwas weiß.«

Monique horchte auf. »Brain-Syndikat?«

»Interne Firmierung der verschwundenen Wissenschaftler.«

»Und was ist mit den AIWes? Woher kommen die?«

»Ich erklärte schon, daß ich über gewisse Dinge nicht reden

möchte, bevor ich einige Überlegungen angestellt habe. Von Ihnen aber muß ich erfahren, wer die Absicht hat, Sie zu kidnappen?«

Monique hob die Schultern. »Keine Ahnung. Ich weiß nur, daß Pierre mich beschwor, auf der Stelle unterzutauchen, weil ein Agent... Ja, jetzt erinnere ich mich! Er sagte, ein Agent der CIA habe vor knapp einer Stunde in seinem Beisein geäußert, er wolle versuchen, mich zu entführen. Rastignac, das ist der Leiter der Sécurité, habe den Amerikaner gewarnt. Trotzdem sei ich in höchster Gefahr. Noch an diesem Tag müsse ich das Weite suchen. Mehr ist mir nicht bekannt.«

Dr. Raihani drückte seine Papirossa aus. »Damit läßt sich schon einiges anfangen. Vor allen Dingen können wir davon ausgehen, daß Pierre Massol auf Ihrer Seite steht und gegen die CIA arbeitet. Er wird sich also nicht lange sträuben, den Namen des Mannes zu nennen. Wenn wir den erst haben, kommen wir weiter.«

Monique stellte die Schale Tee zurück, die sie eben erst genommen hatte. »›Er wird sich nicht lange sträuben...?‹ Was soll das heißen?«

»Daß Monsieur Massol zu einer Aussage bereit sein wird.«

»Aussage vor wem? Vor Ihnen?«

»Um Gottes willen, wo denken Sie hin. Ich darf mich auf keinen Fall dekuvrieren. Nein, das macht...« Er unterbrach sich. »Ich habe schon viel zuviel geredet. Ich sehe es Ihnen an. Sie sind plötzlich besorgt.«

»Muß ich das nicht sein?«

»Nein! Bis heute ist es noch nicht vorgekommen, daß wir drastische Maßnahmen ergreifen mußten. In diesem Fall zwingt uns jedoch die eigene Sicherheit, einmal fünf gerade sein zu lassen. Aber wir werden nichts tun, dessen wir uns später zu schämen hätten. Zufrieden?«

Monique seufzte. »Noch nicht ganz. Nach allem, was ich zu hören bekam, brauche ich jetzt dringend einen Cognac.«

Auf Wunsch Cliff Harrisons trafen sich in einem abhörsicheren Raum des Pentagon jene höheren Offiziere und Beamten, die schon einige Male an einer geheimen Sitzung teilgenommen hatten. Damals ging es um die Stationierung zweier U-Boote unter der Eisdecke des Nordpols und um die wichtige Frage, wo sich die Zentrale der Gelehrten befinden könne, die aller Wahrscheinlichkeit nach im Einvernehmen mit den Außerirdischen operierten.

»Gentlemen!« eröffnete der stets besonnene General die Sitzung. »Wie Sie wissen, erteilte ich unserem Freund von der CIA den Auftrag, in Paris den französischen Sicherheitsdienst und jenen Reporter auszuhorchen, der seinerzeit die unbegreiflichen Ereignisse in Orly aufgedeckt hat. Mister Harrison ist nun zurückgekehrt, doch seine Recherchen führten zu einem niederschmetternden Ergebnis, das er nicht verheimlichen will. Ich betone dies, weil ich seine Aufrichtigkeit bewundere.« Er wandte sich an den CIA-Agenten. »Bitte fassen Sie zusammen, was Sie erlebt haben.«

»Das ist mit wenigen Worten getan«, begann Harrison und erklärte, erstaunlich selbstkritisch: »Ich bin geleimt und hereingelegt worden, als wäre ich der dümmste Anfänger in unserer Branche. Wie der französische Journalist Pierre Massol, der durch seinen damaligen Aufsehen erregenden Artikel über Nacht berühmt wurde, es fertiggebracht hat, mich zu düpieren, vermag ich nicht zu sagen. Entweder hat dieser Mensch unheimlich viel Glück oder er ist der raffinierteste Spürhund, den es je gegeben hat. Was immer ich einleitete, wurde von ihm durchkreuzt. Verstehen Sie daher, daß ich mir eine ausführliche Schilderung meiner Begegnungen mit diesem Menschen ersparen möchte; sie sprechen alle gegen mich. Lassen Sie mich statt dessen die Fakten zusammenfassen.«

Cliff Harrison fuhr sich mit einem Tuch über das Gesicht. »Der Leiter der Sécurité ist der Meinung, daß besagter Pierre Massol mehr weiß, als er sagt, und er ist überzeugt, daß dieser Mann über kurz oder lang herausbekommen wird, wo sich das zweite Flugzeug befindet, das seinerzeit mit falschem Hoheitszeichen in Orly landete und weder von Kanada kam noch dorthin zurückgeflogen ist. Ich bin heute ebenfalls der Auffassung, daß dieser Reporter erreicht, was er sich in den Kopf setzt. Dies nicht zuletzt, weil er bis vor kurzem mit der Tochter des Top-Wissenschaftlers Darimont liiert war und wahrscheinlich Informationen erhielt, die uns nicht zur Verfügung stehen. Deshalb habe ich es für richtig gehalten, Mister Massol zu sagen: ›Ich erkenne Ihre Überlegenheit an und räume das Feld in der Hoffnung, daß Sie mich hinzuziehen, wenn Sie den Standort der bis jetzt nicht auffindbaren Maschine ermittelt haben und die Kaperaktion eingeleitet werden kann.‹«

»Wir haben doch nicht vor, das Flugzeug in unseren Besitz zu bringen«, erregte sich der Beamte des Nationalen Sicherheitsdienstes bestürzt.

»Natürlich nicht. Diese Mär habe ich dem Franzosen aus naheliegenden Gründen aufgebunden.«

»Sehr gut«, lobte ihn der Vertreter der Marine. »Dann wäre es eigentlich angebracht, die Russen jetzt mit der ehrenvollen Aufgabe vertraut zu machen, die sie in der Endphase übernehmen sollen.«

»Teilen Sie das Fell des Bären nicht, bevor Sie es haben«, warnte der General.

»Darf ich erfahren, welcher Part den Sowjets zugedacht ist?« erkundigte sich Cliff Harrison.

Der General, der nicht bedacht hatte, daß der CIA-Agent während der letzten Sitzung in Paris gewesen war, entschuldigte sich für seine Vergeßlichkeit. »Wir haben folgendes beschlossen: Falls es uns gelingen sollte, das Versteck der abtrünnigen Wissenschaftler exakt auszumachen, werden wir die UdSSR bitten, dieses Nest mit einer der von ihnen geretteten Raketen auszuräuchern.«

Der CIA-Mann ereiferte sich: »Das können wir doch selbst erledigen.«

»Gewiß«, stimmte ihm der General zu. »Aber dann würden wir, und nicht die Russen, einen der wenigen noch vorhandenen kostbaren Sprengkörper verlieren.«

»Ich verstehe.«

»Damit die abzufeuernde Rakete ihr Ziel punktgenau erreicht, bieten wir den Sowjets eines unserer überlegenen Steuergeräte an und behaupten, wir könnten es nicht brauchen, weil wir leider nicht so klug gewesen seien, ein paar Atomsprengkörper unter die Eisdecke des Polarmeeres zu schicken.«

»Ausgezeichnet!«

»Und sobald die hinterhältigen Gelehrten erledigt sind, jagen wir alle in Murmansk lagernden russischen Raketen in die Luft!« fügte der Angehörige des Marine-Nachrichtendienstes hinzu.

»Ein toller Plan«, begeisterte sich Cliff Harrison. »Die Welt wird den Vereinigten Staaten von Amerika dankbar zu Füßen liegen!«

»Soweit sind wir noch nicht«, warnte der General abermals. »Zunächst muß der Bär aufgespürt werden!«

»Sie haben recht, Sir«, pflichtete ihm der Navy-Angehörige bei.

»Dennoch könnte es nicht schaden, wenn wir nun mit den Sowjets in Verbindung treten würden.«

»Sie werden sich gedulden!« bestimmte der General. »Es wurde in Paris abgesprochen, daß Mister Harrison verständigt wird, sobald der Reporter sich auf die Reise begibt, um das auf Grund von irgendwelchen Unterlagen ermittelte Versteck persönlich in Augenschein zu nehmen. Dieser ebenso eigenwillige wie habgierige Herr möchte Fotos schießen, um belegen zu können, daß er und kein anderer den geheimen Ort gefunden hat. Auf keinen Fall will er die Belohnung von zehn Millionen Dollar mit jemandem teilen.«

»Das lass' ich gelten«, warf der Angehörige der NSA ein. »Ich habe aber kein Verständnis dafür, daß wir diesen ›Supermann‹ nicht überwachen. Dem kann doch auch was zustoßen.«

Cliff Harrison hob den Zeigefinger. »In diesem Fall erstattet uns einer der beiden Agenten, die ich vor meiner Abreise aus Paris unabhängig voneinander auf den Journalisten angesetzt habe, einen entsprechenden Bericht.«

Pierres Klassenkamerad Jules Sauvage fiel ein Stein vom Herzen, als er vom mineralogischen Institut die Analyse des feinen Sandes erhielt, den er zur Untersuchung gegeben hatte. Es bedrückte ihn, daß er für das Honorar, das Pierre ihm großzügig zur Verfügung stellte, keine echte Leistung erbringen konnte. Im Bestreben, hier einen Wandel herbeizuführen, arrangierte er sich mit jenem Geologen, den er auftragsgemäß verpflichtete, auf Grund der Analyse herauszufinden, aus welchem Land die Sandprobe stammen könnte.

Gemeinsam mit dem Wissenschaftler, dem er von diesem Tag an als Assistent diente, wälzte er nun viele Nachschlagewerke. Dabei glaubten beide von der ersten Stunde an zu wissen, was den Auftraggeber bewogen hatte, sich für den staubartigen Sand zu interessieren. Denn die Analyse besagte unter anderem:

›Aus der Struktur des übergebenen Materials geht eindeutig hervor, daß es sich um zermahlenes Gestein sehr unterschiedlicher Art handelt. Neben Gneisen und kristallinen Schiefern des Archaikums sowie Glimmerschiefern und Quarziten des Kambriums befindet sich in der Probe auch eine zwar geringe, jedoch eindeutig nachweisbare Menge von Gold.‹

Das Glück stand wieder einmal auf Pierres Seite. Sein Klassenkamerad und der herangezogene Geologe gelangten zwangsläufig zu der Ansicht, ihrem Auftraggeber gehe es um die Auffindung eines Gebietes, aus dessen Gestein sich Gold herausmahlen lasse. Schwierig aber wurde es für sie, als sie feststellten, daß die Analyse sowohl auf die geologischen Gegebenheiten einiger Zonen der Rocky Mountains in Kanada als auch auf die großen Erhebungen über dem Hochplateau Süd- und Westtibets hinwies.

»Wenn wir wüßten, aus welcher Höhe die Probe stammt, kämen wir schneller zum Ziel«, sagte der Wissenschaftler.

»Wieso das?« fragte Dr. Sauvage.

»Weil das zur Debatte stehende Gestein in den Rocky Mountains schon in zweitausend Meter Höhe zu finden ist, in Tibet hingegen erst ab etwa viertausend Meter.«

»Dann wird es das beste sein, wenn ich meinen Auftraggeber frage.«

»Tun Sie das«, forderte ihn der Geologe auf.

Der Chemiker begab sich in ein nahe gelegenes Bistro, bestellte ein Glas Wein und wählte am Telefon des Büffets die Nummer der Redaktion des ›Le Grand Pharisien‹, die Pierre ihm mit der Maßgabe freigegeben hatte, nur seinen Vornamen zu nennen.

»Was gibt's?« fragte Pierre verwundert, als der Klassenkamerad sich meldete.

»Wir kommen gut weiter«, antwortete Jules Sauvage. »Allerdings haben wir ein Problem. Das Zeug – du weißt schon, was ich meine – gibt es in einer bestimmten Gegend in zweitausend Meter Höhe, anderswo hingegen erst in über viertausend Meter. Hast du eine Ahnung, welche von beiden Stellen eher in Frage kommt?«

»Auf Anhieb kann ich das nicht sagen«, behauptete Pierre geistesgegenwärtig. »Ich könnte mir jedoch vorstellen, daß die größere Höhe eher zutrifft. Prüft also zunächst in dieser Richtung.«

»Bon«, erwiderte der Chemiker. »Ich melde mich, sobald wir klarer sehen.«

Das Gespräch mit dem Klassenkameraden versetzte Pierre in eine gehobene Stimmung. Sein Ziel rückte näher. Die Ermittlung des Geologen deckte sich mit der Feststellung, daß das Flugzeug, welches Professor Darimont hatte besteigen wollen, über Höhenmesser verfügte, die in 4100 Meter Höhe Null anzeigten.

Ich sollte mich mal wieder ins Bistro setzen, ging es ihm durch den Sinn. Kurz entschlossen rief er seinen Fahrer an und beorderte ihn zur Redaktion. Dann trat er ans Fenster und schaute nach draußen. Ein Weib wäre jetzt das Richtige, spukte es in seinem Kopf. Hätte ich doch damals das Foto nicht vergrößert! Aber wer weiß, wofür es gut war. An Moniques Seite könnte ich die Chance nicht nutzen, die sich mir jetzt bietet. Zehn Millionen Dollar! Ich werd' mir wirklich eine Insel kaufen. Und einen Harem zulegen. Das Leben kann so verdammt aufregend sein. Zehn Frauen, eine hübscher als die andere...

Bist ein Idiot, beschimpfte er sich im nächsten Moment. Monique müßte da sein. Mit ihr auf einer Insel... Nein, mit dem vielen Geld würde sie glatt eine neue Universität bauen lassen.

Die verrücktesten Gedanken stürmten auf ihn ein, bis er endlich seinen Cadillac in den Innenhof fahren sah.

Als er in den Wagen stieg, fragte er wie üblich: »Gibt's was Neues?«

»Nur die letzte Verfügung der Außerirdischen«, antwortete Eugène. »Sie ist ganz vernünftig. Jeder Lehrling hat nun, um Geselle zu werden, nach drei Jahren Lehrzeit noch sechs Monate lang die Sprache eines der Länder der Dritten Welt zu erlernen, in dem er ein weiteres halbes Jahr in seinem Beruf tätig sein muß. Für diese Zeit wird er schon als Geselle entlohnt. Die Bezahlung übernimmt der Staat.«

»Der bald pleite sein wird«, ergänzte Pierre abfällig.

»Das kann ich nicht glauben, Monsieur. Es wurde angeordnet, daß die anfallenden Kosten aus der großen Benzinkasse zu nehmen sind, die von Tag zu Tag immer mehr anschwillt. Ungeachtet der gewaltigen Preiserhöhung ist der Treibstoffverbrauch erst um ein Drittel zurückgegangen.«

»Ob das so bleiben wird, steht noch dahin.«

»Mit Verlaub, Monsieur. Mein früherer Chef, der Comte de Lameth, sagte einmal: ›Die Blechkuh von heute ist mit dem Goldenen Kalb zu vergleichen, das Aaron in der Wüste errichten ließ. Und zwar auf Verlangen des Volkes, das trotz großer Armut etwas haben wollte, das es anbeten konnte.‹«

Pierre lachte. »Vielleicht hat der Comte recht. Nichtsdestotrotz...« Er wies auf die Scheibe an seiner Seite. »Der Rückspiegel steht nicht richtig. Stellen Sie ihn mehr nach außen.«

Der Fahrer betätigte einen elektrischen Schalter.

»So ist es gut.«

»Monsieur, darf ich noch ein Wort zur neuen Verordnung der AIWes sagen?« nahm der Chauffeur das Gespräch wieder auf, als sie über die Avenue de l'Opéra zur Rue de Rivoli fuhren. »Die Idee, daß jeder Lehrling in der Dritten Welt sechs Monate arbeiten muß und dort Freundschaft mit einem gleichaltrigen Jungen schließen und ihn für ein halbes Jahr mit in seine Heimat nehmen soll, ist doch sehr gut. Auf diese Weise lernen ...«

»Achten Sie auf den weißen Lieferwagen, der uns folgt«, unterbrach Pierre den Fahrer. »Der stand direkt neben unserer Ausfahrt und hat sich gleich hinter uns gesetzt.«

»Tatsächlich«, bestätigte Eugène nach einem Blick in den Rückspiegel. »Als ich in den Hof fuhr, ist mir der Wagen aufgefallen, weil der Fahrer und sein Begleiter wie Eskimos aussehen.«

Pierre stutzte. Wie Eskimos? Das hatte er doch schon einmal gehört! Den weißen Lieferwagen weiterhin beobachtend, überlegte er fieberhaft, wo und wann das gewesen sein könnte. Es dauerte eine Weile, bis ihm einfiel, daß er damals nach dem Zerfall des Düsenflugzeuges noch einmal nach Orly gefahren war, um das Wartungspersonal vor dem Pavillon d'Honneur zu befragen. Ein Tankwart hatte sich an einen unbeschrifteten weißen Kleinbus erinnert, dessen Fahrer ein fremdländisches Aussehen gehabt habe: ›Etwa wie ein Indio, Mongole, Eskimo ...‹

Pierre blickte in den Rückspiegel. »Fahren Sie langsamer. Ich will versuchen, die Nummer des Wagens zu lesen.« Er zog einen Bleistift aus der Tasche seines Jacketts. »Noch näher herankommen lassen!«

»Soll ich weiter in Richtung Boulevard Saint Michel fahren?«

»Ja. Aber biegen Sie hinter dem Louvre zum Pont des Arts ein. Von dort nehmen wir Kurs auf das Palais du Luxembourg. Wenn uns die Burschen bis dahin folgen, werde ich plötzlich fuchteln, als hätte ich was vergessen. Dann machen Sie kehrt und fahren zur Redaktion zurück. Verstanden?«

»Ja, Monsieur.«

Pierres Vermutung traf zu. Der weiße Wagen blieb hinter ihnen. »Alles klar«, sagte er, nachdem er seine Notiz gemacht hatte. »Ich hab' die Nummer.« Im nächsten Moment schlug er sich vor die Stirn, als wäre ihm etwas eingefallen.

Eugène reagierte glänzend. Lebhaft gestikulierend bog er in die Rue Bonaparte ein.

Pierre blickte in den Rückspiegel. »Die Kerle bleiben ungeniert hinter uns. Drücken Sie aufs Pedal! Und nachher im Hof bleiben Sie im Wagen sitzen! Auf keinen Fall aussteigen! Wer Sie beobachtet, muß den Eindruck gewinnen, daß Sie auf mich warten.«

Als der Innenhof erreicht war, stieß er die Wagentür auf und stürmte die Stufen zur Redaktion hoch. Sekunden später wählte er die Geheimnummer des Leiters der Sécurité, der sich glücklicherweise in seinem Büro aufhielt. »Hier Massol«, keuchte er außer Atem. »Wenn Ihre Leute in den nächsten Minuten blitzschnell reagieren, machen Sie vielleicht den wichtigsten Fang Ihres Lebens, Monsieur! Aber lassen Sie als erstes feststellen, wem der Wagen mit folgender Zulassungsnummer gehört.« Während Pierre Zahlen und Buchstaben nannte, läutete er seine Sekretärin herbei. »Alles klar, Monsieur?«

»Ja«, antwortete Rastignac. »In drei Minuten kennen wir den Inhaber.«

»Es geht um folgendes: Der Kleinbus, der seinerzeit die vier Gelehrten zum Flugzeug brachte, folgte heute meinem Wagen, gleichgültig, wohin wir fuhren. – Moment, Monsieur«, unterbrach er das Gespräch und wandte sich an seine Sekretärin. »Holen Sie schnell aus dem gegenüberliegenden Laden eine Schachtel Zigaretten oder sonst was. Achten Sie dabei unauffällig darauf, ob auf der Straße ein weißer Kleinbus ohne Beschriftung steht. Vite, vite! – So, Monsieur, wir können weiterreden. Ich lass' gerade feststellen, ob meine Verfolger unten auf mich warten. Die hab' ich nämlich mit einem Trick zur Redaktion gelockt.«

»Und weshalb glauben Sie, daß es sich bei dem Kleinbus um jenes Gefährt handelt, das damals die vier Gelehrten nach Orly brachte?«

»Weil der Fahrer genau so aussieht, wie ihn der Tankwart beschrieben hat, der am Pavillon d'Honneur Dienst tat. ›Etwa wie ein Indio, Mongole, Eskimo oder Mexikaner‹, sagte er. Und ich füge hinzu: Sein Beifahrer hat dasselbe Aussehen!«

»Ist das nicht ein bißchen zu wenig, um gleich die Sturmglocke zu läuten?«

»Nein, Monsieur! Ich spüre...«

›Das ist doch unmöglich‹, hörte Pierre den Leiter der Sécurité plötzlich erregt rufen.

›Doch!‹ vernahm er die Stimme Tatues. ›Der Wagen wurde vor fünf Jahren zugelassen! Es handelt sich um einen Peugeot!‹

»Sind Sie noch da, Monsieur Massol?«

»Ja.«

»Sie sprachen von einem Kleinbus. Können Sie mir die Marke nennen?«

»Ein deutscher VW.«

»Dann halten Sie sich fest! Die von Ihnen notierte Autonummer wurde vor fünf Jahren Professor Darimont zugeteilt!«

Im ersten Moment verschlug es Pierre die Sprache, dann aber drehte er auf: »Das beweist die Richtigkeit meiner Vermutung! Wenn wir jetzt keinen Fehler machen, laufen uns in der nächsten Stunde zwei Männer in die Falle, die mit der Gruppe der verschwundenen Wissenschaftler zu tun haben.«

»Es sieht wirklich so aus, als biete sich uns eine einmalige Chance.«

»Die wir nicht ungenutzt lassen werden!« triumphierte Pierre. »Schicken Sie sofort eine Gruppe von Zivilbeamten mit dem Auftrag zur Rue Lacépède, sich unauffällig im Bereich meiner Wohnung zu verteilen. Mein Fahrer wird auf der falschen Seite anhalten, so daß ich die Straße überqueren muß und die mongolisch aussehenden Typen ausreichend Gelegenheit haben, sich gegebenenfalls auf mich zu stürzen.«

»Das ist mir zu riskant«, protestierte Rastignac.

»Lassen Sie das meine Sorge sein. Die Kerle wollen mich wahrscheinlich schnappen, und ich möchte, daß dies geschieht, wenn ich abgesichert bin. Also, wie lange brauchen Ihre Leute?«

»Wenn Sie noch zehn Minuten in der Redaktion warten und nicht allzu schnell fahren, sind meine Männer vor Ihrem Eintreffen zur Stelle und in Deckung gegangen.«

»Dann drücken Sie schleunigst aufs Knöpfchen. Ich rausche in zehn Minuten ab.«

»Und ich halte Ihnen die Daumen!« rief Rastignac noch.

Ganz wohl fühlte sich Pierre nicht, als Eugène den Wagen aus dem Innenhof heraussteuerte. Der weiße Kleinbus stand in unmittelbarer Nähe. »Jetzt kutschieren Sie schön langsam den selben Weg, den wir vorhin eingeschlagen hatten«, sagte er und wies auf den Rückspiegel. »Man folgt uns schon wieder. Aber das ist gut so. Vor meiner Wohnung ist eine Falle aufgebaut, in der die Brüder hängenbleiben werden. Vom Palais du Luxembourg aus fahren wir am Panthéon vorbei in Richtung Rue Lacépède. Wenn Sie dort gehalten haben, reiche ich Ihnen ein Schriftstück aus meiner Aktentasche, damit den Ganoven genug Zeit gegeben ist, auf mich loszugehen.«

Pierres Überlegungen erwiesen sich als richtig, aber seine Rechnung ging trotzdem nicht auf, da im entscheidenden Augenblick etwas geschah, das er nicht hatte voraussehen können. Wohl liefen, kaum daß er den Wagen verlassen hatte, die beiden Verfolger auf ihn zu, doch noch bevor er sich zur Wehr setzen konnte, wurde eine Spraydose auf ihn gerichtet. Das Gas machte ihn auf der Stelle besinnungslos – er stürzte zu Boden.

Die im selben Moment herbeieilenden Beamten der Sécurité warfen sich auf die Täter, aber als diese nach einem kurzen Handgemenge überwältigt waren, brachen sie wie tot zusammen.

Hätte Pierre nicht die Besinnung verloren, würde er sich an den mysteriösen Zusammenbruch Professor Darimonts und der Flugzeugbesatzung erinnert und sofort dafür gesorgt haben, daß die beiden Angreifer gefesselt werden. So jedoch bemühten sich die ratlos gewordenen Beamten zunächst um den Reporter, zu dessen Schutz sie eingesetzt waren. Einige trugen ihn in einen Hauseingang, andere rannten zu ihren in der Nähe stehenden Wagen, um über das Funksprechgerät die Zentrale zu verständigen. Und als sich die erste Aufregung gelegt hatte, waren die eben noch am Boden liegenden Täter auf rätselhafte Weise verschwunden.

Rastignac, der sich vorsorglich mit seinem Sekretär auf den Weg gemacht hatte und wenige Minuten nach dem Überfall in der Rue Lacépède erschien, ballte die Fäuste, als er hörte, was geschehen war. »Wir haben zu unüberlegt gehandelt«, klagte er.

Tatue widersprach ihm. »Nicht einmal Monsieur Massol hat es für möglich gehalten, daß Derartiges geschehen könnte. Und er weiß mehr als wir! Sonst hätte es die Clique der Außerirdischen nicht für notwendig erachtet, sich seiner zu bemächtigen. Ich war immer skeptisch, aber nun bin ich davon überzeugt, daß er das Versteck der verschwundenen Wissenschaftler kennt.«

Rastignac wischte sich Schweiß von der Stirn. »Ich will hoffen, daß das Mittel, mit dem er außer Gefecht gesetzt wurde, keine bösen Nachwirkungen hat.«

Charles Paré, der Herausgeber der Zeitung ›Le Grand Pharisien‹, hatte es sich nicht nehmen lassen, einen spektakulären Artikel über das Geschehen in der Rue Lacépède zu publizieren, und die von ihm gewählte Headline sorgte dafür, daß das Blatt den Verkäufern aus der Hand gerissen wurde. In roten Lettern prangte die Überschrift: ›AIWes überfielen Pierre Massol! Weiß unser Reporter zuviel? Soll er zum Schweigen gebracht werden?‹

Da es zu Dr. Raihanis Angewohnheiten zählte, spät aufzustehen und das Frühstück erst gegen zehn Uhr einzunehmen, hatte Monique den Bericht über den Überfall bereits gelesen, als der Inder auf der Terrasse erschien, wo der Frühstückstisch unter einer ausladenden Markise gedeckt war. Aufgeregt hielt sie ihm die Zeitung entgegen. »Haben Sie nicht gesagt: ›Wir werden nichts tun, dessen wir uns später zu schämen hätten!‹? Lesen Sie diese Meldung und sagen Sie mir, ob Sie jetzt noch der gleichen Auffassung sind.«

Dr. Raihani faltete nach einem kurzen Blick auf die Überschrift die Zeitung zusammen. »Zunächst möchte ich Ihnen einen guten Morgen wünschen, Monique. Für Sie beginnt heute der vierte Tag in meinem Heim.«

»Wollen Sie mit diesem Hinweis zum Ausdruck bringen, daß erwiesene Gastfreundschaft es verbietet, eine eigene Meinung zu haben?«

»Nein«, antwortete der Inder und nahm Platz. »Ich stehe zu meinem Wort und habe keinen Grund, mich der Dinge zu schämen, die ich veranlassen mußte.«

»Sie haben den Artikel ja noch gar nicht gelesen!«

»Das ist nicht erforderlich, weil ich auch so im Bilde bin.«

»Und Sie haben mir nichts gesagt?«

»Ich wollte den Bescheid über Pierre Massols Gesundheitszustand abwarten. Jetzt kann ich Ihnen sagen, daß es ihm gut geht. Erwartungsgemäß war er nach knapp vierundzwanzig Stunden wieder im vollen Besitz seiner Kräfte. Zu meinem Bedauern allerdings in einer Umgebung, die es uns nicht erlaubt, ihm die Fragen zu stellen, an deren Beantwortung uns so viel liegt.«

»Mit ihm haben Sie also getan, was die Gegenseite mit mir tun wollte?«

»Da muß ich Ihnen zustimmen.«

»Das ist doch widersinnig!« brauste Monique auf. »Sie tun etwas, das Sie bei anderen verdammen?«

»Ich kann Ihnen nicht widersprechen, Mademoiselle. Es gibt Dinge, die mächtiger sind als wir.«

Sie sah ihn entgeistert an. »Worauf wollen Sie hinaus?«

»Zwangsläufig geraten auch wir in ein Dilemma, wenn wir uns *verteidigen* müssen. Der Kreis der untergetauchten Wissenschaftler wurde zur Gegenwehr gezwungen, als sich herausstellte, daß es Menschen oder Organisationen gibt, die skrupellos genug sind, die Tochter eines seiner Mitglieder zu kidnappen, um von ihr den Aufenthaltsort ihres Vaters und damit der gesamten Gruppe zu erpressen. Ich durfte nicht zulassen, daß ein hochgestecktes Ziel gefährdet wird, wollte um jeden Preis herausbekommen, wer hinter der gegen Sie und Ihren Vater gerichteten Aktion steht. Leider ist mir das nicht gelungen.«

Monique empfand plötzlich Bewunderung für Pierre. Wie mochte er es fertiggebracht haben, seine Verfolger zu überlisten und in eine Falle zu locken?

Dr. Raihani deutete ihr Schweigen falsch. In der Annahme, sie von der Richtigkeit seines Vorgehens überzeugt zu haben, erging er sich in einer jener ›ergänzenden Betrachtungen‹, die er in solchen Fällen gern anstellte und deren Abstraktheit Monique in den vergangenen Tagen einige Male begeistert hatte. Doch in dieser Stunde marterten seine Ausführungen sie. Seit Tagen wünschte sie zu erfahren, was der überaus zuvorkommende und liebenswürdige Inder ihr verschwieg. Er hatte angedeutet, daß er gewisse Dinge nicht preisgeben könne, ohne zuvor in Ruhe überlegt zu haben, ob er sprechen dürfe. Aber jedes Mal, wenn sie versuchte, Näheres über seine Verbindung zu ihrem Vater und den anderen Gelehrten zu erfahren, denen er, wie er zugegeben hatte, als Informant diente, machte er Ausflüchte und verschanzte sich hinter ›Weisheiten‹, die sie nur sehr bedingt anerkennen konnte.

»Doktor Raihani ...«

»Jara!« unterbrach er sie.

Monique brachte es nicht über sich, ihre Forderung mit der vertraulichen Anrede einzuleiten. »Ich möchte Sie sehr herzlich bitten, mich nicht länger über Ihren Kontakt zu meinem Vater und den anderen Wissenschaftlern im unklaren zu lassen. Sie erklärten, Überlegungen anstellen zu müssen ...«

»Das habe ich auch getan«, fiel er ihr ins Wort. »Und eben diese Überlegungen haben mich gezwungen, Ihre Geduld auf eine harte Probe zu stellen. Solange ich mich nicht durch eine Rückfrage vergewissert hatte, daß ich offen mit Ihnen sprechen darf, mußte ich schweigen. Heute nacht nun erhielt ich die Genehmigung, und es erleichtert mich selbst, Sie nicht länger hinhalten zu müssen. Ich schlage vor, daß wir einen Spaziergang durch den Park machen. Nur meinen geliebten, mit Rosinen gewürzten Tee möchte ich zuvor noch trinken.«

Moniques Auflehnung war wie weggeblasen. »Aber selbstverständlich«, antwortete sie. »Pierre Massol geht es also gut?«

Dr. Raihani stutzte. »Haben Sie sich etwa Sorgen um ihn gemacht?«

»Sie wissen, daß er mir sehr weh getan hat. Doch das vergaß ich, als ich den Zeitungsartikel las.«

»Und jetzt?«

»Bin ich froh, daß ihm nichts zugestoßen ist.«

»Das kann ich verstehen. Frauen sollen ja eher bereit sein, zu vergeben und zu vergessen als Männer. Aber wie dem auch sein mag, die Menschheit hatte in den letzten Jahrzehnten die verhängnisvolle Fähigkeit erlangt, sich selbst zu vernichten. Glücklicherweise haben die AIWes diese Gefahr gebannt. In geistiger Hinsicht wurde zwar nur wenig erreicht. Den meisten Menschen fällt es eben schwer zu begreifen, daß uns nach Abschaffung der Waffen immer noch Schlimmes droht, sofern nicht alle Völker zusammenfinden und einander helfen und unterstützen. Meine Worte beziehen sich nicht auf Sie, Monique. Ihre Einstellung hat mir bewiesen, daß Sie begriffen haben, welch gewichtige Rolle die Vernunft im Leben eines jeden spielen muß.« Der Inder leerte seine Schale Tee und erhob sich. »Damit sind wir fast schon bei dem angelangt, was ich Ihnen anvertrauen darf.« Er faßte sie unter den Arm und führte sie über die Stufen der Terrasse zum Park hinunter.

Monique griff sich an den Hals. »Mir klopft das Herz in der Kehle.«

»Das kann ich mir denken«, erwiderte er. »Sie sollen auch nicht länger auf die Folter gespannt werden. Also: Da traf sich vor vielen Jahren in Delhi ein illustrer Kreis von Wissenschaftlern, um gemeinsam zu überlegen, wie Staaten mit den unterschiedlichsten sozialen Systemen auf dem Wege der Vernunft friedlich zueinander geführt werden könnten. Dabei wurde auch die Frage aufgeworfen, ob die Möglichkeit bestehe, konkrete Maßnahmen gegen die Gefahr eines weltweiten Atomkrieges zu ergreifen. Mit dem Vertrag von Moskau waren zwar schon überirdische Atombombenversuche ausgeschaltet worden, aber manches, wovon

Nehru mit Bangen gesprochen hatte, hing nach wie vor als Damoklesschwert über der Zukunft der Menschheit.«

»Bitte kommen Sie zur Sache«, forderte Monique.

»Ich bin dabei«, versicherte Dr. Raihani. »Ein gütiges Geschick wollte es, daß einige der Wissenschaftler, unter ihnen befand sich Ihr Vater, mit Mitgliedern der ›Servants of India Society‹ zusammentrafen. In diese Gesellschaft kann nur aufgenommen werden, wer als anerkannte Kapazität auf irgendeinem Gebiet selbstlos und erfolgreich zum Wohl des indischen Volkes gewirkt hat. Gefordert werden von jedem Anwärter sieben Gelöbnisse, nämlich:

›Indiens Wohl wird ständig mein erster Gedanke sein. Da ich meinem Land diene, begehre ich keinen persönlichen Vorteil. Ich betrachte alle Inder als Brüder, ohne Unterschied der Kasten und Religionen. Ich will zufrieden sein mit dem, was mir die Gesellschaft zu meinem eigenen und zum Lebensunterhalt meiner Familie zuteilt; ich werde nichts tun, um Geld für mich selber zu verdienen. Ich will ein reines Leben führen. Ich werde mich in keinen persönlichen Streit einlassen. Ich will immer die Ziele der Gesellschaft vor Augen haben und mit allem Eifer ihre Interessen vertreten und fördern.‹«

»Erstaunlich, daß es so etwas gibt«, wunderte sich Monique. »Schon der Name ›Gesellschaft der *Diener* Indiens‹ verdient Anerkennung.«

»Ihre Mitglieder leisten so Großartiges, daß sich sogar die britische Regierung Rat suchend an sie wandte. ›Taten, nicht Worte!‹ ist der Wahlspruch der Gesellschaft. Da lag es auf der Hand, daß sich ihre Abgeordneten mit den in Delhi versammelten Wissenschaftlern ausgezeichnet verstanden. Der Unterschied bestand nur darin, daß meine Landsleute das Wohl Indiens auf ihr Panier geschrieben haben, während die Gelehrten sich aus Sorge um die Zukunft der ganzen Menschheit getroffen hatten.«

Der Inder blieb mit gewichtiger Miene stehen. »Und nun nähern wir uns dem Kern der Sache. Nach einem gemeinsamen Symposium kam Ihrem Vater die Idee, entsprechend den Regeln der ›Diener Indiens‹ eine internationale Gesellschaft gleichgesinnter Wissenschaftler zu gründen. Zu seiner Freude erklärten sich spontan über vierzig prominente Professoren bereit, ein Gelöbnis im Sinne der ›Servants of India Society‹ abzulegen. Einziger Unterschied: Das Wort Indien wurde durch Menschheit ersetzt, so daß das Gelöbnis lautet: ›Das Wohl der Menschheit wird ständig mein erster Gedanke sein. Da ich der Menschheit diene, begehre ich keinen persönlichen Vorteil...‹«

»Mein Vater hatte die Idee?« fragte Monique.

»Ja«, antwortete Dr. Raihani und nahm die Wanderung wieder auf. »Genau genommen erwuchs die ›Gesellschaft der Diener der Menschheit‹ aus dem Bedürfnis, dafür zu sorgen, daß Wissenschaftler nicht nochmals in jene tragische Bedrängnis geraten, der sie bei der Entwicklung der Atombombe ausgesetzt waren. Dieses Ziel aber, das wurde bald erkannt, ließ sich nur erreichen, wenn es gelingen würde, die Macht der Politiker zu unterlaufen. Deshalb mußten die Koryphäen aller Länder zunächst an Projekten wie der Ausschaltung des Zündfunkens arbeiten, um entscheidend in das Erdgeschehen eingreifen zu können und damit dem Verfall des sittlichen Bewußtseins Einhalt zu gebieten.«

»Und wie soll die Gefahr gebannt werden, daß Wissenschaftler ihre Macht einmal ebenso ausnutzen wie Diktatoren und Usurpatoren?« wagte Monique einzuwerfen.

Dr. Raihani nickte zustimmend. »Eine berechtigte Frage, die sich nur mit der Feststellung beantworten läßt, daß jeder Glaube, also auch der Glaube an die Menschheit, ein Weg zu Gott ist.«

»Und wie kam es zur Verbindung mit den Außerirdischen?«

Der Inder zögerte einen Moment, bevor er erklärte: »Die AIWes existieren überhaupt nicht. Die von Ihrem Vater gegründete Gesellschaft bediente sich einer monströsen Irreführung. Wie sonst hätte sie die Erdbewohner überzeugen können?«

Monique blieb stehen. Sie war wie erstarrt.

»Es ist, wie ich sagte«, fuhr Dr. Raihani fort, als wäre das alles ganz selbstverständlich. »Natürlich könnten nicht einmal alle Wissenschaftler der Erde zusammen das bewerkstelligen, was wir in den letzten neun Monaten erlebt haben. Dazu sind Kräfte und Mittel erforderlich, über die Gelehrte nicht verfügen; nur Riesenkonzerne vermögen sie aufzubringen. Und diese – ich spreche jetzt von den international organisierten Multis – erkannten schon nach wenigen vertraulichen Gesprächen mit den in der ›Gesellschaft der Diener der Menschheit‹ zusammengeschlossenen Wissenschaftlern, daß allein deren Forscherdrang und Erfindergeist es noch möglich machen könnte, jener Katastrophe zu entgehen, die der Menschheit droht, wenn die Energiequellen verbraucht sind.«

»Ich verliere den Verstand«, stöhnte Monique. »Die Multis, das Großkapital...«

»... denkt und plant in Zeiträumen von *Jahrzehnten*!« führte Dr. Raihani den Satz zu Ende. »Sie sind kongeniale Partner für Wissenschaftler vom Format Ihres Vaters. Sie plagt die Sorge, daß ein Atomkrieg all ihre Schätze vernichten würde. Sie suchen nach neuartigen Rohstoffen. Sie befürchten einen Weltbrand, ausgelöst von Millionen und Abermillionen Menschen der Dritten Welt, die sich dem Hungertod ausgesetzt sehen und in ihrer Verzweiflung eines Tages alles niedermachen werden, was sich ihnen entgegenstellt. Wer nur etwas nachdenkt, wird erkennen, daß Millionen und Abermillionen Hungernde sich nicht einfach hinlegen, um zu sterben. Sie werden *über uns kommen*! In ihrer Ausweglosigkeit werden sie Mittel und Wege finden, uns das Leben zur Hölle zu machen. Was Fanatismus fertigbringt, haben wir in Beirut erlebt. Ein einziger zum Tod entschlossener Mensch sprengte fast dreihundert Soldaten in die Luft. Der Tag könnte kommen, an dem die Hungernden angesichts der Trostlosigkeit ihrer Lage zu einem Heer von Terroristen werden. Jedes Beförderungsmittel, sei es Auto, Schiff, Flugzeug oder Eisenbahn – jedes Gebäude kann dann plötzlich auseinanderkrachen. Die Multis haben diese Gefahr erkannt, und sie stellten deshalb Kapital, Laboratorien, Computer, Flugzeuge und was sonst noch erforderlich war, großzügig zur Verfügung. Und sie waren es auch, die für immer neuen Nachschub an hochqualifizierten Experten sorgten. Fragen Sie mich jetzt aber nicht, wo sich die Zentrale des meines Erachtens auf mehrere tausend Mann angewachsenen Mitarbeiterstabes der dreihundert Wissenschaftler befindet. Ich weiß es nicht, kann nur noch sagen, daß es im Außendienst sehr viele absolut zuverlässige Informanten gibt. Nicht eine einzige Panne hat es bis jetzt gegeben, wenn ich von dem Mißgeschick absehe, das uns in der Rue Lacépède widerfahren ist.«

Eine Weile gingen sie schweigend durch den Park, bis Monique stehenblieb und sich dem Inder zuwandte. »Ein offenes Wort, Jara. Halten Sie es für erforderlich, daß ich weiterhin hierbleibe?«

»Unbedingt«, antwortete er, ohne zu überlegen. »Vorerst dürfen Sie keinesfalls nach Paris zurückkehren. Ihr Studium brauchen Sie jedoch nicht zu unterbrechen. Wenn Sie mir aufschreiben, welche Lehrbücher Sie benötigen, erhalten Sie diese in wenigen Tagen.«

»Und mein Vater... Hat er mir keinen Gruß ausrichten lassen?«

»Mon Dieu!« Dr. Raihani umarmte Monique. »Ich soll Ihnen einen dicken Kuß von ihm geben!«

Eine erneut im Pentagon einberufene Geheimsitzung dauerte nur kurze Zeit. Cliff Harrison berichtete, was ihm von den in Paris tätigen Agenten gemeldet worden war und was das Journal ›Le Grand Pharisien‹ detailliert geschildert hatte.

»Damit steht fest, daß sich Pierre Massol auf der richtigen Fährte befindet«, schloß er seine Ausführungen. »Denn weshalb sonst sollte man ein Interesse daran haben, sich seiner zu bemächtigen?«

Der General stimmte ihm zu. »Es scheint wirklich höchste Zeit zu sein, den Russen das besprochene Angebot zu machen.« Er wandte sich an den Vertreter der Marine. »Mister Gatwick! Da es Ihnen zu verdanken ist, daß wir über die sowjetischen U-Boote informiert sind, die seinerzeit mit Atomraketen beladen in das Polarmeer geschickt wurden, sollen Sie die Chance haben, die nun notwendigen Schritte einzuleiten.«

Der rundliche Angehörige des Marine-Nachrichtendienstes schnellte von seinem Sitz hoch und salutierte militärisch. »Aye-aye, Sir! Werde Sie nicht enttäuschen. Ein bißchen Vorarbeit habe ich schon geleistet. Ich fragte bei einem russischen Freund, den ich in der Antarktis kennenlernte, beiläufig an, ob ich ihn in Moskau treffen könne, wenn ich die Erlaubnis erhielte, in meinen Ferien einen Abstecher in die UdSSR zu machen.«

»Prächtig! Ich hatte ganz vergessen, daß Sie an der Rettungsaktion beteiligt waren, als die IL-14 vom sowjetischen Stützpunkt Momolo...«

»Molodjoschnaja, Sir!«

»Richtig! Wollte sagen: als die IL-14 damals die Bruchlandung machte. Wann war das noch?«

»Im Januar neunundsiebzig, Sir. Der russische Pilot und zwei Männer waren auf der Stelle tot. Fünf schwerverletzte Sowjetforscher brauchten dringend Hilfe. Wir haben sie in einem Neunundzwanzig-Stunden-Flug über fast zwölftausend Kilometer nach Neuseeland gebracht. In jenen Tagen freundete ich mich mit Mischa Jakowlew an.«

»Sie wollen ihn gleichsam als Sprungbrett benutzen?«

»Ja, Sir! Er ist jetzt Mitglied des Politbüros.«

Der General reichte George Gatwick die Hand. »Dann kann ich Ihnen nur einen guten Flug und viel Erfolg wünschen.«

Der rundliche Marine-Agent straffte sich. »Danke, Sir!«

Dr. Raihani hatte recht, als er sagte, Pierre Massol sei wieder im vollen Besitz seiner Kräfte. Dennoch war der Überfall nicht spurlos an dem Reporter vorübergegangen. Er tat keinen Schritt mehr, ohne zuvor ein irreführendes Manöver eingeleitet zu haben.

Seinem Klassenkameraden Jules Sauvage hatte er glücklicherweise bereits eingeschärft, ihn nur über den Telefonapparat seiner Wirtin anzurufen. Es stand somit nicht zu befürchten, daß ein zwischen ihnen geführtes Gespräch abgehört wurde. Trotzdem traf er umfangreiche Tarnmaßnahmen, als der stellungslose Chemiker ihm eines Abends mitteilte, der Geologe sei zu einem endgültigen Ergebnis gekommen.

Es war typisch für Pierre, daß er gleich fragte: »Kannst du mich sofort aufsuchen?«

»Mit der Bitte habe ich gerechnet«, antwortete der Freund amüsiert.

»Gut. Ich erwarte dich.«

Nach Beendigung des Telefongesprächs ging Pierre in sein Zimmer, wo er sich bei voller Beleuchtung und offenen Vorhängen entkleidete, um dann plötzlich zum Fenster zu laufen, als habe er gerade erst bemerkt, daß er vom gegenüberliegenden Haus aus gesehen werden konnte. Mit einer kräftigen Bewegung schlug er die schweren Vorhänge zu. Kein Licht konnte jetzt noch nach außen dringen. Er rechnete damit, ständig überwacht zu werden, und wünschte den Eindruck zu erwecken, daß er sich zur Ruhe begeben habe. Wenn sein Freund später das Haus betreten würde, konnte ein Beobachter nicht auf den Gedanken kommen, daß ihm der Besuch gelte.

Jules Sauvage erschien schon sehr bald. Prüfend betrachtete er Pierre, der sich natürlich wieder angekleidet hatte. »Von dir hört man ja tolle Sachen. Legst dich mit den AIWes an! Meine Frau betet zum Himmel, daß ich unverletzt heimkehre.«

»Das wirst du bestimmt. Außer deiner Göttlichen und meiner Wirtin weiß niemand, daß wir uns kennen, und schon gar nicht, daß du mich heute aufsuchst.« Er deutete auf die zugezogenen Vorhänge. »Kein Aas wird dich sehen.«

Der Freund schüttelte den Kopf. »Lohnt es sich, ein so aufregendes Leben zu führen?«

»Würde ich es sonst tun? Ich zähle zu jenen, die dafür sorgen, daß ihr Mut nicht müde wird. Aber nun zur Sache. Was hat der Geologe festgestellt?« Er wies auf eine geöffnete Flasche Wein. »Zuvor natürlich ein Begrüßungsschluck.«

Als sie getrunken hatten, entnahm Jules Sauvage seiner Aktentasche einen Bericht und die Fotokopie einer Landkarte. »Hier hast du, was du brauchst. Vorausschicken muß ich allerdings – der Geologe bat mich ausdrücklich, darauf hinzuweisen –, daß keine hundertprozentig gültige Aussage gemacht werden kann. Denn das Gebiet, aus dem der feine Sand wahrscheinlich stammt, ist nur zum Teil erforscht.«

»Seit unserem letzten Telefongespräch habe ich mit konkreten Angaben nicht mehr gerechnet«, erwiderte Pierre. »Wissenschaftler kraxeln ja selten in Höhen von viertausend Meter herum.«

»Und Tibet ist ein weites Land!«

Ich hätte es mir denken können, schoß es Pierre durch den Kopf. Nur in Tibet gibt es in großen Höhen weite Plateaus, auf denen Flugzeuge ohne weiteres starten und landen können.

»Aus der Struktur des analysierten Gesteins geht hervor...«

»Bitte keine wissenschaftlichen Details«, unterbrach Pierre den Klassenkameraden.

»Damit bin ich sehr einverstanden. Du findest ohnehin alles in dem Bericht. Ich wollte nur darauf hinweisen, daß es sich bei der uns übergebenen Probe um zermahlenes Gestein handelt. Doch das wirst du selber wissen.«

»Nein«, widersprach Pierre. »Davon ist mir nichts bekannt. Was verstehst du unter zermahlenem Gestein?«

»Na, was schon?«

»Ich weiß, meine Frage klingt blöd. Aber wer geht in Tibet hin und mahlt Steine?«

»Noch dazu sehr unterschiedliche! Ich hab' mich mit dem Geologen eingehend darüber unterhalten, und wir sind der Meinung, daß es sich bei dem feinen Sand vielleicht um einen Rückstand handelt, wie er beispielsweise beim Bohren entsteht. Oder wenn schwere Gesteinsfräsen zum Bau eines Tunnels eingesetzt werden.«

Das ist ein Hinweis, der wichtig sein könnte, dachte Pierre fasziniert. Er ging aber nicht darauf ein, sondern fragte: »Glaubt ihr auch herausgefunden zu haben, wo im riesigen Tibet ein Gestein zu finden ist, das unserer Probe entspricht?«

Jules Sauvage schob die mitgebrachte Kopie der Landkarte zu Pierre hinüber und zeigte auf eine umrandete Stelle. »Der Geologe glaubt sagen zu können, daß dieses Hochplateau, das von den Seen Kuaring Tscho und Non Tscho flankiert wird, Gesteine aufweist, wie du sie zu suchen scheinst. Die genannten Seen haben eine Ausdehnung bis zu hundert Kilometern und liegen in 4300 bis 4700 Meter Höhe. Beim Überfliegen bieten sie also gute Anhaltspunkte. Das Zentrum des Gebietes liegt etwa auf dem neunzigsten Längen- und dem zweiunddreißigsten Breitengrad.«

Pierres Hirn arbeitete präzise. Worte wie Überfliegen, Anhaltspunkte, Längen- und Breitengrad regten seine Phantasie an, weckten Vorstellungen, stellten Fragen, suchten Antworten und projizierten geheimnisvolle Wege, die beschritten werden mußten, wenn das gesetzte Ziel erreicht werden sollte. »Entschuldige, Jules, laß mich einen Moment überlegen«, sagte er und ging im Zimmer auf und ab.

Dr. Sauvage betrachtete ihn wie jemand, der nicht weiß, woran er ist.

»Hör zu«, sagte Pierre schließlich. »Ich möchte dir etwas anvertrauen, das unter uns bleiben müßte. Auch deine Frau dürfte nichts davon erfahren. Kannst du mir das versprechen?«

»Ohne weiteres, sofern es sich nicht um eine im Keller versteckte Leiche handelt.«

»Quatschkopf.«

Der Freund grinste. »Ein bißchen Vorsicht kann nicht schaden.«

»Da hast du recht. In meinem Fall reicht ein *bißchen* aber nicht aus. Ich muß vielmehr einsetzen: ›Vorsicht hoch drei‹!«

»Willst du das von dem Geologen bezeichnete Hochplateau etwa überfliegen?«

»Wenn's damit getan wäre, würde ich nicht darüber reden. Was ich herausfinden will, wird von oben nicht zu sehen sein. Dein Hinweis auf Gesteinsfräsen, die beim Tunnelbau Verwendung finden, hat mir nämlich die Augen geöffnet. Man könnte sich in einen Berg zurückgezogen haben und wäre von oben nicht auszumachen. Dann wäre man verschwunden.«

»Man?« fragte Dr. Sauvage. »Bist du womöglich einer gefährlichen Sache auf der Spur?«

»Wie man's nimmt. Auf alle Fälle kannst du mir entscheidend helfen. Dein Hinweis auf die Gesteinsfräse hat mich schon ein gutes Stück weitergebracht.«

»Aber dein Rückschluß, daß Menschen, die sich in einem Berg versteckt halten, von oben nicht ausgemacht werden können, stimmt nicht ganz.«

Pierre hielt den Atem an. »Wie meinst du das?«

»Als Chemiker hatte ich vor Jahren mit Experten der Firma Kodak zu tun. Es gibt heute Filme, auf denen Wärme sichtbar wird, zum Beispiel, wenn sie aus einem Fenster oder einer Tür entweicht. Dazu braucht man freilich einen besonderen Fotoapparat, einen sogenannten Thermographen, der wie eine elektronische Fernsehkamera arbeitet, die Aufnahme jedoch auf einen Spezialfilm bannt. Mit einem solchen Gerät müßte es möglich sein, Berge zu fotografieren und dabei festzustellen, ob an irgendeiner Stelle Wärme nach außen dringt.«

»Jules!« rief Pierre begeistert. »Du bist Gold wert. Bringst mich auf Sachen ... Den Apparat kaufe ich sofort.«

»Der Spaß dürfte dich zirka achtzigtausend US-Dollar kosten!«

Pierre stieß einen Pfiff aus. »Das ist zuviel. Den Thermographen werde ich aber dennoch bekommen.«

»Und wie könnte ich dir helfen?« fragte Dr. Sauvage. »Indem ich dich nach Tibet begleite?«

»Nein, ich möchte meinen Widersachern ein Schnippchen schlagen. Wir beide haben eine gewisse Ähnlichkeit, nicht wahr?«

»Ja.«

»Nun überleg mal, was passieren würde, wenn ich ab morgen eine mäßig getönte Sonnenbrille trüge und sie eines Tages dir aufsetzte, nachdem du eine Nacht bei mir verbracht und deinen Bart abrasiert hast. Würde man dann nicht annehmen, der Mann, der das Haus verläßt, sei ich? Ich wette tausend gegen eins, daß man dir folgen wird. Auch wenn du ein Flugzeug besteigst, das nach Kanada fliegt. Quebec wäre übrigens nicht schlecht. Dort wird französisch gesprochen. Du hättest keinerlei Umstellungsschwierigkeiten.«

»Redest du jetzt Blödsinn oder ist das ernst gemeint?«

»Sehr ernst sogar. Ich muß nämlich dafür sorgen, daß niemand herausfindet, wohin ich fliege. Sonst hab' ich die ganze Vorarbeit geleistet, und der Sensationsbericht, um den es mir geht, erscheint in einer anderen Zeitung.«

»Und der Überfall hier vor dem Haus – was war das?«

Pierre seufzte. »Also gut, ich hab' dir so viel anvertraut, daß du auch das noch wissen darfst.« Ohne lange zu überlegen, log er frech drauflos: »Hinter der ganzen Geschichte stecken in Wirklichkeit zwei Frauen. Für die Presse haben wir aus denen zwei AIWes gemacht. Eine Story mit Unbekannten aus dem All ist wesentlich interessanter als ein Eifersuchtsdrama. Du brauchst also nicht zu befürchten, daß Außerirdische sich an deine Rockschöße hängen. Folgen könnte dir allenfalls einer meiner Berufskollegen. Wenn der aber in Quebec feststellt, daß du dich in einem schicken Hotel einquartiert hast und nur Spaziergänge durch die Stadt unternimmst, hängt ihm die Zunge bestimmt bald zum Hals heraus. Erfährt er dann noch von der Rezeption, daß du laut Passeport nicht Pierre Massol, sondern Doktor Jules Sauvage heißt, kriegt er 'n Knall und fliegt mit einer Mordswut im Bauch nach Hause. Und du bleibst so lange in Kanada, bis dein Schnäuzer das alte Format hat und deine Frau dich wiedererkennt. Die Kosten gehen selbstverständlich zu meinen Lasten. Bis zu meiner Rückkehr erhältst du monatlich den gleichen Betrag, den ich dir jetzt zur Verfügung stellte. Und sollte ich mein Ziel erreichen, lege ich noch eine dicke Prämie drauf. Einverstanden?«

»Das geht mir zu schnell«, bekannte der Freund. »Ohne mit meiner Frau gesprochen zu haben...«

»Aber grundsätzlich hast du keine Bedenken?«

»Im Gegenteil! Hier hocke ich als stellungsloser Chemiker herum, in Kanada hingegen atme ich den Duft der weiten Welt.«

»Okay. Sprich mit deiner Frau. Erzähl ihr aber nichts von Tibet!«

Monique zuliebe unterließ es Dr. Raihani, erst gegen zehn Uhr zu frühstücken. Sie trafen sich nun regelmäßig eine Stunde früher auf der Terrasse und genossen es, unter der Markise sitzend gemeinsam ihren Tee zu trinken, zu plaudern und die Zeitung zu lesen.

Für Monique war es ein Schock gewesen, als sie erfahren hatte, daß es nicht Wesen von einem anderen Planeten waren, die in das Erdgeschehen eingriffen. Das eigenwillige Vorgehen der Wissenschaftler hatte sie – wie die ganze Menschheit – an die Existenz der AIWes glauben und annehmen lassen, die Außerirdischen seien weiterentwickelt als der Mensch und ihre höhere geistige Reife prädestiniere sie, die Erdbevölkerung einer gesegneten Zeit entgegenzuführen. Nun war dieser Traum von der zwar ermutigenden Erkenntnis abgelöst worden, daß die Friedenssehnsucht es fertiggebracht hatte, sogar bis in die Chefetagen der Multis vorzudringen, dahinter aber stand die bange Frage: Werden eines Tages nicht einige der Super-Manager das Heft an sich reißen und aus der weichen Diktatur eine stahlharte machen?

Der Inder wies auf den Diener, der sich mit der Morgenpost, zu der an diesem Tag auch einige Bücher zählten, dem Frühstückstisch näherte. »Weiterer Nachschub, Mademoiselle! Die Sorbonne wird Ihnen bald nicht mehr fehlen.«

»Da bin ich nicht so sicher«, erwiderte Monique. »Bestimmt aber weiß ich, daß *Sie* mir fehlen werden, wenn ich die Universität wieder besuchen kann.«

Dr. Raihani deutete eine Verneigung an. »Wenn Charme und Geist sich vereinen, ist es schwer, eine ebenbürtige Erwiderung zu finden.« Er nahm die Post entgegen und rief gleich darauf: »Aber der Himmel belohnt Sie mit einem Schreiben von Jean-Paul!«

Monique stieg das Blut in den Kopf. »Hoffentlich hat er den Brief schon erhalten, den ich ihm von hier aus schickte.«

Der Inder schnitt mit einem Federmesser das Kuvert auf. »Wie sollte er sonst darauf kommen, meine Anschrift zu wählen?«

Monique schüttelte über sich selbst den Kopf und nahm den aufgeschlitzten Umschlag entgegen. Seit Jean-Pauls erstem Brief hatte sie nur noch über Dr. Raihani von ihm gehört. Und was er seinem exotischen Freund mitgeteilt hatte, war nicht gerade erfreulich gewesen. Sie faltete das Schreiben auseinander und las:

›Liebe Monique! Als ich Deinen Brief mit der niederschmetternden Nachricht über Pierre erhielt, bin ich einen Tag lang verzweifelt durch die Wüste gelaufen. Ich hatte das Gefühl, auch mir sei das Schandmal, das Pierre nun trägt, auf die Stirn gedrückt worden. Der eigene Bruder, mit dem ich mich immer gut verstanden habe, ein derart hinterhältiger Mensch? Ich wollte nicht wahrhaben, daß er zu solcher Schurkerei fähig ist. Und Du hast seinen Verrat auch noch mit Nachsicht ertragen! Ich war so verwirrt, daß ich ernstlich erwog, hier alles stehen und liegen zu lassen und nach Paris zu fliegen, um Pierre zur Rechenschaft zu ziehen.

Glücklicherweise erreichten mich wenige Tage später Deine Zeilen aus Raincy. Es tröstet mich etwas, daß Pierre im entscheidenden Moment zur Vernunft gekommen zu sein scheint und Dich warnte. Aber in welchem Morast watet er! Ist es ein Symptom unserer Zeit, daß so viele Menschen nur noch an sich selbst und an den eigenen Vorteil denken? Es sieht so aus, denn auch hier...

Ich wage es kaum, Dir in diesem Zusammenhang über Vorkommnisse zu schreiben, die mich stark bedrücken. Aber vielleicht hilft es uns, eigene Probleme zu verdrängen, wenn ich mich dem grauen Alltag zuwende, dem wir gewiß beide entfliehen möchten, jedoch unerbittlich verhaftet bleiben. Ich sage Dir dies in einem Moment, da mir das Herz blutet und ich Dir eigentlich etwas ganz anderes anvertrauen möchte.

Doch es gibt auch Lichtblicke. Allein die Tatsache, daß Du bei Dr. Raihani Schutz gesucht hast, deute ich als eine Fügung des Himmels. Wir haben nun den selben Freund.

Wie ich ihm schon schrieb, bekam ich mit einigen tausend stellungslosen Arbeitskräften, die zwangsweise einberufen und meiner Truppe zugeteilt wurden, große Schwierigkeiten. Mein Versuch, den Männern klarzumachen, daß unser Einsatz Millionen hungernden Menschen ein neues, würdiges Leben schenken wird, scheiterte kläglich an dem Gegenargument, daß in Europa die landwirtschaftliche Überproduktion in riesigen Kühlanlagen gehortet wird, um Preissenkungen zu verhindern, und daß nordamerikanischen Farmern für jedes nicht bebaute Feld Prämien gezahlt werden. Unter solchen Aspekten ist es fast unmöglich, einen normalen Menschen von der Notwendigkeit unserer Aufbauarbeit zu überzeugen. Ich gab dennoch nicht auf und mußte erleben, daß aus dem Protestgeschrei eine gezielte Hetze wurde.

Mir blieb nichts anderes übrig, als energisch durchzugreifen. Die Folge: Man goß in die von uns in die Erde verlegten Wasserschläuche Maschinenöl. Die Arbeit von Monaten ist dahin, der Boden unbrauchbar geworden. Der deutsche Professor, mit dem ich immer noch zusammenarbeite, erlitt einen Nervenzusammenbruch. Er hat sich entschlossen, Afrika zu verlassen und nach Indien zu gehen, wo er neuartige Treibhäuser bauen will.

Liebe Monique, habe Verständnis dafür, daß ich heute keine anderen Worte finde. Sobald ich meine innere Ruhe wiedergefunden habe, schreibe ich Dir ausführlich. Vermutlich aus Indien, denn ich habe um meine Versetzung gebeten, möchte dem deutschen Professor folgen. Grüße Dr. Raihani sehr herzlich von mir. Ich umarme Dich. Dein Jean-Paul.‹

Monique ließ den Brief mit einem Seufzer sinken.

»Nun?« fragte der Inder, der besorgt beobachtet hatte, daß der Ausdruck ihrer Augen immer stumpfer geworden war.

»Es ist alles so entsetzlich«, antwortete sie. »Mir kommen Zweifel, ob wir auf dem richtigen Weg sind.«

Dr. Raihani wurde lebhaft. »Wenn Ihnen Zweifel kommen, muß ich den großen römischen Kaiser Marc Aurel zitieren. Er prägte die eindrucksvollen Worte:

›Vorurteile, Zweifel, Befürchtungen und Hoffnungslosigkeit sind Feinde, die uns nach und nach zur Erde niederdrücken und uns zu Staub werden lassen...

Ihr seid so alt wie eure Zweifel. So jung wie euer Glaube. So alt wie eure Niedergeschlagenheit. So jung wie eure Hoffnung...

Seid empfänglich fürs Schöne, Gute und Große, empfänglich für die Botschaften der Natur, der Mitmenschen, des Unfaßlichen. Sollte eines Tages euer Herz geätzt werden von Pessimismus, dann möge Gott Erbarmen haben mit eurer Seele – der Seele eines Greises.‹«

George Gatwick, Mitglied des amerikanischen Marine-Nachrichtendienstes ONI, erwartete seinen Freund Mischa Jakowlew in Moskau am Dserschinski-Denkmal vor der Lubjanka. Er hatte sich telefonisch mit ihm verabredet, fragte sich allerdings, warum ihn der Russe, dessen Arbeitsraum sich im Zentralkomitee der KPdSU am Alten Platz befand, wohl direkt vor dem Verwaltungsgebäude der Geheimpolizei treffen wollte. Wurde dort eine Kamera mit Teleobjektiv auf ihn gerichtet? Wünschte man in den Karteien des Staatssicherheitsdienstes nachzusehen, ob er jemals gegen die Sowjetunion gearbeitet hatte? Wenn die Zeiten der ›Tscheka‹ auch vorüber waren, Gatwick kannte das Mißtrauen der Russen und rechnete damit, daß man ihn irgendwann unter die Lupe nehmen würde. Dies zumindest, wenn sein Freund erfuhr, weshalb er nach Moskau gekommen war. Natürlich dachte er nicht daran, mit der Tür ins Haus zu fallen. Er hatte sich schon etwas ausgedacht. Die politische Entwicklung in den Ostblockländern gab ihm die Möglichkeit, sein Anliegen geschickt vorzutragen.

Der Ruf »Towarischtsch!« riß ihn aus seinen Gedanken.

Er flog herum und sah den stämmigen Jakowlew hinter dem Denkmal hervorkommen. »Mischa!«

Sie umarmten und küßten sich nach russischer Sitte.

»Hättest du es für möglich gehalten, daß wir uns in Moskau einmal wiedersehen würden?«

Jakowlew schüttelte den Kopf. »Bestimmt nicht. Aber ich habe oft an dich gedacht.« Er schlug dem Amerikaner überschwenglich auf die Schulter. »War doch eine schöne Zeit, die wir in der weißen Wüste verbrachten.«

»Das kann man wohl sagen.«

Der Russe hakte sich bei Gatwick ein. »Ich hab' in den letzten Jahren, als der Kalte Krieg wieder losging, oft gedacht: Warum können Politiker nicht genauso freundlich miteinander reden, wie wir es am Südpol getan haben?«

»Das kann ich dir sagen: Weil die immer am heißen Ofen sitzen und sich nicht, wie wir damals, nach der warmen Nähe eines Menschen sehnen.«

»Da hast du recht, George.«

»Und weil es nicht zu den Obliegenheiten von Staatsmännern gehört, sich ebenso regelmäßig mit ihren Kollegen zu treffen, wie wir uns im ewigen Eis getroffen haben. Wie sollen die sich da richtig kennenlernen?«

»Das werden sie nie, Towarischtsch. Für uns war es zur Routine geworden, daß wir zu euch gingen und ihr zu uns.«

»Ein Wissenschaftler von uns arbeitete sogar bei euch, und einer von euch bei uns.«

»Eben darum haben wir uns immer gut verstanden.«

George Gatwick dämpfte die Stimme. »Als damals in eurem Stützpunkt hoher Besuch aus Moskau eintraf, habt ihr euch nicht einmal gescheut, uns zu verraten, wer von den Gästen zum KGB gehörte und deshalb mit Vorsicht zu genießen sei.«

Mischa Jakowlew lachte. »Dahinter steckte purer Eigennutz.«

»Wieso?«

»Erinnerst du dich nicht? In jener Zeit haben wir doch regelmäßig Pelzmützen gegen Jeans getauscht. Wenn das ein Kommissar erfahren hätte, wäre die Hölle los gewesen.«

»Dann kann ich ja besonders stolz darauf sein, daß wir Amerikaner selbstlos handelten, als wir euch vor einem Mitglied des ›National Foreign Assessment Centers‹ warnten, das vermutlich im Auftrag der CIA erschienen war.«

»Und daheim warf man euch und uns Kumpanei vor. Dabei haben wir uns lediglich wie anständige Menschen verhalten.«

Ein besseres Stichwort kann ich mir nicht wünschen, dachte George Gatwick und fragte: »Ist dir eigentlich bekannt, daß ich seit einigen Jahren zum Marine-Nachrichtendienst gehöre?«

Die Augen des Russen wurden klein. »Ich glaub', ich hab's mal gehört.«

»War eine tolle Leistung von euch, mit Atombomben bestückte U-Boote unter die Eisdecke des Nordpols zu schicken.«

Jakowlews Blick wurde starr. »Wer hat dir den Blödsinn erzählt?«

»Von mir eingesetzte zuverlässige Leute. Wir haben euren Mut bewundert und wurden, das gebe ich offen zu, verdammt neidisch, als die Boote unversehrt nach Murmansk zurückkehrten. Im äußersten Notfall – man weiß ja nie, was passiert – habt ihr nun die Möglichkeit, euch zur Wehr zu setzen. Wir wären froh, wenn wir wenigstens noch über eine einzige Langstreckenrakete verfügten. Ein paar Steuergeräte, die Atomköpfe auf fünfzig bis achtzig Meter genau ins Ziel bringen, haben wir über die Zerstörungswelle der Außerirdischen hinweggerettet. Sonst nichts. Da waren wir nicht auf Draht.«

Mischa Jakowlew lag auf der Lauer. Nichts sagen, beschwor er sich. Der Fall ist klar. Die Amis wollen was von uns. Nur darum ist George gekommen.

Den Amerikaner enttäuschte es, daß der Freund keine Frage an ihn richtete. Wohl oder übel mußte er das Gespräch wieder aufnehmen und in die gewünschte Richtung führen. »Wenn wir heute eine von euren Raketen hätten, könnten wir was Sinnvolles damit anfangen.«

»Zum Beispiel?«

»Wir würden das Ding mit unserem Steuergerät versehen und es genau dorthin schicken, wo die verdammten Wissenschaftler sitzen, die mit den AIWes Hand in Hand arbeiten. Die haben die Menschheit doch schnöde verraten.«

Jakowlew blieb auf der etwas abschüssigen Straße stehen. »Und was hättet ihr davon?«

»Na, hör mal. Es gibt eine ganze Reihe Länder, in denen wir gerne wieder bestimmen würden, was zu geschehen hat. Euch geht's doch ebenso.«

»Findest du? Wir sind froh, daß wir endlich in der Lage sind, anstelle von Waffen Konsumgüter herzustellen. Für das Volk ist das ungeheuer wichtig.«

»Und die mit euch befreundeten Staaten schwimmen euch davon! Polen hat den Anfang gemacht, die anderen werden folgen. Euer Export ist dann restlos im Eimer. Den übernehmen Deutschland, Frankreich, Italien, England und andere kleine Nationen. Wir, die beiden Großmächte, haben bald nichts mehr zu sagen. Für euch ist das vielleicht nicht so wichtig wie für uns. Wir müssen den Drücker aus innenpolitischen Gründen unbedingt wieder in die Hand bekommen. Aufrüstung dürfte es natürlich nicht mehr geben. Die hat uns genauso kaputt gemacht wie euch. Nein, man müßte die Erde in zwei klar umrissene große Interessengebiete aufteilen.«

»Schön wär's.«

»Um ehrlich zu sein: Ich bin gekommen, euch unsere Vorstellungen und Wünsche vertraulich vorzutragen. Ich soll gewissermaßen vortasten.«

»Und wo befindet sich das Nest der verschwundenen Wissenschaftler?«

»Hundertprozentig wissen wir das noch nicht. Wir glauben aber, den Standort ihrer Befehlszentrale in kurzer Zeit angeben zu können, werden dies allerdings erst tun, wenn ihr euch bereit erklärt, eine mit unserem Steuergerät ausgerüstete Langstreckenrakete auf die Reise zu schicken.«

»Ein interessanter Vorschlag.«

»Könntest du als Mitglied des Politbüros ihn dem Zentralkomitee unterbreiten?«

»Vielleicht.«

»Willst du's versuchen?«

»Mal sehen.«

»Mensch, Mischa! Sag ja oder nein.«

»Ich geb' dir Bescheid.«

Zwischen dem Leiter des französischen Sicherheitsdienstes und Pierre Massol hatte sich eine Art Vater-Sohn-Verhältnis herausgebildet, das manche Hürde beseitigte, die Bestimmungen und Gesetze ihnen in den Weg stellten. Sie vertrauten einander und spielten nicht mehr mit gezinkten Karten. Nur ein Punkt blieb unberührt. Über die Ermittlungen Pierres, die dem Schlupfwinkel der verschwundenen Wissenschaftler galten, wurde nicht gesprochen. Dieses stillschweigend getroffene Abkommen hinderte sie freilich nicht, Dinge zu erörtern, die damit in Zusammenhang standen. So bemühte sich Rastignac bei allen möglichen Behörden, jenen Thermographen zur Ermittlung des Austritts von Wärme aufzutreiben, auf den Dr. Sauvage hingewiesen hatte.

»Wofür brauchen Sie den überhaupt?« hatte der Chef der Sécurité gefragt, als Pierre seinen Wunsch vortrug.

»Geheime Kommandosache!« war die Antwort gewesen, und man ließ das Thema fallen.

Als Pierre wenige Tage später Rastignac aufsuchte, deutete dieser sichtlich stolz auf einen mittelgroßen schwarzen Lederkoffer, der neben seinem Schreibtisch stand. »Ich habe den Thermographen bekommen. Er ist bei weitem nicht so handlich wie Ihre Kamera.«

»Ach, du lieber Gott. Das hat mir gerade noch gefehlt.«

»Beschreibung und alles, was Sie wissen müssen, liegt bei. Das Stadtbauamt, das mir den Apparat leihweise zur Verfügung gestellt hat, besteht allerdings darauf, daß der Benutzer eine Versicherung abschließt.«

»Wird erledigt. Die Police erhalten Sie. Für heute erst einmal meinen herzlichen Dank. Wenn es mir nicht gelingen sollte, durch Fotos zu belegen, daß meine Nase das Versteck der Gelehrten gewittert hat, dann streue ich mir Asche aufs Haupt und pilgere nach Lourdes.«

Rastignac betrachtete ihn prüfend. »Was treibt Sie eigentlich so sehr, Ihr Ziel auf Biegen und Brechen zu erreichen?«

Pierre lachte. »Die ausgesetzte Belohnung!«

»Ist es wirklich nur das Geld? Haben Sie nicht auch den Ehrgeiz, etwas für einen Reporter Ungewöhnliches zu leisten?«

»Natürlich. Dennoch werde ich mich, wenn ich die Moneten kassiert habe, nicht bewundern lassen. Mich kotzt eine ganze Menge an. Manchmal denke ich: Vielleicht ist noch nicht alles verloren. Vielleicht hab' ich Glück und kann Monique zurückgewinnen.«

»Jetzt verstehe ich Sie besser. Das viele Geld ...«

Pierre winkte ab. »Mir ist übrigens nicht ganz klar, weshalb die Amerikaner neuerdings bereit sind, die zehn Millionen allein aufzubringen, sofern nur *sie* über das Versteck informiert werden.«

»Stellen Sie sich nicht so dumm«, erwiderte Rastignac unwillig. »Der Wert des Know-how von fast dreihundert Wissenschaftlern der ersten Garnitur ist ungleich höher!«

»Ach, darum geht's denen, nicht um das Flugzeug? Ich war wohl mit Blindheit geschlagen. Ja, dann sollte ich eigentlich noch mehr verlangen.«

Der Leiter des Sicherheitsdienstes erhob sich und drückte sein Kreuz durch. »Wer den Bogen überspannt, muß damit rechnen, daß er bricht.«

»War doch ein Scherz, Monsieur. Aber ich hätte eine große Bitte: Könnten Sie den Koffer, mit dem ich aus bestimmten Gründen nicht gesehen werden möchte, zur Redaktion bringen lassen?«

»Selbstverständlich.«

»Morgen oder übermorgen sollten Sie Cliff Harrison vertraulich mitteilen, daß ich spätestens an diesem Wochenende meine Reise antrete. Ich könne allerdings noch nicht sagen, wie lange sie dauern wird. Wir hätten ausgemacht, daß ich Sie telefonisch verständige, sobald ich fündig geworden bin.«

Rastignac rieb seine Glatze. »Warum wollen Sie, daß Harrison informiert wird? Er oder einer seiner Leute folgt Ihnen dann bestimmt!«

»Das wäre höchst interessant für mich.«

»Sie müssen wissen, was Sie tun. Aber ich fange an, mir Sorge zu machen. Sie riskieren zuviel!«

Pierre schüttelte den Kopf. »Da ich versprochen habe, den Thermographen zu versichern, kann doch nichts passieren.«

Rastignac tat einen Seufzer. »Sie sind unverbesserlich.«

»Und eben darum bleibe ich Ihnen erhalten.«

»Gott schütze Sie!«

»Ich werde ihm dabei helfen.«

Der Leiter der Sécurité blickte zur Decke hoch, als flehe er den Himmel an. »Ich hätte Angst, so zu lästern.«

Von der Redaktion aus, wohin Rastignac das Spezialfotogerät noch in der gleichen Stunde bringen ließ, rief Pierre seinen Klassenkameraden an und vereinbarte, daß ihn dieser am Donnerstag abend aufsuchen und bei ihm übernachten solle, um am nächsten Morgen vom Chauffeur Eugène zum Flughafen gebracht zu werden. Er bat Dr. Sauvage, sein Reisegepäck schon am Tag zuvor per Luftfracht nach Quebec aufzugeben, damit ihn nur ein Koffer mittlerer Größe belaste, den er für ihn bereithalten werde, um seinen Anzug darin zu verstauen. Denn ein Kleiderwechsel müsse stattfinden. Das Ticket für den Flug am Freitag halte er bereit. Ebenfalls Travellerschecks, die er blanko besorgt habe. Die Erstunterschrift könne er bei ihm vornehmen.

Nach dem Gespräch mit dem Freund bat Pierre den Chefredakteur des ›Le Grand Pharisien‹, den Koffer, in dem sich der Thermograph befand, genau anzusehen und ihm bis spätestens Donnerstag nachmittag einen zum Verwechseln ähnlichen zu besorgen. Ferner erbat er Flugtickets für Freitag nach Quebec und für Samstag nach Delhi. Er selbst dürfe weder in der einen noch anderen Angelegenheit in Erscheinung treten.

Charles Paré, der die Pläne seines Mitarbeiters gutgeheißen hatte, machte sich Notizen. »Beide Flüge Erster Klasse?«

»Ich möchte nicht, daß Dr. Sauvage...«

»Schon gut. Sonst noch Wünsche?«

»Der Koffer mit der Spezialkamera müßte zum Flughafen gebracht werden.«

»Das übernehme ich.«

»Aber unauffällig und ohne mir die Flosse zu drücken!«

»Ich verspreche, Euer Gnaden nicht zu belästigen.«

Pierre reichte dem Chefredakteur die Hand. »Nochmals herzlichen Dank für Ihr bedingungsloses Mitmachen.«

»Wir sind durch Sie vermögend geworden. Das Risiko, daß Sie diesmal nicht den richtigen Riecher haben, müssen wir in Kauf nehmen.«

Sosehr Monique von den Worten des Kaisers Marc Aurel, die Dr. Raihani zitiert hatte, auch beeindruckt war, es gelang ihr nicht, die Beklemmung abzustreifen, die durch Jean-Pauls Brief über sie gekommen war. Nichts mehr konnte ihre Zweifel verdrängen. Sie befürchtete nun, der Menschheit seien Zwänge auferlegt worden, welche im krassen Widerspruch zu den verheißungsvollen Proklamationen standen, die über die ganze Erde verbreitet worden waren. Natürlich war ein energisches Durchgreifen erforderlich gewesen, und es war gewiß ein Segen, daß die Freiheit, jenes kostbare Gut der Demokratie, nicht weiterhin schamlos ausgenutzt werden konnte. Aber war es nicht denkbar, daß sich ihr Vater und all die anderen Wissenschaftler in ihrem verdienstvollen Bestreben, die Lebensbedingungen zu verbessern, verrannt hatten? Waren sie nicht zu Diktatoren geworden?

Monique spürte, daß ihre Enttäuschung über die Nichtexistenz der außerirdischen Wesen sie verleitete, das Geschehen nicht mehr objektiv zu beurteilen. Bisher hatte sie die Weisungen aus dem All, die wie ein Abglanz überirdischer Gerechtigkeit anmuteten, bedingungslos gutgeheißen. Nun schienen sie ihr mit menschlichen Schwächen behaftet. Dabei war sie sich nach wie vor bewußt, daß die Verhältnisse auf der Erde unerträglich geworden waren. Nackter Eigennutz hatte die Gebote der Sitte und Ethik verdrängt. Der Mensch hatte sich der Technik unterworfen, war zu ihrem Untertan geworden. Einst wanderte er durch heimatliche Wälder und Auen, jetzt fuhr er in Blechkolonnen durch fremde Länder, klagte über Preise, schlechtes Essen und eine Bevölkerung, der Zucht und Ordnung fehle. Aber er schrie auf, wenn er im Ausland wegen undisziplinierten Fahrens, Geschwindigkeitsüberschreitung oder falschen Parkens zur Kasse gebeten wurde.

Nichts kann so widersinnig sein wie unser Denken, fand Monique, als sie ihre Überlegungen zu analysieren versuchte. Sie hatte das Gefühl, auf Treibsand zu gehen. »Bitte, seien Sie ehrlich, Jara«, wandte sie sich an Dr. Raihani. »Wurde Ihnen anvertraut, wie die Herren Gelehrten, die sich auf den Olymp begeben haben, es anstellen werden, uns Erdbewohner auf die Dauer zu regieren?«

Der Inder wich aus. »Ich las gestern, was Bertrand Russell über gewisse unerfreuliche Zustände schreibt, die unbedingt abgestellt werden müssen. In seinem Beispiel ist eine bestimmte Anzahl Menschen mit der Herstellung von Nadeln beschäftigt. Alle arbeiten acht Stunden und produzieren so viel, wie die Weltbevölkerung braucht. Aber dann macht jemand eine Erfindung, die es ermöglicht, mit der gleichen Anzahl Menschen die doppelte Menge zu fabrizieren. Doch es werden nicht mehr Nadeln benötigt, als bis dahin hergestellt wurden. In einer vernünftigen Welt würde nun jeder Nadelfabrikant nicht acht, sondern vier Stunden arbeiten lassen, und alles wäre in Ordnung. Heutzutage aber bezeichnet man eine solche Handlungsweise als unsozial. Also arbeiten die Nadelmacher weiterhin acht Stunden. Die Folge: es gibt zu viele Nadeln. Einige Fabrikanten machen Pleite, die Hälfte der Arbeitskräfte verliert ihren Job und – die Zahl der Nichtbeschäftigten ist plötzlich genauso groß, wie sie es bei halber Arbeitszeit geworden wäre. Nur mit dem Unterschied, daß jetzt die eine Hälfte der Leute stellungslos geworden ist, während die andere volle acht Stunden arbeitet. Das Ende vom Lied: Die

Freizeit, die eine Quelle des Wohlbefindens werden könnte, ruft Elend hervor. Kann es noch Irrsinnigeres geben?«

»Wohl kaum«, antwortete Monique. »Aber ich wollte auf etwas anderes hinaus. Bei wem wird in Zukunft die Befehlsgewalt über uns Erdenbürger liegen? Bei einem jener Wissenschaftler, die sich nach dem indischen Vorbild organisiert haben?«

Dr. Raihani zuckte die Achseln. »Darauf kann ich Ihnen keine Antwort geben. Ich weiß lediglich, daß eine Zukunft angestrebt wird, die nicht nur lebenswert, sondern auch realisierbar ist, wie Aurelio Pecci vom ›Club of Rome‹ sich ausdrückte. Die besten Eigenschaften des Menschen müssen sich in einer Atmosphäre wechselseitigen Verstehens und in einer Symbiose mit der Natur entfalten können. Das Übermaß an Motorisierung und die steigende Verwendung von elektronischen Geräten reduziert die zwischenmenschlichen Kontakte. Kann man noch ausgeglichen sein, wenn man einfach auf diesen oder jenen Knopf zu drücken hat, um eine nützliche oder hübsche Sache herzustellen? Verliert man unter solchen Umständen nicht die Befriedigung, etwas geschaffen zu haben? Fühlt man sich dann noch als Mitglied einer gesunden Gesellschaft? Das sind Fragen, die sich heute viele stellen, vordringlich die Jugend, der besonders bei Angelegenheiten, welche die Zukunft betreffen, kein Mitspracherecht eingeräumt wird. An sie wendet man sich nur, wenn bei Wahlen Stimmen gebraucht werden.«

»Genauso ist es«, pflichtete Monique ihm bei.

»Es ist ungerecht und undemokratisch, Jugendliche, die ja eine längere Lebenszeit vor sich haben als die jeweils Regierenden, nicht in den Kreis derer aufzunehmen, denen das Wohl der Nation anvertraut ist«, fuhr der Inder fort. »Ich bedaure dies um so mehr, als viele junge Leute heute über ein größeres Wissen verfügen als ihre Väter. Und da sie unbefangener sind, ist ihre Einstellung zur Gesellschaft kritischer. Auch hat die Jugend, das ist zu allen Zeiten so gewesen, ein reineres Herz. Deshalb erkennt sie auch eher als die ältere Generation, wie notwendig eine gerechtere, ehrlichere und menschlichere Welt ist. Außerdem – lassen Sie mich nur dies noch hinzufügen«, bat Dr. Raihani, da er sah, daß Monique etwas einwenden wollte, »stellt die Jugend derzeit die Mehrheit der Weltbevölkerung. Sechsunddreißig Prozent sind unter fünfzehn, fast sechzig Prozent haben noch nicht das dreißigste Lebensjahr erreicht!«

Moniques Augen strahlten. »Ich finde es großartig, daß Sie so vehement für die Jugend plädieren, die in der Tat menschlicher denkt als andere Altersgruppen. Doch es gibt noch einen gewichtigeren Grund, sich für die Jugend einzusetzen. Ich kenne Eltern, die sich bitter darüber beklagen, daß ihre Kinder sich gegen sie auflehnen. Welche Welt aber wurde diesen Kindern geboten? Komfortable Wohnungen, Computerspiele auf dem Bildschirm, höllische Fahrten über schnee- und eisbedeckte Straßen, um das Wochenende auf einer Skipiste verbringen zu können, Flugreisen in die Ferien und volle Kühlschränke, wenn die Eltern allein fortfahren. Für Heranwachsende ergeben sich daraus zwei Möglichkeiten: entweder sie schenken der künstlichen Welt, in der sie leben, mehr Beachtung als der natürlichen oder sie brechen aus, werden zum Beispiel drogensüchtig. Erwachsene können ihnen dann nicht helfen. Verständnis finden sie nur unter ihresgleichen. Deshalb ist es ungeheuer wichtig, daß Jugendliche, die sich in irgendeiner Weise hervorgetan und etwas Besonderes geleistet haben, im Kreis der Regierenden ihren Platz finden. Sie werden dort für alle anderen sichtbare Vorbilder sein, werden Freundschaft und Solidarität wecken, globales Denken fördern und eine menschliche Revolution einleiten, die zu einem neuen Humanismus führen wird, der sich über die ganze Welt ausbreitet.«

»Ein schöner Traum«, stimmte ihr der Inder zu. »Nur leider wird er nicht schnell zur Realität werden. Ich bin aber davon überzeugt, daß seine Verwirklichung näher rückt, wenn phantasievolle Politiker und kreative Elemente aus allen Bevölkerungsschichten sich zusammentun, um dieser Idee zum Durchbruch zu verhelfen.«

Monique glich einem gespannten Bogen. »Glauben Sie, daß jene Wissenschaftler, die sich der Erdbevölkerung als Außerirdische präsentiert haben, trotz ihres durchweg schon ziemlich hohen Alters die Jugend in unserem Sinne fördern werden?«

»Das ist so sicher wie das Amen in der Kirche.«

»Hallelujah!« frohlockte Monique. »Ich bin versöhnt.«

Es war schon dunkel, als Dr. Sauvage in Pierres Wohnung erschien, in der er die Nacht vor seinem Abflug nach Kanada verbringen sollte. Er war ziemlich aufgeregt. Die Trennung von seiner Frau, die bevorstehende weite Reise und die ungewöhnlichen Umstände hatten ihn aus dem Gleichgewicht gebracht.

»Hoffentlich mache ich nichts falsch«, sagte er, als Pierre ihm bei einem Glas Wein das Flugticket und die Travellerschecks übergab.

»Du hast nichts anderes zu tun, als diese Papierchen im oberen Teil mit deinem Namenszug zu versehen, deinen Schnäuzer abzurasieren, deine Klamotten in dieses hübsche Köfferchen zu verstauen, bis morgen neun Uhr brav zu schlafen, dann mein ziemlich auffälliges Sportjackett anzuziehen, diese getönte Brille aufzusetzen und um Punkt zehn Uhr dreißig wie selbstverständlich in den Cadillac einzusteigen, der vor der Tür stehen wird. Mein Fahrer weiß Bescheid. Du nimmst neben ihm Platz und wirfst den Koffer auf den hinteren Sitz. Das ist so meine Art. Und bloß kein Händeschütteln! Einfach irgendwas quatschen. – Startort: Aéroport Charles de Gaulle. Leider mußt du in Montreal umsteigen. Geht nicht anders. Zum Ausgleich hab' ich Erster Klasse gebucht.«

»Du bist wahnsinnig!«

»Ziemlich taktlos, mir das zu sagen. Denn ich war so blöd, dir in Quebec in der ›Auberge de Gouverneur‹ – das exquisite Hotel liegt gleich neben dem Parlament – ein Zimmer reservieren zu lassen.«

Der Klassenkamerad machte Hundeaugen. »Kannst du mir noch einmal verzeihen?«

»Das klingt schon besser«, erwiderte Pierre und rasselte weitere Informationen und Ratschläge herunter, die er mit der dringenden Warnung abschloß, bis zur Ankunft im Hotel mit niemandem ein Gespräch zu führen. »Auch nicht, wenn neben dir ein bildhübsches Spielzeug sitzen sollte«, fügte er hinzu. »Meine Konkurrenten schrecken vor nichts zurück. Sei also vorsichtig!«

Dr. Sauvage lachte. »Die Sache fängt an, mir Spaß zu machen. Wenn du mich mal wieder brauchst: Ich stehe zur Verfügung.«

Pierre hob sein Glas. »Auf einen angenehmen Flug und gutes Gelingen.«

Der Freund stieß mit ihm an. »Herzlichen Dank für alles.«

»Noch eins«, sagte Pierre. »Nach dem Einchecken mußt du versuchen, sowohl die Abfertigungsstelle für die Erste Klasse als auch die für das ›niedere‹ Volk unauffällig im Auge zu behalten. Denn wer dich im Visier hat und meint, *mir* zu folgen, kann nicht wissen, wohin die Reise geht. Er muß sich somit – hopplahopp – auf dem Flughafen ein Ticket besorgen. Stellst du fest, daß jemand diese Frechheit besitzt, dann kennst du den Schatten, der dich bis zum Hotel in Quebec begleiten wird. Laß dir aber ja nichts anmerken!«

Es war purer Zufall, daß der CIA-Agent Cliff Harrison und der Angehörige des Marine-Nachrichtendienstes George Gatwick fast zur gleichen Stunde die umgehende Einberufung einer Geheimsitzung beantragten. Der General entsprach ihrem Wunsch nur zu gern. Wie alle anderen Mitglieder der Sonderkommission brannte auch er darauf zu erfahren, ob es gelungen war, wegen des beabsichtigten Einsatzes einer Atombombe mit den Russen ins Gespräch zu kommen. Nur wenn das geklappt hatte, konnte an die Durchführung des seit langem heimlich geplanten Projektes gedacht werden. Um so mehr setzte es die meisten Anwesenden in Erstaunen, daß der General nach den üblichen Eröffnungsfloskeln als erstem Harrison das Wort erteilte.

Dem Agenten tat es gut, seine in Paris erlittene Niederlage mit einer überzeugenden Erfolgsmeldung wettmachen zu können. »Gentlemen!« erklärte er mit erhobener Stimme. »Der französische Reporter Pierre Massol, der mit Fotos belegen will, daß ihm das Versteck der verschwundenen Wissenschaftler bekannt ist, hat gestern seine angekündigte Reise angetreten. Verabredungsgemäß erhielt ich vierundzwanzig Stunden vorher vom Leiter der Sécurité eine vertrauliche Information, die mich in die Lage versetzte, die von mir zur Observierung abkommandierten Beamten zu verständigen. Da beide unabhängig voneinander arbeiten und nicht wissen, daß zwei Agenten eingesetzt sind, kann ich ihre Meldungen miteinander vergleichen und habe so eine gute Kontrolle. Übereinstimmend wurde mir berichtet, daß Pierre Massol via Montreal nach Quebec geflogen ist. Dort bestieg er ein Taxi und fuhr geradenwegs zum Hotel ›Auberge de Gouverneur‹, in dem inzwischen auch meine Männer abgestiegen sind. Wir müssen nun abwarten, wie es weitergeht. Es scheint jedoch schon jetzt festzustehen, daß die beiden Flugzeuge mit dem kanadischen Hoheitszeichen, die angeblich nicht aus Kanada kamen und dort auch nicht registriert gewesen sein sollen, wohl doch in diesem Land stationiert waren. Denn weshalb sonst sollte sich der mit allen Wassern gewaschene Journalist nach Kanada begeben haben? Bestimmt nicht, um für einige Tage Urlaub zu machen.«

Der General nickte lebhaft. »Ich stimme Ihnen zu. In Quebec

werden sich die vermißten Gelehrten aber gewiß nicht aufhalten. Also wird Mister Massol weiterreisen müssen. Sorgen Sie dafür, daß er Ihren Leuten nicht entwischt!«

Cliff Harrison entgegnete selbstsicher: »Sie dürfen unbesorgt sein, Sir. Meine Männer sind auf dem Posten.«

Der General wandte sich an den rundlichen Angehörigen des Marine-Nachrichtendienstes. »Nun, Mister Gatwick, was haben Sie zu berichten?«

Der Angesprochene griff nach einer Akte und reichte sie dem General. »Ich habe ein ausführliches Protokoll über meine Gespräche und Vereinbarungen erstellt und glaube deshalb, daß es genügt, wenn ich nur kurz das Wichtigste zusammenfasse.

Nach anfänglichen Widerständen gelang es mir, meine sowjetischen Gesprächspartner davon zu überzeugen, daß es auch für die UdSSR von Vorteil ist, wenn dem Spuk mit den Außerirdischen, die auf dieser Erde ohne unsere Wissenschaftler hilflos sein dürften, schnellstmöglich ein Ende bereitet wird. Doch es gab einen Punkt, an dem meine Verhandlungen zu scheitern drohten: unser Steuergerät! Bekanntlich soll es in die russische Rakete eingebaut werden, damit wir eine Garantie dafür haben, daß das Ziel exakt getroffen wird. Da Maße und Gewichte unseres Gerätes mit der sowjetischen Konstruktion fast identisch sind, kann der Einbau keine Schwierigkeiten bereiten. Aber als dies geklärt war, wollten die Russen die Montage unbedingt selbst übernehmen.«

»Ich hoffe, daß Sie das abgelehnt haben«, warf der General ein.

»Selbstverständlich, Sir. Ich kenne die Burschen und weiß, daß sie das Steuergerät erst mal auseinandernehmen, sich jedes Teilchen genau ansehen und fotografieren würden. Das war mir zu riskant. Zumal die Gefahr besteht, daß beim Wiederzusammensetzen ein Fehler unterläuft, der all unsere Bemühungen zunichte machen könnte. ›Nein‹, habe ich gesagt, ›entweder wird der Einbau gemeinsam von euren und unseren Leuten vorgenommen oder überhaupt nicht. Dann müssen wir auf eure Hilfe eben verzichten und eine andere Lösung suchen. Wenn wir den Wissenschaftlern eine Mordsstange Geld in die Hand drücken, werden sie bestimmt für uns arbeiten.‹ Dieses Argument blieb nicht ohne Wirkung. Meine Gesprächspartner zogen sich zu einer Konferenz zurück und erklärten sich schließlich mit meinem Vorschlag einverstanden.«

»Das haben Sie großartig gemacht!« lobte der General.

George Gatwick strahlte. »Danke, Sir! Noch heute fliegen unsere Spezialisten nach Murmansk. Den Russen geben wir weitere Informationen selbstverständlich erst, wenn wir absolut klar sehen. Es darf um Gottes willen keine Panne eintreten. Wenn's gutgeht, wird man uns loben. Geht's aber schief, wird man uns hängen. Schließlich handeln wir in eigener Machtvollkommenheit. Weder unser Präsident noch der Vorsitzende des sowjetischen Ministerrates wurden informiert. Und dabei soll es auch bleiben. Es muß also alles auf Anhieb klappen!«

»Ihr Schneid in allen Ehren«, erklärte der General spitz. »Aber wäre es nicht meine Aufgabe gewesen, den Flug nach Murmansk anzuordnen? Und wer hat Sie beauftragt, hier Schlußbetrachtungen anzustellen?«

Noch in der Phase der Vorbereitungen zeigte sich ein erster Riß in der Gemeinschaft national gesinnter Offiziere und Beamten, die zu Rebellen geworden waren.

Wenngleich Pierre nicht daran zweifelte, daß ein auf ihn angesetzter Agent dem Klassenkameraden Dr. Sauvage nach Kanada gefolgt war, verzichtete er vorsorglich doch darauf, den eigenen Wagen zu benutzen und fuhr in einem Taxi zum Aéroport Charles de Gaulle. Wie verabredet, hielt sich der Chefredakteur dicht neben der Abfertigungshalle für die Passagiere der Ersten Klasse auf. Neben ihm stand das schwarze Lederköfferchen mit dem Thermographen.

Pierre legte dem Beamten der Air France sein Ticket vor und schob sein Gepäck auf die Waage.

Charles Paré gab unauffällig zu verstehen, daß seinem Mitarbeiter im Flughafengebäude niemand gefolgt sei.

Nach der üblichen Check-in-Prozedur nahm Pierre seine Bordkarte entgegen und ging mit dem kleinen Lederkoffer, den er wie selbstverständlich an sich nahm, zur Kontrollstelle der Polizei, die ihn anstandslos passieren ließ. Auch die nachfolgende Überprüfung des Thermographen und der beiden Fotoapparate ging reibungslos vonstatten. Es folgte die Leibesvisitation, und nachdem Pierre auch diese hinter sich gebracht hatte, wurde er auf Grund des auf seinem Flugticket befindlichen Vermerks ›VIP‹ von einer Hosteß in Empfang genommen und in einem kleinen Wagen gleich zum Flugzeug gefahren.

Es ist schon angenehm, als ›very important person‹ eingestuft zu sein, dachte er. Komisch ist allerdings, daß man sich bei den Fluggesellschaften zumeist selbst als ›VIP‹ avisiert.

Pierre war begierig darauf, sich mit dem teuren Fotogerät vertraut zu machen. Bis Delhi erreicht wurde, wollte er den Apparat in- und auswendig kennen und wie seine Hasselblad und seine Polaroidkamera bedienen können. Diese hatte er sich noch besorgt, um gegebenenfalls in der Lage zu sein, Infrarotaufnahmen zu machen. Zwölf Flugstunden standen ihm zur Verfügung, die Bedienungsanweisung gewissenhaft zu studieren, aber noch bevor die Boeing 747 startete, bekam sein Eifer einen empfindlichen Dämpfer. Dick gedruckt stand in der Anleitung, daß Filme, wie er sie brauchte, in ihrer versiegelten Originalpackung in einem Tiefkühlschrank bei minus achtzehn bis dreiundzwanzig Grad aufbewahrt werden müssen.

Den ganzen Scheißdreck hätte ich nicht mitzunehmen brauchen, fluchte er. Doch dann entdeckte er eine Liste mit den Anschriften der Filialen, bei denen Filme aller Art auf Lager gehalten und entwickelt werden. In Indien gab es Niederlassungen in Bombay, Kalkutta, Madras und New Delhi.

Nach dieser Feststellung fühlte Pierre sich wieder wohler, obgleich ihn die Frage, wie lange ein Film außerhalb des Tiefkühlschrankes aufbewahrt werden darf, weiterhin beunruhigte.

Die Stewardessen hielten ihn schon bald für einen Sonderling. Die köstlichsten Delikatessen, die sie ihm servierten, verschlang er, ohne einen Blick darauf zu werfen. Unentwegt las er in Broschüren. Oder er untersuchte den Thermographen, den er, zum Teil auseinandergenommen, auf den Nebensitz gelegt hatte, der glücklicherweise frei geblieben war. Stundenlang beschäftigte er sich mit dem Apparat, und die Stewardessen, die ihn schon nicht mehr beachteten, glaubten einen Verrückten vor sich zu haben, als Pierre nach fast neun Stunden Flugzeit unmittelbar nach der Bekanntgabe ›Wir landen in wenigen Minuten in Bombay Airport‹, hastig seine Sachen zusammenpackte und erklärte: »Ich steige hier aus.«

»Aber, Monsieur«, wunderte sich eine der Stewardessen. »Sie haben doch bis Delhi gebucht!«

»Na und?« Er lachte. »Von mir aus können Sie in meinem Sessel ihre hübschen Beine ausstrecken.«

Sie sah ihn entgeistert an. »Wenn Sie den Flug unterbrechen ...«

»... ist das Ticket verfallen«, beendete er den Satz.

Die Stewardeß versuchte zu lächeln. »Können wir Ihnen irgendwie behilflich sein?«

»Nein, danke«, antwortete er. »Ich werde mich erst einmal gründlich ausschlafen.«

»Ach, Sie sind in Bombay zu Hause?«

»Nein, ich gehe in ein Hotel.«

»Monsieur, es ist gleich Mitternacht! Sie werden um diese Zeit kein Zimmer bekommen!«

»Ich will kein Zimmer, sondern ein Bett!« wies er sie zurecht und erreichte genau das, was er wollte. Man hielt ihn für einen Spinner und kümmerte sich nicht mehr um ihn.

Den Entschluß, das Flugzeug zu verlassen, hatte er ganz plötzlich gefaßt. Er bildete sich ein, daß es wichtig für ihn sei, mit der Bahn nach Delhi zu fahren. Schon einige Male in seinem Leben hatte er, einer ihm selbst unerklärlichen inneren Stimme folgend, seinen ursprünglichen Plan über den Haufen geworfen, und in all diesen Fällen hatte er es nicht bereut.

Da sein Gepäck nach Delhi dirigiert war und er die Stewardeß gebeten hatte, es am dortigen Airport sicherzustellen, beschleunigte sich seine Abfertigung, und er konnte mit dem kleinen Lederkoffer leicht zum Taxistand laufen. Hier erwischte er einen Fahrer, der die weite Strecke zum Bahnhof wie ein Irrer zurücklegte. Pierre hatte schon einiges von der wilden Raserei indischer Chauffeure gehört, doch was er jetzt erlebte, übertraf alle Schilderungen. Gehupt wurde ohne Unterlaß, und in den Kurven flog er von einer Wagenseite zur anderen. Vom hell erleuchteten Bombay, in dem das Leben trotz der späten Stunde wie am Tag zu pulsieren schien, bekam er kaum etwas zu sehen. Dabei jagte der Wagen über fast zwanzig Kilometer durch die zweitgrößte Stadt Indiens, die auf einer langen, nur vier Kilometer breiten Halbinsel liegt. Und wie diese Gegebenheit jede Ausdehnung der Stadt unmöglich gemacht hat und die Ursache dafür ist, daß ihre Bauten dicht gedrängt beieinander stehen, so verfügt auch die in kurzer Zeit auf sechs Millionen Einwohner angewachsene Bevölkerung über nur wenig Platz. Im Schmelztiegel Bombay fanden neunundvierzig Nationen zusammen.

Es war somit nicht verwunderlich, daß Pierre beim Aussteigen vor dem Bahnhof nicht wußte, wie ihm geschah, als ihm fliegende Händler in allen möglichen Sprachen dieses und jenes anboten, bis sich plötzlich eine Anzahl Kulis, alle in roten Hemden und mit roten Turbanen ausgestattet, wie losgelassene Hunde auf ihn stürzten. Der Koffer mit dem Thermographen wurde ihm aus der Hand gerissen. Er vermutete einen Überfall und umklammerte den vermeintlichen Dieb, doch der lachte ihn nur an und wies auf eine numerierte Messingplatte an seinem Ärmel.

»Sahib nichts tragen! In Indien kein Sahib jemals etwas tragen!«

Pierre war erleichtert. Aber dann entwanden ihm zwei andere rote Teufel die beiden Kameras, die er sich umgehängt hatte. Gleichzeitig faßte ihn der Taxifahrer, den er, noch im Wagen sitzend, entlohnt hatte, beim Ärmel und deutete durch eine hingehaltene Hand an, daß er ein Bakschisch erwarte.

»Ich habe Ihnen doch ein geradezu fürstliches Trinkgeld gegeben«, beschied ihn Pierre.

Den Dienstmännern in den roten Hemden schien die Entwicklung zu gefallen. Jetzt konnten sie sehen, ob der Sahib ein gut oder schlecht zu melkender Ausländer war.

»Sie haben nur das Taxi bezahlt«, behauptete der Chauffeur.

»Aber ich habe den Fahrpreis um zwanzig Rupien aufgerundet!«

Die roten Teufel sperrten Mund und Nase auf. Zwanzig Rupien hatte der Sahib springen lassen? Ein Bakschisch in solcher Höhe war ungewöhnlich, und der Fahrer tat recht daran, die günstige Situation auszunutzen. Der Sahib war zweifellos ein unerfahrener Neuling.

Gut, daß ich daheim schon etwas Geld eingetauscht habe, dachte Pierre und gab dem Inder um des lieben Friedens willen nochmals fünf Rupien.

Der aber schaute auf das Geld, als wollte er sagen: Wie kann ein Sahib so knauserig sein.

Die erwartungsvollen Gesichter der Kulis ließen Pierre erkennen, daß er ausgenutzt werden sollte. Schneller als der Taxifahrer reagieren konnte, nahm er ihm die fünf Rupien wieder ab.

Sein Vorgehen wirkte wie ein Peitschenhieb. Alle zuckten zusammen. Ein Sahib, der nicht mit sich spaßen läßt?

»Zum Fahrkartenschalter!« kommandierte er.

Die drei roten Teufel, die das tragbare Gut ergattert hatten, eilten ihm wie Herolde voraus. Und nun zeigte sich, daß Pierre auch in Bombay Glück hatte. Der nächste Zug nach Delhi fuhr in zehn Minuten.

»Welche Klasse wünschen Sie, Sir?« fragte ihn der Schalterbeamte.

»Ich kenne mich hier nicht aus«, antwortete Pierre. »Welche Klassen gibt es?«

»Luxusklasse, Erste Klasse, Zweite Klasse, Dritte Klasse.«

»Dann geben Sie mir eine Fahrkarte für die Luxusklasse.«

»Die ist ausverkauft«, bedauerte der Beamte. »Sie sparen übrigens viel Geld, Sir, wenn Sie die Erste Klasse wählen. Dort befinden Sie sich in ausgezeichneter Gesellschaft.« Er machte die Bewegung des Geldzählens. »Einen Platz kann ich Ihnen eventuell noch geben. Wie Sie wissen, fährt der Zug gleich ab. Ich sollte die Karte eigentlich reservieren, doch der Sahib, der sie bestellt hat... Er müßte eigentlich noch kommen.«

Pierre brauste nicht auf, wie er es gern getan hätte. »Ich wäre Ihnen sehr dankbar« – zehn Rupien wechselten den Besitzer – »wenn Sie mir die Karte geben würden.«

»Ich freue mich, Ihnen zu Diensten zu sein, Sahib.«

Nur fünf Minuten standen bis zur Abfahrt des Zuges noch zur Verfügung, doch was Pierre in dieser kurzen Zeit zu sehen bekam, erinnerte ihn an einen abstrusen Film. Die Bahnhofshalle glich einem Völkerlager. Der Weg zum Zug war gepflastert mit Schlafenden, über die hinweggestiegen werden mußte. Die dünnen Beine der am Boden Liegenden erinnerten an Skelette. Die entkräfteten Körper schienen nicht mehr zu atmen. Andere hockten mit stumpfem Gesichtsausdruck auf ihren Fersen. Sie bewachten Hühner und Zuckerrohr, Mehlsäcke und Kürbisse, verschnürte Pappkartons, verschlissene Koffer und alte Sandelholztruhen. Zwischen all diesen Habseligkeiten schliefen vielköpfige Familien, die ihre Saris über die Köpfe gezogen hatten.

Von den roten Teufeln schied Pierre in bestem Einvernehmen. Der Anblick des Zuges aber dämpfte seine Stimmung abermals. Die Waggonfenster waren mit Eisengittern versehen, um die Reisenden vor Überfällen zu schützen, die an Stellen, wo langsam gefahren werden mußte, gang und gäbe waren. Doch als er das ihm zugewiesene Abteil betrat, stellte er mit Erleichterung fest, daß der Schalterbeamte nicht übertrieben hatte. Jeder der Mitreisenden stellte sich in aller Form vor. Unter ihnen befanden sich zwei indische Kaufleute, ein englischer Ingenieur, ein spanischer Professor und ein holländischer Farmer, der es nicht verwinden konnte, daß er das Pech gehabt hatte, mit seinem Wagen gegen eine Mauer zu fahren, als er einer Kuh ausweichen wollte, die ihm plötzlich in die Quere gekommen war. Aber hätte er das von den Indern als heilig angesehene Tier verletzen sollen? Man würde seinen Wagen angezündet und ihn unter Umständen sogar erschlagen haben.

Mit dem Holländer kam Pierre in ein so bedeutungsvolles Gespräch, daß er sich später fragte, ob es eine Vorahnung gewesen sei, die ihn bewogen hatte, das Flugzeug zu verlassen und mit der Bahn weiterzufahren.

»Schauen Sie sich bloß diese schweren Eisenketten an«, sagte der Farmer, als zusätzlich zu den gepolsterten Bänken drei Pritschen von der Decke herabgelassen wurden, um allen sechs Passagieren eine Schlafstatt zu bieten. »Die Dinger sind so stark, daß man einen Lastwagen damit abschleppen könnte. Oben am Khyberpaß würde man sich um sie reißen. Als ich rüber kam, standen dort mindestens dreißig große Brummer, die nicht weiterfahren konnten, weil die Tankstelle keinen Sprit mehr hatte. Alte Straßenkapitäne, die den Dreh hier kennen und ihre Fahrzeuge mit Zusatztanks ausgerüstet haben, machen ein ersprießliches Geschäft daraus. Gegen entsprechende Gebühr nehmen sie einen Laster an die Kette.«

Pierre erinnerte sich schlagartig an die Treibstoffbehälter, die sich hinter dem relativ kleinen Passagierraum der Grumman Gulfstream befunden hatten und ihm damals gleich nach den mysteriösen Ereignissen in Orly aufgefallen waren. Warum nur hatte er nie wieder an die zusätzlich eingebauten Tanks gedacht? Ihm kam es vor, als sei die Bühne, auf die er in den letzten Wochen so angestrengt geblickt hatte, erst jetzt erhellt worden. Wie elektrisiert kombinierte er: Auf dem tibetischen Hochplateau zu starten und zu landen, dürfte keine Schwierigkeit bereiten. Aber dort gibt es kein Kerosin. Ergo muß ein Flugzeug, das in dieser entlegenen Gegend stationiert ist, mit Reservetanks ausgestattet sein. Doch wo wird der Treibstoff aufgenommen? Was in Europa, Amerika oder sonstwo getankt wird, ist bis zur Landung größtenteils verbraucht. Ohne eine nahe gelegene Tankbasis kann eine in Tibet stationierte Maschine nicht auskommen.

Bei dieser Überlegung fühlte sich Pierre wie von einer Zentnerlast befreit. Er hatte damit gerechnet, zahlreiche Erkundungsflüge durchführen zu müssen, die ein Vermögen kosten würden. Nun bot sich ihm ein Weg, der wesentlich einfacher und billiger war. Denn das Treibstoffdepot konnte sich nur in Indien befinden. Wahrscheinlich sogar nur in Nordindien. Auf alle Fälle mußte er in Delhi gleich feststellen, ob dort des öfteren eine Grumman Gulfstream landete und tankte.

Trotz übergroßer Müdigkeit fand Pierre in dieser Nacht keinen Schlaf. Seine Gedanken eilten der Zeit voraus. Er sehnte das Ende der Reise herbei.

Als es hell geworden war, stand er auf und schaute aus dem Fenster. Das monotone Gelbgrau der Landschaft hatte nichts Anregendes. Obwohl erste Sonnenstrahlen auf die Erde fielen, waren nirgendwo klare Farben zu entdecken. Auch kündete nichts die Hitze des kommenden Tages an. Der wolkenlose Himmel sah eher nach Kälte aus. Und der vom Zug hochgewirbelte Staub, der durch Tür- und Fensterritzen drang, drückte die Stimmung noch weiter hinunter. Pierre wollte seinem Schöpfer danken, wenn Delhi erreicht war.

Cliff Harrison sah sich gezwungen, eine Meldung zu erstatten, die viele Mitglieder der Sonderkommission entsetzte. Die mit der Observierung des französischen Journalisten beauftragten amerikanischen Agenten hatten eingestehen müssen, daß sie nicht Pierre Massol, sondern einem völlig Unbekannten, dem Chemiker Dr. Jules Sauvage, nach Quebec gefolgt waren.

»Wie ist so etwas möglich?« ereiferte sich der General. »Haben Sie denn Anfänger eingesetzt?«

»Ganz gewiß nicht, Sir«, antwortete der CIA-Agent. »Wie Sie wissen, hat der Reporter seinerzeit auch mich hereingelegt. Volle Aufklärung über das neuerliche Debakel vermag ich noch nicht zu geben. Aber es steht fest, daß dieser Doktor Sauvage, der eine erstaunliche Ähnlichkeit mit Mister Massol zu haben scheint, aus *dessen* Wohnung kam und in *dessen* Wagen zum Airport fuhr. Sogar die Kleidung war identisch. Wir sind einer bewußt herbeigeführten Täuschung aufgesessen. Ich sage dies nicht zu unserer Entschuldigung, möchte vielmehr dartun, daß unser Kontrahent ...«

»Danke, das genügt«, unterbrach ihn der General. »Mich interessiert im Moment etwas anderes. Halten Sie es unter den gegebenen Umständen noch für wahrscheinlich, daß Mister Massol das Versteck der verschwundenen Wissenschaftler wirklich kennt? Besteht nicht die Gefahr, daß er uns auch jetzt wieder an der Nase herumführt?«

»Gestatten Sie mir, Sir, daß ich mit einer Gegenfrage antworte:

Glauben Sie, daß jemand viel Geld in eine Sache steckt, von der er sich nichts verspricht? Allein der Flug von Doktor Sauvage und dessen Aufenthalt in Quebec kosten allerhand. Nein, Sir, ich bin der Auffassung, daß es Pierre Massol lediglich darum geht, uns in der augenblicklichen Phase auszuschalten. An Hand von Fotos will er belegen, daß er und nur er allein das gesuchte Versteck kennt. Sobald er diesen Nachweis erbringen kann, wird er sich melden und die ausgesetzte Belohnung fordern.«

»Dann wäre ja noch nichts verloren.«

»Davon bin ich überzeugt, Sir.«

»Well, dann wollen wir die Dinge auf uns zukommen lassen.«

»Und wie verhalten wir uns gegenüber den Russen?« fragte George Gatwick, der sich in Moskau mit Mischa Jakowlew getroffen hatte.

»Vorerst tun wir nichts. Ihrem Bericht zufolge haben Sie ja keinen festen Termin ausgemacht.«

»Das stimmt, Sir. Ich hatte jedoch so bald wie möglich einen Zwischenbericht in Aussicht gestellt.«

»So bald wie möglich ist ein dehnbarer Begriff«, stellte der General fest. »Das kann heute, morgen und in einigen Wochen sein. Oder täusche ich mich?«

»Nein, Sir«, antwortete George Gatwick. »Aber gestatten Sie mir noch eine Frage?«

»Bitte.«

»Wurden die Kommandanten unserer U-Boote, die sich immer noch unter der Eisdecke des Polarmeeres versteckt halten, inzwischen davon in Kenntnis gesetzt, daß am Tage X Murmansk . . .«

»Der Plan ist gestorben«, fiel der General scharf ein.

Die Anwesenden konnten ihre Verwunderung nicht verbergen.

»Gentlemen!« Der General erhob sich, um seinen Worten Nachdruck zu verleihen. »Ich bin lange mit mir zu Rate gegangen und darf Ihnen versichern, daß ich es mir nicht leichtgemacht habe. Nach wie vor bin ich der Meinung, daß die Wissenschaftler, die sich mit den außerirdischen Wesen verbündet haben, der Menschheit in den Rücken gefallen sind und somit als Verräter angesehen werden müssen. Sie stehen außerhalb der menschlichen Gesellschaft. Pardon darf es für sie nicht geben. Den Teufel kann man nur mit Beelzebub austreiben. Anders ist die Frage zu beurteilen, ob wir es verantworten können, die in Murmansk lagernden Raketen der UdSSR in die Luft zu sprengen. Nach reiflicher

Überlegung sage ich: Nein! Einen solchen Befehl kann nur der Präsident erteilen. Und würde er sich dazu entschließen, dann versündigte er sich an den Menschen dieser Erde. Unser Ziel ist es, eine neue Ära einzuleiten. Es wäre alles verdorben, wenn wir dabei die Existenzberechtigung eines anderen Volkes mißachten würden.«

»Vielleicht sollten wir noch eine zweite Überlegung anstellen«, warf der Beamte des Nationalen Sicherheitsrates ein. »Unterstellen wir, es würde uns gelingen, das Nest der abtrünnigen Wissenschaftler auszuräuchern. Könnte es nicht sein, daß die AIWes dann Rache nehmen?«

»Nein«, antwortete der General mit Bestimmtheit. »Aus einer gewissenhaft erstellten Analyse geht eindeutig hervor, daß die technische Durchführung aller bisher befohlenen Maßnahmen in den Händen von Menschen gelegen haben muß. Nur von solchen kann sie bewerkstelligt worden sein. Wenn die größenwahnsinnigen Gelehrten ausgeschaltet sind, ist auch die Macht der Außerirdischen gebrochen. Diese können sich wahrscheinlich aus physischen Gründen nicht einmal auf der Erde aufhalten.«

Noch bevor Pierre in Delhi ein Hotel aufsuchte, fuhr er in einem Taxi zum Airport hinaus und begab sich dort zur Flughafenverwaltung. Von der Überlegung ausgehend, daß jede startende und landende Maschine eine ihrer Größe entsprechende Gebühr zu entrichten hat, glaubte er, bei der Flughafengesellschaft am ehesten erfahren zu können, ob Delhi des öfteren von Privatmaschinen des Typs Grumman Gulfstream angeflogen wurde. Er hätte es aber nicht für möglich gehalten, daß er eine Antwort auf diese Frage ohne Zögern erhalten würde.

»Nein«, erklärte der Inder, »die Grumman-Maschinen landen alle auf dem Fabrikgelände.«

Pierre glaubte nicht richtig zu hören. Es war von mehreren Grumman-Maschinen die Rede? »Was verstehen Sie unter Fabrikgelände?«

»Das ist der Privatplatz der ›Indair Corporation‹, die sich auf die Wartung von Grumman-Düsenflugzeugen spezialisiert hat.«

Pierre blieb fast die Luft weg. »Und wo befindet sich dieses Gelände?«

Der Inder wies nach Süden. »Etwa vierzig Kilometer von hier. In Dajal. Das ist ein ganz kleiner Ort.«

»Und dort landen viele Maschinen?«

»Da bin ich überfragt. Am besten erkundigen Sie sich bei der Flugleitstelle. Die müßte es wissen, denn der Privatplatz hat keinen Tower.«

Ich könnte dich umarmen, frohlockte Pierre. Und auch den Holländer, der mich auf die Idee mit den Benzintanks gebracht hat. Der Herrgott scheint es gut mit mir zu meinen. Hätte er mir nicht empfohlen, mit der Bahn weiterzufahren, gäbe es für mich noch viele Probleme, die ich nun nicht mehr zu lösen brauche.

Der Leiter des Towers war nicht so gesprächig wie der Angestellte der Flughafengesellschaft. »Warum wollen Sie das wissen?« fragte er, als Pierre sich erkündigte, ob Dajal oft angeflogen werde.

»Das ist mit wenigen Worten gesagt«, antwortete Pierre, der selten um eine Ausrede verlegen war. »Ich hörte zufällig von dem Fabrikgelände, und da wir in Lyon – ich weiß nicht, ob Sie diese Stadt kennen...«

»Dem Namen nach. Liegt in Frankreich an der Rhône.«

»Mein Kompliment!« gratulierte Pierre nicht ohne Hintergedanken. »Sie scheinen ja die ganze Weltkarte im Kopf zu haben!«

Der Inder lächelte geschmeichelt. »Als Chef des Towers muß ich über vieles informiert sein.«

»Dennoch, Lyon spielt im Luftverkehr eine nur unbedeutende Rolle. Um aber auf Ihre Frage zurückzukommen: Uns stellt sich ein ähnliches Problem, wie Sie es hier haben. Ein bedeutendes Privatunternehmen baut in unserer Nähe einen eigenen Flugplatz und möchte, da der Luftverkehr dort nur gering sein wird, daß *wir* die vorgeschriebene Luftkontrolle übernehmen. Bestehen nach Ihren Erfahrungen da Bedenken?«

»Das richtet sich nach der Verkehrsdichte und dem Personal, über das Sie verfügen. Hier haben wir keine Schwierigkeiten, weil Dajal nur selten angeflogen wird. Höchstens zwei- bis dreimal in der Woche.«

»Mir wurde erzählt, daß es sich durchweg um Flugzeuge des Typs Grumman Gulfstream handelt.«

»Ja, die ›Indair Corporation‹ übernimmt deren Wartung und Überholung, betreibt allerdings auch den Handel mit gebrauchten Flugzeugen, die auf Hochglanz gebracht und in alle Welt geliefert werden.«

»Ist es nicht schwer für die Fluglotsen, Dajal mitzubedienen?«

»Überhaupt nicht.«

Pierre bedankte und verabschiedete sich. Am liebsten hätte er einen Luftsprung getan. Das Glück stand auf seiner Seite. Kaum war er in Delhi angekommen, lösten sich für ihn viele Rätsel. Keine Sekunde mehr zweifelte er daran, den Flugzeugpark jener Wissenschaftler ausfindig gemacht zu haben, die mit den AIWes zusammenarbeiteten. Wenn er jetzt umsichtig und geschickt vorging, würde er auch ihre Geheimzentrale finden. Kopfzerbrechen bereitete ihm nur der Sandstaub, der ihn erst auf die richtige Fährte gebracht hatte. Wie konnte der feine Sand in ein Flugzeug gelangen, das sorgfältig gewartet wurde? Noch waren nicht alle Rätsel gelöst.

Als Pierre das Flughafengebäude verließ, war er nahe daran, den Chauffeur des Taxis anzuweisen, nach Dajal zu fahren. Nach kurzem Zögern siegte jedoch das Verlangen, sich gründlich zu duschen und auszuschlafen. Er war ein gutes Stück weitergekommen, konnte sich aber kaum noch auf den Beinen halten.

Im ›Oberoi Intercontinental‹ erhielt er das übliche Standardzimmer. Der zuvorkommende Empfangschef, der ihm wohl ansah, daß er zum Umfallen müde war, erbot sich gleich, ihm eine Mahlzeit auf das Zimmer bringen zu lassen. Doch er war zu übernächtigt, um noch etwas essen zu können.

Als Pierre am nächsten Tag nach einem langen und erquickenden Schlaf erwachte, verspürte er einen Mordshunger. Er bat den Etagenkellner, ihm ein üppiges englisches Frühstück mit ›eggs and bacon‹ zu servieren, erhielt aber den Bescheid, daß es bereits Nachmittag sei. Ihm könne jedoch ein Lunch gereicht werden. Vielleicht Hühnercurry, Schafcurry oder Fischcurry.

Wohl oder übel bestellte Pierre Hühnercurry, und schon nach dem ersten Bissen fand er bestätigt, was ihm der Holländer, als sie im Zug über das indische Essen sprachen, prophezeit hatte: ›Ihr Mund wird wie Feuer brennen! Sie werden Tränen vergießen!‹ Und leise hatte er hinzugefügt: ›Am Schluß brennt's auch noch hinten.‹

Das kann ja heiter werden, dachte Pierre beim Verlassen des Hotels. Es scheint sich das Wort zu bewahrheiten, daß die Briten das indische Volk vor Ungerechtigkeiten geschützt, es aber gnadenlos der Willkür ihrer Köche ausgeliefert haben.

Angesichts dieser ersten unangenehmen Erfahrung empfand Pierre es fast als Wohltat, daß die Hoteldirektion ihm für die Zeit seines Aufenthaltes in Delhi einen *erst* fünfzehn Jahre alten ›Chevy‹ mit einem Chauffeur besorgt hatte, der gekleidet war, als gehöre er zur Ehrengarde eines Maharadschas. Seinen mächtigen Leib umspannte eine breite rote Schärpe, auf seinen Schultern prangten goldene Epauletten, und sein Haupt schmückte ein seltsam geformter Turban mit hochragenden steifen Enden.

»Mahmud!« stellte der Fahrer sich vor und schlug die Hacken zusammen, als diene er einem Brigadier. Entsprechend fuhr er auch. Er wich niemandem aus, hupte wie verrückt und ließ es jederzeit auf eine Karambolage ankommen, die wundersamerweise stets im letzten Moment vermieden wurde. Nur bei den farblosen heiligen Kühen verzichtete er darauf, das Horn zu betätigen. Er schaltete dann in den ersten Gang zurück, sofern er es nicht vorzog anzuhalten. In solchen Fällen bewegten sich seine vom Betelkauen verfärbten Lippen, als murmele er ein Gebet.

Mit seinem Fahrgast schien Mahmud zufrieden zu sein. Er hatte Pierre allerdings nachdrücklich darauf aufmerksam gemacht, daß es unter seiner Würde sei, einem Sahib zu dienen, der sich neben ihn setzte. Ein Sahib gehöre in den Fond.

Die Fahrt nach Dajal enttäuschte Pierre in doppelter Hinsicht. Die Landschaft war monoton und reizlos. Außer Frauen und Kindern, die, einen Krug oder Blechkanister auf dem Kopf balancierend, die Landstraße entlangzogen, um Wasser aus einem fernen Tümpel zu holen, oder einigen Bauernhöfen, auf denen Zukkerrohr mit Hilfe eines Shredders zerkleinert wurde, gab es eigentlich nur dort bewegtes Leben, wo ein armseliger Baum der Landschaft ein geradezu üppiges Aussehen verlieh. Auf seinen Ästen hockten viele Geier, die krächzend, drängelnd und streitsüchtig auf Aas warteten.

Die mustergültige, an eine militärische Anlage erinnernde Umzäunung des Flugplatzes der ›Indair Corporation‹ war die zweite Enttäuschung für Pierre. Er hatte geglaubt, die Werkshalle aufsuchen und eine Grumman besichtigen zu können, doch der mit einer Hochspannungsleitung gesicherte Zaun ließ unschwer erkennen, daß dies nicht ohne weiteres möglich sein würde. Dennoch versuchte er, mit dem Chef des Unternehmens in Verbindung zu treten, aber die aus einer Schar unnahbarer Gurkhas gebildete Wache war nicht einmal bereit, ihn anzumelden. Wie zur Warnung zog einer von ihnen seinen schweren ›Kukri‹-Krummdolch und strich liebevoll über die Klinge.

Pierre blieb nichts anderes übrig, als unverrichteter Dinge zurückzufahren. Kaum war er jedoch in den Wagen eingestiegen, da jagte eine giftgrüne Grumman Gulfstream mit dem Landeszeichen ›OH‹ im Tiefflug über den Platz hinweg. Gleich darauf wurde die Landung mit einer hochgezogenen Kehre eingeleitet.

Eine Art Jagdfieber überkam Pierre. Jetzt komme ich meinem Ziel näher, ging es ihm durch den Kopf. Unwillkürlich griff er nach seiner Hasselblad und schoß ein Foto nach dem anderen. Wer hätte das gedacht: Ein Privatflugzeug mit finnischem Kennzeichen landet in Dajal bei Delhi! Bin gespannt, ob sich in der Halle noch weitere Maschinen befinden. Irgendwann werden die Tore ja wohl geöffnet werden.

Weit und breit war niemand zu sehen. Außer der Wache schienen auf dem Fabrikgelände keine Menschen zu sein.

Pierres Kamera surrte. »Wir warten noch einen Augenblick. Ich möchte die Landung fotografieren.«

»Wünschen Sie ein Fernglas, Sir?« fragte der Chauffeur.

»Wenn Sie eins haben, dann her damit!«

Mahmud öffnete das Handschuhfach. »Manche meiner Fahrgäste beobachten gern Raubvögel.«

Die Räder der Maschine, die genau auf den Hangar zu landete, berührten den Boden. Als wäre damit ein Kommando erteilt, schoben sich die mittleren Torflügel des Werksgebäudes zur Seite, und es wurden viele Männer in gelben Overalls sichtbar.

Pierre machte weitere Fotos. In der Halle befand sich kein Flugzeug.

Die gelandete Grumman rollte mit reduzierter, aber immer noch relativ hoher Geschwindigkeit in den Hangar hinein, dessen Tore sich unmittelbar darauf schlossen.

Pierre griff nach dem Fernglas und suchte das Gelände ab. Er glaubte zu erkennen, daß die beidseitig mit der Reparaturwerkstatt verbundenen Gebäude als Unterkunfts- und Aufenthaltsräume dienten. Die Arbeiterschaft schien kaserniert zu sein. Vermutlich hatten die Piloten ebenfalls auf dem Platz zu bleiben. Wahrscheinlich wurde deshalb niemand vorgelassen.

Während der Rückfahrt nach Delhi überlegte Pierre, was er nun unternehmen solle. Er hatte sich selbst den Weg verbaut. Wenn er ein schnelles Düsenflugzeug chartern wollte, mußte er die Flughafenverwaltung aufsuchen. Aber fiel es nicht auf, wenn er bei der Gesellschaft jetzt wegen einer ganz anderen Angelegenheit vorsprach als beim ersten Mal? Und der Leiter der Flugüberwachungskontrolle war der einzige, der ihm Auskunft über die gelandete finnische Grumman geben konnte. Was würde der denken, wenn er sich noch einmal an ihn wandte und eine völlig andere Frage an ihn richtete? Es half alles nichts, er mußte einen Ausweg finden.

Der Zufall kam Pierre zu Hilfe. Auf der Fahrt in die Stadt entdeckte er an einer Reklamewand in großen Lettern den Namen der Zeitung ›The Hindustan Express‹. Augenblicklich erinnerte er sich daran, daß das renommierte Blatt seinen sensationellen Bericht über die Ereignisse in Orly gekauft hatte. Einen besseren ›Aufhänger‹ konnte es nicht geben. Die Redaktion würde ihm gewiß behilflich sein. Er mußte nur aufpassen, daß sein Ziel nicht erkannt wurde. Gerne hätte er sich sofort ins Getümmel gestürzt. Aber dafür war es zu spät. An diesem Tag konnte er nichts mehr unternehmen.

Gleich am nächsten Morgen ließ Pierre sich ins Stadtzentrum fahren. Viel zu früh, wie der eigenwillige Operettenchauffeur Mahmud meinte. Der Sahib sollte den Gewohnheiten des Landes entsprechen. Also fuhr er zunächst kreuz und quer durch Delhi, um Zeit verstreichen zu lassen. Seine Hoffnung, dem jungen Herrn werde die Stadt gefallen, ging allerdings nicht in Erfüllung.

Dies lag mehr an Pierre als an Delhi. Ihn beschäftigte die vor ihm liegende Aufgabe so sehr, daß er sich auf nichts anderes konzentrieren konnte. Und echt Indisches gab es ohnehin kaum zu sehen. Schon gar nicht im Regierungsviertel, wo britische Architekten aus dem vollen geschöpft und weitläufige Säulenhallen mit dem bombastischen Plunder des Mogulstils vermengt hatten. Für Pierre war ›indisch‹ etwas anderes. Zum Beispiel die Beschwingtheit des kosmischen Tänzers von Tschidambaran, der ihm aus Kunstwerken bekannt war. Oder die grandios gestaltete Fassade des Rascha-Rani-Tempels in Bhuwaneschwar. Das Rote Fort von Delhi hin, das Rote Fort von Delhi her – die Stadt enttäuschte ihn.

Um so erfreuter war er, als er den Verleger und Herausgeber der Zeitung ›The Hindustan Express‹ kennenlernte, einen geistvollen, kultivierten, in bester indischer Tradition erzogenen Mann. Er war von schlanker Gestalt, mochte sechzig Jahre alt sein und empfing Pierre mit Charme und großer Herzlichkeit.

Nachdem sie sich eine Weile über dieses und jenes unterhalten hatten, fragte der Inder den Reporter: »Was hat Sie eigentlich nach Delhi geführt? Daß Sie hier für einen neuen Sensationsbericht recherchieren, wage ich nicht zu hoffen«, fügte er scherzend hinzu.

»Sie sollten es aber«, erwiderte Pierre. »Denn ich suche Sie auf, um Ihre Hilfe zu erbitten. Nicht, daß ich Sie persönlich bemühen möchte. Aber ich benötige einen Privatjet mit einem Piloten, der nicht alles an die große Glocke hängt, was er hört und sieht.«

Der alte Herr lachte. »Haben Sie Angst, daß er uns verrät, welcher Geschichte Sie nachjagen?«

»Nein, nein. Außer Journalisten gibt es ja noch andere neugierige Lebewesen.«

Der Inder nickte. »Da kann ich nicht widersprechen. Doch nun im Ernst: Dürfen wir Sie bei Ihren Recherchen unterstützen? Ich bin so vermessen, dies zu fragen, weil Sie sagten, daß Sie eine Düsenmaschine mit einem nicht nur in seinem Beruf zuverlässigen Piloten chartern möchten. Beides können wir mühelos vermitteln, da wir mit einer hiesigen Fluggesellschaft in bester geschäftlicher Verbindung stehen!«

»Das hört sich gut an«, begeisterte sich Pierre.

Der Verleger hob den Zeigefinger. »Ich bin noch nicht fertig! Der Pilot der Gesellschaft ist befreundet mit einem meiner Redakteure, der den Flugzeugführerschein für alle möglichen Klassen besitzt und seit geraumer Zeit auf dem zweiten Führersitz eines Düsenjägers Platz nimmt, um Flugstunden zu absolvieren, die er nachweisen muß, um selbst eine solche Maschine steuern zu dürfen. Ihm wird es ein Vergnügen sein, an Ihren Flügen teilzunehmen und Sie zu unterstützen.«

O je, dachte Pierre. Das läuft in die falsche Richtung. Andererseits ... Gewiß wäre es kein Fehler, in diesem Land Hilfestellung zu bekommen. »Heute scheine ich mehr Glück als Verstand zu haben«, erwiderte er nach kurzer Überlegung. »Unter den gegebenen Umständen wäre eine Zusammenarbeit durchaus denkbar. Allerdings nur, wenn Sie damit einverstanden sind, daß ich Ihnen und Ihrem Mitarbeiter das Ziel meiner Nachforschungen bis zu dem Tag verheimliche, da ich meinen Bericht schreibe. Als Äquivalent würde ich auf das übliche Honorar für die Erstveröffentlichung in Indien verzichten.«

»Das ist ein Wort!« Der Verleger griff nach dem Telefonhörer und bat seine Sekretärin, ihm den Redakteur Balagir Singh zu schicken. »Wie sein Name schon sagt«, fuhr er an Pierre gewandt fort, »ist mein Mitarbeiter ein Sikh. Der letzte große Guru Gobind Singh gab seiner Gemeinde vor fast dreihundert Jahren eine straffe militärische Organisation und ordnete an, daß jeder Gefolgsmann seinem Namen das Wort Singh, das heißt Löwe, hinzufügt.«

Gleich bei der Begrüßung spürte Pierre, daß er sich mit Balagir Singh gut verstehen würde. Wie alle Sikhs verbarg er sein langes, ungeschnittenes Haar unter einem Turban.

Nachdem der alte Herr die beiden miteinander bekannt gemacht hatte, ersuchte er sie darum, sich verabschieden zu dürfen, da er eine Verabredung habe und ohnedies vermute, daß nun ein großes Fachsimpeln beginnen werde.

Darin täuschte er sich nicht. Pierre aber sah sich gezwungen, seinem Berufskollegen aus dem Stegreif eine Geschichte aufzutischen, die überzeugend klingen mußte, jedoch nicht erkennen lassen durfte, welches Ziel er verfolgte.

»Ich glaube herausgefunden zu haben, was ein mir höchst dubios erscheinendes finnisches Unternehmen veranlaßt, nun schon wiederholt eine Grumman Gulfstream nach Tibet zu schikken«, behauptete er einleitend. »Mit Ihrem Chef bin ich übereingekommen, daß ich die Hintergründe meiner Recherchen nicht preisgebe, bevor ich die von mir gehegte Vermutung durch Fotos mit verschiedenartigen Kameras – darunter befindet sich auch ein Thermograph – eindeutig belegen kann. Mein Auftrag zwingt mich, der finnischen Grumman, die auf ihren Flügen in den hiesigen Raum bei der ›Indair Corporation‹ gewartet wird, mit einer schnellen Maschine unbemerkt zu folgen und sie zu einem bestimmten Zeitpunkt zu fotografieren. Daraus ergeben sich für mich einige Fragen, die Sie mir nach Meinung Ihres Chefs beantworten können. Erstens: Verfügt die Charter-Gesellschaft, mit deren Pilot Sie befreundet sind, über ein Flugzeug, das der Leistung einer Grumman Gulfstream entspricht?«

»Sie meinen in bezug auf die Geschwindigkeit?«

»Ja.«

Der Redakteur zögerte mit der Antwort. »Nicht ganz. Der Unterschied ist aber nur gering. Wir fliegen eine Challenger 601.«

»Zweite Frage: Ist diese Maschine mit dem ›Inertial Navigation System‹ ausgerüstet, das es ermöglicht, den Standort jederzeit nach Längen- und Breitengrad abzulesen?«

»Die Challenger ist mit den modernsten Geräten ausgestattet.«

»Großartig. Dritter Punkt: Die finnische Grumman ist gestern in Dajal gelandet. Wieviel Zeit die Wartungsarbeit in Anspruch nehmen wird, ist mir nicht bekannt. Vermutlich zwei bis drei Tage. Die Überwachung des Luftraums obliegt dem Tower Delhi.«

»Sie sind ja hervorragend informiert«, fiel Balagir Singh überrascht ein.

»Ohne Fleiß kein Preis«, entgegnete Pierre und stellte die nächste Frage: »Wird uns die Charter-Gesellschaft das Flugzeug und den Piloten ab morgen in aller Herrgottsfrühe zur Verfügung stellen, auch wenn unter Umständen erst in zwei, drei oder vier Tagen gestartet werden kann?«

»Ohne weiteres, sofern Sie die übliche Wartegebühr übernehmen. Aber warum soll der Vertrag so lange vor dem Start abgeschlossen werden?«

»Damit wir uns abflugbereit in das Maschinchen setzen und den Funksprechverkehr abhören können. Nur so erfahren wir rechtzeitig, wann der finnische Vogel seine Flügel hebt.«

»Ich verstehe. Sie wollen dann sofort starten.«

»Und denselben Kurs einschlagen, ohne dem Tower zu melden, wohin wir fliegen. Sonst weiß der Finne, der den Sprechverkehr ja ebenfalls abhören kann, daß wir ihm auf den Fersen sind.«

»Richtig. Da wird die Leitstelle aber nicht mitspielen.«

»Auch nicht, wenn unser Pilot meldet: Übungsflug im Raum sowieso in elftausend Meter Höhe?«

Balagir Singh wiegte den Kopf. »Korrekt wäre das nicht.«

»Letzte Frage: Würden Sie bereit sein, mir den zweiten Führersitz von dem Zeitpunkt an zu überlassen, da die finnische Grumman sich in Delhi abmeldet? Denn bald darauf müßte ich – so hoffe ich wenigstens – die ersten Aufnahmen in den Kasten bringen. Mit Bestimmheit kann ich nicht sagen, ob alles so abläuft, wie ich vermute. Aber wenn, dann muß ich in Schußposition sein. Vom Kabinenfenster aus wäre nichts zu machen.«

»Da Sie die Maschine chartern, können Sie jeden Platz wählen. Doch was ist, wenn die Dinge nicht so laufen, wie Sie sich das wünschen?«

»Dann werden wir ...« Pierre unterbrach sich. In seinem Eifer hätte er beinahe verraten, daß gegebenenfalls weitere Flüge durchzuführen wären. Daraus hätte der Rückschluß gezogen werden können, daß es ihm um etwas anderes als die spezielle Beobachtung der finnischen Maschine ging. »Wenn nicht alles programmgemäß verläuft«, korrigierte er sich, »muß ich neue Überlegungen anstellen.«

Der Berufskollege verzog den Mund. »Windige Sache, wie?«

Pierre gab sich offenherzig. »Sehr windig sogar. Wenn Sie Bedenken haben, brauchen Sie es nur zu sagen.«

Balagir Singh schüttelte den Kopf. »Ich mache mit, und Sie können sich auf mich verlassen. Wann setzen wir uns morgen in die Challenger?«

»Wann wird es hell?«

»Gegen vier.«

»Okay. Dann um diese Zeit. Aber den hübschen Flugapparat und seinen wackeren Steuermann möchte ich noch heute kennenlernen.«

Nach Besichtigung des gecharterten Düsenflugzeuges und einer interessanten Unterhaltung mit dem indischen Piloten, dessen glutvoll dunkle Augen alles zu verschlingen schienen, stand Pierre gerade noch genügend Zeit zur Verfügung, um den Thermographen bei der im Prospekt genannten Firma schußbereit machen zu lassen. Zu seiner Erleichterung wurde ihm bedeutet, der hochempfindliche Film werde keinen Schaden nehmen, wenn er erst in einigen Tagen belichtet würde.

Mit sich selbst zufrieden, aber sich immer wieder fragend, ob er nicht einem Phantasiegespinst aufgesessen sei, schwankte Pierre zwischen Euphorie und depressiven Anwandlungen. Würde sich an einem der nächsten Tage wirklich ereignen, was er auf Grund seiner Ermittlungen und dem daraus resultierenden gedanklichen Puzzlespiel vor sich abrollen sah? Als er die Reise antrat, war er der Meinung gewesen, er werde sich in das hochgelegene Reich der Tibeter begeben müssen. Dann kam die unerwartete Wende, ausgelöst durch ein banales Gespräch im Zug. Machte er keinen Fehler? Anders als er es vorgehabt hatte, baute er nun ausschließlich auf den Einsatz moderner technischer Hilfsmittel und verzichtete darauf, das gesuchte Objekt unmittelbar in Augenschein zu nehmen. Grenzte sein neuer Plan nicht an Vermessenheit? Wenn das Glück ihn im Stich ließ, brach das Vorhaben wie ein Kartenhaus zusammen.

Pierre wurde nervös. Nirgendwo zeigte sich ein Problem. Es

beunruhigte ihn, daß alles so reibungslos über die Bühne ging. Beim besten Willen konnte er darin kein gutes Omen erblicken. Er lag förmlich auf der Lauer. Wann und wo würde eine Bruchstelle sichtbar werden?

Trink ein paar Whiskys, sagte er sich, als er in das Hotel zurückkehrte. Sonst läßt die verdammte Grübelei dich nicht einschlafen. Um vier Uhr mußt du auf dem Flugplatz sein!

Er ging in die Hotelbar, blieb aber auf dem Weg zur Theke plötzlich stehen und starrte zu einem Tisch hinüber, an dem ein Offizier in verblichener Khakiuniform gedankenverloren in sein Glas schaute. »He!« rief er und lief auf die braungebrannte Gestalt zu. »Träume ich oder bist du es wirklich? Das kann doch nicht wahr sein! Mein Bruderherz in Delhi?«

Jean-Paul war aufgesprungen.

Pierre wollte ihn umarmen, wurde aber zurückgedrängt.

»Es genügt, daß du Monique Judasküsse gegeben hast!«

Pierre war so ernüchtert, daß er sekundenlang nichts erwidern konnte.

Sein Bruder betrachtete ihn prüfend.

»Monique hat dich informiert?«

»Ja.«

»Und weil sie mich verlassen hat, willst du nichts mehr mit mir zu tun haben?«

»Das hab' ich nicht gesagt. Eine Umarmung scheint mir jedoch fehl am Platz.«

»Klarer Fall«, mokierte sich Pierre. »Bei Stabsoffizieren muß auch im Bombenhagel die Tischordnung stimmen.«

Jean-Paul setzte sich und wies auf einen Sessel. »Wenn du Platz nehmen willst...«

»Wie großzügig!« Pierre ließ sich in den Sessel fallen und winkte zum Barkeeper hinüber. »Einen doppelten Whisky ohne Eis und Soda!«

»Yes, Sir.«

»Du bist nicht mehr in Afrika?«

»Wie du siehst.«

»Ich las von Schwierigkeiten in eurer Truppe.«

»Die gab es nur mit nachgeschobenen Arbeitskräften.«

»Und da hast du das Weite gesucht? In Kriegszeiten nennt man das...«

»Sprich's ruhig aus«, forderte Jean-Paul den Bruder auf.

Der Keeper brachte den Whisky.

»Gleich noch einen Doppelten«, forderte Pierre und leerte das Glas in einem Zug.

Jean-Pauls Miene drückte Verachtung aus.

Pierre griff nach Peanuts, die auf dem Tisch standen. »Bist du schon lange in Indien?«

»Knapp vierzehn Tage.«

»Ich seit vorgestern.«

»Und was machst du hier?«

»Geheime Recherchen.«

»Wieder im Auftrag der Sécurité?«

»Hör auf mit dem Käse.«

»Käse nennst du es, einen Mann an die Geheimpolizei zu verkaufen und seine Tochter...«

»Aufhören hab' ich gesagt!«

»Ich denke nicht daran«, erregte sich Jean-Paul. »Du hast dich wie ein Schwein benommen! Ich schäme mich, dein Bruder zu sein. Wie konntest du Monique so schändlich hintergehen. Aber ich kenn' dich ja. Geld, Geld und nochmals Geld willst du scheffeln. Und wenn tausend Menschen darüber zugrunde gehen.«

»Hat Monique dir das geschrieben?« fragte Pierre.

»Nein, das sage *ich* dir! Und ich bin froh, dir endlich ins Gesicht schleudern zu können, was ich von dir halte. Monique... Mein Gott, du kennst sie überhaupt nicht. Sie klagt dich nicht an, sucht nach Entschuldigungen, verteidigt dich geradezu.«

»Dazu hat sie auch allen Grund.«

»Wie, bitte?«

»Dazu hat sie auch allen Grund! Schließlich habe ich ihr in einer gefährlichen Situation geholfen.«

»Das weiß ich. Du hast ihr geraten, schleunigst zu verschwinden, weil sie gekidnappt werden sollte.«

Pierres Augen wurden starr. »Du korrespondierst mit ihr?«

»Warum nicht?«

»Wo hält sie sich auf?«

»Ich werde mich hüten, Monique einer weiteren Gefahr auszusetzen.«

Der Keeper brachte den zweiten Whisky.

Pierre griff nach dem Glas und leerte es. »Gleich noch ein drittes Näpfchen.«

Der Keeper verschwand.

»Jetzt werde *ich* mal reden«, betonte Pierre. »Obwohl du mit Monique korrespondierst – das Attentat auf mich scheint sie dir verschwiegen zu haben. Ja, nun machst du große Augen. Vierundzwanzig Stunden war ich bewußtlos. Mit irgendeinem Gas hatte man mich außer Gefecht gesetzt. Aber mein Riecher hat mich geschützt. Ich hatte geahnt, was man plante, und Wächter aufgestellt. Die beiden Kerle, die mich überwältigen wollten, wurden festgenommen. Und nun kommt etwas, das dich umhauen wird. Beide Attentäter schluckten, wie damals Moniques Vater und jene Flugzeugbesatzung, eine Pille und – wurden unsichtbar. Dies ist kein Märchen, sondern eine Tatsache, die du in der Pariser Presse nachlesen kannst. Und welche Schlußfolgerung ist aus der Geschichte zu ziehen? Zunächst einmal, daß es AIWes waren, die versucht haben, mich zu erledigen. Aber warum wohl? Was könnte außerirdische Wesen veranlassen, einen kleinen Journalisten zu beseitigen? Dafür kann es nur einen Grund geben. Irgend jemand muß sie aufgefordert haben, mich den Jordan hinunterzuschicken. Und wer könnte das gewesen sein? Doch nur Monique! Sie hat sich rächen wollen. Ja, mein Lieber, das ist der Dank dafür, daß ich ihr riet, sich in Sicherheit zu bringen. An ihren Vater hat sie sich gewandt – es kann gar nicht anders sein! Auf alle Fälle weiß ich seit jener Stunde, was sie nie hat zugeben wollen: Sie steht in Kontakt mit ihrem vergötterten Herrn Papa, hat eine direkte Leitung zu all jenen verdammten Wissenschaftlern, die den Außerirdischen dienen. Ohne Hilfe dieser Gelehrten könnten die AIWes uns Erdenbürgern nichts befehlen. Die sind wahrscheinlich nicht einmal in der Lage, Sauerstoff zu atmen, brauchen vielleicht Helium oder Kohlendioxid. Aber wie dem auch sein mag: Ich rechne ab mit Professor Darimont und seinen Kollegen! In die Hölle werde ich die Brüder schicken!«

Der Keeper brachte den dritten Whisky.

Pierre hob das Glas. »Auf daß es mir gelingt, jene Bande kaltzustellen, die sich erdreistet hat, die Menschheit zu kujonieren. Es dauert nicht mehr lange, dann werden diesen überheblichen Koryphäen die Leviten gelesen, daß ihnen Hören und Sehen vergeht. Derweil werde ich vergnüglich abkassieren. Erinnerst du dich an unser Gespräch im Bistro am Boulevard Saint Michel? Damals war von fünf Millionen Dollar die Rede. Jetzt ist die Belohnung auf zehn Millionen erhöht! Wenn ich dieses Sümmchen kassiert habe – und du kannst Gift darauf nehmen, daß ich es bekommen werde –, kaufe ich mir eine Insel in der Südsee und lade Monique ein, dort mit mir ein schönes Leben zu führen. Wetten, daß sie dann zu Kreuze kriecht und mit mir kommt?«

Jean-Paul erhob sich. »Ich habe keine Lust, mir solch haarsträubenden Blödsinn anzuhören. Wenn du nüchtern bist, wirst du das verstehen. Im übrigen: Adieu, Pierre. Unsere Wege trennen sich. Endgültig! Sprich mich nie wieder an!«

Schon zwei Tage lang hatte Pierre mit dem indischen Flugkapitän und dem Redakteur Balagir Singh in der gecharterten Challenger 601 von morgens bis abends den Funksprechverkehr abgehört und vergeblich darauf gewartet, daß eine Maschine beim Tower Delhi um die Genehmigung für einen Start von Dajal nachsuche. Die Geduld der drei wurde auf eine harte Probe gestellt. Pierre war allerdings einmal hellwach geworden, als am zweiten Tag ein Flugzeug, dessen Rufzeichen mit den Buchstaben ›ET‹ begann, dem Tower meldete, es werde in wenigen Minuten auf dem Fabrikgelände der ›Indair Corporation‹ landen.

Abessinien und Finnland glücklich beisammen, dachte er verblüfft. Nach dem Debakel in Orly versteckt man sich allem Anschein nach hinter den Hoheitszeichen möglichst kleiner Staaten. Wahrscheinlich, weil es dort keine Schwierigkeit bereitet, gegen Zahlung einer Spende oder auf dem Weg der Bestechung die Registrierung eines Flugzeuges zu erreichen, dessen Eigentümer nicht in Erscheinung treten will.

Aber wie mühselig es auch war, zwei Tage startbereit in einem Flugzeug zu sitzen und auf jedes der im Luftraum von Delhi geführten Flugsicherungsgespräche zu achten – die Abwicklung des Verkehrs in den unterschiedlichsten Höhen war zeitweilig so turbulent, daß es nicht langweilig wurde. Und wenn eine längere Pause eintrat, unterhielten sich die drei über Probleme aus ihren Fachbereichen. Die Schilderungen Balagir Singhs waren die interessantesten.

Der Redakteur hatte vor Jahren einen ersten Bericht über den Nachweis des Verschwindens von Atomkernen des Wasserstoffs veröffentlicht, den ein indischer und ein japanischer Physiker in der 1600 Meter tiefen Goldmine von Bangalore erbracht hatten.

»Ganz simpel ausgedrückt, geschieht folgendes«, versuchte Balagir Singh den komplizierten Vorgang zu erläutern. »An die

Stelle des Protons tritt ein Positron, ein Elektron mit positiver Ladung. Für die Physik ist der gelungene Nachweis ein Erkenntnisfortschritt von ungeheurer Tragweite. Denn Protonen und Neutronen sind Bestandteil aller Atomkerne. Zerfallen diese, so bedeutet das letztlich, daß auch das Weltall zerfällt. Das geschieht freilich unvorstellbar langsam. Im statistischen Mittel...«

Die drei horchten plötzlich auf. Im Lautsprecher nannte eine röhrende Stimme im Tonfall der Texaner das Rufzeichen der finnischen Grumman Gulfstream und bat um die Starterlaubnis.

Noch bevor der Tower die Genehmigung erteilte, saß der Pilot der Challenger auf seinem Sitz und drückte auf den Anlasser des Steuerbordtriebwerkes.

Der Redakteur war ebenso wieselflink auf den zweiten Führersitz gerutscht und betätigte das Funksprechgerät. Während er die Kennzeichen des Flugzeuges herunterrasselte und einen Übungsflug im Raum Kaschmir anmeldete, steigerte sich das Pfeifen des Düsenaggregats.

Pierre beugte sich halb in das Cockpit hinein.

Der Flugkapitän schob einen der Leistungshebel vor und zeigte auf das Armaturenbrett. »Steuerbord läuft!« Gleich darauf drückte er auf den Anlasser der Backbordturbine.

Die Kreisel der Instrumente summten. Es breitete sich jene faszinierende Atmosphäre aus, die das Startklarmachen eines Flugzeuges zum ästhetischen Genuß macht.

Das zweite Triebwerksinstrument zeigte an, daß auch der Backbordmotor lief.

»Ready for take-off«, sagte der Pilot an Balagir Singh gewandt.

Der nickte, meldete dem Tower die Startbereitschaft und erhielt die Angabe der Windrichtung und -stärke.

Im Lautsprecher meldete das Texasorgan den Start der finnischen Grumman.

›Okay Oscar Hotel‹, bestätigte der Tower. ›Welchen Kurs werden Sie einschlagen? Over.‹

›Rechtsweisend elf Grad. Steuern das russische Funkfeuer Semipalatinsk an. Steigen auf elftausend Meter. Roger.‹

›Tower Delhi. Roger.‹

»Nun komm schon«, schimpfte der Flugkapitän.

Als hätte man ihn gehört, meldete der Tower: ›Victor Tango, cleared to runway two eight. Over.‹

Der indische Pilot bestätigte die Genehmigung, löste die Radbremsen und ließ die Challenger im Leerlaufschub anrollen. Gelegentlich drosselte er das Tempo mit den Fußspitzenbremsen. Vor der Einmündung in die Startbahn hielt er die Maschine an und brachte beide Motoren auf volle Touren.

Der Redakteur wies auf ein Flugzeug, das von Dajal kommend den Flugplatz in etwa fünfzehnhundert Meter Höhe überflog. »Es wird höchste Zeit, daß wir starten!«

Pierre setzte sich auf den ersten Sitz in der Kabine und schnallte sich an.

Vom Tower ertönte: ›Cleared for take-off.‹

Der Flugkapitän rollte in die Startbahn hinein, richtete die Maschine aus und schob beide Leistungshebel bis zum Anschlag vor.

Die Turbinen heulten auf. Von Sekunde zu Sekunde steigerte sich die Geschwindigkeit. Bereits nach gut einem Kilometer hoben die Räder vom Boden ab.

Pierre verfolgte jede Bewegung des Piloten, der das Flugzeug souverän beherrschte. Er trimmte die Tragflächenklappen für einen Steigflug mit vierhundert Stundenkilometer. Das Variometer zeigte zwanzig Metersekunden an. Die Zahlen des Höhenmessers wechselten so schnell, daß sie kaum zu verfolgen waren.

Balagir Singh wies auf die nun in etwa dreitausend Meter Höhe vor ihnen herfliegende Grumman Gulfstream. »Wird schwer sein, den Vogel einzuholen.«

»Noch haben wir ihn im Gesichtsfeld«, tröstete der Flugkapitän und schaltete das Radargerät ein. »Aus dem Bildschirm entwischt er uns nicht so schnell.«

Pierre hockte sich in die Türöffnung zum Cockpit. »Die Kerosinfahne kann uns notfalls helfen.«

Der Pilot nickte. »Ich fliege vorsorglich mit erhöhter Leistung. Will versuchen, näher heranzukommen.«

»Bleiben Sie aber *unter* der Flughöhe unseres Vorreiters.«

»Weshalb?«

»Wenn meine Vermutung zutrifft, wird der Kurs spätestens beim Austritt aus dem Flugsicherungsbezirk Delhi gewechselt. Und zwar in Richtung Ost. Beim Einschwenken könnte uns die finnische Besatzung in der Zeit, die wir brauchen, um wieder in die Kiellinie zu kommen, leicht sehen. Gegen den hellen Himmel heben wir uns stärker ab, als gegen die dunkle und unregelmäßige Struktur der Landschaft.«

Die Zeit strich dahin. Der Grobhöhenmesser zeigte elftausend Meter über NN. Zurückgelegt waren dreihundert Kilometer.

Der Flugzeugführer der Grumman mit dem finnischen Hoheitszeichen rief den Tower Delhi und meldete sich ab.

›Okay‹, bestätigte der Fluglotse und fügte hinzu: ›Have a good trip. Roger.‹

Pierre fieberte wie ein Rennpferd vor dem Start. »Platzwechsel!« rief er. »Gleich wird der Kurs geändert werden.«

Sekunden später saß er hinter dem zweiten Steuer und machte seine Hasselblad schußbereit.

Die vor ihnen fliegende Gulfstream kurvte nach Osten.

»Was hab' ich gesagt?« triumphierte Pierre.

»Sie scheinen der liebe Gott zu sein. Wieso haben Sie das gewußt?«

»Auf Kurs bleiben, damit wir schnellstmöglich wieder hinter den Finnen gelangen.«

»Der Abstand vergrößert sich dann noch mehr!«

»Das müssen wir in Kauf nehmen. Im übrigen ist der Kondensstreifen gut zu sehen. Ist das in dieser Höhe immer so?«

»Ich kenn's nicht anders. Von der Erde sieht man die ausgestoßenen Gase natürlich nur, wenn feuchte Luft an ihnen kondensiert und sich ein heller Wolkenstreifen bildet.«

»Jetzt können wir einschwenken«, sagte Pierre. »Im weiteren Verlauf werde ich Sie so dirigieren, daß ich sowohl die Grumman als auch das darunter liegende Terrain im Auge behalten kann. Wir müssen minimal versetzt zu deren Grundlinie fliegen.«

Der Flugkapitän fluchte plötzlich: »Verdammt, das Radargerät ist ausgefallen.« Er griff nach einem kleinen Hebel und wollte eine Umschaltung vornehmen, doch im selben Moment hielt Pierre ihn zurück.

»Nichts verändern! Das Ding ist in Ordnung. Ich hätte wissen müssen, daß die finnische Maschine nach der Abmeldung nicht mehr auf der Scheibe zu sehen ist. Hab's leider nicht bedacht.«

Die dunklen Augen des Piloten schienen ihn durchdringen zu wollen.

Pierre schaute angestrengt nach draußen. Die Kerosinfahne war nicht mehr ganz so deutlich zu erkennen. »Den Ausfall des Radars erkläre ich Ihnen später. Wir müssen jetzt...« Er unterbrach sich, dachte an den Bericht des Instituts, das nach dem Zerfall des Flugzeuges in Orly mit der Untersuchung der Rückstände beauftragt worden war. In der Analyse hieß es, daß die kleinen gelben Kügelchen, die sich vermutlich beim Herabtropfen der Spezialfarbe gebildet hatten, nie zuvor gekannte Eigenschaften besitzen. Unter Strom gesetzt werden elektromagnetische Wellen, wie sie in der Radar-Funkmeßtechnik Verwendung finden, nicht als Echosignale zurückgeworfen. Eine völlig andere Reaktion tritt ein, wenn kein Strom zugeführt wird. Dann werden auftretende Wellen reflektiert.

Kein Zweifel, das Radargerät der Challenger war in Ordnung. Es zeigte nur deshalb nichts an, weil die Spezialfarbe der vor ihnen fliegenden Maschine unter Strom gesetzt worden war, damit eine elektromagnetische Ortung unmöglich gemacht wurde. Aber, und dies kombinierte Pierre verblüffend schnell: Bei Annäherung an das Ziel wird der Pilot der Grumman den Strom ausschalten, um vom Heimatpeiler geortet und geleitet werden zu können.

Vom plötzlichen Schweigen seines Begleiters irritiert, fragte der Flugkapitän: »Was meinten Sie, als Sie sagten: ›Wir müssen jetzt...‹?«

»Daß wir abwarten müssen, bis das Gerät wieder funktioniert«, antwortete Pierre. »Dann sind wir bald an der Stelle, die ich fotografieren möchte.« Er wandte sich an den Redakteur, der in der Kabine Platz genommen hatte. »Geben Sie mir die Polaroidkamera und nehmen Sie den Thermographen aus dem Koffer. Wenn ich den nachher brauche, muß das ruckzuck gehen.«

In der folgenden halben Stunde, in der nur wenig gesprochen wurde, flog der Pilot konstant hinter der finnischen Maschine her. Das Hochplateau von Transhimalaya glich einem rostigen Stück Blech. Doch immer wieder tauchten schneeglitzernde Berge und blauschillernde Seen auf. Und die Sonne krönte das Bild mit goldenen Strahlen.

Der Flugkapitän richtete sich auf und suchte den Horizont ab. »Sehen Sie die Kerosinfahne?«

Pierre schaute nach vorn. »Nur noch sehr schwach. Könnte es sein, daß die Maschine jetzt tiefer fliegt?«

»Das hab' ich mich eben auch gefragt. Allem Anschein nach ist man zum gestreckten Gleitflug übergegangen. Die Geschwindigkeit erhöht sich dann zwangsläufig.«

»Dann sollten wir es ebenso machen.«

»Bin schon dabei.«

»Wie ist unser Standort?«

»Moment.« Der Pilot drückte auf einen Knopf und wies auf das Display des ›Inertial Navigation System‹. »Dort können Sie die Gradzahlen ablesen.«

86° 10′ 17″ Länge, 33° 16′ 06″ Breite zeigte das Gerät an.

Nicht schlecht, dachte Pierre. Etwa neunzig Grad Länge und zweiunddreißig Grad Breite hatte der Geologe geschätzt. Er wandte sich an den Flugkapitän. »Wir könnten in Zielnähe sein.«

»Sieht ganz danach aus«, erwiderte der Pilot. »Die Grumman wird immer stärker angedrückt. Ich möchte nur wissen, wo sich hier ein Flugplatz befinden soll.« Im nächsten Moment rief er: »Das Radargerät funktioniert wieder! Langsam bekomme ich Angst vor Ihnen, Mister Massol. Woher haben Sie das bloß gewußt?«

Pierre überhörte die Frage und schaute zu Balagir Singh zurück, der sich in den Türrahmen gehockt hatte. »Papier und Stift bereithalten! Wenn ich ›Jetzt‹ rufe, notieren Sie den Standort. Den Thermographen können Sie mir schon geben.«

»Das wird ja ein richtiger Krimi.«

Der Flugkapitän wies voraus. »Wir kommen verdammt schnell an die nun schon sehr tief fliegende finnische Maschine heran. Soll ich ebenfalls weiter runtergehen?«

Pierre blickte auf den Höhenmesser. »Nein. Aber den Abstand sollten wir noch etwas verringern.« Er schaute durch den Sucher seiner Hasselblad und ließ den Verschluß eine Weile surren. »Vielleicht ist es doch besser, wenn wir den Abstand beibehalten und ein oder zwei Grad nach Norden drehen, damit ich die Landung von meiner Seite aus beobachten kann. Sobald sie erfolgt ist, gebe ich den neuen Kurs an. Wir müssen den Platz exakt überfliegen, um den Standort auf die Bogensekunde genau zu erfassen.«

»Und welchen Sinn hat das Ganze?«

»Das erzähle ich Ihnen später bei einer Tasse Tee.«

Bald darauf wurde erkennbar, daß die finnische Grumman zur Landung ansetzte. Ihre Flughöhe war nicht mehr zu schätzen, und ihre Geschwindigkeit nahm so rapide ab, daß die Motoren der Challenger stark gedrosselt werden mußten. Das weite Hochplateau eignete sich zweifellos gut zur Landung. Unverständlich war jedoch, daß die Grumman Gulfstream auf eine hohe Bergkette zuflog, als existiere sie nicht.

Beklommen dachte Pierre: Das kann nicht gutgehen. Er mußte sich zwingen, die Auslöser seiner Fotoapparate zu betätigen. Mit der Hasselblad machte er normale Farbaufnahmen. In der Polaroidkamera befand sich ein Infrarotfilm. Er glaubte schon, daß die tief unter ihnen fliegende Maschine am Berg zerschellen würde, als er unmittelbar vor dessen steil ansteigenden Wänden einen seiner Schätzung nach höchstens vierhundert Meter langen Betonstreifen entdeckte. Obwohl es ihm unmöglich erschien, auf dieser kurzen Strecke eine Landung zuwege zu bringen, schoß er eine Aufnahme nach der anderen. Und dann geschah etwas, das ihm den Atem raubte: Die Grumman setzte auf der winzigen Piste auf und – jagte in den Berg hinein, aus dem unmittelbar darauf eine mächtige Staubwolke herausfuhr.

Pierre glaubte einer Sinnestäuschung zu unterliegen. Ein Landetunnel? Phantastisch! Damit ist auch das Sand-Rätsel gelöst. Wenn die Flugzeugtür nach der Landung geöffnet wird, dringt der feine Staub, der so schnell nicht aus dem Tunnel entweicht, in die Kabine ein. »Geben Sie mir den Thermographen!« rief er.

Balagir Singh, der die Landung ebensowenig hatte sehen können wie der Flugkapitän, reichte ihm das Gerät.

Pierre konnte den Auslöser noch einige Male betätigen, bevor der Betonstreifen und der Berg aus dem Blickfeld gerieten. »Jetzt!« schrie er. »Wir sind genau über dem Ziel!«

Der Redakteur notierte: 88° 21′ 05″ Länge, 33° 15′ 07″ Breite.

Pierre wußte sich kaum zu beherrschen. »Kurs beibehalten und auf Reiseflughöhe steigen! In drei bis vier Minuten nach Süden wenden!«

»Dann kommen wir fast über den Mount Everest.«

»Na bitte!« Pierre strahlte. »Manchmal findet auch ein blindes Huhn ein Korn. Über Tibet geflogen zu sein, ohne den höchsten Berg der Erde bewundert zu haben, wäre eine Schande.«

»Anschließend nach Delhi?« fragte der Pilot.

»Schnurstracks! Die Aufnahmen, um die es mir ging, hab' ich im Kasten. Und Ihnen beiden winkt das versprochene Sonderhonorar. Die Bedingung kennen Sie: Über unseren Flug darf bis auf weiteres nicht gesprochen werden!«

Auf dem Rückflug nach Delhi kam Pierre ein Gedanke, der ihm das Blut in den Kopf steigen ließ. Seine Voraussage, das Radargerät der Challenger werde in Zielnähe wieder arbeiten, war eingetroffen und bestätigte die Richtigkeit seiner Überlegung. Wenn aber die vor ihnen hergeflogene finnische Maschine von der Zielstation geortet und geleitet worden war, dann mußte das ihr nachfolgende Flugzeug auf dem gleichen Bildschirm erschienen sein.

Diese Vorstellung versetzte Pierre in eine panikartige Stimmung. Die für die AIWes tätigen Wissenschaftler hatten fraglos auch die Challenger, in der er saß, radarmäßig erfaßt. Doch warum war nichts gegen deren Anflug unternommen worden? Für die auf einer überlegenen technischen Stufe stehenden Gelehrten wäre es doch ein leichtes gewesen, den Zündfunken kurzfristig auszuschalten, beziehungsweise einen Flammenabriß herbeizuführen. Oder bestand die Möglichkeit, daß die unmittelbar hintereinander fliegenden Maschinen auf dem Radarschirm als *ein* Punkt erschienen waren? Solange sich beide Flugzeuge in gleicher Höhe befunden hatten, war dies denkbar. Danach aber...? Hatte man das Erscheinen eines zweiten Punktes womöglich als eine elektromagnetische Spiegelung angesehen?

Pierre war nicht wiederzuerkennen. Es konnte kein Zweifel darüber bestehen, daß die von ihm benutzte Challenger auf dem Radarschirm zu sehen gewesen war. Weshalb aber hatte man keine Abwehrmaßnahmen ergriffen? Lagen besondere Gründe vor, sich zurückzuhalten? Wenn ja, dann konnten sie schon in den nächsten Minuten hinfällig sein.

Der sonst stets so beherzte Pierre Massol war nahe daran, die Nerven zu verlieren. Er rechnete mit einem Ausfall der Motoren. Keine Sekunde dachte er daran, daß er ein unwahrscheinlich hoch gestecktes Ziel erreicht hatte. Dreckige Angst ließ ihn nun taumeln. Daran änderte sich auch nichts, als die Maschine in Delhi gelandet war und keinerlei Gefahr mehr zu bestehen schien. Er traute den AIWes und ihren irdischen Mitarbeitern alles zu, hielt es für möglich, daß sie ihn jetzt persönlich verfolgen würden.

Was sollte er tun? Die Filme in Delhi entwickeln lassen oder gleich mit dem nächsten Flugzeug nach Paris fliegen? Lieber nicht. Wenn er dort observiert wurde, sah Cliff Harrison oder sonst ein Agent, wohin er die Filme brachte.

Ohne weitere Überlegungen anzustellen, fuhr Pierre zu der Firma, die den Thermographen schußbereit gemacht hatte. Er bat um schnellste Entwicklung der Filme, schob dem Sachbearbeiter ein dickes Trinkgeld zu und forderte ihn auf, das gesamte Material einschließlich der Kameras am nächsten Nachmittag um 16.30 Uhr zum Flughafen zu bringen.

Kaum ins ›Oberoi Intercontinental‹ zurückgekehrt, verlangte er die Rechnung und behauptete, noch an diesem Tag abreisen zu müssen. Dann jagte er in einem Taxi zum Flughafen, stieg dort aus, wählte ein anderes Taxi und ließ sich zum Hotel ›Taj Mahal‹ fahren. Die Angst aber, daß ihm jemand folgte, wurde er nicht los.

Den Hotelwechsel hatte er freilich auch vollzogen, um nicht Gefahr zu laufen, seinem Bruder nochmals zu begegnen. Er hätte sich kaum der Versuchung erwehren können, seinen Triumph herauszuschreien: Ich habe das Versteck der Wissenschaftler gefunden! Und nun fliege ich nach Paris, um zehn Millionen Dollar zu kassieren!

Vom ›Taj Mahal‹ rief er den Chefredakteur des ›Le Grand Pharisien‹ an. »Alles klar gegangen!« sagte er nüchtern, als Charles Paré sich meldete. »Notieren Sie folgende Zahlen und legen Sie den Zettel in einen Banksafe.«

Was er durchgab, waren – von hinten gelesen – die Ziffern des ermittelten Längen- und Breitengrades.

Nachdem auch dies erledigt war, suchte Pierre die Hotelbar auf. Er brauchte Alkohol, mußte den Druck loswerden, der sich wie eine Zentnerlast auf ihn gelegt hatte.

Obwohl nichts geschah, was Pierre hätte beunruhigen können, glich er immer noch einem von Furien gehetzten Menschen, als er zwei Tage später Paris erreichte. Die Fotos, die er bei sich trug, belegten nicht nur, daß die Grumman Gulfstream mit dem finnischen Kennzeichen in einen Berg hineingelandet war. Sechs mit dem Thermographen gemachte Aufnahmen zeigten eindeutig, daß an vielen Stellen des Berges warme Luft austrat. Im Inneren mußten sich also beheizte Räume befinden. Und die mit der Polaroidkamera geschossenen Bilder machten deutlich, daß die Stellen, an denen Wärme austrat, mit künstlichen Materialien getarnt waren. Befanden sich Fenster dahinter? Dies war das einzige Fragezeichen, das übrigblieb.

Da Pierre sein Versprechen eingehalten und den Leiter der Sécurité noch von Delhi aus – allerdings ohne zu sagen, wo er sich befand – über seine Rückkehr verständigt hatte, rechnete er damit, den amerikanischen Agenten Cliff Harrison spätestens in vierundzwanzig Stunden bei Rastignac zu treffen.

Seine Skepsis und Sorge aber steigerte sich erneut, als er bei der Paßkontrolle feststellte, daß er überwacht wurde. Denn als der diensttuende Beamte seinen Namen gelesen hatte, schaute er auf, als wollte er sagen: Aha, da ist er!

Vorsorglich ließ Pierre einen Versuchsballon steigen, um festzustellen, ob er sich täusche. Noch vom Flughafen aus rief er den Leiter des Sicherheitsdienstes an und sagte, ohne seinen Namen zu nennen: »Haben Ihre Leute Ihnen bereits was gemeldet?«

»Gerade eben«, antwortete Rastignac ohne jede Hemmung und fügte hinzu: »Ich heiße Sie herzlich willkommen, Monsieur Massol.«

»Danke«, erwiderte Pierre erleichtert. »Wissen Sie auch schon, in welcher Stadt ich das Flugzeug bestiegen habe?«

»Noch nicht. Tatue ist eben dabei, dies zu ermitteln.«

»Sie sind wenigstens ehrlich.«

»Und woher ist Ihnen bekannt, daß ich ...«

»Auch wenn ich nach Delhi reise, bleiben meine Mittelsmänner hier für mich tätig«, fiel Pierre dem ihm freundlich gesinnten Rastignac ins Wort.

»Ich gäbe etwas dafür, wenn ich all Ihre Tricks kennen würde.«

Pierre fühlte sich wieder wohler. »Darüber sprechen wir in einer ruhigen Stunde. Im Augenblick interessiert mich mehr, wann Harrison nach Paris kommt.«

»Er ist bereits eingetroffen. Benutzte die Concorde!«

»Was wären die Amerikaner ohne uns Franzosen!«

Rastignac lachte. »Heute scheint es Ihnen besserzugehen, als in jener Stunde, da Sie mich – wie ich nun weiß – aus Delhi anriefen.«

»Stimmt. Ich fühle mich so wohl, daß ich das Geschäft mit Harrison am liebsten gleich hinter mich bringen und dann tagelang schlafen würde.«

»Gut, ich erwarte Sie um elf Uhr«.

Pierre war wie verwandelt, als er die knarrende Treppe im Gebäude am Quai d'Orsay emporstieg. Jovial grüßte er den livrierten Diener, der einen Flügel der Tür zu Rastignacs Räumen öffnete.

Der kahlköpfige Chef des Geheimdienstes ging ihm mit ausgebreiteten Armen entgegen. »Ich bin froh, Sie gesund wiederzusehen.«

Cliff Harrison reichte Pierre die Hand. »Ich gratuliere!«

»Herzlichen Dank.«

Rastignac forderte beide auf, Platz zu nehmen. »Ich bin gespannt wie selten in meinem Leben.«

Pierre spielte den nüchternen Geschäftsmann. »Nun, Mister Harrison, wie gedenken Sie die Sache abzuwickeln?«

»Wenn Sie belegen, daß Sie das Versteck der Wissenschaftler kennen, wird Ihnen von unserem hiesigen Botschafter ein Scheck in Höhe der ausgesetzten Belohnung überreicht.«

»Umgekehrt wird ein Schuh daraus!« entgegnete Pierre kaltschnäuzig. »Schecks können gesperrt werden. Sobald Mister Rastignac mir bestätigt, daß der vereinbarte Betrag mit der Weisung, ihn im Fall der Erfüllung der gestellten Bedingung an mich auszuhändigen, auf das Konto der Direction Générale de la Sécurité Extérieure eingezahlt wurde, nenne ich den Standort des Verstecks nach Längen- und Breitengrad. Vorher bin ich nur bereit, durch Fotos zu belegen, daß ich kein Großmaul bin. Einverstanden?«

»Da muß ich vorher beim Botschafter rückfragen.«

»Bitte, tun Sie das.«

»Sobald ich Ihre Aufnahmen gesehen habe.«

Pierre schaute Rastignac fragend an.

Der nickte. »Ich verbürge mich dafür, daß hier nicht mit falschen Karten gespielt wird.«

»Alsdann ...« Pierre öffnete seine Aktentasche und entnahm ihr einen Stapel Aufnahmen. »Details gebe ich später bekannt.« Er legte ein Foto auf den Tisch. »Hier sehen Sie eine Grumman Gulfstream mit finnischem Kennzeichen auf einem Werksgelände in Indien landen.«

»Wo in Indien?«

»Später.« Pierre präsentierte in der Folge ein Foto nach dem anderen. »Dieses Bild zeigt die gleiche Maschine im Flug. – Hier fliegt die Grumman in elftausend Meter Höhe vor uns her. – Dies ist der Augenblick, in dem der Finne in der Nähe seines Ziels zum gedrosselten Gleitflug angesetzt hat. – Und hier, jetzt wird es interessant, befindet sich das Flugzeug schon sehr tief und jagt geradenwegs auf einen Berg zu, den Sie sich genau ansehen müssen. Denn gleich darauf«, Pierre legte das nächste Foto vor, »setzt die Maschine auf der deutlich erkennbaren kleinen Piste von etwa vierhundert Meter Länge auf und rast, wie diese Aufnahme zeigt, in einen riesigen Tunnel hinein, aus dem unmittelbar darauf – auf diesem Bild gut zu sehen – eine große Staubwolke herausschießt. Genial, was? Ein Landeplatz, der zum größten Teil in einem Berg liegt! Unsichtbar!«

Der Leiter des Geheimdienstes und Harrison konnten ihre Überraschung nicht verbergen.

»Aber nun kommt der Clou. Mister Rastignac war so freundlich, mir einen Thermographen zu besorgen. Mit ihm gelang es mir, unmittelbar vor dem Überfliegen des Berges diese sechs Aufnahmen zu machen. Und was ist darauf zu sehen? Überall entweicht warme Luft. Was meinen Sie wohl, warum? Weil der Berg innen ausgebaut und bewohnt ist.«

Rastignac schaute Pierre entgeistert an. »Das ist ja sagenhaft!«

»Kaum zu glauben«, stimmte Cliff Harrison zu. »Ich werde den Botschafter anrufen.«

Zwei Stunden später erhielt Rastignac den Bescheid, daß auf dem Konto der Sécurité zehn Millionen Dollar zur Verfügung des Journalisten Pierre Massol eingegangen seien.

Pierre notierte Längen- und Breitengrad des von ihm fotografierten Berges und reichte dem Amerikaner den Zettel.

Cliff Harrison bedankte sich und fügte vielsagend hinzu: »Wir haben unseren Preis gezahlt. Nun wird er Ihnen abverlangt werden.«

Pierre horchte auf. »Was wollen Sie damit sagen?«

»Wie ich Sie einschätze, setzen Sie jetzt alle Hebel in Bewegung, um Miß Darimont zurückzugewinnen. Das aber wird Ihnen nicht gelingen.«

»Wissen Sie das so genau?«

»Ich denke schon.«

Jean-Paul Massol kam über das mit seinem Bruder geführte Gespräch nicht hinweg. Zu absurd erschien ihm, was Pierre ihm entgegengeschleudert hatte: Er werde mit Professor Darimont und dessen Kollegen abrechnen! In die Hölle werde er die verschwundenen Wissenschaftler schicken! Zehn Millionen Dollar werde er kassieren! Monique werde zu Kreuze kriechen und ihm auf eine Insel folgen!

Um einem erneuten Zusammentreffen mit Pierre aus dem Weg zu gehen, hatte Jean-Paul noch in der gleichen Stunde das ›Oberoi Intercontinental‹ verlassen und sich im Hotel ›Aschoka‹ einquartiert, wo er seither Tag für Tag mit sich kämpfte, ob er Monique einen ausführlichen Brief schreiben sollte. Doch er brachte es nicht übers Herz, ihr mitzuteilen, in welcher Verfassung er Pierre angetroffen hatte. Die Auseinandersetzung zu verschweigen, glaubte er ebenfalls nicht verantworten zu können. So lag er in dauerndem Widerstreit mit sich selbst. Wie sollte er die Wahrheit zu Papier bringen? Hier Anklage, dort Liebesbekenntnis? Wahnsinn!

Als Jean-Paul eines Spätnachmittags auf der Terrasse des ›Aschoka‹ Platz nahm und gedankenverloren über das Blütenmeer der Gartenanlage blickte, eilte plötzlich ein Hotelboy wie aufgescheucht von einem Gast zum anderen und übergab ein Extrablatt, das in fetten Lettern die Überschrift trug: ›Atomexplosion in Tibet!‹

Jean-Paul erstarrte. Es waren doch sämtliche Waffen vernichtet worden! Mit klopfendem Herzen las er:

›Aus Aufnahmen amerikanischer und russischer Beobachtungssatelliten sowie aus vielen anderen Registrierungen geht eindeutig hervor, daß heute morgen um 05 Uhr 17 GMT über Tibet, etwa 88 Grad Länge und 33 Grad Breite, eine Atomexplosion stattfand, die einen großen Berg regelrecht auseinanderriß. Obgleich mit Erleichterung festgestellt wurde, daß im genannten Gebiet keine Menschen leben, ist man in aller Welt doch stark beunruhigt. Denn welcher Staat verfügt noch über eine Atombombe? Und warum wurde diese ausgerechnet auf dem unwegsamen Hochplateau von Tibet zur Entzündung gebracht?

Man ist auf Vermutungen angewiesen. Ein namhafter Physiker meint, es könne sich um ein Unglück handeln, das sich bei einem Experiment jener spurlos verschwundenen Wissenschaftler ereignete, die nach Ansicht mancher Fachleute im Dienst der außerirdischen Wesen stehen. Wenn diese Annahme zutrifft, müßte mit dem Tod der Gelehrten und dem Rückzug der AIWes gerechnet werden. Dann aber könnte nichts mehr die Großmächte daran hindern, wieder Waffen zu produzieren.

Einen ausführlichen Bericht über das rätselhafte Geschehen bringen wir in unserer morgigen Frühausgabe.‹

Jean-Paul ließ das Blatt sinken. Es war ihm unmöglich, einen klaren Gedanken zu fassen. Eine Atomexplosion im Bereich der vermißten Gelehrten? Dann war auch Professor Darimont nicht mehr unter den Lebenden. Wie würde Monique ...?

Ihm stockte der Atem. Hatte Pierre nicht gedroht, alle für die AIWes tätigen Wissenschaftler zur Hölle zu schicken? Mein Gott, der eigene Bruder...?

Sollte die Menschheit nochmals eine wahnwitzige Aufrüstung erleben? War alles nur ein utopischer Traum gewesen? Würden die Bewohner dieser Erde erneut voller Angst in die Zukunft blicken müssen? Und das, nachdem sich für sie das Tor zum Garten Eden bereits aufgetan hatte! Jedem war doch deutlich geworden, wie schön das Leben sein kann, wenn es einen normalen Verlauf nimmt und der Mensch nicht unter dem Druck von ideologischen Auseinandersetzungen steht.

Jean-Paul schaute zum Garten des Hotels ›Aschoka‹ hinüber. Der Blütenreichtum erinnerte ihn an das Wort eines Inka-Herrschers, der einst von den goldsüchtigen Spaniern zum Tode verurteilt worden war: ›Warum suchet ihr nach dem Golde, wo es in unserem Land so schöne Blumen gibt?‹

Welch eine Tragödie! Wieviel Tragödien dieser Art hatte es in aller Welt schon gegeben! Aber welch schier unvorstellbarer Tragödie ging nun die ganze Erdbevölkerung entgegen! Ausgerechnet in einem Augenblick, da alles hätte gut werden können, da Kriege unmöglich geworden waren und niemand mehr den Hungertod erleiden mußte, erwuchs die Gefahr, daß Unvernunft, Ehrgeiz und Machtgier sich wieder durchsetzten.

Benommen dachte Jean-Paul: Das Alte Testament bewahrheitet sich. Der Mensch vertreibt sich selbst aus dem Paradies. Aber diesmal...

Wie mit letzter Kraft erhob er sich. Ich werde nach Paris fliegen und mit Pierre abrechnen. Diesmal wird Abel Kain erschlagen.

Quellenverzeichnis

Ausblick auf die Zukunft, Bertelsmann Sachbuchverlag 1968
Berlitz, Charles: Das Bermuda Dreieck, Paul Zsolnay Verlag 1975
Botkin, James W./Elmandjra, Mahdi/Malitza, Mircea: Das menschliche Dilemma, Verlag Fritz Molden 1979
Bourret, Jean-Claude: Ufo, Europabuch 1977
Breuer, Reinhard/Lechleitner, Hans: Der lautlose Schlag, Meyster Verlag 1982
Brugger, Karl: Aufbruch der Götter, Econ Verlag 1976
Buttlar v., Johannes: Das Ufo Phänomen, C. Bertelsmann Verlag 1978
Buttlar v., Johannes: Die Einstein-Rosen-Brücke, C. Bertelsmann Verlag 1982
Diez, Ernst: So sahen sie Asien, Zsolnay Verlag 1942
Flammonde, Paris: Ufos, Wilhelm Heyne Verlag 1978
Galanopoulos, A. G./Bacon, Edward: Die Wahrheit über Atlantis, Wilhelm Heyne Verlag 1980
Global 2000, Zweitausendeins 1980
Guernier, Maurice: Die Dritte Welt: drei Viertel der Welt, R. Piper & Co. Verlag 1981
Hoyle, Fred: Die schwarze Wolke, Kiepenheuer & Witsch 1958
Jessup, M. K.: The case for the Ufo, The Citadel Press 1955
Kennedy, Edward M./Hatfield, Mark O.: Stoppt die Atomrüstung, Spiegel Verlag 1982
Killer, Dr. Walter: Sicher durch die mageren Jahre, Schweizer Verlagshaus 1981
Mavor, James W.: Reise nach Atlantis, Fritz Molden Verlag 1980
Meadows, Dennis: Die Grenzen des Wachstums, Deutsche Verlags-Anstalt 1972
Mesarović, Mihailo/Pestel, Eduard: Menschheit am Wendepunkt, Deutsche Verlags-Anstalt 1974
Peccei, Aurelio: Die Zukunft in unserer Hand, Verlag Fritz Molden 1981
Pestel, Eduard: Unsere Chance heißt Vernunft, Westermann 1980
Pestel, Eduard: Prinzipien und Triebkräfte sowjetischer Außenpolitik, Haus Rissen, Internationales Institut für Politik und Wirtschaft
Sandermann, Wilhelm: Das erste Eisen fiel von Himmel, C. Bertelsmann Verlag 1978
Schell, Jonathan: Das Schicksal der Erde, R. Piper & Co. Verlag 1982
Schmid, Peter: Indien mit und ohne Wunder, J. G. Cotta'sche Buchhandlung Nachf. 1960
Schul, Bill/Pettit, Ed.: Die geheimnisvollen Kräfte der Pyramide, Deutsche Verlags-Anstalt 1982
Schumacher, E. F.: Die Rückkehr zum menschlichen Maß, Rowohlt Verlag 1977
Toffler, Alvin: Die Zukunftschance, C. Bertelsmann Verlag 1980
Tomas, Andrew: Wir sind nicht die ersten, Verlag der Europäischen Bücherei H. M. Hieronimi 1972
Veltheim-Ostrau v., Hans-Hasso: Tagebücher aus Asien, Claassen Verlag 1958
Veltheim-Ostrau v., Hans-Hasso: Götter und Menschen zwischen Indien und China, Claassen-Verlag 1958
Vester, Frederic: Neuland des Denkens, Deutsche Verlags-Anstalt 1980
Zink, David: Von Atlantis zu den Sternen, C. Bertelsmann Verlag 1981